O Guia da Donzela para Anáguas e Pirataria

Obras da autora publicadas pela Galera Record

O guia do cavalheiro para o vício e a virtude
O guia da donzela para anáguas e pirataria

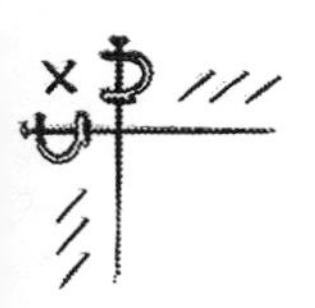
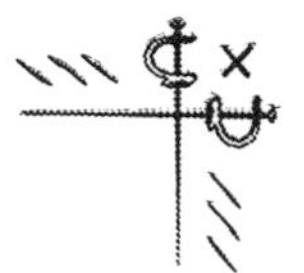

Mackenzi Lee

O Guia da Donzela para Anáguas e Pirataria

Tradução
Mariana Kohnert

1ª edição

Galera
RIO DE JANEIRO
2021

CIP-BRASIL. CATALOGAÇÃO NA PUBLICAÇÃO
SINDICATO NACIONAL DOS EDITORES DE LIVROS, RJ

Lee, Mackenzi
L518g O guia da donzela para anáguas e pirataria / Mackenzi Lee ; tradução Mariana Kohnert. - 1. ed. - Rio de Janeiro : Galera Record, 2021.

Tradução de: The lady's guide to petticoats and piracy
ISBN 978-85-0111-988-9

1. Ficção americana. I. Kohnert, Mariana. II. Título.

20-63348 CDD: 813
CDU: 82-3(73)

Leandra Felix da Cruz Candido - Bibliotecária - CRB-7/6135

Título original
The lady's guide to petticoats and piracy

Primeiramente impresso por Katherine Tegen Books,
um selo da Harper Collins Publishers
Direitos de tradução arranjados por Taryn Fagerness Agency
e Sandra Bruna Agencia Literaria, SL

Texto revisado segundo o novo Acordo Ortográfico da Língua Portuguesa.

Direitos exclusivos de publicação em língua portuguesa somente para o Brasil
adquiridos pela
EDITORA RECORD LTDA.
Rua Argentina, 171 – Rio de Janeiro, RJ – 20921-380 – Tel.: (21) 2585-2000,
que se reserva a propriedade literária desta tradução.

Impresso no Brasil

ISBN 978-85-0111-988-9

Para Janell, que teria amado este livro.

Não me diga que mulheres não servem para ser heroínas.

— Qiu Jin

Uma jovem de substancial dote se viu diante de uma grande aventura, uma grande jornada. O futuro era um mar inexplorado. Precisava se encontrar, encontrar seu caminho, encontrar seu trabalho.

— Margaret Todd, MD, *The Life of Sophia Jex-Blake*

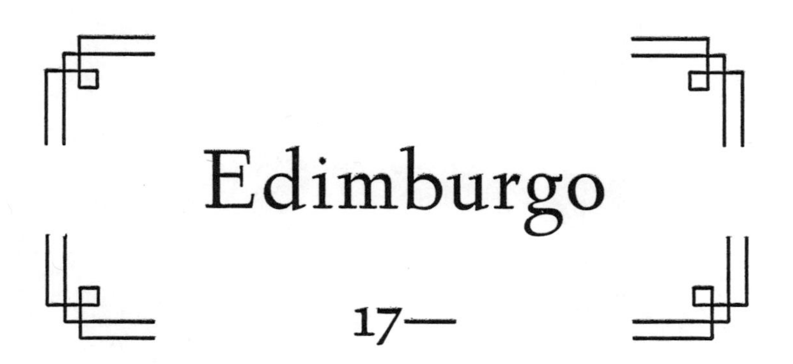

Edimburgo

17—

1

Eu acabo de dar uma mordida grande demais no pão com calda de açúcar quando Callum corta o próprio dedo.

Estamos no meio de nossa rotina noturna habitual, depois que a padaria fechou e os postes ao longo da Cowgate são acesos, o brilho âmbar criando fachos de luz contra o crepúsculo. Eu lavo as louças e Callum seca. Como sempre acabo primeiro, posso abocanhar qualquer guloseima da confeitaria que tenha sobrado enquanto espero ele contar o montante da caixa registradora. No balcão, ainda estão os três pães com glacê que passei o expediente todo de olho, o tipo que Callum enche com uma cobertura açucarada e translúcida para compensar todos os anos de economia do pai, que era o dono da loja antes dele. Os picos estão começando a desabar depois de um longo dia sem serem comprados, as cerejas no topo escorregando pelos lados. Felizmente, jamais fui uma garota que se incomoda com estética. Teria alegremente me contentado com pães bem mais feios do que esses.

Callum costuma estar sempre meio nervoso e não gosta de contato visual, mas hoje ele está mais apreensivo do que o normal. Pisou em um molde de manteiga de manhã, partindo-a ao meio, e queimou duas bandejas de brioche. Atrapalhou-se com todas as louças que passei para ele e agora encara o teto enquanto eu insisto na conversa, as bochechas já coradas ficando ainda mais vermelhas.

Não me incomodo muito de ser a mais faladora de nós dois. Mesmo nos dias mais tagarelas dele, eu costumo ser a que fala mais. Ou Callum me deixa ser a que fala mais. Quando ele termina de secar os talheres, estou comentando sobre o tempo que se passou desde a última carta que mandei para a Enfermaria Real a respeito de minha admissão ao hospital de ensino deles e sobre o médico particular que, na semana passada, respondeu ao meu pedido de observar uma de suas dissecações com uma missiva de duas palavras — *não, obrigado.*

— Talvez eu precise de uma abordagem diferente — digo, arrancando o topo de um pão com glacê e levando-o aos lábios, embora saiba muito bem que é grande demais para uma mordida só.

Callum tira os olhos da faca que está secando e grita:

— Espere, não coma isso! — com tanta veemência que eu me assusto, e ele se assusta, e a faca salta do pano de prato direto para a ponta do dedo dele. Ouvimos um pequeno *plop* quando a ponta cortada cai na água da louça.

O sangue começa a escorrer na mesma hora, pingando da mão dele para a água cheia de sabão, onde floresce na espuma como papoulas se abrindo dos botões. Toda a cor deixa o rosto de Callum enquanto ele encara a mão, então diz:

— Ai, minha nossa.

Preciso confessar que jamais estive tão animada na presença de Callum. Não me lembro da última vez em que me senti tão animada na vida. Aqui estou eu, com uma emergência médica de verdade e nenhum médico homem para me empurrar para longe e assumir o comando. Com um pedaço do dedo faltando, Callum nunca me pareceu tão interessante.

Folheio o compêndio mental de conhecimentos médicos que compilei ao longo dos anos de estudos e paro, como quase sempre, no *Tratados sobre o sangue humano e seu movimento pelo corpo*, do Dr. Alexander Platt. Nele, o médico escreve que mãos são instrumentos complexos: cada uma contém 27 ossos, quatro tendões, três nervos principais, duas artérias, dois grandes grupos musculares e uma rede complexa de veias que ainda estou tentando decorar, tudo envolto em tecido e pele e encimado por unhas. Há componentes sensoriais e funções motoras — afetando tudo, desde a habilidade de pegar uma pitada de sal a dobrar o cotovelo — que começam na mão e vão até o braço, e qualquer um deles pode ser destruído por uma faca no lugar errado.

Callum encara o dedo com os olhos arregalados, imóvel como um coelho hipnotizado pelo estalo de uma armadilha e sem fazer qualquer tentativa de estancar o sangramento. Pego a toalha da mão dele e embrulho a ponta do dedo, pois, quando se lida com um ferimento do qual jorra sangue em excesso, a prioridade é lembrar a esse sangue de que ele será mais bem aproveitado dentro do corpo do que fora. O tecido fica encharcado quase imediatamente, deixando as palmas das minhas mãos vermelhas e grudentas.

Minhas mãos estão firmes, reparo, com um rubor de orgulho, mesmo depois do belo salto que meu coração deu quando o corte de fato ocorreu. Eu li os livros. Estudei desenhos anatômicos. Uma vez cortei o pé em uma tentativa terrivelmente equivocada de entender como são de perto as veias azuis que consigo ver através da pele. E embora comparar livros sobre medicina com a prática de verdade seja como comparar uma poça de jardim com o oceano, eu não poderia estar mais preparada.

Não foi assim que imaginei atender meu primeiro paciente médico de verdade em Edimburgo — nos fundos de uma minúscula padaria em que tenho trabalhado para me sustentar entre petição fracassada após petição fracassada para a universidade e um bando de cirurgiões particulares, implorando por permissão para estudar. Mas, depois do ano que tive, aceito qualquer oportunidade que se apresente de colocar meu conhecimento em prática. Cavalos dados e dentes e tudo aquilo.

— Aqui, sente-se. — Levo Callum para o banquinho atrás do balcão, onde costumo receber as moedas dos clientes, já que consigo dar o troco mais rápido do que o Sr. Brown, o segundo balconista. — Mãos para cima — digo, pois, na pior das hipóteses, a gravidade vai funcionar a favor de manter o sangue dentro do corpo. Ele obedece. Então eu pesco a ponta do dedo fujona da pia, me deparando com vários pedaços de massa escorregadia antes de finalmente encontrá-la.

Volto para Callum, cujas mãos ainda estão acima da cabeça, como se estivesse se rendendo. Está tão pálido quanto farinha, ou talvez suas bochechas estejam realmente sujas de farinha. Ele não é do tipo limpo.

— Está muito ruim? — pergunta ele, rouco.

— Bem, não está bonito, mas certamente poderia ter sido pior. Deixe-me dar uma olhada. — Ele começa a desenrolar a toalha, e eu digo: — Não, abaixe os braços. Não consigo olhar aí em cima.

O sangramento não parou, mas diminuiu o bastante para que eu possa remover a toalha por tempo o suficiente para olhar. A ferida não é tão ruim quanto eu esperava. Embora tenha cortado um bom pedaço da ponta e uma meia-lua feia da unha, o osso está intocado. Se é para perder parte do dedo, esse é o melhor cenário.

Puxo a pele de cada lado da ferida por cima dela. Tenho um kit de costura na bolsa, pois o botão da minha capa caiu três vezes neste inverno e me cansei de andar por aí com o vento terrível do Nor Loch soprando as abas dela. É preciso apenas três pontos — em um estilo que aprendi não em *Um sistema geral de cirurgia*, mas com uma fronha horrorosa na qual minha mãe me importunou para que bordasse um maldito cachorro — para costurar a pele no lugar. Algumas gotas de sangue ainda escorrem entre os pontos, e franzo a testa para elas. Se fossem em uma fronha, eu os teria arrancado e refeito.

Mas, considerando a pouca prática que tive com fechar uma amputação — principalmente uma tão pequena e delicada — e quanto isso conteve o sangramento, me permito um momento de orgulho antes de seguir para a segunda prioridade no tratado do Dr. Platt sobre feridas na pele: impedir uma infecção.

— Fique aqui — peço, como se ele tivesse alguma intenção de se mover. — Volto logo.

Na cozinha, coloco água para ferver rapidamente no forno — que ainda está quente, e por isso o fogo atiça facilmente —, então acrescento vinho e vinagre antes de mergulhar uma toalha na mistura e voltar para onde Callum ainda está sentado de olhos arregalados atrás do balcão.

— Você não vai... você precisa... cortar?

— Não, você já fez isso — respondo. — Não vamos amputar nada, apenas limpar.

— Ah. — Ele olha para a garrafa de vinho em minha mão e engole em seco. — Achei que estava tentando me embebedar.

— Achei que você fosse querer.

Ofereço a garrafa a ele, mas Callum não aceita.

— Eu estava guardando essa.

— Para quê? Venha cá, me dê sua mão. — Cubro os pontos, que estão bem mais limpos do que eu pensei (sou muito exigente comigo mesma), com a toalha encharcada. Callum tosse com as bochechas infladas quando o cheiro de vinagre preenche o ar. Então coloco uma faixa de tecido de algodão em volta do dedo, atada e apertada.

Costurado, fechado e limpo. Nem mesmo suei.

Um ano de homens me dizendo que sou incapaz de fazer esse trabalho só dá ao meu orgulho uma ansiedade mais selvagem. Sinto, pela primeira vez em tantos longos e desencorajadores meses, que sou tão inteligente, capaz e apta para a profissão médica quanto qualquer um dos homens que me negaram um lugar nela.

Limpo as mãos na saia e me estico, observando a padaria. Além de todas as outras tarefas que precisam ser feitas antes de fecharmos a loja, as louças precisarão ser lavadas de novo. Há um longo filete de sangue no chão que precisará ser esfregado antes de secar, outro em minha manga e uma mancha no avental de Callum que vai precisar ser colocada de molho antes de amanhã. Há também uma ponta de dedo para ser jogada fora.

Ao meu lado, Callum toma um fôlego longo e profundo e exala assobiando entre os lábios contraídos enquanto examina a mão.

— Bem, isso estraga a noite.

— Estávamos apenas limpando tudo.

— Bem, eu tinha planejado uma... coisa. — Ele pressiona o queixo contra o peito. — Para você.

— Pode esperar? — pergunto. Já estou calculando quanto tempo isso deixará Callum inútil no fogão, se o Sr. Brown vai poder ajudar, quanto isso vai tirar de meu tempo livre durante a semana, o qual eu tinha planejado usar para começar o esboço de um tratado a favor da igualdade educacional.

— Não, não é... quero dizer, suponho que... poderia, mas... — Ele está puxando as bordas do curativo, mas para antes que eu o repreenda. Ainda está pálido, mas parte do rubor começa a voltar para as maçãs do rosto. — Não é algo que vai demorar.

— É de comer?

— É de... só... Fique aqui. — Ele se levanta cambaleante, apesar de meus protestos, e desaparece na cozinha. Eu não tinha reparado em nada especial enquanto misturava o vinho e o vinagre, mas também não estava procurando. Confiro se há sangue em minhas mãos, então passo um dedo limpo no pão com glacê em que estava de olho mais cedo. — Não se esforce — grito para Callum.

— Não estou me esforçando — responde ele, seguido por um estardalhaço, como se algo de metal tivesse sido derrubado. — Estou bem. Não venha aqui!

Callum aparece atrás do balcão de novo, com o rosto mais vermelho do que antes e uma manga encharcada com o que deve ser o leite que ele derramou com tanto estrondo. Também está segurando um luxuoso prato de louça diante do corpo, e, sobre ele, há um único e perfeito profiterole.

Meu estômago pesa, a visão daquele doce conseguindo me provocar um tremor que uma cascata de sangue não causou.

— O que está comendo? — pergunta ele, ao mesmo tempo em que digo:

— O que é isso?

Callum apoia o prato no balcão, então estende a mão saudável como apresentação.

— É um profiterole.

— Estou vendo.

— E, mais especificamente, porque sei que você adora especificidade...

— Eu adoro, é.

— ... é exatamente o profiterole que lhe dei no dia em que nos conhecemos. — O sorriso dele hesita, então Callum explica: — Bem, não *exatamente* aquele. Pois aquilo foi há meses. E como você comeu aquele, e muitos outros...

— Por que fez isso para mim? — Abaixo os olhos para as duas metades de massa choux com espirais de creme espesso esculpido entre elas. Ele nunca teve tanto cuidado com o trabalho manual, seus pães e bolos são rústicos, do tipo que se espera que sejam feitos por um padeiro de mãos grandes de bela ascendência escocesa. Mas esse profiterole é tão deliberado e decorativo e... nossa, nem acredito que sei exatamente que tipo de doce é esse e o quanto é importante deixar a mistura de farinha esfriar antes de bater os ovos com ela. Toda essa baboseira de padaria está ocupando espaço importante em minha mente, que deveria ser preenchido com anotações sobre tratar aneurismas da artéria poplítea e os diferentes tipos de hérnias descritos em *Tratados sobre rupturas*, os quais eu me esforcei muito para decorar.

— Talvez devêssemos nos sentar — diz ele. — Estou um pouco... zonzo.

— Provavelmente por causa da perda de sangue.

— Ou... sim. Deve ser isso.

— Isso não pode mesmo esperar? — pergunto ao levá-lo para uma das mesas entulhadas na frente da loja. Callum leva o profiterole com a mão trêmula, o doce balançando no prato. — Você deveria ir para casa descansar. Pelo menos feche a loja amanhã. Ou o Sr. Brown pode supervisionar os aprendizes e podemos fazer só as coisas mais simples. Não é possível que consigam estragar tanto assim uma massa de pão. — Ele faz menção de puxar a cadeira para mim, mas gesticulo para que se afaste. — Se insiste em prosseguir com o que quer que seja isto, pelo menos sente-se antes que caia.

Ocupamos lados opostos, encostados na janela fria e úmida. No fim da rua, o relógio de Saint Giles anuncia a hora. Os prédios ao longo da Cowgate estão cinza com o crepúsculo, e o céu está cinza, e todos que passam pela padaria estão envoltos em lã cinza, e juro que não vejo cor alguma desde que vim para esse maldito lugar.

Callum coloca o profiterole na mesa entre nós, então olha para mim, brincando com a manga.

— Ah, o vinho. — Ele olha para o balcão, parece decidir que não vale a pena voltar para pegar, então olha de novo para mim, as mãos apoiadas na mesa. Os nós dos dedos estão rachados devido ao ar seco do inverno, as unhas, rentes e roídas até o sabugo nos cantos.

— Lembra do dia em que nos conhecemos? — dispara ele.

Olho para o profiterole e pesar começa a crescer em meu estômago como uma gota de tinta em água.

— Lembro de muitos dias.

— Mas e daquele em especial?

— Sim, é claro. — Foi um dia humilhante, ainda dói pensar nele. Depois de escrever três cartas sobre minha admissão para a universidade e não receber nenhuma resposta por mais de dois meses, fui até o escritório pessoalmente para investigar se tinham chegado. Assim que dei meu nome para o secretário, ele me informou que eles tinham, de fato, recebido minha correspondência, mas não, ela não havia sido passada para o conselho de diretores. Minha petição fora negada sem nem mesmo ter sido ouvida, porque eu era uma mulher, e mulheres não têm permissão de se inscrever em cursos de ensino de hospitais. Fui, então, acompanhada para fora do prédio por um soldado que fazia ronda, o que simplesmente me pareceu excessivo, embora fosse mentira dizer que não considerei passar correndo pelo secretário e avançar pela porta do salão dos diretores sem permissão. Uso sapatos práticos e posso correr bem rápido.

Mas, tendo sido colocada na rua sem cerimônia, eu me consolei na padaria do outro lado, afogando as mágoas em um profiterole feito para mim por um padeiro de rosto redondo e com a silhueta de um homem que pode comer quantos bolos quiser. Quando tentei pagar pelo doce, ele me devolveu as moedas. E quando eu estava terminando de comer, naquela mesma mesa àquela janela (ah, Callum estava mesmo se enterrando no sentimentalismo ao escolher aquele lugar), ele se aproximou hesitantemente com uma xícara de sidra morna e, depois de uma boa conversa, uma oferta de emprego.

Na ocasião, pareceu que estava tentando atrair um cão arredio para se deitar ao lado da lareira e tirá-lo do frio. Como se soubesse o que era melhor para mim, como se meu coração teimoso pudesse ser seduzido até ali. Ele está com a mesma aparência agora, determinado a me oferecer aquele mesmo tipo de profiterole, com o queixo abaixado para olhar para mim por entre o arbusto de sobrancelhas.

— Felicity — diz ele, meu nome trêmulo em sua garganta. — Nós nos conhecemos há um tempo já.

— Sim — concordo, e o pesar aumenta.

— E me tornei muito afeito a você. Como sabe.

— Sei.

E eu sabia. Depois de meses contando moedas com o lado do corpo encostado no dele no espaço apertado atrás do balcão e nossas mãos se tocando quando ele me passava a bandeja de pães quentes, tinha ficado evidente que Callum gostava de mim de uma forma que eu não conseguia me obrigar a gostar dele. E, embora eu soubesse da existência desse sentimento há um tempo, não fora uma questão de urgência que precisasse ser tratada.

Mas agora ele me está me dando um profiterole e relembrando. E me contando o quanto gosta de mim.

Dou um salto quando ele pega minha mão do outro lado da mesa — um gesto impulsivo, súbito. Callum se afasta com a mesma rapidez, e me sinto péssima por me sobressaltar. Estendo a mão em um convite, deixando que ele tente de novo. A palma das mãos dele está suada e meu aperto é tão sem entusiasmo que imagino que deva ser parecido com abraçar um filé de peixe.

— Felicity — diz Callum, então de novo: — Tenho muita afeição por você.

— Sim — eu digo.

— Muita afeição.

— Sim. — Tento me concentrar no que está dizendo e não em como tirar a mão da dele sem ferir seus sentimentos ou em se há algum cenário possível em que eu possa sair disso com aquele profiterole, mas sem precisar fazer mais do que segurar a mão dele.

— Felicity — diz Callum de novo, e, quando olho para cima, ele está inclinado sobre a mesa na minha direção com os olhos fechados e os lábios formando um biquinho.

E aqui está. O inevitável beijo.

Quando Callum e eu nos conhecemos, eu estava tão sozinha que não apenas aceitei o emprego, mas a companhia que veio com ele, o que deu ao padeiro a ideia que costuma entrar na cabeça dos homens quando uma mulher dá alguma atenção a eles: que é um sinal de que eu quero espremer a boca deles, e possivelmente outras partes de seus corpos também, contra a minha. O que não quero.

Mas fecho os olhos e deixo que ele me beije.

Há um avanço maior na abordagem inicial do que eu gostaria, e nossos dentes se chocam de tal forma que me pergunto se é um negócio rentável vender os recém-divulgados transplantes de dentes vivos do Dr. John Hunter para mulheres que foram beijadas por homens excessivamente entusiasmados. Não é nem de perto tão desagradável quanto minha única experiência anterior, embora seja um gesto tão molhado quanto e igualmente sem paixão, o equivalente oral de um aperto de mão.

Melhor acabar logo com isso, penso, então fico imóvel e deixo que ele pressione os lábios contra os meus, sentindo como se estivesse sendo carimbada como um livro de registros. O que, aparentemente, é a coisa errada a se fazer, pois ele para muito abruptamente e se senta de novo na cadeira, limpando a boca na manga.

— Desculpe, eu não deveria ter feito isso.

— Não, está tudo bem — digo, rapidamente. E estava. Não foi hostil ou forçado. Se eu tivesse me virado, sei que ele não teria me perseguido. Porque Callum é um bom homem. Ele caminha na beira da calçada para impedir que eu seja atingida pela água das rodas de carruagens sobre a neve. Ouve cada história que conto, mesmo quando sei que estou dominando a conversa. Ele parou de colocar amêndoas em pães doces depois que eu disse que amêndoas fazem minha garganta coçar.

— Felicity — diz Callum —, eu gostaria de me casar com você. — Então ele desce da cadeira e para com um pesado *tum* no chão, o que me deixa preocupada com os joelhos dele. — Desculpe, errei a ordem.

Quase caio também — mas não por cavalheirismo. Estou me sentindo muito mais zonza diante do matrimônio do que me senti ao ver meio dedo na água das louças.

— O quê?

— Você... — Ele engole em seco com tanta força que vejo a garganta viajar por todo o percurso do pescoço. — Você não sabia que eu ia pedir?

Na verdade, eu não tinha esperado mais do que um beijo, mas subitamente me sinto tola por pensar que era só isso que ele queria de mim. Eu me atrapalho com uma explicação para minha ignorância obstinada e só penso em:

— Nós mal nos conhecemos.

— Nós nos conhecemos há quase um ano — responde ele.

— Um ano não é nada! — protesto. — Tive vestidos que usei por um ano e acordei certa manhã e pensei: "Por que estou usando este vestido doido que me faz parecer o cruzamento de um terrier com uma lagosta?".

— Você nunca se parece com uma lagosta — diz ele.

— Pareço quando uso vermelho — retruco. — E quando coro. E meu cabelo é vermelho demais. E não teria tempo de planejar um casamento agora porque estou ocupada. E cansada. E tenho tanto para ler. E vou para Londres!

— Você vai? — pergunta ele.

Você vai?, pergunto a mim mesma ao mesmo tempo que me ouço dizer:

— Sim. Parto amanhã.

— Amanhã?

— Sim, amanhã. — Outra revelação para mim mesma. Não tenho planos de ir a Londres. Isso brotou de mim, uma desculpa espontânea e fictícia criada inteiramente do pânico. Mas ele ainda está de joelhos, então insisto nela. — Preciso ver meu irmão lá; ele está com... — Paro por tempo demais para que minha palavra seja qualquer coisa que não uma mentira, então digo: — Sífilis. — É a primeira coisa que me vem à mente quando penso em Monty.

— Ah. Ah, nossa. — Callum, para crédito dele, parece fazer um verdadeiro esforço para entender minha divagação sem sentido.

— Bem, não, sífilis não — digo. — Mas ele está tendo terríveis períodos de... tédio... e pediu que eu fosse e... lesse para ele. E vou peticionar ao hospital de novo para admissão na primavera, quando aceitam novos médicos residentes, e isso vai tomar toda minha atenção.

— Bem, se nos casássemos, você não teria que se preocupar com isso.

— Me preocupar com o quê? — pergunto. — Planejar um casamento?

— Não. — Ele se levanta e afunda de novo na cadeira com uma curva muito maior nos ombros do que antes. — Com estudos.

— Eu quero me preocupar com isso — respondo, minha nuca se arrepiando. — Vou tirar uma licença e me tornar médica.

— Mas isso vai... — Ele para, seus dentes apertando o lábio inferior com tanta força que fica branco.

Cruzo os braços.

— Isso vai o quê?

— Não fala sério a respeito disso, fala?

— Se não estivesse falando sério, não teria sido capaz de costurar você agora mesmo.

— Eu sei...

— Você ainda estaria sangrando na pia.

— Eu sei disso, e aquilo foi... Você fez um trabalho incrível. — Ele estende a mão, como se fosse dar um tapinha na minha, mas eu a tiro da mesa, pois não sou um cachorro e não preciso de um tapinha. — Mas todos temos coisas tolas que nós... queremos... sonhos, sabe... e então um dia você... — Ele pega o ar com a mão, como se estivesse tentando conjurar a fraseologia certa entre nós em vez de ser forçado a dizer o que quer dizer. — Por exemplo, quando eu era menino, queria treinar tigres para a *menagerie* da Torre de Londres.

— Então treine tigres — respondo, simplesmente.

Ele gargalha, um ruído baixo, nervoso.

— Bem, eu não quero mais, porque tenho a loja e tenho uma casa aqui. O que quis dizer foi que todos sonhamos com coisas bobas e perdemos o interesse porque queremos algo real, como uma casa, uma loja, uma esposa e filhos. Não, não hoje — gagueja ele, pois devo parecer horrorizada —, mas um dia.

Um tipo diferente de pesar começa a se espalhar dentro de mim agora, forte e amargo como uísque. *Coisas bobas*. É o que ele sempre achou das minhas grandiosas ambições. Todo esse tempo, todas as conversas sobre *scones*, toda a atenção intensa dele ao me ouvir explicar como, se a cabeça fosse serrada de um cadáver, seria possível traçar os caminhos dos doze nervos que conectam o cérebro ao corpo todo. Um dos poucos que não tinha me dito para desistir, mesmo quando eu quase disse isso a mim mesma, após escrever para todos os cirurgiões da cidade, implorando por ensinamentos, e receber apenas rejeições. Nem mesmo me foi concedida uma única reunião depois que descobriram que eu era mulher. Esse tempo todo em que estávamos juntos, ele se perguntava quando eu desistiria desse capricho passageiro, como se fosse uma tendência de moda que desapareceria das vitrines ao fim do verão.

— Não vou treinar tigres — digo. — É medicina. Quero ser médica.

— Eu sei.

— Não são nem comparáveis! Há médicos por toda esta cidade. Ninguém diria que é tolo ou impossível se eu fosse um homem. Você não podia treinar tigres porque é só um padeiro da Escócia, mas eu tenho *habilidades de verdade*. — A expressão dele se fecha antes que eu me dê conta do que disse, e tento recuar. — Não que você... desculpe, não quis dizer isso.

— Eu sei — responde Callum. — Mas, algum dia, você vai querer algo real. E eu gostaria de ser esse algo para você.

Ele me olha muito determinado, e acho que quer que eu diga alguma coisa para assegurar que entendo o que quer dizer e que sim, está certo, sou apenas uma coisinha volúvel com um interesse passageiro em medicina que pode ser abafado depois que um anel for colocado em meu dedo. Mas só consigo pensar em dizer um malcriado: *E talvez um dia as estrelas caiam do céu.* Então não ofereço nada em troca a não ser um olhar gélido, o tipo de olhar que meu irmão um dia me disse que podia apagar um charuto.

Callum abaixa o queixo contra o peito, então solta uma bufada longa e pesada que bagunça o cabelo em sua testa.

— E, se não for recíproco, então não quero mais fazer isto.

— Isto o quê?

— Não quero que trabalhe aqui sempre que precisar de dinheiro e apareça a qualquer hora que quiser e coma todos os pães e tire vantagem de mim porque sabe que tenho uma afeição por você. Ou quero me casar com você, ou não quero mais vê-la.

Não posso argumentar contra nada disso, embora o fato de que meu coração pese muito mais ao pensar em perder o emprego do que perder Callum diga muito a respeito da natureza desaconselhável de uma união entre nós. Tenho certeza de que poderia encontrar outra coisa para me sustentar nessa cidade triste e inclemente, mas provavelmente seria algo ainda mais insignificante e tedioso do que contar moedas em uma padaria e muito certamente não incluiria sobremesas de graça. Eu estragaria meus olhos fazendo botões em uma fábrica fumacenta ou me arrasaria como uma criada, e então estaria cega, torta e tísica aos 25 anos, e a escola de medicina seria definitivamente posta de lado antes que eu tivesse uma oportunidade decente.

Encaramos um ao outro — não tenho certeza se ele quer que eu peça desculpas ou concorde ou admita que sim, é isso que tenho feito, e sim, sabia que o estava usando terrivelmente, e sim, concordarei com a proposta por penitência e tudo terá valido a pena. Mas continuo calada.

— Deveríamos terminar de arrumar as coisas — diz ele, por fim, levantando-se e limpando as mãos no avental com um estremecimento. — Pode comer o profiterole. Mesmo que não possa dizer sim agora.

Eu queria poder acreditar que o sim é inevitável, da mesma forma que ele parece acreditar. Seria tão mais fácil querer dizer sim, querer uma casa na Cowgate, um bando de crianças Doyle com pernas Montague gordinhas e uma vida estável com aquele homem bondoso e estável. Uma pequena parte de mim — a parte que traça meu dedo pelo açúcar peneirado em torno das bordas da massa choux e quase o chama de volta — sabe que há coisas muito piores para uma mulher do que ser a esposa de um homem bom. Seria tão mais fácil do que ser uma mulher de mente independente com um desenho em giz, no piso do quarto da pensão, mapeando cada veia, nervo, artéria e órgão sobre o qual lê, acrescentando anotações sobre o tamanho e as propriedades de cada um. Seria tão mais fácil se eu não quisesse saber tudo tão intensamente. Se eu não quisesse tanto depender de ninguém além de mim.

Quando Monty, Percy e eu voltamos para a Inglaterra depois do que pode ser generosamente chamado de um *Tour*, a ideia de uma vida em Edimburgo como uma mulher independente era animadora. A universidade tinha uma novíssima escola de medicina; a Enfermaria Real permitiu a observação de estudantes; um teatro de anatomia estava sendo construído em College Garden. Era a cidade para onde Alexander Platt havia ido depois da desonrosa dispensa da marinha sem referência e sem perspectivas e onde fizera seu nome simplesmente ao se recusar a parar de falar sobre as ideias radicais que o tinham feito ser expulso do serviço. Edimburgo dera a Alexander Platt uma vantagem a partir do nada, porque vira nele uma mente brilhante, não importava que viesse de um rapaz da classe operária sem experiência e destituído de título. Eu tinha certeza de que faria o mesmo por mim.

Em vez disso, aqui estou eu, em uma padaria, com um doce de pedido de casamento.

Callum é gentil, digo a mim mesma enquanto olho para o profiterole. *Callum é doce. Callum ama pão, acorda cedo e é asseado. Ele não se importa que eu não use cosméticos e quase não me esforce para arrumar o cabelo. Ele me ouve e não faz eu me sentir insegura.*

Eu poderia conseguir algo muito pior do que um homem bom.

O cheiro de açúcar e fumaça de madeira começa a voltar à loja quando Callum fecha os fogões, abafando o leve odor de sangue que ainda perdura no ar, aguçado e metálico como uma nova agulha de costura. Não quero passar o resto da vida sentindo cheiro de açúcar. Não quero massa sob as unhas, um homem satisfeito com o que a vida lhe deu e meu coração, uma criatura faminta e selvagem, me devorando de dentro para fora.

Fugir para Londres tinha realmente sido uma mentira, mas subitamente começa a se desenvolver em minha mente. Londres não é um centro de medicina como Edimburgo, mas há hospitais e muitos médicos que oferecem aulas particulares. Há uma guilda. Nenhum dos hospitais ou consultórios particulares ou mesmo os bárbaros cirurgiões de Grassmarket me permitiram colocar um dedo para dentro da porta deles. Mas os hospitais em Londres não sabem meu nome. Sou mais esperta agora, depois de um ano de rejeição — aprendi a não entrar com pistolas em punho, mas a mantê-las escondidas nas anáguas com a mão sorrateiramente no gatilho. Desta vez, vou me aproximar de fininho. Encontrarei uma forma de fazer com que me deixem entrar antes de sequer precisar mostrar a mão.

E de que adianta ter um cavalheiro degenerado na cidade como irmão se não tiro vantagem da hospitalidade cavalheiresca dele?

Londres

2

Moorfields é um bairro fétido e pútrido que me recebe como um soco nos dentes. O barulho é fantástico — sermões de pastores condenando os pobres nas esquinas competem com gritos dos bordéis. Gado muge ao ser arrebanhado pela rua em direção ao mercado. Funileiros gritam por panelas para consertar. Quitandeiros vendem ostras, nozes, maçãs, peixe, nabo — novas mercadorias a cada poucos passos, todas gordurosas e todas anunciadas aos berros. Estou com lama até os tornozelos desde a parada da carruagem, do tipo espessa e oleosa, que atola carroças e rouba sapatos. Gatos mortos e frutas podres boiam no charco, e a névoa espessa de fumaça e gim faz o ar parecer insuficiente. É um milagre eu não ser furtada no trajeto, e será igualmente milagroso se eu conseguir raspar toda a lama e o lixo das solas das botas.

Meu irmão, sempre afeito à teatralidade, tornou sua queda na pobreza tão dramática quanto é possível.

Mesmo enquanto subo as escadas do prédio dele, não tenho certeza de qual emoção está mais fortemente associada com a reunião iminente com Monty. Nós nos despedimos em bons termos — ou, se não bons, pelo menos perto disso —, mas só depois de uma vida nos bicando como animais ferozes. E atacar pontos fracos é um hábito difícil de quebrar. Nós dois dissemos coisas indelicadas o suficiente um para o outro para justificar uma relutância da parte dele em me receber com acolhimento.

Então é inesperado que minha primeira reação ao ver o rosto do meu irmão quando ele abre a porta seja talvez uma versão de carinho. Esse ano miserável em que ficamos separados me deixou terrivelmente sentimental.

O que ele oferece em resposta é choque.

— Felicity.

— Surpresa! — exclamo, com a voz fraca. Então ergo as mãos no ar como algum tipo de comemoração e tento não me arrepender de ter vindo até aqui. — Desculpe, eu posso ir embora.

— Não, não vá... Meu Deus, Felicity! — Monty pega meu braço quando me viro, me puxando de volta para ele e então para um abraço, e não sei o que fazer em relação a isso. Considero tentar me desvencilhar, mas provavelmente vai acabar mais rápido se eu não resistir, então fico de pé, com os braços duros e mordendo o interior da bochecha.

— O que está fazendo aqui? — Ele me empurra para trás, à distância de um braço, para me olhar melhor. — E está tão alta! Quando ficou tão alta?

Jamais almejei ter uma estatura impressionante, com base principalmente no exemplo de Monty — somos ambos de uma compleição sólida, difícil de derrubar, que sacrifica a altura pela largura dos ombros —, mas precisei abrir a bainha da saia desde o verão e, eu com meus sapatos de salto e ele de meias, consigo tocar o nariz na testa de meu irmão. A implicância deve ter uma morte muito lenta mesmo, pois, apesar daquela pontada momentânea de carinho, fico satisfeita por ser oficialmente mais alta.

O abraço dele me impediu de olhar direito para Monty até que ele desse um passo para trás para avaliar minha altura, e eu o examino também. Está mais magro — é a primeira coisa que noto. Magro de uma forma que não pode mais ser descrita como *esbelta*, mas do tipo que se consegue por não ter o bastante para comer. Está mais pálido também, embora isso seja menos alarmante — na última vez que nos vimos, tínhamos encerrado uma temporada nas ilhas Cíclades, então estávamos ambos bronzeados como castanhas. Os dias curtos e cinzentos que preenchem o inverno de Londres tornaram impossível não notar as cicatrizes no rosto dele, que está muito mais lívido do que eu esperava. Elas estão salientes e vermelhas, como um borrão de tinta na testa e em filetes pelo pescoço, mais visíveis porque cortou o cabelo curto, embora de alguma forma ainda tenha aquela desordem natural nele, como se alguém o tivesse esculpido para parecer bagunçado na medida certa.

— Venha, entre. — Monty me conduz para dentro do apartamento, as tábuas do piso protestando mais alto do que sinto que deveriam enquanto ainda mantêm a estabilidade estrutural. Eu e minha bolsa cruzamos a soleira da porta.

O apartamento está tão entulhado quanto uma festa. Há uma pia equilibrada sobre um conjunto de baús empilhados uns nos outros, que parecem funcionar como armário e mesa de jantar e estão encostados em um fogão cheio de fuligem, que parece estar afundando o assoalho. Considero tirar as botas, mas decido que não quero arriscar andar nessas tábuas de meias por medo de ser empalada por uma farpa.

Monty passa para o meio do que pode ser generosamente chamado de sala de estar, embora haja apenas uma fina divisória para delimitá-la.

— Sei que é uma merda — diz ele antes que eu precise pensar em um elogio que seja, na verdade, uma mentira. — Mas é nossa merda. Contanto que paguemos o aluguel. O que temos feito. Na maioria das vezes. Tivemos apenas um susto até agora. E temos um fogão, o que é ótimo. E há muito menos baratas do que havia no verão. Mais ratos agora, mas menos baratas. — Ele faz um pequeno gesto vitorioso com as mãos unidas acima da cabeça. —

Venha cá, Percy está na cama. Venha cumprimentá-lo. Acho que ainda está acordado.

— Por que Percy está acamado? — Sigo Monty pela divisória, e Percy ergue a cabeça de onde está enterrado no colchão deles. Não se tornou tão dramaticamente macilento quanto Monty, embora a pele negra disfarce a palidez. Além disso, Percy é uma criatura espichada desde a juventude; todo terno fica um pouco curto demais nas mangas, e os braços e as pernas são finos, com músculos esguios salientes como tangerinas envoltas por aniagem.

Ocorre-me subitamente por que os dois podem estar deitados no meio do dia e congelo, corando antes de ter a confirmação de minhas suspeitas.

— Ah, não. Estou interrompendo alguma coisa marital ou romântica?

— Felicity, por favor, são seis da tarde — diz Monty, com grande indignação. Então acrescenta: — Passamos o dia todo fornicando.

Resisto em usar meu primeiro revirar de olhos da visita tão cedo.

— Sério, Percy, por que está de cama?

— Porque não tem sido uma semana muito boa. — Monty afunda ao lado de Percy e se aninha no ombro dele, o lado surdo virado para longe de mim.

Percy me dá um sorriso fraco, sua cabeça se inclinando contra a de Monty.

— Tive só uma convulsão ontem — explica ele, e Monty franze o nariz ao ouvir a palavra.

— Ah. — Falo com mais alívio do que pretendia, mas me sinto muito mais confortável discutindo epilepsia do que fornicação. Percy é epilético, ou seja, fica temporariamente incapacitado em intervalos periódicos por convulsões que médicos desde Hipócrates têm tentado, e em grande parte fracassado, entender e tratar. Depois de muitos anos trazendo um desfile de supostos especialistas que aplicavam ventosas, o faziam sangrar e o medicavam na tentativa de diminuir a intensidade das convulsões, seus tios, os guardiões dele, finalmente decidiram aprisioná-lo permanentemente em um tipo de asilo bárbaro no qual pessoas com doenças intratáveis são confinadas. E teria acontecido se ele não tivesse fugido com meu irmão; estavam tão dedicados em manter a doença em segredo por medo da vergonha social que nem Monty nem eu soubemos dela até estarmos no exterior.

Sinto-me tentada a perguntar sobre a publicação que mandei no mês anterior sobre homeopatia e o tratamento de ataques convulsivos com quinino. Mas Percy parece sonolento e doente, e Monty vai parar de ouvir assim que eu começar a falar sobre assuntos médicos, então o que digo em vez disso é:

— Epilepsia é uma filha da puta.

— Minha nossa, como a Escócia a deixou vulgar — comenta Monty, com deleite. — O que a traz das *Terras Altas* até nós? Não que não seja uma surpresa agradável. Mas é uma surpresa. Você escreveu? Porque chegou antes da carta.

— Não, isto foi... não foi planejado. — Abaixo o rosto para os sapatos quando o pedaço de alguma substância desconhecida se solta da sola. Jamais fui boa em pedir coisas dos outros, e a frase fica presa em minha garganta. — Estava esperando que me acolhessem por um tempo.

— Você está bem? — pergunta Percy, o que deveria ter sido a primeira pergunta de meu irmão, embora eu não esteja chocada por não ter sido.

— Ah, estou bem. — Tento aparentar sinceridade, pois estou bem de todas as formas que o preocupam. Eu me sinto presa entre o pé da cama e a divisória e, quando tento recuar, quase derrubo a tela atrás de mim. — Posso encontrar outro lugar para ficar. Uma pensão ou algo assim.

Mas Monty gesticula para que eu pare.

— Não seja ridícula. Podemos abrir espaço.

Onde?, quase pergunto, mas ambos me olham com uma espessa camada de preocupação que me faz olhar para os sapatos de novo. Responder com contato visual de alguma forma me parece tanto vulnerável demais quanto invasivo demais, então murmuro:

— Desculpe.

— Está se desculpando pelo quê? — pergunta Monty.

Eu estava me desculpando porque meu grande plano não tinha funcionado. Desculpando-me por estar ali dependendo da caridade cristã de meu irmão — o pouco que ele tinha para dar —, porque meu plano para o futuro tinha perdido o fundamento a cada marco. Porque eu nasci menina, mas teimosa demais para aceitar a bagagem que vem com meu sexo.

— Felicity. — Monty se senta e se inclina para a frente com os braços em volta dos joelhos, olhando muito determinadamente para mim. — Não peça desculpas por nada. Foi deixado claro em muitas cartas que você é sempre bem-vinda aqui. Eu imaginava que, se algum dia você aceitasse a oferta, haveria algum aviso, então precisará aturar nossos estados atuais de invalidez e de preocupação por tal invalidez. Mas, se tivesse escrito, juro por Deus que nossa resposta teria sido "pegue a primeira carruagem para o sul".

Graças a Deus, algo com que posso me indignar. É muito mais confortável do que o sentimentalismo.

— *Muitas cartas?* Mesmo? — Quando Monty me dá um olhar confuso, concluo: — Você não me escreveu uma vez.

— Eu escrevo!

— Não, Percy me escreve lindas, longas cartas com a caligrafia bastante legível dele e então você rabisca algo ofensivo no final sobre homens escoceses e os *kilts* deles. — Monty sorri, o que não surpreende, mas Percy também ri com escárnio. Quando olho com raiva para ele, Percy puxa a colcha até o nariz. — Não o encoraje.

Monty se aproxima e dá um beliscão suave no maxilar de Percy, então dá um beijo no mesmo local.

— Ah, ele adora quando eu sou sujo.

Viro o rosto, bem para uma calça descartada no chão de maneira reveladora, e me resigno com o fato de que a afeição deles é inevitável. Particularmente se vou ficar com os dois.

— Ainda continuam com aquela obsessão nauseante um pelo outro? Achei que a esta altura teria arrefecido.

— Ainda somos completamente insuportáveis. Venha aqui, meu mais querido e adorado amor dos amores. — Monty puxa o rosto de Percy para ele e o beija na boca dessa vez, atrapalhado e exibido, e de alguma forma consegue olhar para mim o tempo todo, como se para mostrar o quanto é presunçoso em me deixar desconfortável. Aquele carinho inicial que senti por meu irmão já começou a apodrecer como um melão velho.

Não consigo mais resistir a revirar os olhos, embora tema por minha visão assim que olho para o teto — parece estar descascando em pedaços de gesso. Se há uma parte desse apartamento que não esteja pulando corda com o limite entre habitável e condenado, ainda não vi.

— Vou embora.

Quando eles se afastam, Percy pelo menos tem o bom senso de parecer encabulado com a demonstração. Monty parece apenas irritantemente satisfeito consigo mesmo. De alguma forma, as covinhas dele estão ainda mais alegres do que eu me lembrava.

— Ele está se exibindo — assegura Percy. — Nós nunca nos tocamos.

— Bem, por favor, não comecem por minha causa — respondo.

— Venha aqui, querida, e lhe darei um carinho também. — Monty dá um tapinha na cama entre os dois. — Um sanduíche de Monty-Percy decente.

Dou um sorriso meigo como resposta.

— Ah, *querido*, prefiro atear fogo a mim mesma.

Levei, admito, um tempo para aceitar a ideia de que Percy e Monty parecem ter encontrado afeição sincera um pelo outro, no que fui ensinada que é o pecado de todos os pecados. Talvez a distância tenha ajudado, ou pelo menos me dado espaço para ponderar e fazer as pazes com isso e passar de uma tolerância que me fazia estremecer para algo mais próximo da compreensão de que o amor deles é provavelmente mais verdadeiro do que a maioria dos casais que vi quando era pequena. Qualquer um que tenha aturado meu irmão certamente não estaria fazendo isso a não ser que realmente, sinceramente, o amasse. E Percy é o tipo de rapaz decente que, de fato, pode amá-lo. Quando despida das ilegalidades e da condenação bíblica, a atração deles não é mais estranha para mim do que a atração de qualquer pessoa por outra.

Percy cutuca o lado da cabeça de Monty com o nariz.

— Você deveria ir para o trabalho.

— Preciso ir? — responde ele. — Felicity acaba de chegar.

Eu me estico de uma forma que tenho certeza de que me faz parecer mais como um esquilo do que seria lisonjeiro, mas não consigo resistir a uma provocação. Ele merece depois daquele beijo semelhante a um ralo entupido.

— Desculpe, Percy, não tenho certeza se ouvi direito, porque pareceu que você disse *trabalho*, o que significaria que meu irmão enganou alguém para que o empregasse.

— Obrigado, estou empregado de maneira consistente desde que chegamos a Londres — retruca Monty. Percy tosse, e ele acrescenta: — Mais ou menos consistente.

Sigo Monty para o outro lado da divisória, mantendo-me na beirada dela para conseguir conversar com os dois enquanto Monty tateia os baús.

— Posso tentar adivinhar para que tipo de trabalho você está correndo? Você é um jóquei. Não, espere, um artista de clube noturno. Um boxeador sem luvas. Um segurança de bordel.

Da cama, Percy gargalha.

— Ele seria menor do que a maioria das prostitutas.

— Ha, há, há. Não vou admitir que vocês dois se juntem contra mim enquanto você estiver aqui. — Monty se levanta de um baú com um macacão que parece que foi vomitado por um gato velho e se atrapalha para vesti-lo pela cabeça. — Pois fique sabendo — diz ele enquanto luta para passar as mãos pelas mangas — que tenho uma posição respeitável em Covent Garden.

— Respeitável? — Cruzo os braços. — Isso soa como uma mentira.

— Não é! É muito respeitável, não é, Percy? — grita ele, mas Percy subitamente se ocupou com um fio que está soltando da colcha.

— Então, diga-me o que está fazendo respeitavelmente em *Covent Garden* — peço, com uma sobrancelha arqueada à menção do distrito.

Como um homem recentemente monógamo, ele finge não entender minha ênfase no famoso local de conquistas que ele um dia frequentou.

— Jogo cartas para um cassino.

— Você joga *para* o cassino?

— Fico sóbrio, mas finjo estar bêbado para jogar contra os homens que estão realmente bêbados e ganhar o dinheiro deles e dar para a casa. Eles me pagam uma parte.

Solto uma risada antes de conseguir segurar.

— Sim. *Respeitável* é a primeira palavra que me vem à mente quando ouço isso.

— Melhor do que fazer bolos de ameixa com *seu* bolinho de ameixa — responde ele, com um sorriso malicioso.

E subitamente nada disso é mais divertido ou engraçado: é a implicância descontrolada de nossa juventude, nós dois nos alfinetando suavemente até que alguém acerta com força demais e tira sangue. Monty pode não sentir a mudança no clima, mas Percy sente, pois fala com seriedade:

— Seja bonzinho. Ela só está aqui há vinte minutos.

— Faz só vinte minutos? — murmuro, e Percy abana a mão para mim.

— Você também precisa ser boazinha. É uma via de mão dupla.

— Sim, mamãe — respondo, e Monty ri, dessa vez menos de mim do que comigo, e trocamos um olhar que é, digamos, não hostil. O que é bom o bastante.

Monty leva um tempo excessivamente longo para se vestir. Tem o macacão, em grande parte escondido por uma jaqueta e um casaco grande demais, então botas pesadas e luvas puídas, tudo encimado por uma touca adoravelmente torta que gosto de imaginar que Percy tenha tricotado para ele. Meu irmão também precisa de meia dúzia de falsas tentativas antes de finalmente conseguir chegar à rua — primeiro, volta para pegar o cachecol, então para colocar meias mais grossas, mas na maioria das vezes ele volta mesmo é para dar mais um beijo em Percy.

Quando Monty finalmente sai de verdade — o prédio todo parece se inclinar um pouco mais para o oeste quando a porta bate atrás dele —, Percy sorri para mim e dá um tapinha na cama ao lado dele.

— Pode se sentar, se quiser. Prometo que não vou tentar abraçar você.

Eu me sento na beira da cama. Presumo que ele vá mergulhar de cara em um interrogatório sobre por que exatamente fiz minha aparição maltrapilha à porta deles implorando por abrigo. Mas, em vez disso, ele diz:

— Obrigado pela pesquisa que mandou.

Eu estava tão preparada para protestar que minha visita surpresa a Londres não é um sinal de uma crise iminente que entro um pouco determinada demais no assunto.

— Não era fascinante? Quero dizer, é irritante que ele chame de Mal de São Valentim durante toda a maldita publicação, mas é genial quantos médicos estão defendendo alternativas a sangrias e cirurgias. Particularmente para uma doença como a epilepsia, da qual ainda não temos uma ideia muito concreta de onde se origina. E a nota de rodapé sobre a improbabilidade de a epilepsia ter alguma relação com desejos sexuais ilícitos foi gratificante, isso não costuma ser reconhecido. Mas a ideia toda de uma dose preventiva de medicamentos em vez do tratamento em um momento de crise, preventiva em vez de prescritiva, para uma doença crônica que não se manifesta todo... — Paro de falar. Percebo que Percy está com dificuldades para acompanhar tantas palavras disparadas tão rapidamente e com tanto vigor. — Desculpe, estou tagarelando.

— Não peça desculpas. Eu queria ter algo inteligente para oferecer em troca. Talvez quando estiver um pouco mais... — Ele gesticula vagamente com a mão para indicar sua atual invalidez.

— Tentou alguma das coisas sugeridas? Ele faz uma boa defesa do quinino.

— Ainda não. Não temos dinheiro agora. Mas a Royal Academy of Music aqui em Londres vai procurar violinistas no outono. Um dos rapazes no meu quarteto é estudante de Bononcini e disse que me apresentaria a eles, espero que isso dê em alguma coisa. — Ele se recosta contra a cabeceira enquanto me observa, puxando as pernas contra o peito de forma que os dedos dos pés não estejam mais para fora da cama. — Você está bem?

— Eu? Sim, é claro.

— Porque estamos muito felizes em ver você, mas sua chegada parece um pouco... espontânea. O que faria uma pessoa preocupada se perguntar se você deixou Edimburgo por alguma inquietação.

— Isso seria um motivo, não é? — Espero que meu tom casual o distraia, mas Percy continua me encarando, então suspiro, com a postura se curvando em uma pose nada digna de uma dama. — Sr. Doyle, o padeiro, sabe, aquele para quem trabalho. — Percy assente, e prossigo com muita relutância. — Ele expressou interesse em algum dia fazer uma proposta de casamento a mim.

Eu esperava algum sobressalto fantástico, o mesmo tipo de surpresa que me atingiu quando Callum fez a pergunta, mas a expressão de Percy quase não muda.

— Que cínico.

— Você não parece surpreso.

— E deveria estar? Você ficou?

— Sim! Como sabia?

— Por causa de tudo o que você escreveu sobre ele! Cavalheiros solteiros não dão aquele tipo de atenção a donzelas a não ser que tenham planos de longo prazo. Embora eu suponha que vocês Montague sejam os melhores em não reparar quando alguém tem uma queda por vocês. — Ele pode ter a intenção de me fazer rir, mas em vez disso fico muito interessada em puxar as bolinhas de lã da minha saia, onde a bolsa friccionou. — Você não parece muito animada.

— Bem, considerando que, depois que ele perguntou, eu imediatamente reservei uma carruagem para cá e escrevi para Saint Bartholomew a respeito de uma reunião com o conselho de diretores do hospital, não posso dizer que esteja.

— Achei que você gostasse de Callum.

Essas malditas bolinhas de lã estão bem presas. Pressiono a ponta em frangalhos da unha do meu dedão na trama e puxo um fio da lã.

— Eu gosto. Ele é bom e me faz rir às vezes, se a piada é inteligente, e trabalha muito. Mas gosto de muita gente. Gosto de você, mas isso não quer dizer que queira me casar com você.

— Graças a Deus, porque eu já tenho dono.

Resisto à vontade de cair de cara na cama — estaria mais inclinada a ceder à vontade se não estivesse preocupada de o colchão não oferecer apoio e eu acabar com um nariz quebrado.

— Callum é gentil. E me ajudou. Mas ele acha que está me salvando de toda minha ambição, quando, na verdade, não consigo ver um cenário futuro onde passe a me interessar tanto por

Callum quanto me interesso por medicina. Ou me interessar por qualquer um, na verdade. Ou por fazer outra coisa que não seja estudar medicina. — Dou um longo suspiro, balançando os finos fios que escapam da minha trança. — Mas as coisas poderiam ser muito piores do que ser adorada por um gentil padeiro que é dono de uma padaria.

— Em minha experiência, é menos gratificante para os dois quando essa adoração é unilateral. — Percy esfrega o rosto. Percebo que está ficando sonolento e penso que vai implorar para se deitar, mas, em vez disso, ele fala: — Não querendo fugir do assunto, mas podemos voltar para outra coisa por um instante? O que foi aquilo sobre o conselho do hospital Saint Bart?

— Ah. — O assunto inspira em mim um tipo totalmente diferente de ansiedade do que quando falo sobre Callum. — Solicitei uma reunião com os diretores do hospital.

— Para ser aceita como... paciente?

— Não. Para fazer uma petição para estudar medicina lá. Embora eles não saibam que é sobre isso que quero falar. Posso ter feito parecer que a reunião seria para discutir uma doação financeira que eu queria fazer ao hospital. — Mordo o lábio inferior. Parece muito pior quando digo em voz alta. Principalmente para o Santo Percy. — Não deveria ter feito isso?

Ele dá de ombros.

— Poderia ter escolhido um motivo menos dramático. Vão todos torcer o nariz para a mudança de assunto.

— Foi a única forma em que pensei para assegurar que me receberiam. Lugar nenhum de Edimburgo me aceita como aluna, nenhum dos hospitais ou médicos particulares ou professores. Eu teria que sair de lá em algum momento se quisesse educação e uma licença. — Deixo a cabeça cair para a frente de forma que descanse contra a cabeceira da cama. — Não percebi que seria tão difícil.

— Estudar medicina?

Sim, penso, mas também ser uma mulher sozinha no mundo. Meu caráter foi forjado pela independência e autossuficiência diante da solidão, então presumi que as ferramentas para a sobrevivência já estariam em meu kit, era apenas uma questão de aprender a usá-las. Mas não só não tenho as ferramentas como não tenho planos e nenhum suprimento e pareço estar trabalhando em um meio totalmente diferente. E, porque sou mulher, sou forçada a fazer tudo isso com as mãos amarradas às costas.

Percy alterna o peso do corpo de lado e se encolhe, um tremor percorre o braço dele e lhe torce o ombro. Eu me empertigo.

— Você está bem?

— Estou dolorido. Sempre fico dolorido depois de um ataque.

— Você caiu?

— Não, estava dormindo quando aconteceu. Na cama. Talvez não estivesse dormindo. — Ele pressiona a palma da mão contra a testa. — Não me lembro. Desculpe, eu estava me sentindo acordado, mas estou ficando zonzo de novo e não me lembro da última coisa que conversamos.

— Você deveria dormir.

— Você se importa?

— É claro que não. — Fico de pé, alisando a saia nos joelhos, onde ficou toda embolada. — Sou mais do que capaz de me distrair sozinha. Precisa de alguma coisa?

— Estou bem. — Ele se enterra nos cobertores e a estrutura da cama solta um rangido assustador. O peso do dia cai sobre mim: exposta aos ventos congelantes conforme andava no alto da carruagem desde a Escócia, com o fedor dos cavalos se aliviando e o homem ao meu lado perguntando de novo e de novo qual era meu nome, onde moro, por que não sorria? Estou cansada e com frio e Percy é um lugar macio onde pousar.

— Eu posso...?

Ele abre os olhos. Subitamente me sinto muito pequena e submissa, uma criança implorando para subir na cama da mãe depois de acordar à noite com pesadelos. Mas nem mesmo preciso perguntar. Ele joga a colcha para trás e desliza para abrir espaço para mim.

Jogo as botas no chão e tiro o casaco, mas deixo o suéter, então me deito ao lado dele, puxando a colcha sobre nós. Viro sobre as costas e deixo o silêncio se assentar como uma fina camada de poeira antes de dizer, com o rosto voltado para o teto e sem muita certeza se Percy está acordado:

— Senti sua falta. De vocês dois.

Consigo ouvir o suave sorriso na voz dele quando Percy responde:

— Não vou contar a Monty.

3

A reunião no St. Bart é confirmada para uma semana após minha chegada a Londres — de alguma forma, o endereço em Moorfields não os fez perceber que não tenho um tostão para atirar ao estabelecimento deles. Terei meia hora, logo antes do intervalo de almoço deles, então estarão todos com fome, irritadiços e pouco inclinados a decidir em meu favor.

Durmo tão bem quanto uma garota pode esperar dormir na noite anterior a uma reunião que possivelmente alterará o curso de sua vida, o que significa que não durmo nada. Em vez disso, fico deitada durante horas, revisando mentalmente o processo de lancetar pústulas, como se eles fossem me testar fazendo uma pergunta sobre aquela coisa muito específica que por acaso estudei, e tento não deixar meus pensamentos girarem em torno de situações hipotéticas de onde eu moraria se me admitissem, ou como pagaria a mensalidade de cinquenta libras, ou o que eu faria se meus tutores não seguissem uma filosofia anatomista. Quando adormeço, acabo sonhando que perco a hora da reunião, que meus pés se tornam pedras conforme corro na direção da sala designada e que não consigo pensar em uma única razão coerente quando o conselho me pergunta por que eu deveria ter permissão para estudar medicina.

Por que você está aqui, senhorita Montague?, perguntam eles, e não consigo responder porque minha garganta está fechada e minha cabeça está vazia. *Por que deveria ser admitida quando é apenas uma garota, quando é apenas uma criança, quando isso é tudo apenas um capricho passageiro?*

Na terceira vez que acordo desse sonho em particular, eu me levanto. Monty ainda não chegou em casa, e Percy está apagado ao meu lado com a cabeça toda sob a coberta, então arrisco acender uma vela nas cinzas incandescentes do fogão. Pego o livro dos tratados de Platt da bolsa e tiro a última página em branco. Então, com um lápis do suporte de partituras de Percy, sento-me de pernas cruzadas no chão ao pé da cama e começo a fazer uma lista.

Motivos pelos quais eu deveria ter permissão para estudar medicina no Hospital Saint Bartholomew

Primeiro, *mulheres compõem metade da população desta cidade e do país e têm aflições únicas do sexo que médicos homens são incapazes de compreender ou tratar com eficácia.*

Segundo, *a perspectiva de uma mulher na matéria da medicina é um recurso inexplorado em um campo dedicado ao progresso.*

Terceiro, *mulheres vêm praticando medicina há centenas de anos, mas só foram excluídas neste país na história recente.*

Quarto, *posso ler e escrever latim, francês e um pouco de alemão, além de inglês. Sou educada em matemática e tenho lido amplamente assuntos relacionados à medi-*

cina. Meu escritor preferido é o Dr. Alexander Platt, e, se você me entregasse agora uma caneta e um papel, eu poderia desenhar de cabeça um mapa da árvore brônquica. Também recentemente remendei o dedo amputado de um cavalheiro, mesmo sem ter estudado previamente o assunto, e é esperado que ele tenha uma recuperação total.

Quinto, *não quero nada mais no mundo tanto quanto saber coisas sobre o funcionamento do corpo humano e melhorar nosso conhecimento e estudo dele.*

Franzo a testa para o último item. É um pouco sentimental demais e não faz nada para ajudar a montar um caso em favor do coração determinado de uma mulher. Também não é inteiramente verdade — não quero saber as coisas. Quero *entender* as coisas. Quero responder cada pergunta já feita para mim. Não quero deixar espaço para que ninguém duvide de mim. Sempre que eu piscar ou respirar ou estremecer ou me espreguiçar, sempre que sentir dor ou me sentir acordada ou viva, quero saber por quê. Quero entender tudo que puder sobre mim mesma em um mundo que não costuma fazer sentido, mesmo que as únicas coisas de que se possa ter certeza sejam em um nível químico. Quero que haja respostas certas e quero conhecê-las, e conhecer a mim mesma porque as sei.

Não sei quem eu sou sem isso. Essa é a maior verdade que eu poderia dizer. Metade de meu coração é essa fome. Meu ser é construído por uma ânsia por saber as respostas para cada mistério dos frágeis ligamentos que nos conectam à vida e à morte. Essa ânsia parece uma parte de mim. Penetrou em minha pele como mercúrio injetado em uma veia para traçar sua forma pelo corpo. Uma gota coloriu meu ser inteiro. É a única forma como me vejo.

Isso, lembro a mim mesma, é um recomeço. Uma nova cidade. Outro lugar para tentar novamente e provar que mereço um espaço neste mundo.

Escrevo isso no alto — não para o conselho, mas um lembrete para mim mesma. *Você merece estar aqui.*

Ouço um ruído de queda e um xingamento do outro lado da divisória. Eu me sobressalto tanto que acidentalmente furo o papel com a ponta do lápis, fazendo um buraco no *i* de aqui.

— Monty — sibilo, olhando pelo outro lado da divisória com a vela erguida. Distingo a silhueta de meu irmão, que está curvado, massageando o joelho, o qual, a julgar pelo barulho, ele bateu no fogão.

— Este apartamento é uma maldita armadilha mortal — reclama ele, as palavras chiando pelos dentes trincados. — O que está fazendo? São quatro da manhã.

— Estou... — Olho para o papel amassado entre as mãos. — Pensando.

— Consegue pensar na cama com a luz apagada para que eu possa dormir?

— Sim, sinto muito. — Amasso o papel e o enfio no bolso da saia pendurada na divisória.

Monty me observa, uma das mãos ainda esfregando o joelho.

— O que estava escrevendo?

— Nada de importante. — A lista subitamente parece boba e pequena, o sermão de uma missionária idealista que ainda precisa aceitar que ninguém se importa com a palavra dela. — Apenas algumas anotações para minha reunião.

— Está nervosa?

— É claro que não — respondo. — Só queria estar preparada. — Sopro a vela e volto para a cama antes que ele possa perguntar mais. Consigo ouvi-lo se arrastando pelo apartamento por muitos minutos mais, vestindo-se para dormir. Ele para do outro lado da tela e ouço o estalar de papel se abrindo. Há um silêncio, então outro farfalhar quando o papel é devolvido ao lugar.

Não me levanto, e ele não diz nada para mim ao tatear até a cama pela escuridão e se enroscar do outro lado de Percy. Começa a roncar em minutos, mas fico deitada, acordada, durante horas mais, contando as batidas do coração e repetindo para mim mesma diversas vezes *Você merece estar aqui*.

Quando acordo de novo, a luz da manhã entra pelas fendas das paredes com um dourado morno de um ovo com a gema mole. Ao meu lado, Percy está enroscado com os joelhos puxados até o peito e a cabeça de Monty — ainda coberta naquele ridículo pedaço de chapéu — descansa no peito dele. É a mesma forma como às vezes dormimos em nosso *Tour*, as noites em que nós três nos enfiamos em camas cheias de calombos em estalagens questionáveis ou nos deitamos sob o choupo-branco em campos de fazendas coloridos por lavanda.

Tento ser silenciosa quando me levanto, mas as tábuas do piso tornam isso impossível. O apartamento inteiro parece conspirar contra mim, pois imediatamente esbarro na divisória e ela quase desaba. É um testemunho do quanto os dois devem estar exaustos, pois Monty continua a babar na camisa de Percy, que nem se agita.

Não há espaço para a verdadeira privacidade no minúsculo apartamento, e, embora eu tenha compartilhado alojamentos menores com esses dois rapazes, não estou prestes a me despir no meio do quarto e fingir que minha modéstia é tão fácil de deixar de lado quanto era quando entramos clandestinamente juntos no interior de um xaveco. Consigo colocar roupas íntimas limpas do outro lado da divisória sem me despir por completo, embora bata com o cotovelo com força pelo menos três vezes em três coisas diferentes e quase tombe como uma árvore quando prendo o dedo do pé em um buraco na anágua. Ao amarrar os bolsos na cintura, verifico se a lista ainda está ali. Está, embora no direito, em vez de no esquerdo, onde a coloquei. Monty continua um péssimo ladrão.

O fogão ainda está morno da noite anterior, mas nem perto de fazer algo útil como ferver água para um café ou me aquecer sob o suéter. Jogo duas lenhas dentro dele e sopro até que acendam, então me enrosco no casaco de meu irmão antes de me agachar de costas para o fogão, esperando que fique calor demais para que eu me sente tão perto e ouvindo os sinos no fim da rua, embora eu saiba pela luz que ainda está cedo. Mas é mais confortável me preocupar com estar atrasada para a reunião do que com a própria reunião.

Ouço um rangido atrás de mim, primeiro do estrado de cordas da cama, então das tábuas do piso, e Percy dá a volta pela divisória, vestindo uma camisola surrada que parece ter sido feita no século passado para um homem com metade da altura dele. Um lado do cabelo está para o alto, e o outro, para baixo, e seu rosto está sério, como se ainda estivesse tentando acordar.

— Bom dia — diz ele. Pressiono um dedo contra os lábios com um olhar significativo para onde Monty ainda está dormindo, agora largado sobre a cama inteira como se tivesse sido jogado ali de uma grande altura.

Percy gesticula para que eu não me preocupe.

— Ele está deitado sobre o ouvido bom. Dormiria mesmo se o mundo estivesse acabando.

— Ah. Então tudo bem. Bom dia. Está melhor?

— Muito. — Ele se senta de pernas cruzadas diante do fogão, os ombros curvados na direção do calor. — Por que acordou tão cedo? Pensei que a reunião fosse só às onze.

— Estou apenas organizando os pensamentos. — Resisto à vontade de colocar a mão no bolso para pegar a lista de novo. — E você?

— Meu quarteto vai tocar em um almoço hoje, e realmente acho que consigo fazer o concerto inteiro sem vomitar.

— Ah. Que bom. — Não quero soar chateada, mas o final sai meio murcho. Não é que eu esperasse que ele ou Monty fossem até o hospital comigo, o máximo que poderiam oferecer seria um encorajamento silencioso dos fundos da sala de reunião. Eu sempre soube que faria aquilo sozinha. Tudo o que fiz até agora foi sozinha. Mas o desapontamento ainda se choca contra minhas costelas. — Sem problemas.

Percy ergue o rosto.

— Hm?

Eu tinha esperado tempo demais para dizer, e, além disso, ele não estava se desculpando por nada. Empurro para longe aquele desapontamento irritante, ralhando que ele não deveria estar ali.

— Nada. — Sorrio para Percy, então me coloco de pé. — Deixe-me fazer café para você antes de ir.

Eu programo uma hora de caminhada até Saint Bart, embora seja apenas um quilômetro e meio, além de meia hora para ficar sentada no corredor, ansiosa, antes da hora marcada para a reunião. Percy se despede de mim à porta com mais palavras afirmativas, mas não me dá nenhum abraço ou sequer um tapinha no ombro. Ainda bem que existem amigos que aprendem a falar com você na sua língua em vez de fazer com que você aprenda a deles.

Já estou na rua, o capuz puxado e as mãos enfiadas no regalo, tentando me lembrar de respirar, quando ouço a porta do prédio bater atrás de mim. Eu me viro quando Monty tropeça na descida da entrada, tentando amarrar uma das botas enquanto ainda avança e não faz nenhum dos dois de maneira eficaz.

— Desculpe — grita ele ao cambalear até mim. — Juro, eu ia me levantar a tempo, mas não achei que você sairia tão cedo.

— O que está fazendo? — pergunto.

Ele desiste da bota e corre para me alcançar, os cadarços se arrastando na lama.

— Vou com você. Alguém deveria se certificar de que não acabe presa. — Ele ainda está usando aquele gorro que parece um vestidinho de bule e leva a mão para cima para puxá-lo para baixo, de forma que cubra as cicatrizes o máximo possível sem impedir a visão. Ele repara que o estou observando e pergunta:

— Eu deveria ter usado uma peruca? Esse parece ser o tipo de reunião em que se usa peruca. Tem uma lá em cima, posso ir buscar. Mas está criando mofo desde o outono, e presumi que não fosse o tipo de impressão...

— Obrigada — interrompo.

Ele para.

— Por não usar minha peruca bolorenta?

— Sim. Definitivamente, obrigada por isso. Mas também por vir.

Ele esfrega as mãos e dá um breve sopro nelas para se aquecer.

— Percy também viria, se pudesse. Mas perdeu concertos demais esta semana, e a epilepsia é, em termos médicos profissionais, uma filha da puta.

Quase gargalho, mas então ele ficaria satisfeito consigo mesmo, e, se eu tiver de ver aquelas covinhas tão cedo, posso acabar socando meu irmão.

Passamos a caminhar juntos — ou o mais próximo de juntos que uma dupla consegue nessas ruas esburacadas. Desvio de uma poça do que tenho quase certeza ser urina se acumulando na vala congelada formada pela roda de uma carruagem, então dou a volta por Monty para não ficar do lado surdo dele.

— Acha mesmo que eu a deixaria fazer isso sozinha, sua pateta? — pergunta meu irmão, conforme caminhamos. — É algo grandioso demais para enfrentar sozinha.

— Já enfrentei muita coisa grandiosa sozinha — respondo.

— Não estou dizendo que você não é capaz. Mas é legal às vezes ter alguém para torcer por você. Metaforicamente falando — acrescenta ele, rapidamente. — Prometo que não vou torcer de verdade. Embora seja tentador, porque sei o quanto isso a envergonharia.

Olho para ele de esguelha, e Monty me encara ao mesmo tempo. Os cantos de sua boca começam a se erguer em um leve triunfo por ter me surpreendido em um momento de sentimentalismo, mas jogo a cabeça para trás de forma que meu capuz proteja o rosto antes que eu consiga dizer alguma coisa.

— Esse gorro é idiota.

— Eu sei — diz ele. — Percy fez para mim.

— Não sabia que Percy era capaz de tricotar.

— Ele não é — responde Monty, e a barra do gorro cai nos olhos dele como se para dar ênfase.

— Fico feliz por você ter Percy — digo.

— Eu também. — Conforme atravessamos na direção da praça, os cavernosos cortiços se abrem para o céu cinza. A luz é como uma camada reluzente sobre as ruas lamacentas, como as escamas de um arenque. — E não fique com raiva de mim por dizer isto, mas queria que você também tivesse alguém. Eu me preocupo com você.

— Não se preocupa nada.

— Eu me preocupo, sim. — Ele desvia de uma corrente de água marrom jogada de uma janela alta, e nossos ombros se batem. — Pergunte a Percy. Acordo no meio da noite em pânico por causa de minha irmã solitária na Escócia.

— Não sou solitária.

— Eu também não achava que eu era.

Dou de ombros de modo que minha capa se fecha na frente do corpo.

— Quer que eu me case com o Sr. Doyle porque acha que preciso de um homem para me proteger? Ou me completar? Dispenso, muito obrigada.

— Não — diz ele. — Só queria que tivesse alguém para torcer por você o tempo todo, porque você merece.

Paramos em uma esquina, esperando enquanto um bando de liteiras atravessa a rua adiante, os cocheiros se cumprimentando e brincando uns com os outros conforme passam.

— O amor deixou você terrivelmente mole, sabe — digo a meu irmão, sem olhar para ele.

— Eu sei — responde. — Não é incrível?

4

Às onze horas, Monty e eu somos levados para o Grande Salão do Saint Bartholomew por um secretário adolescente cheio de espinhas e com pó demais rachando ao longo da linha do cabelo. É um cômodo de teto alto e detalhes folheados a ouro com dois níveis de janelas emolduradas por placas de madeira escura, os nomes dos doadores pintados em longas e organizadas fileiras. Homens. Todos homens. Um retrato de São Bartolomeu pende sobre uma lareira de mármore, e a túnica azul dele é um dos únicos pontos de cor na sala escura.

Seria mais impressionante se não tivéssemos entrado pela ala hospitalar imunda — onde enfermeiras maltrapilhas sacudiam piolhos de lençóis cinza, baldes de dejetos eram carregados por pacientes forçados a trabalhar para garantir seu lugar e um homem que presumi ser um cirurgião gritava com uma mulher a respeito de usar o nome do Senhor em vão — para chegar até ali. Os corredores fediam a doença misturada ao odor aguçado e metálico do mercado de carne nas adjacências. Toda a grandiosidade parece um desperdício chocante.

Mas estou aqui. Meu coração dá saltos. Estou prestes a falar com o conselho de diretores do hospital. Jamais cheguei tão longe antes.

Algumas fileiras de cadeiras estão alinhadas diante de um banco de madeira alto, atrás do qual se sentam os diretores. Eles eu realmente acho impressionantes, embora, exceto pelas perucas e pelas roupas elegantes, provavelmente tenha a ver com o fato de que é um grande grupo de homens, o que sempre acende um tipo de medo primordial em mim. Flanqueados, como estão, pelos bustos dos diretores que os precederam e encimados por todos aqueles nomes ao longo das paredes, sinto gerações de homens que mantiveram mulheres fora das escolas deles me encarando. Homens assim jamais morrem, eles são esculpidos em mármore e erguidos nesses corredores.

Monty se acomoda em uma das cadeiras e coloca os pés sobre a que está diante dele. O secretário quase desmaia. Considero brigar com ele, mas preferiria que minha primeira impressão com esses homens não fosse a de uma governanta rígida corrigindo os modos de um homem-criança. Embora eu, de xadrez, lã e botas masculinas, não esteja em posição de julgar o estilo de se vestir de ninguém, a calça de meu irmão tem mais buracos do que reparei na caminhada até aqui, um deles tão próximo de uma área sensível que me deixa inquieta. Ele poderia ter feito um pouco mais de esforço para não parecer tão desamparado.

Coloco minhas roupas de inverno sobre a cadeira ao lado de meu irmão, tiro as anotações do bolso e resisto à vontade de descarregar toda minha ansiedade nas bordas delas quando ocupo meu assento diante do conselho. Nenhum dos diretores olha para mim. Na verdade, estão falando uns com os outros, ou folheando os formulários à frente deles. Um dos diretores discute o que vai comer no almoço do dia. Outro ri de uma piada do colega sobre as apostas nos cavalos de corrida.

Eu já me sinto tão pequena sem ser obrigada a esperar que eles decidam que estão prontos para se dirigir a mim que resolvo falar primeiro.

— Bom dia, cavalheiros.

Talvez não seja a melhor estratégia, mas chama a atenção deles. Isso e o sibilo de Monty nos fundos, pedindo silêncio como se estivéssemos na escola. Quase me viro para olhar com raiva para ele — lá se vai a promessa de não me envergonhar —, mas os homens começam a olhar na minha direção. São todos velhos, brancos e robustos. No centro da mesa, o cavalheiro com a maior peruca cruza as mãos e me observa.

— Senhorita Montague. Bom dia.

Respiro fundo e o fôlego se agarra em minha garganta como mingau frio.

— Bom dia, cavalheiros. — E então percebo que já disse isso e quase dou meia-volta e corro da sala em pânico.

Você é Felicity Montague, lembro a mim mesma quando tomo mais um fôlego de mingau. *Você velejou com piratas, roubou túmulos, segurou um coração humano nas mãos e costurou o rosto de seu irmão quando ele levou um tiro por causa do referido coração humano. Já leu* De Humani Corporis Fabrica *três vezes, duas em latim, e pode nomear todos os ossos do corpo humano. Você merece estar aqui.*

Você merece estar aqui. Olho para o topo da minha lista, onde escrevi exatamente isso. *Você merece estar aqui. Merece existir. Merece ocupar espaço neste mundo de homens.* Meu coração começa a se acalmar. Tomo fôlego e ele não fica agarrado. Empurro os óculos para cima e olho para o quadro.

E então, é claro, digo "bom dia" mais uma vez.

Um dos diretores ri com escárnio — o mesmo homem com cara de carneiro que estava se gabando das costelas que estava prestes a comer assim que terminassem a reunião — e isso acende uma faísca dentro de mim. Endireito os ombros, ergo o queixo e digo com o máximo de confiança que consigo reunir:

— Venho hoje fazer uma petição ao conselho a respeito de me conceder permissão de estudar medicina no Hospital Saint Bartholomew.

Abaixo o olhar para minhas anotações de novo, pronta para iniciar meu primeiro argumento com apenas um pequeno lembrete de qual argumento é esse, mas o diretor de peruca, que parece falar pelo grupo, me interrompe.

— Desculpe. Devo estar na reunião errada. — Quando ergo o rosto, ele está folheando seus papéis. — Fui informado de que esta reunião seria para discutir uma doação. Higgins!

— Não, senhor, é isso mesmo — digo, quase derrubando o secretário Higgins no chão quando levanto o braço para impedi-lo de correr dos fundos da sala até a frente. O presidente do conselho olha para mim e eu corrijo: — Quero dizer, não é isso.

— A senhorita é Felicity Montague?

— Sim, senhor.

— E marcou esta reunião para discutir uma doação financeira que queria que fosse feita do testamento de um parente falecido?

— Sim, senhor, mas esse foi um pretexto para que o conselho me recebesse.

— Então não há dinheiro? — sussurra o homem das costelas para o vizinho.

O presidente cruza as mãos e se inclina para a frente sobre elas, os olhos se estreitando.

— A senhorita sentiu necessidade de valer-se de um pretexto?

— Apenas porque fiz meus apelos a vários conselhos diferentes de vários hospitais diferentes e não recebi permissão de apresentar meu pedido.

— E que pedido seria esse?

Resisto à vontade de olhar para o papel, apenas para ter um lugar para olhar que não sejam aqueles olhos pretos de gavião de um homem a quem nada jamais foi negado na vida.

— Eu gostaria de pedir ao conselho permissão para estudar medicina no hospital, com a intenção de obter uma posição e licença para praticar.

Eu havia esperado gargalhadas do conselho. Em vez disso, estão se entreolhando, como se questionando se os demais também conseguem ver essa menina parecida com um terrier que ousa pedir pela lua, ou se ela é apenas um fruto das dores de fome pré-almoço deles.

— Posso levá-la para fora, senhor — diz Higgins, e dou um salto. De alguma forma, ele se aproximou de fininho de meu ombro e já está esticando a mão para me pegar pelo braço.

— Ainda não — responde o presidente. Meu punho se fecha involuntariamente sobre as anotações, esmagando-as. Aquele *ainda* me arrepia os pelos, como se eu ser expulsa dessa sala seja apenas uma questão de tempo. — Senhorita Montague — diz ele, e o tom de voz é o equivalente auditivo de demonstrar superioridade. O que também é literalmente verdade, pois ele está sentado em um nível mais alto que eu. — Por que acha que lhe foi negada anteriormente a chance de fazer sua petição a um conselho de hospital a respeito desse assunto?

É uma pergunta-armadilha, uma em que sei que preciso cair ou ele vai me guiar em círculos até que eu tropece, e prefiro não ser guiada a lugar algum. Meu queixo se ergue — se elevar mais a cabeça, eles irão encarar minhas narinas — e digo:

— Porque sou mulher.

— Exatamente. — Ele olha para baixo da bancada e diz: — Então, eis nosso recesso, cavalheiros. Voltamos a nos reunir aqui às duas.

Os homens começam a se levantar, as mãos pegando capas e recolhendo pastas e papéis e todos falando a todo volume. Sinto Higgins atrás de mim, aproximando-se para cumprir aquele *ain-da*. Ele chega mesmo a colocar os dedinhos esqueléticos em meu braço dessa vez, mas eu me desvencilho antes que o secretário consiga segurar firme. Dou alguns passos à frente e digo, o mais alto que consigo sem gritar:

— Os senhores não ouviram meu caso.

O presidente joga a capa sobre os ombros e me dá um sorriso que provavelmente acha que é bondoso, mas, na verdade, é o risinho de um homem prestes a explicar a uma mulher algo que ela já sabe.

— Não há nada mais a ouvir. Seu caso está contido naquela única afirmativa. Você é uma mulher, senhorita Montague, e mulheres não têm permissão de estudar no hospital. É nossa política.

Dou mais um passo na direção da bancada.

— Essa política é antiquada e tola, senhor.

— *Antiquada* é uma palavra bem grande, madame — diz ele.

Assim como *condescendente*, penso, mas mordo a língua.

A maior parte do conselho está ouvindo de novo agora. Tenho a noção de que, mais do que qualquer coisa, esperam ter uma boa história para compartilhar no pub, mas aceitarei qualquer atenção que me ofereçam.

— Já estudou medicina em um hospital ou instituição acadêmica? — pergunta o presidente.

— Não, senhor.

— Já teve algum tipo de educação formal?

Ele está jogando iscas de novo, e o melhor que posso fazer é sair da frente.

— Fui educada em casa. E li muitos livros.

— Isso não é saudável para a senhorita — interrompe um dos outros homens. — Ler em excesso faz o cérebro feminino encolher.

— Ah, pelo amor de Deus — disparo, meu temperamento tomando as rédeas. — Não pode acreditar mesmo nisso.

O homem se recosta, como se eu o tivesse assustado, mas outro se inclina para a frente e acrescenta:

— Se já leu tantos livros, por que precisa de uma educação hospitalar?

— Porque uma educação hospitalar é necessária para se obter licença e estabelecer um consultório — explico. — E porque ler os tratados de Platt sobre ossos humanos não é preparação adequada para consertar uma perna quebrada quando o ferimento está ensanguentado e o osso se partiu sob a pele e já começa a apodrecer com gangrena.

Eu esperava que o nome do Dr. Platt conjurasse algo mais próximo de adoração entre os homens, mas, em vez disso, um murmúrio baixo ondula entre eles. Um homem com o queixo pontiagudo e tufos de cabelos loiros grossos despontando da peruca ergue as sobrancelhas.

— Então deixe um homem consertar esse osso e deixe a mulher se certificar de que o ferido tenha uma boa refeição e uma cama — murmura o homem das costelas, alto o bastante para todos ouvirem. Uma onda de risadas soa desses homens com unhas limpas que mal conhecem a cor do sangue.

O presidente olha na direção deles, mas não faz nada para calá-los.

— Senhorita Montague — diz ele, voltando os olhos para mim —, não tenho dúvidas de que é muito inteligente para uma moça. Mas, mesmo que considerássemos admitir uma mulher em nosso corpo estudantil, o custo dos arranjos necessários para que ela...

— Que arranjos, senhor? — exijo saber.

— Bem, para começar, ela não seria capaz de participar de dissecações de anatomia.

— Por que não? Acha que meus nervos são tão fracos e frágeis que eu não conseguiria suportar a visão? As mulheres nas ruas de Londres testemunham mais mortos e moribundos em um único dia do que o senhor provavelmente já viu na vida toda.

— Ainda não conheci uma mulher com estômago para o tipo de dissecação que realizamos — diz ele —, isso para não falar da nudez da forma masculina, que seria inapropriada para a senhorita ver fora dos laços do matrimônio.

Ele olha por cima de meu ombro para Monty, que ergue o braço e diz:

— Irmão. — Como se essa fosse a questão mais importante a ser resolvida aqui.

Resisto à vontade de atirar algo por cima da cabeça esperando que o acerte no nariz e, em vez disso, permaneço concentrada no presidente.

— Posso lhe assegurar, senhor, que eu não ficaria histérica.

— A senhorita me parece histérica agora.

— Não estou — retruco, irritada por minha voz ficar aguda na segunda palavra. — Estou falando de forma passional.

— Sem falar nas concessões que precisariam ser feitas para que os estudantes do sexo masculino não ficassem distraídos pela presença de uma mulher — acrescenta um dos outros homens, e o restante do conselho assente em apoio ao argumento excelente e sem sentido que ele apresentou.

É preciso cada gota de força que tenho para não revirar os olhos.

— Bem, então é melhor considerarem cobrir as pernas das mesas caso o mero lembrete da existência da forma feminina lance seus alunos em um frenesi erótico.

— Madame... — começa o presidente, e consigo sentir Higgins bem acima de meu ombro de novo, mas insisto, usando o argumento como um arado dessa vez:

— Mulheres compõem mais da metade da população desta cidade, deste país e do mundo. A inteligência e as ideias delas são um recurso não explorado, particularmente em um campo que alega tanto compromisso com o progresso. Não há provas de que as mulheres não estejam prontas para estudar medicina, pelo contrário, as mulheres têm praticado medicina há centenas de anos, e só foram excluídas recentemente, quando a cirurgia se tornou regulada por instituições dirigidas por homens. Instituições essas que agora estão tão afogadas em burocracia que deixaram de servir até mesmo às suas funções mais básicas para aqueles que necessitam. — Eu não tinha planejado dizer isso, mas o fedor das alas do hospital ainda está no fundo de minha garganta. As sobrancelhas do presidente se ergueram tanto que estão prestes a desaparecer sob a peruca, mas eu prossigo. — Os senhores ganham dinheiro dos pobres e dos doentes. Cobram deles para ocupar espaço nas alas de seu hospital. Fazem com que trabalharem para continuar aqui, de forma que menos funcionários assalariados são necessários. Cobram quantias absurdas por tratamentos que sabem que não funcionam para poder financiar pesquisas que se recusam a compartilhar com aqueles que precisam delas.

Talvez não seja a coisa mais inteligente insultar a instituição na qual estou de pé, mas há tanto ódio acumulado dentro de mim por causa de tantas coisas, e está tudo jorrando em uma torrente, como um champanhe aberto após ser sacudido violentamente.

— Além disso — acrescento —, há elementos da saúde feminina que médicos do sexo masculino não estão preparados para abordar e não fizeram tentativas de entender ou melhorar os tratamentos. Os senhores negariam a suas mães, irmãs e filhas o tratamento médico mais eficiente?

— Não há tratamentos negados a mulheres por causa de sexo — interrompe o presidente. — Tratamos as pacientes femininas aqui da mesma forma como tratamos os homens.

— Não é disso que estou falando. Estou falando da falta de qualquer pesquisa para fornecer alívio da dor debilitante que regularmente restringe as tarefas mais básicas da vida diária das mulheres.

— Não sei a que está se referindo, madame — diz o presidente, com a voz elevada acima da minha.

— Estou falando de menstruação, senhor! — grito em resposta.

É como se eu ateasse fogo ao salão, conjurasse uma cobra venenosa do ar, ateasse fogo a essa cobra também e então a atirasse ao conselho. Os homens todos irrompem em protestos e soltam um número considerável de arquejos de horror. Juro que um deles chega a desmaiar à menção do sangramento feminino. Higgins puxa a mão de cima de meu ombro.

O presidente ficou vermelho-vivo. Ele bate um livro na mesa, tentando empurrar uma tampa sobre a caixa de Pandora que escancarei.

— Senhorita Montague, não vamos mais ouvir protestos seus. Com base nesse caso insubstancial e, sinceramente, histérico, apresentado a nós hoje, eu não poderia em sã consciência permitir que se matriculasse como aluna aqui. Pode se retirar, ou farei com que Higgins a leve.

Quero ficar, quero continuar lutando contra eles. Quero ter permissão de terminar os pontos da lista. Quero dizer a eles como roubei tratados médicos da livraria em Chester porque o vendedor não me deixava comprá-los, como cortei as páginas com tanto cuidado e as reconstruí na capa da ficção romântica de Eliza Haywood para esconder o que estava lendo de verdade depois que minha mãe encontrou uma cópia de *Exercício anatômico sobre o movimento do coração e do sangue em animais* no meu quarto e o atirou ao fogo sem me dizer uma palavra. Como às vezes o único motivo pelo qual eu sinto que pertenço a mim mesma e não ao mundo é porque entendo a forma como o sangue se move por meu corpo.

Também quero chorar, ou gritar que espero que brotem asas nas genitais deles e que elas saiam voando, ou talvez voltar no tempo para o início da reunião e abordar a coisa toda de outra forma. Quero calar a vozinha horrível em minha mente sussurrando que talvez eles estejam certos e talvez eu não seja adequada para aquilo e talvez eu esteja histérica, porque, mesmo que eu não pense que esteja, é difícil ser criada em um mundo onde se é ensinada a sempre acreditar no que os homens dizem sem duvidar de si mesma a cada passo.

Antes que Higgins consiga enfim pegar meu braço de jeito, passo direto por ele, sem esperar por Monty ou olhar para trás, para os diretores ou o Grande Salão. Jamais quis tanto estar longe de um lugar em toda a minha vida.

Do lado de fora, o ar do inverno é um tapa bem-vindo no meu rosto em chamas. Avanço pelo pátio do hospital, para além da fila da farmácia e das enfermeiras esvaziando baldes de esgoto na sarjeta, até ter passado pelos portões e estar na rua. O frio arrancou lágrimas de meus olhos, embora seja mais fácil culpar o inverno por elas do que a humilhação. Paro na calçada tão subitamente que forço uma liteira a redirecionar seu curso. Um cachorro na coleira de um mendigo grunhe para mim.

Puxo as mangas por cima das mãos e as pressiono contra o rosto, minhas unhas se enterrando com força na testa. Uma lufada de vento carrega um punhadinho de neve da parede do hospital e o deposita em minha nuca. Parece oleoso e cheio de fuligem, mas deixo que derreta em uma gota lenta por minha coluna, imaginando cada vértebra conforme passa, contando ossos com cada fôlego.

Passos apressados batem nas pedras atrás de mim. Tiro as mãos do rosto quando Monty vem disparado pelos portões, parando de súbito ao perceber que não fui mais longe do que aquilo. Minha capa e o regalo, abandonados no Grande Salão, estão pendurados no braço dele. Meu irmão os estende para mim, e, quando não me mexo para pegá-los, ele faz um lançamento estranho da capa sobre meus ombros. Começa a prender o regalo entre meus cotovelos, mas repensa quando se dá conta do quanto isso o aproxima de acidentalmente tocar meu seio e acaba deixando a mão cair, o regalo pendendo inerte ao lado do corpo.

Nós nos encaramos. A cidade fervilha ao nosso redor. Quero atingir uma pederneira e incendiá-la. Queimar tudo do céu até o chão e começar o mundo de novo.

— Bem — diz Monty, por fim, então repete. — Bem. Aquilo não foi exatamente como planejado.

— Foi exatamente como eu planejei — retruco, minha voz um estalo, como uma costela se partindo.

— É mesmo? Aquele foi seu cenário ideal?

— Eu disse o que queria dizer. — Tiro o regalo dele e enfio as mãos dentro. — Cada argumento que fiz é irrefutável. As políticas excludentes deles recaem inteiramente sobre a fragilidade da própria masculinidade, mas não importa, porque eles são homens e eu sou uma mulher, então não será nem mesmo uma luta e jamais seria uma. Seria sempre eles me pisoteando, e eu fui estúpida de pensar que poderia ser qualquer coisa mais do que isso, e não ouse tentar me abraçar.

Os braços dele, que estavam se levantando, congelam no ar, e Monty os deixa pairando ali, como se estivesse carregando algo grande, redondo e invisível.

— Eu não ia fazer isso.

Passo o dorso da mão sobre os olhos, entortando os óculos. Quero tanto estar longe daqui, mas não tenho para onde correr. Não posso voltar ao apartamento, pequeno demais para que eu chore bastante e com privacidade. Até mesmo o fato de que é o apartamento *deles* me lembra do quanto a vida de meu irmão é mais estável que a minha. Não posso voltar a Edimburgo, para os braços de um homem que tem cheiro de pão e anis e diz que gosta de mim por meu espírito, mas quer que ele seja destruído apenas o suficiente para que possa sair comigo em público. Não posso voltar à casa de meus pais, onde cresci sem ser reconhecida por ninguém a não ser que fosse para expressarem alguma reprovação pela forma como me vestia, falava e levava livros comigo para festas. Apesar de todos os esforços, nem mesmo tenho uma cama própria em que me jogar e chorar.

— Senhorita Montague — alguém atrás de mim me chama. Eu me viro rápido demais, e uma lágrima sai de meu olho e começa a escorrer pela bochecha.

Um dos diretores está atrás de mim — o homem com a peruca torta, que ergueu as sobrancelhas à menção do Dr. Platt. A capa dele está jogada por cima do braço e o homem respira rápido, o arquejo dos pulmões soando como um resfriado de inverno persistente.

Consigo sentir a lágrima descansando no canto de minha boca e não tenho certeza se limpá-la vai tornar sua presença mais ou menos evidente, então a deixo ali.

— Bom dia, senhor.

Ele esfrega as mãos, um gesto incerto que parece ser tanto uma tentativa de gerar calor quanto de algo para fazer.

— Aquela foi uma baita cena — diz o homem, e meu coração pesa.

— Não precisa dizer dessa forma, amigo — interrompe Monty. Ele está esticando a mão para mim de novo, como se pretendesse colocar um braço protetor e fraternal em torno de meus ombros. Olho com raiva para ele e Monty transforma o movimento na limpeza de alguma poeira invisível de meu braço.

— Peço desculpas. — O diretor estende a mão para mim. — Dr. William Cheselden.

— Ah. — Apesar do quanto estou me sentindo azeda com relação a todos os homens da medicina, fico um pouco zonza ao ouvir o nome. — Li seu estudo sobre a litotomia.

— Leu? — O homem parece surpreso, como se minha apresentação inteira no Grande Salão fosse uma invenção. — O que achou dele?

— Acho que seu método é inegavelmente melhor para remover pedras na bexiga — respondo, então acrescento: —, mas me pergunto por que não devota mais energia ao estudo de como reduzir a ocorrência delas em vez de removê-las depois que já causaram dor.

Ele me encara, a boca levemente aberta e a cabeça inclinada para o lado. Estou pronta para me virar e ir embora, aproveitando a satisfação de ter conseguido retrucar a pelo menos um dos diretores do Saint Bart. Mas então ele sorri.

— Você segue a escola de Alexander Platt de medicina preventiva?

— Enfaticamente — respondo. — Embora tenha tido pouca chance de aplicar qualquer coisa na prática.

— É claro. — Ele bate com as luvas na palma da mão. — Eu queria oferecer minhas desculpas pela forma nada cavalheiresca com que foi tratada agora há pouco. Alguns homens parecem achar que, se uma dama se comporta da maneira que eles consideram inadequada ao sexo dela, é justificado que falem de uma forma que é inadequada ao deles. Então, primeiro, minhas desculpas.

Assinto, sem saber o que mais posso dizer a não ser:

— Obrigada.

— Segundo, quero oferecer algumas sugestões.

— Sugestões? — repito.

— Se seu coração está determinado ao estudo da medicina, pode buscar um aprendizado com um herbolário ou uma parteira.

— Não estou interessada em nenhum desses assuntos.

— Mas eles são — ele arrasta o pensamento com um murmúrio entre os lábios contraídos, então conclui: — adjacentes à medicina.

— Assim como o roubo de cadáveres, mas o senhor não está sugerindo que eu me torne uma ladra de túmulos.

A ponta do nariz dele está ficando vermelha devido ao frio.

— Talvez um emprego como enfermeira no hospital, então. Estão sempre procurando por jovens mulheres aqui e no Bethlem. Eu ficaria contente em dar uma recomendação.

Cruzo os braços.

— Quer dizer dar sopa na boca dos inválidos e limpar as alas depois que os cirurgiões passam por elas? — Não tinha acordado hoje pensando que entraria em uma discussão com um médico famoso, mas, se quisesse cozinhar para homens, teria ficado em Edimburgo e me casado com Callum. — Não quero ser parteira. Nem enfermeira.

— Está determinada a se tornar um médico mulher, então — diz ele.

— Não, senhor — respondo. — Estou determinada a me tornar uma médica. A questão de meu sexo eu preferiria que fosse incidental em vez de uma emenda.

Ele suspira, embora saia com uma risada.

— É uma pena que não tenha vindo algumas semanas atrás, senhorita Montague. Eu a teria apresentado a Alexander Platt. Vocês dois teriam se entendido maravilhosamente bem.

Mesmo sabendo que é anatomicamente impossível devido ao meu contínuo estado de vida, juro que meu coração chega a parar.

— Alexander Platt... o autor de *Tratados sobre a anatomia dos ossos humanos*? — Alexander Platt, meu ídolo, o cirurgião da classe operária em meio a todos aqueles sebosos de peruca que governam os hospitais. Alexander Platt, que foi destituído do posto como cirurgião da marinha pela campanha incansável em favor das dissecações anatômicas para melhor entendimento do que matava os homens no mar. Alexander Platt, que cortou os dentes e sujou as mãos caminhando por alas hospitalares nas Antilhas Francesas antes de sequer ter permissão de colocar os pés em um hospital de Edimburgo. Alexander Platt, cujo trabalho sobre o envenenamento por arsênico lhe garantiu um lugar como professor visitante em Pádua quando ele tinha apenas 22 anos. Alexander Platt, que provara que não era preciso dinheiro ou título para ser médico, apenas um bom cérebro e determinação de usá-lo.

Cheselden sorri.

— Esse mesmo. Ele estava aqui no mês passado.

— Dando aulas?

— Não, é uma situação bastante infeliz. Ele teve a licença suspensa vários anos atrás e... bem, é tudo uma questão muito complicada. — O homem ri, alto demais, seus olhos desviando dos meus antes que conclua. — Mas ele estava aqui buscando mãos para uma expedição que vai fazer.

— Ele partiu em uma expedição? — pergunto, a voz envolta em desapontamento.

— Ainda não. Ele foi para o Continente, para se casar. Parte para a Berbéria no próximo dia primeiro para completar uma pesquisa. Você deveria escrever a ele e dizer que eu a recomendei, é menos provável que ele seja desencorajado pelo seu sexo do que os homens aqui em Londres. Já trabalhou com mulheres antes.

É claro que sim! É o que quero gritar. *Ele é o Dr. Alexander Platt, e eu tenho um gosto excelente para ídolos!*

— Sabe para onde posso escrever?

— Ele está ficando com a prometida e a família dela em Stuttgart, o sobrenome do tio é Hoffman, e a noiva se chama... me dê um momento, vou me lembrar... Josephine? Não, não é isso. Joan? — Ele passa a mão pelo queixo. — Algo que começa com *J* e *O*.

Minha alegria inflama e me deixa enjoada. Quando se menciona inesperadamente o nome da única amiga de infância de alguém, anos de lembranças das quais você jurou se livrar completamente oscilam até a superfície. Principalmente quando tal amizade terminou tão terrivelmente quanto a nossa.

— Johanna? — sugiro, esganiçada, esperando que ele diga que não.

Mas o homem estala os dedos.

— Sim, exatamente isso. Johanna Hoffman. Muito inteligente de sua parte.

É claro. É claro que outra árvore caída bloqueia meu caminho. É claro que a mulher que vai se casar com o Dr. Platt é a última pessoa que gostaria de me receber no lar dela.

Ignorante à minha angústia, Cheselden prossegue:

— A senhorita pode escrever para o Dr. Platt por meio da Srta. Hoffman. Sei que ele pretende partir assim que o casamento terminar, então pode ser tarde demais, mas não custa nada tentar.

— Quando é o casamento?

— Três semanas a partir do domingo. Talvez seja um pouco otimista esperar que uma carta chegue a tempo.

É quase impossível que, em tão pouco tempo, minha carta encontre seu caminho até o Dr. Platt *e* que ele encontre tempo para ler em meio ao casamento e ao planejamento de uma expedição *e* que ele se sinta tão comovido com minha súplica que me ofereça uma posição *e* que eu tenha tempo o suficiente para viajar para o local de onde ele pretende partir para conhecê-lo. Há uma chance ainda menor de que qualquer carta com meu nome não seja imediatamente rasgada em pedaços por Johanna Hoffman, uma menina com quem tenho uma história conturbada tão longa quanto a lista de nomes nas paredes do Grande Salão.

Mas... e se não fosse uma carta a aparecer à porta dele, mas eu mesma, em carne e osso, apaixonada e inteligente? Talvez eu tenha mais chances.

Dr. Cheselden pega no bolso do casaco um cartão de visitas e o entrega a mim.

— Diga a Alex que eu a aconselhei a escrever para ele.

— Pode deixar, senhor. Obrigada.

— E, senhorita Montague... muita sorte a você. — Ele leva dois dedos à testa, então se volta para a rua, o colarinho do casaco virado contra o vento.

Espero até ele sumir de vista antes de me virar para encarar Monty e pegar seu braço, embora esteja tão encasacado que eu basicamente pego um punhado de suéteres.

— Veja só! Eu disse que tudo saiu de acordo com meu plano.

Monty parece muito menos entusiasmado do que eu previa. Eu estava até disposta a deixar que ele me abraçasse se tivesse oferecido, mas, em vez disso, ele esfrega a nuca com a testa franzida.

— Isso foi... alguma coisa.

— Tente não parecer animado demais.

— Ele foi absurdamente condescendente com você.

— Muito menos do que qualquer outro foi. E me deu um cartão! — Agito na direção dele o papel cor de creme gravado com o nome e o endereço do consultório de Cheselden. — E me disse para escrever para o Dr. Platt, *o* Dr. Alexander Platt. Sabe, eu estava falando dele para você ontem no café da manhã.

— Aquele que perdeu a licença para praticar cirurgia? — pergunta meu irmão.

— Porque ele é um radical. Não pensa como os outros médicos. Tenho certeza de que foi por esse motivo. — Monty arrasta o dedo do pé na calçada, com os olhos para baixo. Pressiono o cartão nas mãos como se estivesse rezando com ele. — Vou para Stuttgart. Preciso conhecê-lo.

— O quê? — A cabeça de Monty se ergue. — Você não ia escrever uma carta?

— Uma carta não vai conseguir a atenção dele da forma como preciso — respondo. — Vou aparecer e me apresentar, e ele vai ficar encantado comigo e me oferecer a posição.

— Acha que pode simplesmente aparecer à porta dele e ele irá contratar você?

— Não, vou ao casamento e irei encantá-lo com o quanto sou excepcionalmente promissora e com minha ética de trabalho, então ele vai me contratar. E — acrescento, embora esse caminho seja mais traiçoeiro — eu conheço Johanna Hoffman... lembra-se dela, não?

— É claro que sim — responde Monty —, mas achei que vocês não tinham se afastado em bons termos.

— E daí que tivemos uma discussãozinha? — digo, com um gesto tranquilo para minar a grandiosidade daquele eufemismo. — Não quer dizer que não pareça perfeitamente inocente que eu apareça no casamento dela. Somos amigas! Vou comemorar com ela!

— E como vai bancar sua ida? — questiona Monty. — Viagens são caras. Londres é cara... o Dr. Platt vai pagar por esse trabalho? Porque, por mais que Percy e eu a adoremos, compartilhar cama com você não é um arranjo de acomodação de longo prazo com o qual estou animado. Se ele oferecesse a você um emprego para estudar medicina ou um trabalho para obter algum tipo de diploma ou licença, isso seria uma coisa, mas parece que você seria explorada.

— Bem, talvez eu deixe que ele me explore. Não como... — Sopro o ar com força, e ele sai sibilado e branco contra o ar frio. — Sabe o que quero dizer.

— Vamos lá, Feli. — Monty pega minha mão, mas eu me afasto. — Você é inteligente demais para isso.

— Então o que eu deveria fazer? — grito com ferocidade. — Não posso desistir da medicina e não posso voltar para Edimburgo nem me casar com Callum... simplesmente não posso! — O único motivo pelo qual não estou chorando é porque estou perturbada demais por estar quase chorando de novo. Não choro há eras; mesmo naquelas primeiras semanas cinzentas e solitárias em Edimburgo, eu estava com os lábios fechados e o coração determinado. Mas, no espaço de uma única hora, estive prestes a chorar três vezes. — Não vou passar o resto da vida escondendo as coisas que amo atrás de capas de livros que são considerados apropriados para meu sexo. Quero muito isso para não tentar até a última maldita possibilidade de fazer com que aconteça. Tudo bem, agora pode me abraçar.

Ele me abraça. Não é uma das coisas que mais gosto no mundo. Mas, se Monty não consegue entender minha mágoa, posso ao menos deixar que me ofereça um remédio familiar. Fico de pé nos braços de meu irmão, minha bochecha pressionada contra a lã áspera do casaco dele, e me deixo ser abraçada.

— Todos queremos alguma coisa — diz Monty. — Todos temos uma fome assim. Ela passa. Ou fica mais fácil de conviver com ela. Ela para de remoer você por dentro.

Eu franzo o nariz e fungo. Talvez todos tenham uma fome assim, impossível, insaciável, mas voraz apesar de tudo. Talvez o deserto sonhe com rios correndo, vales com uma vista. Talvez essa fome um dia passe.

Mas, se passar, eu acabarei despida, partida ao meio, vazia. Quem consegue viver assim?

5

Na noite seguinte, Monty e eu descemos do civilizado argumento/contra-argumento para a escancarada implicância em relação à minha ida a Stuttgart.

É nosso único tópico de conversa conforme nós três caminhamos até um pub em Shadwell chamado Nancy Saltitante, o que, só pelo nome, já se posiciona como um lugar onde maricas como meu irmão e seu amado podem ficar juntos abertamente. Vamos jantar com Scipio e os marujos dele, com os quais Monty e Percy vêm conspirando para se reunir desde que a tripulação aportou várias semanas atrás. A calçada é estreita, e eu caminho esmagada entre Monty e Percy, nós três tropeçando uns sobre os outros em uma tentativa de nos abrigar do frio e também de evitar sermos atropelados por carroças. O ar fede a piche queimando da margem do rio, e é tão forte que vou sentir esse cheiro a noite toda. Fuligem cai em grandes aglomerados conforme Londres ateia fogo a tudo que queima para manter-se aquecida. Sem dinheiro para um acendedor de lampiões, nossa única iluminação vem dos jatos disparados das rodas dos amoladores de facas e dos ferreiros apagando as brasas ao fim do dia conforme passamos por suas oficinas. Quando encontramos o endereço, estou tão cansada de sentir frio, ficar molhada e ouvir os argumentos irritantemente racionais de meu irmão sobre por que eu não deveria ir a Stuttgart impulsivamente que estou pronta para dar meia-volta e retornar ao apartamento assim que chegamos.

Espero que o lugar esteja lotado, barulhento e fedendo a bebida, mas parece mais um café, escuro e aconchegante, com cascas de ostras jogadas no chão, fazendo com que as tábuas brilhem e estalem sob nossas botas. Uma leve cobertura de fumaça paira no ar, mas é um tabaco doce e um alívio bem-vindo da noite molhada lá fora. O barulho é em grande parte de conversas a um volume controlado, combinado com o batucar baixinho de talheres em pratos. Há um homem com uma tiorba sentado no bar, os pés para cima enquanto ele afina as cordas.

— Você que escolheu este lugar? — pergunto a Monty quando olho ao redor. — Seu gosto se tornou muito mais civilizado desde que o vi pela última vez. Não tem ninguém sem camisa.

— Por favor, não elogie minha moral; faz com que eu me sinta muito obsoleto. — Ele vestiu seu melhor casaco para a ocasião, um casaco que aparentemente não podia usar para me acompanhar ao hospital, e seu rosto está limpo. É algo próximo de parecer apresentável, embora ainda pareça menos com um cavalheiro e mais como o minério bruto garimpado para criar um. — É que não consigo ouvir uma maldita palavra se o ambiente for mais barulhento do que isto.

— Ali está Scipio. — Percy acena e acompanho seu olhar para a multidão familiar em um canto. Monty busca a mão de Percy e eu os sigo pelo lugar.

O corso fez bem à tripulação do *Eleftheria*. Estão todos mais bem-vestidos e menos macilentos do que da última vez que os vi. A maioria ainda exibe as barbas de marinheiro, mas as bochechas não afundam mais sob elas. As patentes mudaram — reconheço Scipio, Ebrahim e Rei George, agora trinta centímetros mais alto (mas ainda apaixonado por Percy, como comprova sua corrida pelo salão e o abraço que quase o derruba). Mas com eles há outros dois homens negros que não reconheço, um com um bigode curvado e brinco de ouro, o outro com três dedos faltando na mão esquerda. Há uma terceira pessoa, muito menor e de rosto liso, usando uma túnica sem corte e um lenço na cabeça, tão encurvada sobre uma caneca que não consigo dizer imediatamente se é um homem ou uma mulher.

Scipio dá tapinhas calorosos nas costas de Monty e de Percy e bagunça carinhosamente o cabelo recém-cortado de meu irmão antes de pegar minha mão nas suas e beijá-la.

— Felicity Montague, o que está fazendo aqui? Veio da Escócia só para nos ver? — Antes que eu tenha a chance de responder, ele pergunta: — E ficou mais alta ou sou eu que estou mais baixo do que da última vez que nos encontramos?

— Ela não cresceu; são essas malditas botas. — Monty se joga no reservado ao lado de Ebrahim. — Elas têm as solas mais grossas que já vi.

— Meu irmão está irritado porque sou mais alta do que ele — digo.

Scipio gargalha pelo nariz.

— Ele perdeu vários centímetros cortando aquele cabelo.

— Não fale sobre isso. — Monty leva a mão ao coração em reverência. — Ainda estou de luto.

— Você tem uma nova tripulação. — Percy estende o braço para apertar a mão dos dois homens que não reconheço, então desliza para dentro do reservado ao lado de Monty, esticando as longas pernas sob a mesa enquanto eu ocupo a cadeira diante deles.

— Precisamos de mais mãos mais cedo do que o esperado — explica Scipio. — Estes são Zaire e Tumelo, vieram do comércio de tabaco de Portugal. E aquela é Sinn. — O capitão aponta para a jovem jogada na ponta da mesa. — Ela é de Argel e adotou uma vida legal para se juntar a nós.

A jovem ergue o olhar da cerveja. O rosto dela tem formato de coração e é pequeno, parecendo ainda mais pontiagudo devido ao lenço que envolve sua cabeça. As feições parecem quase grandes demais para um espaço tão pequeno. Os dois homens se levantam para apertar as mãos, mas ela não se move.

— O que têm achado de velejar como mercadores da coroa britânica? — pergunta Percy quando todos nos acomodamos no reservado.

Scipio gargalha.

— Meu temperamento ficou muito mais calmo do que quando velejava sem patronagem. Ainda somos interrogados mais do que a maioria das tripulações inglesas quando estamos em solo europeu, mas pelo menos temos cartas agora.

— Por onde têm viajado? — pergunto.

— Ainda no mediterrâneo, em grande parte — responde Scipio. — Portugal, Argel, Tunísia e Alexandria. É tudo carga sem vida, seu tio nos manteve longe da Companhia Africana Real — diz ele a Percy. — Nós o vimos em Liverpool no mês passado e parecia muito bem.

Percy sorri. A tia e o tio, embora prontos para vê-lo internado em um hospício, estavam longe de ser tiranos. O tio havia sido benevolente ao usar sua posição para ajudar a tripulação do *Eleftheria* como agradecimento pelo papel que tiveram em nossa segurança enquanto estávamos fora. Em oposição, Monty e eu tínhamos, cada um, escrito uma carta a nosso pai, avisando não apenas que não estávamos mortos, mas que também não voltaríamos para casa, e não recebemos nada em resposta. Embora meu pai tenha sido hostil com Monty e indiferente a mim, ele era o tipo de homem que teria cortado a própria mão se isso significasse evitar um escândalo social. E dois filhos misteriosamente desaparecendo na mesma viagem ao Continente teria causado muitos sussurros em Cheshire.

— Ah, conte a Felicity a história sobre as cabras na Tunísia — pede Monty, embora eu seja poupada pela distração de Georgie voltando com a cerveja.

— Vocês têm se correspondido? — pergunto a Scipio. Sei que Percy organizou esta reunião, mas não que houve muito mais comunicação entre eles.

— De vez em quando — responde Scipio.

— Olhe só, senhorita Montague, você e Sinn podem ter algo em comum — interrompe Ebrahim, e grita para o outro lado da mesa. — Sinn, o que acha de Londres?

Ela ergue a cabeça. A expressão não muda, mas consigo sentir a natureza ensaiada dessa cena, como se ela tivesse sido chamada para fazer isso mais de uma vez e estivesse ficando cansada.

— Odeio.

— Por que odeia? — provoca ele.

— Homens brancos demais — responde ela. Ebrahim ri. Sinn não. Do outro lado da mesa, ela me encara, e algum fio invisível parece nos aproximar. A cabeça dela se inclina para o lado enquanto me avalia. Faz com que eu me sinta um espécime preso com alfinetes em uma mesa de cortiça para que alunos estudem.

Ganho uma desculpa para virar o rosto quando Scipio fala comigo:

— O que achou do norte? Percy disse que estava na Escócia.

— Ela já se cansou da Escócia — responde Monty. Para compensar a surdez, ele passou a ou encarar com uma intensidade desconcertante a pessoa com quem esteja falando ou a se virar de forma que o ouvido bom se volte para a pessoa. Sei que é necessário para sua audição, mas o último recurso faz parecer que não está prestando atenção, aumentando o ar já indiferente que ele tem a propensão de passar. Eu não deveria me irritar com isso, mas sou uma fogueira fácil de atiçar esta noite. Monty me cutuca nas costelas com o cotovelo. — Talvez Scipio leve você para o Continente.

Quando não sorrio, Scipio olha de mim para meu irmão.

— Vai viajar de novo?

— Não. Monty está sendo cruel — digo.

— Não estou sendo cruel! — protesta ele. — Foi uma sugestão sincera! Você não tem outros recursos para viajar.

Olho com raiva para ele.

— E você sabe que Stuttgart é completamente cercada por terra, não sabe?

— Eu sei disso — responde meu irmão, olhando para a cerveja.

Diante de mim, a cabeça de Sinn se ergue. Ela está com os dois punhos apoiados na mesa, os nós dos dedos entrelaçados e os polegares unidos como uma seta.

— Que negócios a levam a Stuttgart? — pergunta Ebrahim.

Solto um suspiro mais forte do que pretendo, e meus óculos embaçam.

— Minha amiga Johanna Hoffman vai se casar.

Parece a explicação mais simples, mas deixo que Monty exiba a verdade suja subjacente à coisa toda.

— Ela quer ir a Stuttgart porque a amiga vai se casar com um médico famoso por quem Felicity é obcecada e para quem quer trabalhar.

— Não sou obcecada por Alexander Platt — disparo.

— Ela foi rejeitada por todos os cirurgiões e hospitais em Edimburgo e não tem dinheiro nenhum ou meios para viajar, mas ainda está pronta para partir sem rumo porque o Dr. Cheese Den disse a ela que esse Platt está, teoricamente, possivelmente, talvez, contratando uma secretária. — Monty olha para Scipio. — Diga a ela que é uma péssima ideia.

Quero chutar Monty sob a mesa, mas há tantas pernas enroscadas que tenho medo de calcular errado e acabar acertando desmerecidamente um observador inocente.

— Não é uma péssima ideia — disparo, antes que Scipio possa responder. — E é Cheselden. Não Cheese Den.

— Você tem alguma oposição a ostras com ovos para o jantar? — pergunta Scipio à mesa, interrompendo Monty e eu antes que acabemos exibindo nossas garras. — Georgie, venha me ajudar a carregar os pratos.

Assim que eles se vão e Ebrahim se vira para conversar com os outros dois homens, fuzilo meu irmão com o olhar. Teria jogado aquela caneca de cerveja quente no rosto dele se não suspeitasse de que em breve precisaria dela, pois não sou muito fã de ostras.

Em troca, ele adota uma expressão inocente e olhos arregalados.

— Por que esse olhar?

Eu me inclino para a frente, o tom de voz curto e grosso como uma unha.

— Primeiro, não precisa ser um canalha arrogante com relação ao fato de que não tenho dinheiro ou recursos para viajar ou de que fui barrada do hospital, porque, apesar do que você e Callum e todo mundo parecem querer, eu não vou desistir e me acomodar. Segundo, você não está no controle de minhas ações simplesmente porque é o homem mais próximo a mim. O que eu faço não depende de você ou de ninguém, principalmente alguém tão ignorante às dificuldades de minha posição atual. E terceiro, Monty, essa é *minha* perna.

O pé dele para de subir pela minha coxa e Percy olha para baixo da mesa, onde as pernas dele estão esticadas em paralelo às minhas, então bate no próprio joelho.

— É isto que você está procurando?

Monty recua no reservado, levantando uma nuvem de poeira do estofado.

— Você não pode estar falando sério sobre viajar, Fel. É loucura.

— Não mais do que abrir mão da herança para viver uma vida sem habilidades em Londres — retruco. — Você é um jogador de cartas profissional, lembra-se? Não está curando o cólera.

— Parem, vocês dois — interrompe Percy, com a mão pairando entre nós como se estivesse mediando uma luta de boxe. — Esta deveria ser uma noite agradável, e vocês estão estragando tudo. — Há uma pausa, então ele franze a testa e pergunta a Monty: — Minhas pernas não são mais finas do que as de Felicity, são?

— Ah, pare, Percy, você sabe que tem panturrilhas magníficas — diz Monty, então acrescenta: — E Felicity usa meias muito peludas.

— Panturrilhas magníficas — digo, com deboche. — Poderia ter escolhido uma parte do corpo menos erógena?

Foi uma porta imprudente para eu abrir, pois Percy entra na conversa:

— Monty tem belos ombros.

Monty apoia a bochecha no punho com admiração.

— Acha mesmo, querido?

— Se você acha que ele tem covinhas profundas nas bochechas — diz Percy para mim —, deveria ver os ombros.

E aqui estava eu pensando que nada poderia inflar mais a cabeça de meu irmão. Juro que o peito dele chega a estufar. Não sou muito fã dessa cerveja pesada, mas tomo um gole apenas pelo drama antes de responder:

— Rezo toda noite para que jamais tenha uma ocasião em que precise ver os ombros nus de meu irmão.

— Ah, deixe disso. — Monty bate com o pé no meu, então olha por baixo da mesa para se certificar de que mirou direito dessa vez. — Se vai ser médica, não deve ficar envergonhada com a anatomia humana.

— Não é a anatomia humana que me deixa desconfortável, é a *sua* anatomia.

— Minha anatomia é excelente — responde ele.

— É mesmo — acrescenta Percy, levando os lábios ao maxilar de Monty, logo abaixo do lóbulo da orelha.

— Por Deus, parem. — Resisto à vontade de cobrir os olhos. — Ainda estão em público, sabiam?

Monty se arrasta para longe de Percy e me dá um sorriso doce.

— Felicity, minha cara, sabe que amamos você profundamente e estamos tão, tão felizes por estar ficando conosco por enquanto, mas isso coloca algumas limitações no tipo de, digamos, *atividades* que estamos acostumados a realizar, tanto com relação à frequência como à intimidade...

— Pare de falar agora — interrompo — e vão encontrar algum cômodo nos fundos para chupar os rostos um do outro.

Monty sorri, as mãos fora de vista sob a mesa de maneira suspeita.

— Não é o que pretendo chupar.

— Você é a criatura mais imunda da face da terra — digo a ele.

Percy passa o braço pelo ombro de Monty e o puxa contra o peito. A grande diferença de altura deles é apenas um pouco menos cômica quando estão sentados.

— Não é adorável?

Aquele sorriso malicioso aumenta.

— Eu disse que sou adorável.

Eles saem de fininho juntos, embora *de fininho* seja uma palavra muito tímida para isso, pois não há absolutamente nada tímido ali. Eles passeiam, de mãos dadas e tropeçando um no outro com alegria. Irritantemente orgulhosos de estarem apaixonados.

Scipio e Georgie voltam com a comida — nenhum deles pergunta para onde os cavalheiros desapareceram, graças a Deus. Não como muito, nem falo — Scipio faz algumas perguntas educadas sobre como estou, mas minhas respostas devem ser bruscas e simples o bastante para que ele saiba que não estou no clima. Ao fim da refeição, estou sentada sozinha na ponta do grupo, mexendo na tinta branca rachada do tampo da mesa e desejando que Monty não estivesse tão certo. É loucura ir a Stuttgart sozinha. Mais do que loucura — é impossível. Não tenho quase nenhum dinheiro. Certamente não o bastante para chegar ao Continente. E o que eu faria quando chegasse? O que se diz a uma amiga que partiu seu coração? *Olá, lembra-se de mim? Éramos jovens e costumávamos colecionar insetos em jarros e quebrar ossos de galinha do jantar para que pudéssemos treinar consertá-los, mas então você me chamou de porco em um vestido de festa na frente de todas as suas novas amigas e eu disse que você era superficial e desinteressante. Parabéns por sua união; posso falar com seu marido sobre um emprego?* Afundo no assento sem querer, uma das mãos deslizando para o bolso e brincando com as pontas de minha lista.

Alguém se senta à mesa diante de mim, e ergo o rosto, esperando Monty e Percy de volta da agarração em algum cômodo dos fundos.

É Sinn. Apesar da calça e da blusa larga, ela tem uma aparência muito mais feminina de perto. Os ossos do rosto são finos e elegantes à luz da lâmpada. Ela não diz nada, e não tenho certeza do que quer de mim. Nós nos encaramos por um momento, ambas esperando que a outra fale.

— Estou interrompendo seu momento emburrada? — pergunta ela, por fim.

— Não estou emburrada — respondo, embora eu muito nitidamente esteja.

— Então sua postura é sempre tão terrível? — O inglês dela tem o mesmo sotaque do de Ebrahim; ele foi criado falando darija em Marraquexe antes de ser sequestrado e vendido como escravizado nas colônias americanas. Antes que eu consiga responder, ela prossegue: — Você quer ir para Stuttgart.

Ergo as mãos, um gesto que quase derruba minha caneca.

— Que bom, então todos entreouviram a conversa.

— Ninguém entreouviu — diz ela. — Apenas *ouvimos*. Seu irmão fala muito alto.

— Ele é surdo — explico, então acrescento: — e irritante.

A expressão dela não muda.

— Quero levar você.

— Me levar para onde?

— Para o Continente.

— Para o Continente?

— Para Stuttgart. — Sinn pausa, então diz: — Quer que eu repita isso também? — O tom de voz dela fica transtornado com impaciência por eu não conseguir acompanhar, como se estivesse propondo algo tão casual quanto darmos um passeio juntas. Embora talvez eu tivesse ficado mesmo confusa que a escolha de assunto fosse mais convencional, pois os olhos dela são muito sombrios e intensos e fazem eu me atrapalhar com a resposta. — Você quer ir até lá — diz ela, lentamente, batendo com um dedo na mesa entre nós. — Eu quero levá-la.

— Você quer... por quê?

— Você conhece Johanna Hoffman e foi convidada para o casamento dela.

Nada disso responde minha pergunta. E eu também certamente não fui convidada para o casamento, mas uma correção despertaria um assunto complicado, então pergunto:

— Desculpe, quem é você?

— Ah, precisamos fazer algumas preliminares? — Ela estende a mão acima da mesa, a qual eu não aperto. — Sou Sinn. Trabalho para Scipio.

Quase reviro os olhos.

— Bem, agora já tiramos as formalidades do caminho.

— Posso continuar — diz ela. — O tempo está frio. Ebrahim acha que é engraçado me ouvir dizer que há homens brancos demais em Londres. Você deveria lavar mais o cabelo.

— Como é?

— Sua trança caiu na cerveja quando você estava debruçada. — Ela une as mãos sobre a mesa com um aceno, satisfeita com a conversa superficial. — Sou Sinn; você é Felicity. Quero levar você para a Alemanha.

Se está brincando, não sei dizer. O rosto dela é impossível de decifrar, aqueles enormes olhos não oferecem pistas. Estou mais acostumada com Monty, que não consegue fazer uma piada sem se parabenizar.

— Por que quer me levar para a Alemanha? — pergunto de novo.

A bota dela bate em minha canela sob a mesa, e fico irritada que seja eu quem se move para lhe dar espaço.

— Porque preciso ir até a residência dos Hoffman, e será mais fácil se tiver você para me ajudar.

— Por que precisa chegar até os Hoffman?

— Não importa.

— Na verdade, importa muito para mim. — Eu me empertigo e também uno as mãos sobre a mesa. — Se vai até lá para, digamos, no que espero ser um exemplo extremo, assassinar alguém, ou atear fogo à casa, eu preferiria não ser cúmplice nisso. Ao apresentá-la, o capitão disse que você veleja legalmente agora, o que indica que um dia não o fez.

Um lampejo de irritação percorre o rosto de Sinn, apenas por um momento, mas o bastante para me fazer pensar que essa fachada estoica seja apenas isso. Ela está se esforçando demais para parecer muito mais calma e corajosa do que é de verdade, como se esperasse que isso equilibrasse o fato de que está se abrindo e se mostrando vulnerável ao me pedir isso.

— Não vou assassinar ninguém.

— Mas não negou o incêndio criminoso.

— Pagarei pela viagem. Todas as suas despesas até Stuttgart. O pagamento no *Eleftheria* foi bom, posso provar se quiser. Só peço que me deixe fingir que sou sua dama de companhia para que os Hoffman nos coloquem dentro da casa. Pode fazer o que quiser enquanto estivermos lá, ir ao casamento ou acossar o homem por quem é obcecada...

— Não sou obcecada...

— E prometo que ninguém estará em perigo ou será ferido. — Ela suga as bochechas, fazendo uma careta severa e nada lisonjeira. A lâmpada na mesa deixa sua pele com o tom âmbar vibrante das asas de uma borboleta monarca. — Pode confiar em mim. Sou parte da tripulação de Scipio.

— Você é uma marinheira — ressalto. — O que uma marinheira quer com uma família inglesa no exterior? — Estou tentando me lembrar se a família de Johanna tem conexão com o comércio ou o mar, mas estávamos nos vendo o mínimo possível quando o pai dela morreu e Johanna deixou a Inglaterra para morar com o tio.

Sinn contrai a boca em uma linha ríspida, então, com muita cautela, diz:

— Quero recuperar algo que foi tirado de minha família.

— Então você é uma ladra?

— Não foi o que eu disse.

— *Recuperar* é apenas *roubo* com um vestido chique.

— Não é roubo — nega ela. — Há um item que pertenceu à minha família, e acredito que esteja agora em posse dos Hoffman. Só quero uma localização.

— Os Hoffman são uma família abastada — digo. — O pai de Johanna era um aristocrata e o tio dela é um homem de negócios. Que tipo de negócios teriam...

Paro de falar, mas Sinn conclui por mim.

— Com alguém como eu?

— Com marinheiros comuns — falo. — O que é esse item misterioso de localização desconhecida? É um tesouro?

Ela encara a mesa, enfiando o dedão na lasca de tinta branca até que se solte.

— Mais como um direito de nascença.

— Isso é um conceito bastante abstrato para se roubar.

— Tudo bem. Você não está interessada, vou parar por aqui. — Ela se levanta para ir embora, mas, quase antes que eu me dê conta de que falei, a palavra "Espere!" sai aos tropeços de mim.

Sinn para, o queixo voltado para o ombro de modo que o lenço da cabeça esconda a maior parte do rosto.

Essa é uma má ideia, sei disso. Humanos têm instintos especificamente para situações como esta. Tudo dentro de mim diz que há perigo espreitando nessa floresta, olhos brilhando e famintos na escuridão.

Quero entrar mesmo assim.

Porque é Alexander Platt. É educação em medicina. É uma chance de plantar meus pés com firmeza longe de Callum e da vida de esposa e da gentileza geral. O que importa para mim que tipo de missão clandestina está atraindo Sinn para a mesma casa que eu? Ela é apenas um banco com crédito para viajar. Não estou fazendo nada errado, contanto que ela também não faça.

— Se formos — digo —, você só estará indo para encontrar algo. Precisa me prometer que não haverá roubo, danos ou mal a qualquer pessoa ou item. Não deixarei que entre na casa deles apenas para transformar isso num roubo. Essa é minha condição.

— Eu disse que não roubaria nada.

— Prometa.

— Por que tem tanta certeza de que sou vilã?

— Porque do contrário você estaria simplesmente fazendo algo bom para uma estranha, e sua abordagem inicial me levaria a acreditar no contrário.

Suprimi revirares de olhos o suficiente em minha vida para saber que ela está se esforçando muito para fazer isso.

— Prometo.

— Precisaríamos partir logo — comento. — O casamento é em três semanas. — Mesmo quando digo, mal parece tempo o bastante, principalmente se vamos viajar com fundos limitados. Há uma chance de chegarmos apenas para descobrir que o Dr.

Platt e Johanna já fizeram os votos e estão agora aconchegados em alguma suíte nupcial a quilômetros de distância. Chegar sem ser convidada para um casamento é uma coisa; invadir uma lua--de-mel é bem diferente.

— Estou pronta para partir assim que você estiver — responde ela.

— Vão sentir sua falta? — Ela sacode a cabeça. — E não vai contar a meu irmão?

— Isso quer dizer que você aceita? — Sinn estende a mão de novo, e dessa vez eu a aperto. Espero um aperto firme, mas em vez disso ela me puxa para perto de forma que estamos nariz contra nariz. Ela é um pouco mais alta que eu, magra, mas forte. Talvez aqueles olhos famintos sejam mesmo os dela. Talvez eu não me importe.

— Sim — respondo, e parece que dou um passo para além da beirada de um penhasco. Minha pulsação acelera com a queda livre. — Aceito.

6

Espero até a manhã seguinte para contar a Monty que estou partindo.

Estava torcendo para encontrar Percy e ele juntos para que Percy pudesse ser um mediador entre meu irmão e eu, mas ele saiu cedo para um concerto e Monty acordou tarde depois de uma noite no cassino, então toma café enquanto eu almoço, embora ambas as refeições sejam compostas do mesmo pão velho e café. Meu irmão recebe a notícia com indiferença — provavelmente porque só digo que estou partindo, sem detalhes adicionais sobre para onde ou com quem essa partida acontecerá.

De seu apoio sobre o fogão, enquanto faz ondular a superfície do café fumegante com sopros, Monty pergunta:

— Então o que vai dizer ao Sr. Doyle? Será que em breve encontrarei um convite de casamento nas correspondências?

Solto um cubo de pão no café para amaciá-lo.

— Na verdade, não vou para Edimburgo. Vou para o casamento de Johanna.

— O quê? — Ele ergue o rosto. — Como?

— Isso não é importante.

— Acho que essa informação é bastante crucial.

Pesco o pão da xícara com a colher. Consigo sentir meu irmão me encarando, mas me recuso a olhar.

— A mulher com quem jantamos, da tripulação de Scipio. Ela está me ajudando.

— Por quê?

— Porque quero ir para Stuttgart.

— Não foi o que eu quis dizer. Por que ela está ajudando você?

Monty pode não ser o bisturi mais afiado no kit cirúrgico, mas reaviva as preocupações que me forcei a ignorar à menção de *recuperar um direito de nascença*, então, em vez disso, ofereço uma pergunta como defesa.

— Por que está fazendo essa cara para mim?

— Vai se encontrar com o médico, não vai?

— Eu vou porque Johanna é minha amiga e gostaria de vê-la se casar — digo.

Monty ri com escárnio.

— É mesmo? Eu me lembro de vocês duas gritando uma com a outra na festa de aniversário de Caroline Peele e de você fazendo uma declaração muito passional sobre não ter mais interesse na companhia dela.

Coloco a xícara na pilha de baús que serve de mesa com um pouco mais de força do que pretendia. Algumas gotas escorrem para fora sobre minha mão.

— Por que está sendo um canalha com relação a isso?

— Porque essa parece uma ideia terrível, e estou preocupado com você.

— Bem, isso não é motivo o bastante para que eu não vá — retruco. — Eu me preocupo constantemente se você e Percy serão colocados no pelourinho ou atirados na prisão Marshalsea ou se você vai atear fogo ao apartamento porque não sabe ferver água, mas não o impeço de nada.

— Não estou tentando impedir você de estudar medicina, mas não vou fingir que acho que essa é a forma certa de fazer isso.

— Que outra forma existe? — pergunto. Estou irritada porque meu tom de voz se eleva enquanto o dele permanece tranquilo de uma maneira enlouquecedora. Não costumo ser a primeira de nós a ficar agitada. — Posso não conseguir outra chance como essa.

— Mas você é inteligente. E trabalha com afinco. E não desiste. Não é uma questão de se, é uma questão de quando.

Ele não vai entender. Isso se cristaliza para mim em um momento. Podemos ter crescido na mesma casa, duas crianças inquietas com corações obstinados, mas nossos pais tentaram aparar nossas pontas de formas diferentes. Monty sofreu na mão de um pai que dava atenção demais a cada movimento do filho, ao passo que eu tive uma juventude de negligência. Não reconhecida. Sem importância. Enquanto Monty poderia um dia governar a propriedade, o melhor que se podia esperar de mim era que eu partisse nos braços de um homem rico. Se ele tivesse ficado, Monty teria sido esse homem rico para outra jovem. Era o melhor que qualquer um de nós poderia esperar.

Podemos ter, os dois, deixado nossa casa. Desafiado nossos pais e nossa criação em favor das paixões. Mas há pedras em meu caminho que Monty não consegue entender como desviar, ou mesmo imaginar que estão ali, para início de conversa.

Ele bebe todo o café, limpa a boca na manga, então diz:

— Fique mais algumas semanas com a gente. Ou podemos encontrar um quarto para você em algum lugar e ajudar com o aluguel. Escreva para seu Dr. Platt e veja o que ele diz. Visite mais alguns hospitais aqui. — Monty morde o lábio, e sei que não vou gostar do que ele vai dizer a seguir. — Só não vá para Stuttgart com aquela mulher, está bem? É uma má ideia.

Ele não vai entender. Melhor fingir que eu entendo.

— Tudo bem — digo.

Monty ergue o rosto, e me pergunto se meu tom de voz foi breve demais, a ponto de levantar suspeitas — eu tinha tentado soar sincera, mas fiquei bem longe disso.

— Mesmo? — pergunta ele. — Concorda comigo?

— É claro que sim. É muito mais racional ficar em Londres.

— Sim! — Ele bate com a mão no joelho. — Exatamente, sim. Lembre-se deste dia, Felicity: o dia em que concordou que sou o mais racional entre nós.

— Vou escrever no meu diário — digo, sarcasticamente, então fico de pé para encher a xícara. Espero que o movimento interrompa a conversa e ele realmente fique achando que sou uma mulher mudada e possamos mudar de assunto.

Não vou obter a permissão de Monty para ir a Stuttgart. Ainda bem que não preciso dela.

Continuo fingindo planejar ficar em Londres pelos próximos dois dias antes que Sinn e eu tenhamos que partir. Deixo Percy sugerir bairros em que eu posso procurar um apartamento e Monty fazer propostas absurdas sobre como eu vou entrar no campo da medicina, durante todo o tempo reunindo meus escassos pertences na bolsa sob o pretexto de arrumar o apartamento. É uma atividade tradicionalmente feminina o bastante para que nem Monty nem Percy suspeitem de alguma coisa. Então, nas primeiras horas do último dia da semana, levanto depois de uma noite em claro, me visto silenciosamente no escuro e saio do apartamento, com a bolsa batendo atrás dos joelhos.

Serão duas semanas de viagem até Stuttgart, então as festividades do casamento, isso se conseguirmos mentir para entrar na casa. Se a posição com o Dr. Platt der certo, não pretendo voltar para Moorfields, muito menos para ser uma hóspede dependente. Nem pretendo voltar a Edimburgo. A caminho do porto, deixo no correio uma carta de três linhas para Callum, dizendo que ficarei em Londres por mais tempo do que planejado, pois a sífilis/tédio de meu irmão é mais séria do que antecipei, deixando de fora qualquer menção ao fato de que vou para o Continente com uma estranha para fazer um futuro para mim que não o incluirá.

Desafiei o destino, e estou agora tentando evitar que toda minha confiança escorra até as botas. E se eu for a única apostando em mim mesma porque todos os outros conseguem ver que não estou preparada para o jogo?

Você é Felicity Montague, digo a mim mesma, e toco o papel no bolso em que estão listados meus argumentos, os quais, se tudo correr de acordo com esse plano impossível, serão declarados com alguma variação diante de Alexander Platt. A carta do Dr. Chelseden está aninhada nas dobras dele. *Você entrou clandestinamente em um navio e viajou 48 dias com uma única roupa. Não é uma tola, é uma lutadora, e merece estar aqui. Merece ocupar seu espaço nesse mundo.*

O porto talvez seja a parte mais vil de uma cidade vil. O chão está escorregadio com uma combinação desagradável de intestinos de peixe, saliva amarela, fezes de gaivotas, vômito e outros fluidos sobre os quais prefiro não pensar muito. Mesmo tão cedo, as docas estreitas estão lotadas, cada pessoa certa de que seu negócio é o mais importante de todos e, por isso, gritar com os outros para que saiam do caminho é justificado. O vento vindo da água carrega um borrifo do fétido Tâmisa e o cospe em minha cara enquanto busco Sinn na multidão. Eu a encontro pairando perto do fim da fila de passageiros à espera de embarcar o paquete; quando me vê chegando, ela entra na fila de verdade. Sinn trocou as roupas de velejar por um vestido de musselina e xale sem bordados preso no corselete, encimado com uma pesada capa de lã.

Quando me junto a ela, Sinn, em vez de me cumprimentar, diz:

— Você parece chateada.

— E tem um buraco no seu lenço — disparo. — Ah, olhe, estamos todas fazendo observações. — Sinn não responde, e talvez seja imaginação minha, mas ela troca o peso do corpo de um pé para o outro de modo a virar o rosto para longe de mim. Levo as mãos ao rosto e dou uma boa sacudida de cabeça para esquecer isso. — Desculpe. Estou ansiosa, só isso.

— Por partir?

— Não, mais pelo fato de que... — Parece incauto contar a ela que ninguém sabe onde estou, então prefiro dizer: — Meu irmão é um canalha. Só isso.

— Os meus também.

— Seus o quê?

— Meus irmãos. São todos canalhas.

— Irmãos no plural? — Se eu tivesse sido forçada a crescer em uma casa com múltiplos Montys, teria entrado em um convento apenas por um pouco de paz. — Você tem quantos?

— Quatro.

— Quatro? — Quase cambaleio. — Mais velhos ou mais jovens?

— Todos mais jovens. — Ela faz uma careta. — Todos muito barulhentos.

— Também são marinheiros?

Ela assente, ajustando a bolsa na mão.

— Ou serão. O mais novo tem só 8 anos, mas estará no mar em breve. Minha família toda é de marinheiros.

— Que tipo de marinheiros? — pergunto.

Mas Sinn já deu as costas para mim; está olhando para a frente da fila, onde cartões de embarque são verificados antes que tenhamos permissão de ir para o convés e, embora eu saiba que ela me ouviu, não me responde.

— Tudo bem — digo. Estou mais irritada com o silêncio dela do que provavelmente deveria estar, mas, em minha defesa, foram semanas extremamente estressantes e todas as minhas emoções estão à flor da pele. — Não precisamos trocar informações pessoais, só estaremos constantemente juntas durante as próximas várias semanas; eu preferiria que permanecêssemos estranhas que estão próximas. — Eu me coloco na ponta dos pés, tentando ver por cima da cabeça dos outros passageiros. — Está demorando muito.

— Talvez você só seja impaciente — retruca Sinn, ainda irritantemente calma.

— Não sou impaciente. Só sei quanto tempo as coisas deveriam levar.

Ela sopra as mãos.

— Então talvez você tenha opiniões fortes.

— Bem, minha opinião é de que você não deveria me julgar. — Cruzo os braços, virando-me para longe dela e da fila para olhar para o porto em vez disso. As velas de navios aportados ondulam ao vento, barcos menores passeiam entre eles com seus barqueiros enterrando os remos no fundo do Tâmisa. As cordas de um guindaste próximo se partiram e um mercador usando um terno luxuoso manchado de sal está gritando com um grupo de meninos sobre os danos às mercadorias dele. Várias tábuas à nossa frente, há uma confusão de peixe cru derrubado e pisoteado no chão. Um carregador escorrega nas vísceras e solta o baú que está levando, agarrando-se a um estranho ao seu lado para se equilibrar. Um estranho com um chapéu ridículo.

É Monty.

— Ah, não.

Sinn ergue a cabeça das mãos.

— O quê?

Eu me viro bruscamente, de costas para Monty, embora isso dificilmente seja um esconderijo adequado.

— Meu irmão está aqui.

— Isso é um problema?

— Eu não... Não contei a ele que estava partindo. Quero dizer, eu contei, mas ele não ficou animado com isso, então menti e disse que não iria, mas no processo lhe dei detalhes o suficiente para que, caso eu sumisse no meio da noite, ele soubesse para onde eu estava indo.

— E você sumiu no meio da noite?

— Não no meio da noite — protesto. — Nas primeiras horas da manhã.

Sinn deve avistar Monty também, pois ela se abaixa ao meu lado.

— Ele está vindo para cá.

É claro que está vindo para cá — estamos de pé na fila para o transporte até Calais, o primeiro lugar para procurar sua irmã que está fugindo para o Continente.

— Venha. — Puxo Sinn para fora da fila, subindo o cais até me esconder atrás da carga derrubada pelo guindaste e ficar fora de vista. Eu me viro para ela, minha bolsa me acertando com força na lombar. — O que faremos?

— Não sei, ele é seu irmão.

— Também é um homem humano, e presumo que você já tenha lidado com homens no passado. — Escondo o rosto no colarinho do manto, tentando examinar a situação como se fosse muito mais científica do que é.

O problema: evitar Monty, que está prestando atenção a todos que embarcam no navio para Calais. Os recursos à nossa disposição: quase nenhum. Apenas Sinn, eu e minha bolsa, que está basicamente preenchida por luvas, livros e roupas íntimas. Embora eu suponha que atirar um livro no rosto dele para então embarcar correndo não seja uma distração ruim. As opções são essa ou simplesmente gritar algo sobre menstruação e ver o cais inteiro irromper em caos; funcionou com tanta eficiência com o conselho do hospital.

Não temos tempo para esperar por outro navio. O céu está limpo hoje, e o tempo no inverno é um cavalo imprevisível. Amanhã pode estar tempestuoso, o canal tão revolto que navios não conseguirão entrar. O vento pode estar forte demais, o ar, frio demais, a água, traiçoeira demais e com pedaços de gelo. Nossa janela para chegar a Stuttgart é tão estreita que há uma chance de perdermos o casamento mesmo com tudo correndo no tempo certo. Precisamos entrar naquele navio, esteja Monty no caminho ou não.

— Precisamos distraí-lo — digo. — Ele não tem um cartão de embarque, então não pode nos seguir barco adentro. Só precisamos ocupá-lo por tempo o bastante para sair correndo. E provavelmente esperar que a fila diminua. Teremos a melhor chance no momento em que eles estiverem prestes a zarpar.

— Como você vai distraí-lo sem que ele a veja? — pergunta Sinn.

— Pediremos a outra pessoa — respondo, tentando soar mais confiante e não como se eu estivesse inventando aquilo na hora. — Pagaremos alguém.

— Não tenho dinheiro para pagar alguém.

— Quanto dinheiro você tem, exatamente?

Ela contrai os lábios, então diz, com muito cuidado:

— O suficiente para nos levar a Stuttgart.

— Genial — resmungo.

— Se quer pagar alguém para dar um soco na cara de seu irmão, pode usar sua parte do jantar de hoje.

— Não quero que alguém dê um soco nele — protesto, então acrescento: — Quer dizer, quero sim. Mas não agora. Precisamos de algum tipo de distração...

Se eu tivesse mais tempo, poderia certamente pensar em um plano mais elegante. Mas o tempo não está do nosso lado. Saio de nosso esconderijo e Sinn me segue com um grito de surpresa diante do movimento súbito. Longe da água e dos navios, o cais está fervilhando com marinheiros e ajudantes de convés, alguns deles trabalhando, outros amontoados em torno de braseiros fumegantes, aquecendo as mãos sobre as chamas. Há uma vitrine de padaria onde estão expostos bolos e vinho quente; o estabelecimento é do tipo em que você se serve sozinho e deixa algumas moedas na caixa para provar que não é nenhum tipo de ladrão. Tendo mais uma crise do que honra, pego uma caneca sem pagar e sigo na direção de um dos aglomerados de homens, mas Sinn me impede.

— Diga o que vai fazer.

— Pedir a um homem que distraia meu irmão por tempo o suficiente para que possamos embarcar no navio.

Espero que ela discuta — não apenas é vago, mas a maioria dos planos é contra-argumentada pelas partes envolvidas. No entanto, ela apenas assente, então observa os grupos de marinheiros mais próximos de nós.

— Acha que isso vai funcionar? — pergunto, a voz esganiçando na última palavra. Não estou acostumada a receber confiança absoluta, e Sinn não é alguém que eu esperaria que oferecesse essa confiança tão facilmente.

— Certamente vai surtir algum efeito. Peça àquele ali. — Ela aponta para um homem curvado sozinho contra a parede de um escritório do cais. Consigo sentir daqui que ele está embriagado, ou talvez se recuperando de um exagero na noite anterior. A pele do homem está enrugada do sol; os trechos de pele que despontam das mangas curtas demais do casaco estão cobertos de tatuagens azuis. Vários outros desenhos sobem pelo colarinho e ao longo da nuca. Ele não parece o tipo de homem a quem quero confiar minha fuga.

Mas Sinn colocou a fé dela em mim. O mínimo que posso fazer é o mesmo.

Caminho até o cavalheiro com o cuidado de não derramar a caneca de vinho quente. Ele ergue o rosto do cachimbo quando nos aproximamos, semicerrando os olhos para nós embora o sol mal tenha nascido.

— Bom dia, senhor — digo. — Eu gostaria de lhe oferecer esta bebida.

— Tudo bem, então. — Ele estende a mão para ela antes que eu tenha terminado a frase, e preciso puxar de volta, quase derrubando tudo em Sinn.

— Espere, primeiro precisa fazer algo por mim.

— Não quero fazer nada por você — responde ele, curvando-se de volta para o cachimbo.

— É muito simples — digo. — Está vendo aquele homem ali ao lado da rede? Ele é baixinho, tem o cabelo curto e cicatrizes no rosto.

O marinheiro ergue o rosto.

— Aquele com o chapéu adorável?

Droga, Monty. Agora queria que nossa distração *fosse* dar um soco na cara dele.

— Esse mesmo. Preciso que vá até lá e derrame esta bebida nele, mas faça parecer um acidente, e então se demore bastante dizendo que sente muito e ajudando-o a se limpar.

— Assim não vou ter bebida — diz o homem, lentamente.

— Bem observado — respondo. — Mas não precisa derramar tudo.

Ele nos encara, a cabeça oscilando, embora eu não consiga dizer se porque está realmente considerando a oferta ou prestes a cair. Então ele cospe no chão e enfia o cachimbo na boca.

— Não, obrigado.

Estou pronta para tentar outro marinheiro mais esperto, mas Sinn dá um passo à frente.

— Venha aqui — chama ela, apontando o dedo em gancho para ele. — Quero lhe contar uma coisa.

O homem umedece os lábios, olhos brilhando ao se inclinar. Sinn o segura pelo colarinho e o puxa até ela, pressionando uma longa faca preta sacada da bota contra a pele macia do pescoço dele. Não é, caso a garganta seja cortada, o melhor local para o ferimento — ela teria mais sorte entrando pelo lado, esfaqueando a carótida, então avançando e descendo pelas cordas vocais para garantir o silêncio e para interromper os dois maiores suprimentos de sangue para o cérebro ao mesmo tempo.

Mas estou menos preocupada com isso e muito mais preocupada com o fato de que, primeiro, Sinn tem uma faca na bota que trouxe com ela por motivos desconhecidos, mas provavelmente desagradáveis, e, segundo, está prestes a usar essa faca para *cortar a garganta de um homem*.

O marinheiro gorgoleja de medo, os olhos dele se arregalando. Sinn puxa a manga da própria roupa e eu vejo os olhos do homem viajarem da faca dela para o antebraço. De alguma forma, ele parece ainda mais assustado.

— Está vendo isto? — pergunta ela para ele, e o homem assente.

— Você viaja sob a maldita Coroa e Cutelo — diz o sujeito, a voz mais elevada do que um momento antes.

Sinn pressiona a faca com mais força, embora não o suficiente para tirar sangue. O homem solta um soluço.

— Sabe o que isso significa, não sabe? — Ela olha com irritação para as tatuagens no pescoço dele, e o homem não assente desta vez, pois a faca está pressionada fundo demais para arriscar movimentos súbitos. — Faça o que ela diz — ordena Sinn, então o empurra contra a parede. Ela coloca a faca de novo na bota, se endireita e acena para mim. Não sei se espera que eu reconheça a gratidão pela ajuda, mas minha garganta secou. O instinto de recuar dela, de me afastar, fugir e desfazer nossa aliança aumenta dentro de mim, primitivo e animal, a bússola de meu coração apontando diretamente para a *fuga*. Aquela faca e aquela ameaça confirmaram a verdade bastante provável que evitei encarar desde que Sinn me apresentou sua proposta no Nancy Saltitante: provavelmente estou me unindo a uma pessoa perigosa que pode me ferir ou ferir as pessoas que estou expondo a ela. Se alguém na *Haus* Hoffman vai acabar com a garganta cortada na cama, ela pode me matar também, só para garantir meu silêncio.

Abaixo de nós, o marinheiro pergunta:

— Posso ficar com a bebida?

Respiro fundo e me viro para ele, tentando parecer menos abalada do que estou.

— Pode segurá-la, mas não pode bebê-la. E não se mova até que eu dê o sinal. — Um sino do porto soa para anunciar a hora, e um dos marinheiros a bordo de nosso navio grita para o homem na doca que verifica o manifesto. — Sinal — digo, puxando nosso homem para que fique de pé e empurrando-o para a frente. — Vá criar um aborrecimento.

Sinn e eu observamos juntas conforme ele cambaleia hesitantemente pela multidão, acompanhando o progresso durante nosso próprio caminho pelo cais e de volta para o navio, nos abaixando atrás de cada caixa, carrinho e barril que possa nos esconder. O cavalheiro se move muito mais lentamente do que eu esperava que se movesse. Os sinos do porto estão quase parando e os marinheiros em nosso paquete puxam a tábua; Monty se dirige até o homem na ponta dela, como se fosse pedir para olhar os nomes no manifesto para ver se o meu está entre eles. Nosso amigo bêbado dá uma guinada súbita, ergue o copo no mais teatral dos gestos...

... e derrama o vinho sobre um total estranho.

O que certamente causa uma comoção, embora entre as pessoas erradas. Xingo baixinho, pronta para simplesmente correr até o navio, mas Sinn agarra meu braço. Eu me encolho sem querer, ainda pensando naquela faca, mas ela está apenas direcionando meu olhar. A comoção está próxima o bastante de Monty para que ele precise desviar do caminho para evitar a confusão, e ele olha para nosso marinheiro bem no momento em que o mesmo se dá conta do erro e olha para nós como se estivéssemos segurando algum tipo de placa com instruções escritas do que fazer a seguir. Monty acompanha o olhar dele e, do outro lado do porto, nossos olhos se encontram. Meu estômago afunda.

Ele avança na minha direção, e estou pronta para correr, mas então nosso marinheiro — obviamente com medo da ira de Sinn caso ele fracasse — se atira em Monty e o derruba. O marinheiro é muito maior do que meu irmão, e a força do golpe o derruba mais para o lado do que eu imagino ter sido a intenção, porque tanto Monty quanto o marinheiro mergulham por cima da borda do píer para dentro do pútrido e congelante Tâmisa.

— Isso serve — diz Sinn, e sinto a mão dela em minhas costas, me empurrando adiante. — Vá agora.

Quase não vou. Em parte porque há uma chance de que meu irmão tenha sofrido um dano real — exatamente o que eu esperava evitar ao escolher o derramamento da bebida como distração em vez de um soco na cara. E mais do que em parte por causa da reluzente estaca que é a faca de Sinn e do medo nos olhos do homem quando ele a reconheceu.

Se vai fugir, este é o momento. Faça isso antes de deixar Londres, antes de estar tão longe de casa que jamais conseguirá voltar sozinha.

Olho para o cais, para onde algumas almas bondosas estão pescando meu irmão e nosso marinheiro do rio. Os dois parecem ilesos. Não há nenhum sangue visível ou membros apontados para a direção errada. Estão encharcados e trêmulos, mas Monty sairá como um cão farejador atrás de meu cheiro assim que os pés dele estiverem em terra firme de novo.

Última chance, penso, encarando a tábua. *Última chance de fugir. De mudar de ideia. De encontrar outra briga ou se render de vez e trocar qualquer perigo que indubitavelmente esteja adiante por uma padaria aconchegante e um padeiro bondoso em Edimburgo.*

Mas não vou desistir de uma chance com Alexander Platt. Se vou apostar em algo, será em mim e em minha habilidade de ser mais esperta e mais rápida do que Sinn, caso a necessidade apareça.

Você é Felicity Montague, digo a mim mesma. *E não tem medo de nada.*

Quando Sinn dispara pelo cais e para cima da tábua do paquete, eu a sigo.

⁂

Leva um dia na água até Calais. Se o céu começar a limpar e o canal cooperar, estaremos na França ao pôr do sol. Não pegamos uma cabine, e a parte sob o convés está gélida, úmida e com um cheiro desagradável, então nos sentamos nos bancos em fila contra os parapeitos, onde o ar está frio, mas fresco. O capuz de meu manto se recusa a ficar no lugar, e o vento faz o que quer com meu cabelo, torcendo e revirando-o para fora dos grampos e em bolos espessos que tento desembaraçar com os dedos, embora seja inútil.

Ao meu lado, Sinn me observa lutar com um ninho atrás da cabeça; as mãos dela estão sobre o xale de cabeça para mantê-lo no lugar.

— Quer ajuda? — pergunta.

— Estou bem — digo, então dou um puxão forte que sinto atrás dos olhos. O nó permanece irritantemente firme.

— Vai arrancar os cabelos do couro cabeludo.

— Acho que estou quase conseguindo.

— Não está. Pare. — Ela fica de pé, esfregando as mãos na saia antes de passar por cima do banco para ficar atrás de mim. — Deixe-me fazer isso.

Não gosto da ideia. Não gosto de dar as costas a ela, de deixar que coloque as mãos em meu cabelo, o pulso roçando em meu pescoço. Penso naquela faca contra a pele do marinheiro e em como a lâmina poderia facilmente encontrar meu próprio pescoço a qualquer hora, mas principalmente neste momento, em que estou com os olhos para a frente e a pele exposta.

Ela é mais cuidadosa do que eu esperava. Assim que penso nisso, me sinto culpada por imaginá-la sendo grosseira e puxando meu couro cabeludo. Consigo sentir as mãos de Sinn penteando as minhas pontas, trabalhando com precisão cuidadosa, como se estivesse desembaraçando um fio cirúrgico.

— Acho que vou precisar cortar.

— O quê? — Fico de pé e me viro para encará-la. As mãos de Sinn ainda estão em meus cabelos e sinto o puxão forte provocado pelo meu salto sem aviso, meus nervos se incendiando.

— É só um pouquinho — diz ela. — Você não vai nem notar.

Levo a mão para trás e toco o nó para ter certeza de que ela não está blefando. Consigo sentir o ninho impossível.

— Com sua faca? — disparo, antes de conseguir me conter.

— Minha... ah. — Ela leva a mão até a bota, lentamente e com os olhos em mim, como se quisesse se certificar de que não me assustarei. — Não é uma faca. É uma punção. — Ela ergue o objeto para minha inspeção, e, de fato, não é uma faca no sentido mais tradicional. É uma longa estaca cônica com a ponta afiada, feita de ferro preto e com as bordas grossas. — É uma ferramenta de marinheiro — explica ela. — Para cordas de navegação.

Pouco importa como se chama — confiança é metade de qualquer blefe, e ela ergueu aquele objeto com a segurança e a ameaça de uma lâmina.

— Ainda assim poderia ter matado aquele homem no porto com ela — digo.

Sinn me olha de esguelha. Ergo o queixo. Quero que ela saiba que sei que é perigosa e estou aqui mesmo assim. Quero que pense que sou mais corajosa do que realmente sou e tão perigosa quanto ela.

— Poderia? — indaga Sinn.

Não tenho certeza se está perguntando com sinceridade ou se está me testando. Também não tenho certeza se deveria contar a ela.

— Se tivesse pressionado para baixo e enganchado sob o osso da clavícula, bem aqui — dou tapinhas no meu osso por sobre o manto —, teria entrado nos pulmões dele. Talvez no coração, se acertasse o ângulo. Um pulmão perfurado poderia não o ter matado imediatamente, mas ele não parecia ser o tipo que sairia correndo atrás de um médico. Então provavelmente teria sido uma longa e demorada morte, com muitos chiados e falta de ar. E então ainda haveria o sangue, e ele poderia facilmente perder o suficiente para que fosse fatal. Por que está me olhando assim?

— Como sabe tudo isso? — pergunta ela.

— Leio muitos livros.

— Daquele homem? O que vai encontrar?

— Entre outros.

Sinn gira a punção entre as mãos, os fragmentos de prata escovada reluzindo em seus dedos.

— Você quer ser uma cirurgiã.

— Uma médica, na verdade. É uma licença diferente e requer mais... não importa. — Eu me sento de novo e me viro de costas para ela, jogando o cabelo por cima do ombro, embora o vento imediatamente o empurre de volta sobre meu rosto. — Vá em frente, então.

Atrás de mim, ela solta uma gargalhada baixa e sussurrada.

— Tão espirituosa.

— Não sou espirituosa — retruco em tom mais afiado do que pretendo.

A mão de Sinn, a que eu tinha sentido pairando perto de meu pescoço, se afasta diante da faísca em minha voz.

— Tudo bem, calma. Não quis dizer como um insulto.

Cruzo os braços, me deixando afundar com os ombros curvados.

— Ninguém chama uma garota de espirituosa ou de alguém com opiniões fortes ou intimidante ou qualquer uma dessas expressões que podem fingir serem elogios com a intenção de que sejam. São todas formas diferentes de chamá-la de calhorda.

Os dedos de Sinn puxam as pontas de meu cabelo.

— Ouviu bastante essas palavras, não é?

— Garotas como eu costumam ouvir. É um eufemismo para dizer a elas que são indesejáveis.

— *Garotas como você.* — Ela gargalha descaradamente agora. — E aqui estava eu achando que os óculos eram decorativos.

Eu me viro para encarar Sinn.

— O que quer dizer?

— As únicas garotas que falam assim são aquelas que presumem que não há outras mulheres como elas no mundo.

— Não estou dizendo que sou um tipo raro — respondo. — Só quero dizer... não se conhece muitas jovens como eu.

— Talvez não — responde Sinn, mexendo na punção de novo. — Ou talvez você não saia à procura delas.

Eu me viro com uma bufada mais petulante do que pretendo.

— Apenas tire o nó do meu cabelo.

Há uma pausa, então sinto os dedos dela contra meu pescoço, empurrando o cabelo por cima de meu ombro de forma que fique segurando apenas o nó.

— Você está certa — diz ela, baixinho.

— Em relação a quê?

— Jamais conheci uma mulher como você. — Há um beliscão forte e um som como tecido rasgando, e então ela toca meu ombro. — Aqui. — Estendo a mão e ela solta o nó ali. — Nenhum derramamento de sangue.

— Obrigada. — Passo os dedos pelos cabelos, tentando encontrar as mechas mais curtas. — Eu deveria cobrir o cabelo como você. Seria mais prático.

— Sou muçulmana — diz ela. — É por isso que uso. Não porque é prático.

— Ah. — Sinto-me tola por não ter percebido. Então me pergunto se tenho permissão de fazer perguntas sobre o assunto ou se isso só vai provar o quanto sou ignorante com relação a quase todas as questões religiosas, principalmente aquelas de fora da Europa. — Ouvi falar que muçulmanos rezam bastante. Você precisa...? — Paro de falar com um gesto de ombros. Quando ela continua olhando para mim, concluo: — De algum lugar reservado, incenso ou algo assim?

Sinn pega alguns cabelos soltos da ponta da punção e os ergue na palma da mão aberta para que o vento leve.

— Já conheceu algum muçulmano antes?

— Ebrahim também é, não é? — pergunto. — Do *Eleftheria*.

— A maioria da tripulação é — diz ela. — Ou nasceu na religião. Não os portugueses, mas os rapazes da costa da Berbéria.

A costa da Berbéria acende um alerta no fundo de minha mente. Não sou tola a ponto de achar que só há um tipo de marinheiro que vem da costa da Berbéria, mas há um tipo específico de navio que aporta lá, e a maioria deles está no negócio da pirataria. E a maioria não é do tipo de piratas carinhosos com aspirações de carreira como Scipio e seus homens. Lembro-me do medo nos olhos do marinheiro quando Sinn mostrou o braço a ele, intenso demais para ser por causa de um arranhão ou uma cicatriz.

— O que é isso no seu braço? — pergunto, antes que possa me impedir. Não tenho certeza se ela consegue acompanhar o complexo caminho que me levou a essa mudança na conversa, mas falo: — Não sou burra. Você mostrou algo àquele homem, e ele subitamente ficou disposto a nos ajudar.

Ela não se vira, apenas me lança mais um olhar de esguelha — que quase não vejo por causa do lenço.

— É uma marca.

— Como um sinal?

Consigo ouvir os dentes dela trincando.

— Não, não como um sinal.

— É uma coroa e um cutelo?

Ela solta um suspiro tenso, os lábios contraídos com tanta força que sua pele fica rosada.

— Não achei que tivesse ouvido aquilo.

— Como sabia que o assustaria?

— Ele tinha tatuagens que significam que velejou por onde coisas assustadoras acontecem com marinheiros honestos que passam por onde não deveriam.

— Você é um dos marinheiros honestos? — pergunto.

— Não — responde Sinn, e enfia a punção com força na bota.

— Ah. — Viro para a frente. Ela se estica. Nós duas encaramos a água cinza, observando a Inglaterra sumir na névoa, e só consigo pensar que, se ela não é um dos marinheiros honestos, então pode significar que é uma das coisas assustadoras.

Stuttgart

7

Nossa jornada de Calais até Stuttgart é realizada em diligências lotadas que param de cidade em cidade ao longo de estradas esburacadas, a proximidade sendo nossa única proteção contra o frio. Meu manto pode estar com buracos por eu ter ficado esfregando os braços para cima e para baixo, e temo por minha postura já deteriorada, pois a cada quilômetro que se passa sinto-me mais e mais corcunda, os ombros recaindo sobre os joelhos, as costas em meia-lua, com o manto em tenda em volta do corpo.

Dormimos em grande parte nas carruagens; passamos apenas duas noites em estalagens na estrada, onde Sinn e eu fomos forçadas a nos separar por causa de nossas respectivas cores de pele, e, embora eu me oponha à desigualdade de todas as formas, é o único momento que ficamos separadas durante todo o tempo de estrada, e não é mal recebido.

Sinn é uma companhia tranquila. Não parece precisar de livros ou de conversa para tornar as jornadas em carruagens suportáveis. Não quebra o silêncio a não ser que eu inicie a conversa. E me deixa falar com a maior parte dos secretários das passagens e com os anfitriões das estalagens e condutores das carruagens. Nós duas sabemos que a maioria deles seria menos receptiva a uma mulher africana do que são com uma de pele branca — e preciso responder as perguntas relacionadas a mim, sobre com quem estou viajando e onde está meu acompanhante e por que estou indo a algum lugar com apenas uma aia que tem quase a minha idade. Posso ver a linha firme do maxilar de Sinn ficando tensa sempre que falo por ela, mas nenhuma de nós comenta sobre isso.

Quando chegamos a Stuttgart, uma singular cidade germânica com casas de madeira amontoadas em volta de praças, toda coberta por um manto de neve fresca, pego o endereço dos Hoffman com o escritório de registros, enquanto Sinn procura uma costureira que possa me arrumar alguma coisa que seja apropriada para festividades matrimoniais, mas em uma cor suficientemente esquecível para que ninguém repare que é a única roupa de festa que tenho.

Partimos a pé para o endereço a vários quilômetros fora da cidade. O campo é intensamente florestado, mas a austeridade do inverno faz com que as árvores não passem de silhuetas quebradiças, os topos envoltos em visgo espinhento. Passamos por uma fazenda com um fio fino de fumaça subindo da chaminé e uma cegonha aninhada contra as telhas. A delicada camada de neve que cobre a terra foi pisoteada até virar lama e se tornou gelo, de forma que o chão parece machucado e desgastado. Tudo parece uma paisagem desenhada em carvão.

— Como a conhece? — pergunta Sinn conforme caminhamos. Sua respiração está se condensando em nuvens pequenas e brancas contra o ar. — A senhorita Hoffman — elucida, quando não respondo imediatamente. — Porque até agora só falou do médico com quem ela vai se casar.

— Nós crescemos juntas — respondo, pois parece a resposta mais simples.

Isso não satisfaz Sinn.

— Eram próximas?

Próximas parece uma palavra pequena demais para minha

única amiga de infância. Sendo Johanna filha única de uma mãe ausente e um pai que costumava estar sempre no exterior, e eu, filha de pais que eu tinha certeza de que às vezes esqueciam meu nome, nós encontramos um mundo inteiro dentro uma da outra. Desbravamos a floresta entre nossas casas, inventamos histórias sobre sermos exploradoras em cantos distantes do mundo recolhendo plantas medicinais e descobrindo novas espécies que nomeávamos em nossa homenagem. Ela era a famosa naturalista Sybille Glass e eu era a igualmente famosa Dra. Elizabeth Brilhante — mesmo na infância, minha imaginação era bastante literal. Depois me tornei a Dra. Bess Hipócrates, quando comecei a ler sozinha. E, então, a Dra. Helen von Humboldt. Eu achava difícil me comprometer com uma persona imaginária, mas Johanna sempre foi a senhorita Glass, a destemida aventureira que costumava ser salva — geralmente dos ferimentos graves que sua coragem e seu gosto pelo risco lhe causavam — por minha interpretação de médica sensata, que então a aconselhava a agir com mais prudência antes que partissem para a próxima aventura selvagem.

— Ela vai se lembrar de mim — digo a Sinn.

Só não tenho certeza se Johanna vai se lembrar de alguma daquelas brincadeiras de infância. Estão todas atenuadas agora pela longa e esguia sombra de nossa despedida amarga. Os anos que se estenderam desde então parecem impossivelmente longos conforme viramos no caminho que leva à entrada da casa.

Haus Hoffman é pintada com o rosa alegre da polpa de uma toranja, com molduras douradas e brancas e telhas do mesmo tom, enfeitando a casa como se fosse uma coroa. Parece feita de bolo e cobertura, um doce de aniversário extravagante que deixará nossos dentes doloridos devido à doçura. O caminho é dividido por uma fonte, congelada em repouso, e as sebes que o ladeiam estão tão desnudas quanto as árvores, mas ainda são imponentes.

Tem sido tão fácil separar Johanna dessa trama. Tive muito em que pensar à exceção dela — Alexander Platt, o significado da coroa e do cutelo no braço de Sinn e por que ela está tão desesperada por um lugar nesta casa. Mas, conforme percorremos o caminho, as bolsas batendo num ritmo constante contra as costas, penso, pela primeira vez, em como serão as semanas seguintes, sem pular a parte em que preciso ver Johanna de novo.

Não sei o que direi a ela. Não sei se quero pedir desculpas, ou se quero que ela peça.

Puxamos a corda da campainha como uma dupla maltrapilha — tosca demais para criar a imagem de uma rica moça inglesa vinda de um internato para o casamento da melhor amiga, assistida pela dama de companhia.

— Qual é o seu sobrenome mesmo? — pergunta Sinn enquanto encaramos a porta.

— Montague. Por quê?

— Vou apresentar você.

— Não, deixe que eu falo.

— Faz mais sentido...

Ela para de falar quando a porta se abre. Um mordomo nos recebe, um cavalheiro alto e velho, com mais cabelos nas orelhas do que no alto da cabeça. Ele parece exausto e sem energia, como se pudesse cair sem motivo a qualquer momento.

Aprendi que homens respondem melhor a mulheres não ameaçadoras cuja presença e o espaço que ocupam no mundo não atrapalham de alguma forma a masculinidade deles, então, por mais que me incomode, estampo um sorriso tão grande que dói o rosto e tento pensar como Monty, o que é irritante.

Seja encantadora, digo a mim mesma. *Não faça cara feia.*

Mas, quando os olhos dele encontram os meus, sou paralisada com o medo súbito de que sejamos expulsas antes mesmo de cruzarmos a ombreira da porta. Jamais conhecerei Alexander Platt. Jamais escaparei de Edimburgo, de Callum e de um futuro cheio de pão, brioches e bebês. Sempre precisarei sair da frente para dar espaço para outros em minha vida.

Mas também jamais precisarei encarar Johanna Hoffman. A balança se equilibra.

— Bom dia — cumprimento, bem ao mesmo tempo que Sinn. Nós nos entreolhamos irritadas. O mordomo parece prestes a bater a porta em nossas caras devido à falta de comunicação e decoro, então falo rápido: — Meu nome é senhorita Felicity Montague. Estou aqui para o casamento.

— Não fui informado de que deveria esperar mais convidados — diz ele.

Engulo em seco. Minha boca ficou muito seca, como se toda a umidade do meu corpo tivesse sido lentamente sugada de mim pela longa caminhada. Então estampo de novo minha melhor expressão de coisinha inocente, a qual me faz usar músculos que ficaram rígidos pela falta de prática, e, que Deus me ajude, a frase *O que Monty faria?* realmente se manifesta como uma convidada indesejada em minha mente.

— Minha carta não chegou? Johanna, a senhorita Hoffman, e eu somos boas amigas de infância. Cresci em Cheshire com ela. Frequento a escola não muito longe daqui e soube que ela estava se casando. Eu simplesmente precisava vir! É a melhor amiga que já tive e não poderia perder suas núpcias.

Talvez mostrar todas as minhas cartas imediatamente ao chegar não tenha sido a jogada mais inteligente. Acabo de oferecer toda a história da qual dependo para nos conseguir um lugar nessa casa em uma só colherada, e não tenho certeza se ele está engolindo, então acrescento, pelo bem do tom patético:

— A carta realmente não chegou?

Em vez de responder, o mordomo simplesmente repete:

— A senhorita Hoffman não me informou que esperava mais convidados.

— Ah. — Meu coração dá um soluço, mas essa batalha está

longe de terminar. Escolho a próxima arma do arsenal feminino, a donzela em apuros. — Bem, suponho que deveria apenas... voltar para a cidade e esperar para ver se a carta chega. — Solto o suspiro mais cansado que consigo reunir. — Nossa, foi uma viagem tão longa. E minha moça está mancando porque torceu o tornozelo em Stuttgart. — Dou um cutucão em Sinn e ela obedientemente começa a esfregar o tornozelo. É uma atuação muito menos convincente do que a minha, mas me volto para o mordomo e tento piscar os cílios.

Devo parecer muito mais como se estivesse tentando me livrar de algo incômodo nos olhos, pois ele pergunta:

— Precisa de um lenço, madame?

Estava esperando incitar pena, mas esse homem truculento parece não ter um pingo de caridade para ser arrancada dele. O sorriso tímido me parecia o melhor método — tímida e simples, as duas características que menos gosto em uma mulher, mas as duas favoritas dos homens — de abordar um cavalheiro como esse sujeito de orelhas peludas, mas ele está muito obviamente inabalado, e também acho que vou desmaiar pelo esforço se for forçada a permanecer tão reprimida. Então mudo de estratégia dramaticamente e, em vez de imitar meu irmão, sou eu mesma.

Eu me empertigo, com as mãos nos quadris, perco o sorriso de covinhas e adoto o tom que achei mais eficiente para dar ordens a Monty em nosso *Tour* quando ele estava arrastando os pés e resmungando sobre os pobres dedos como se tivéssemos alguma outra opção de transporte e estivéssemos simplesmente escondendo dele.

— Senhor — digo para o mordomo —, percorremos uma grande distância, como será óbvio se você se incomodar em observar nosso estado atual. Estou exausta, assim como minha dama, e estou lhe dizendo que minha amiga mais querida no mundo — estou, sem querer, ampliando o significado de meu relacionamento com Johanna a cada vez que conto a história, mas insisto — vai se casar e você nem mesmo me permite passar pela porta. Exijo uma audiência com a senhorita Hoffman para que ela possa fazer o julgamento de nossa proximidade por conta própria, e, caso ela recuse nos deixar participar das festividades, pode ao menos ter a decência de nos hospedar esta noite.

E isso o abala pela primeira vez. O guardião da casa de toranja ficou chocado e mudo com tamanha firmeza e confiança com que falei com ele. Já Sinn parece bastante impressionada.

Então o mordomo diz:

— Acredito que a senhorita Hoffman esteja se vestindo para o jantar.

— Caramba, sério? — pergunto, antes de conseguir segurar. Ainda nem é meio da tarde.

O mordomo ou escolhe não comentar ou está com as orelhas tão cobertas de pelos que não ouve meu comentário, pois prossegue:

— Verei se ela está disponível para uma audiência.

— Obrigada. — Pego dois punhados de pano de minha saia e passo por ele para entrar, pensando que vai me fazer parecer tão impressionante e autoritária quanto meu tom fez com que ele acreditasse que eu era, apenas para precisar parar de súbito e esperar que ele lidere, pois não faço ideia de para onde vou. O homem não se oferece para pegar meus agasalhos. Não parece pensar que vou ficar muito tempo.

Sinn surge ao meu lado e faz um gesto exagerado ao se inclinar para abrir meu manto e ter uma desculpa para sussurrar em meu ouvido.

— Nada de engolir a cabeça dela, crocodilo. Vocês são amigas, lembra?

— Não vou ficar irritada com Johanna a não ser que ela seja tão ignorante quanto o mordomo. — Então acrescento, ainda que contra meu bom senso, mas impelida a me defender: — E não sou um crocodilo. Se é para escolher um animal, gostaria de ser uma raposa.

— Ora, então, raposinha. — Ela puxa o manto de cima de meus ombros e alisa o colarinho de meu vestido, suas mãos se demorando no meu esterno. — Você só tem uma chance aqui, faça valer.

— Eu faria valer mesmo que tivesse vinte, obrigada.

— E você ainda se pergunta por que me preocupo com você usando seus charmes para entrar em uma festa de casamento — murmura ela, e eu realmente não sei dizer se está prestes a sorrir ou fazer uma careta.

O mordomo volta antes que eu consiga retrucar, e fico irritada por Sinn ter tido a última palavra. Sou conduzida até uma sala de estar ao lado da entrada e me sento em um sofá. Tento não me acomodar muito para trás nem me sentar tão perto da beirada, desejando, talvez pela primeira vez, que tivesse de fato assistido a uma aula na escola de etiqueta para onde meu pai estava determinado a me mandar apenas para criar melhor a ilusão de uma dama. Há tantas camadas invisíveis ao decoro em que não se pensa até ter de encará-las do outro lado de uma sala chique. Jamais na vida me sentei em um sofá que parecesse tão importante quanto esse.

Passos soam no corredor e fico de pé, esperando o mordomo, mas em vez disso entra um cachorro do tamanho de um sofá, com patas desajeitadas e uma cauda estilizada que balança acima dele como uma pena em um chapéu garboso. Os pelos brilham devido aos cuidados, maculados apenas pelas bolhas de saliva que se reúnem nas dobras dos lábios.

O cachorro saltita até mim e empurra a cabeça em meus joelhos com tanto entusiasmo que imediatamente me sento de novo no sofá, o que apenas o alegra mais, pois torna meu rosto mais acessível a sua boca. Ele salta para mim com o que, pela cauda e pelas orelhas esticadas, adivinho ser felicidade diante da perspectiva de uma nova amiga, mas o animal é entusiasmado demais e vem até mim com a enorme boca escancarada. Dou um grito sem querer, embora, em minha defesa, que ser racional não gritaria quando abordado por uma boca aberta na qual sua cabeça inteira poderia caber?

— Maximus, desça! Saia, saia de cima dela! Max, venha cá!

O cachorro é arrancado de cima de mim, e nossa única conexão são os longos fios de baba que escorrem da boca dele até meus ombros.

— Desculpe, desculpe, ele é inofensivo. É muito carinhoso, só quer ser amigo de todos e não percebe que é maior do que realmente é.

Ergo o rosto e, ao mesmo tempo, ela ergue o dela. Ali está Johanna Hoffman, agachada no chão, com os braços em volta do pescoço do cachorro.

Não faz tanto tempo desde que nos afastamos, mas, nesse momento, nossos dois anos de separação parecem mais longos do que todos os anos que passamos juntas. A diferença entre 14 e 16 anos parece ser de séculos; o tempo é a maior distância que se pode estender entre duas pessoas. Não seria possível que eu não a reconhecesse, mas, de alguma forma, ela é uma pessoa diferente da que eu me lembrava. Seu cabelo é do mesmo marrom, tão escuro que é quase preto, os olhos caídos e de um verde profundo, mas é como se ela estivesse mais confortável na própria pele. Foi uma criança rechonchuda com bochechas sardentas com as quais a adolescência não foi bondosa, mas o tempo ou banhos de leite caros ou um conjunto muito bem amarrado de espartilhos de seda a tornaram uma musa da Renascença, formosa e curvilínea de uma forma que minha estrutura atarracada e geométrica jamais será. Mesmo sob o arame das saias na cintura, os quadris balançam. Seu rosto está com pó branco e apenas um leve toque de ruge, como se tivesse sido surpreendida com o rubor de uma donzela.

Ou talvez ela esteja corada mesmo por me ver. Posso estar

também, pois mesmo quando a olho, usando um vestido alegre azul onírico com um corpete bordado e uma saia em camadas, dois cordões de pérolas em torno do pescoço, só consigo pensar na menina que costumava andar descalça comigo em rios, sem nunca se importar se a barra da saia ficasse enlameada, que segurou uma cobra pelo pescoço e a carregou da estrada para salvá-la de ser cortada ao meio por uma carruagem. Que ia comigo até o açougueiro para observá-lo esvaziando as entranhas dos porcos e das vacas e me ajudava a entender como tudo dentro de alguma coisa se ligava. Johanna Hoffman jamais se importara com terra sob as unhas, até que subitamente se importou, e foi aí que ela me deixou para trás em favor de companhia que decidiu que era mais adequada para sua nova pessoa.

Uma parte de mim, percebo quando ela fica de pé, com uma das mãos apoiada na cabeça do imenso cachorro (o único som é do ofegar dele, como uma ventania), esperava encontrá-la com lama nos joelhos por ter corrido pela propriedade, sapatos desgastados nos dedões dos pés, os cabelos cheios de galhos e os bolsos cheios dos filhotes de pássaros que ela resgatara quando caíram do ninho.

Mas, em vez disso, com os cabelos cacheados e os seios empinados, ela é a delicadeza com quem cortei todos os laços.

— Felicity — cumprimenta Johanna, e, minha nossa, tinha me esquecido do quanto a voz dela é aguda. Já era uma cantoria de soprano mesmo quando éramos crianças, mas, naquele vestido exagerado, parece falsa, como se estivesse encenando a menininha afetada. Franzo a testa sem perceber, então me lembro de que estou tentando conquistá-la. Estou tentando lembrá-la de que somos amigas.

Senhor, éramos mesmo?

— Johanna — cumprimento em resposta, e me obrigo a sorrir, porque ela vai se casar com o Dr. Platt e eu quero trabalhar para o Dr. Platt, e nem morta que vou arruinar isso causando uma impressão ruim na pessoa que provavelmente tem a maior influência sobre ele. Ou melhor, tentarei não arruinar mais as coisas do que já arruinei há dois anos. — É tão bom ver você.

Ela não retribui o sorriso.

— O que está fazendo aqui?

— Eu... o que eu... essa é uma história muito boa. Então, desde que nos vimos pela última vez... ou melhor, desde que você partiu... seu pai morreu, o que é... eu... Sinto muito, mas seu cachorro está bem? — Tento não encarar a saliva que espuma nos lábios dele, mas é impossível não fazer isso. — Ele está com a respiração bastante pesada.

Johanna não tira os olhos de mim e também não solta a pequena besta.

— Ele está bem. É assim mesmo.

— Tuberculoso?

— A pele em excesso dificulta a respiração do mastiff alpino. — Ela abaixa a mão e limpa um punhado de fios de baba sob a boca do animal e, por um momento, ali está ela, minha melhor amiga que amava os animais e não temia sujeira. Mas então ela olha em volta em busca de algo com que limpar a mão e, ao não encontrar nada, gesticula com os dedos abertos até que o mordomo surja com um lenço.

Em seguida, ficamos sozinhas de novo. Cada uma é um fantasma para a outra.

— Posso me sentar? — pergunto.

Ela dá de ombros com indiferença, então volto ao meu poleiro sobre o sofá. Max avança, vendo meu rosto novamente no ângulo perfeito para ser examinado por sua língua, mas Johanna o pega por um punhado de gordura das costas — são tantas dobrinhas e tanto pelo que perco de vista a mão dela por um momento — e o puxa para si até uma cadeira, onde ela abraça o pescoço do cachorro e apoia o queixo na cabeça dele, prendendo-o no lugar.

— O que está fazendo aqui? — pergunta Johanna de novo, os

olhos fixos em mim.

— Vim para seu casamento.

— Achei que você me escreveria.

— Eu tentei, mas seu cavalheiro disse que a carta não chegou, então espero que uma semana depois do casamento receba minha missiva a respeito de vir...

— Não estou falando sobre o casamento — interrompe ela. — Achei que algum dia escreveria para mim. Como amiga.

Uma veia se rompe dentro de mim, culpa e mágoa jorrando em partes iguais.

— Escrevi — digo. — Sobre o casamento.

Ela vira o rosto, a ponta da língua se projetando entre os dentes.

— Como soube que eu estava para me casar?

— Ah, você sabe, as notícias viajam por aí. Fofocas e... — Eu paro. Johanna umedece os lábios. Max também umedece os dele, a língua chegando até o nariz. — Eu estava na escola. — É a mentira à qual decidi me ater, pois é o que mais se alinha ao que eu deveria estar fazendo atualmente. É improvável que Johanna, tão longe de casa, tenha ouvido falar de meu desaparecimento durante o *Tour* e ainda mais improvável que, mesmo que soubesse, fosse correr até meu pai para colocar um *X* em um mapa para que ele marcasse minha localização. Mais improvável de tudo seria que ele se importasse. Mas mentiras são mais fáceis de acreditar, e de se lembrar, quando esbarram na verdade. E a escola é uma boa desculpa para meu armário limitado.

— Escola? — Johanna sorri. É a primeira vez que ela se parece consigo mesma. — Você finalmente conseguiu ir.

— Quero dizer, não é exatamente... sim. — Não vale a pena entrar na injustiça do fato de que a escola que eu deveria estar frequentando é de boas maneiras e não de medicina. — Sim, consegui ir para a escola. E você... tem um cachorro gigante! E vai se casar! Isso é... algo que está acontecendo e é maravilhoso para você, é tão maravilhoso. Apenas... maravilhoso. Que nós duas conseguimos...

— Conseguimos o que queríamos — conclui ela por mim.

Conseguimos?, quero gritar para ela. *Porque um dia nós queríamos sair em uma expedição juntas para coletar plantas medicinais e espécies anteriormente desconhecidas e levá-las para Londres para serem cultivadas e estudadas.* Achei que tivesse há muito tempo cortado Johanna de mim tal como um câncer, mas não se pode simplesmente se cortar em pedaços na esperança de se curar mais rápido.

Melhor nem ter amigos, lembro a mim mesma. *Melhor explorar as selvas sozinha.*

Estou me desfazendo, e Johanna ainda está me encarando como se eu fosse uma aranha que subiu pelas tábuas do piso e se aproxima dela lentamente. O que eu gostaria de dizer é que me lembro de como ela aspirava mais do que um marido rico e a paz doméstica. Lembro-me de como ela declarou, de maneira audaciosa, que seria a primeira mulher a se apresentar diante da Royal Society. Que partiria em expedições. Que traria novas espécies para casa, na Inglaterra, para estudar.

— Mal posso esperar para conhecer seu noivo! — disparo. — Doutor...

Eu me atrapalho com o nome, como se ele não fosse um santo para mim há anos e como se definitivamente não fosse o motivo pelo qual estou aqui.

— Platt — conclui Johanna para mim. — Alexander Platt. Não precisa fingir.

— Fingir o quê?

— Que não sabe quem ele é. Você ama os livros dele.

— Lembra-se disso?

— Você queria que eu chamasse aquela gatinha que encontrei debaixo de casa de Alexander Platt, embora ela fosse fêmea.

— Alexander poderia ser um nome... neutro. — Coço a nuca.

O colarinho do vestido parece muito apertado. Esperava que ela tivesse esquecido minha obsessão por Alexander Platt de forma que não tivesse vantagem contra mim. Saber o quanto quero conhecê-lo, o quanto o admiro, significa que sabe onde me ferir. Sabe o quanto seria cruel me expulsar agora. — Como vocês se conheceram?

— Ele e meu tio têm negócios juntos. — Johanna enterra os polegares atrás das orelhas do cachorro e ele fecha os olhos com felicidade. — O Dr. Platt está organizando uma expedição científica e meu tio vai fornecer o navio para a viagem. Ele veio jantar uma noite para discutir as finanças e eu fiquei simplesmente... apaixonada! — Ela joga as mãos para o alto como se estivesse jogando confete.

Eu me pergunto se é apropriado perguntar quando partirão e em que pesquisa ele está trabalhando. Só quero perguntar sobre Platt.

Mas então Johanna suga as bochechas para dentro com tanta força e as morde de modo que fica parecendo um peixe. É um hábito nervoso da infância, um que ela costumava fazer tão frequentemente na presença do pai que o interior das bochechas sangrava. E, por um momento, tenho dez anos de novo e a conheço tão bem quanto o som de minha própria voz. Por mais que tenha me dito diversas vezes que não estou aqui por Johanna, que ela não importa, que estou aqui por Platt e que não ligo mais para o que ela pensa de mim, subitamente me vejo disparando:

— Eu deveria ter escrito.

O rosto de Johanna relaxa, os lábios voltando para a artificial posição entreaberta.

Engulo em seco.

— Quero dizer, eu não deveria ter precisado escrever, porque deveria ter pedido desculpas depois que seu pai morreu. Antes de você partir. Eu deveria ter pedido desculpas, e nós deveríamos estar nos escrevendo esse tempo todo por sermos amigas.

Desculpe por não ter feito nada disso.

— Eu queria que tivesse feito. — O cachorro apoia a cabeça no colo dela, e Johanna acaricia o focinho dele distraidamente, os olhos ainda em mim.

— Desculpe por ter vindo aqui — digo. — Posso ir embora se quiser.

Do corredor, juro que ouço Sinn arquejar.

— Não — nega Johanna rapidamente. — Não, não vá embora. Quero que fique.

Dou talvez meu primeiro fôlego profundo desde que partimos da Inglaterra, tão alto que se compara às fungadas tuberculosas de Max.

— Mesmo?

— Você parece surpresa.

— Estou. Quero dizer, se eu fosse você, não iria querer nada comigo.

Ela fica de pé, sua mão sumindo de novo nas dobras do cachorro. A saia se abre em torno do corpo, uma cascata de seda brocada e anáguas demais, as barras franjadas com renda e laços. Quando Johanna me olha, estou desarmada.

— Ora, então — diz, e não sei como sobreviverei aos próximos dias sem me afogar nela. — Que sorte que não somos a mesma pessoa.

8

No jantar, espero ter o primeiro lampejo de Alexander Platt.

O salão está cheio, e sou relegada a um lugar de desonra tão longe da ponta da mesa, onde o tio de Johanna, Herr Hoffman, está sentado, quanto é possível. Praticamente preciso de um telescópio para vê-lo e ver Johanna, sentada ao lado do tio e de uma cadeira vazia. Irritantemente vazia, e sem dúvida reservada para seu pretendido.

Ainda está vazia quando o primeiro prato é servido. Ainda está vazia quando o homem ao meu lado, que precisa ficar soltando a faca para pegar sua trombeta auditiva, me pergunta:

— Como conhece a Srta. Hoffman?

— Éramos amigas de infância — respondo, enfiando a faca em meu cordeiro, frustrada.

— Como é?

— Nós crescemos juntas — digo, mais alto.

Ele leva a mão em concha à ponta da trombeta.

— O quê?

— Amigas.

— O quê?

Quase jogo a faca no chão.

— Fomos cúmplices em um enorme roubo de diamantes no

qual arrancamos joias do pescoço da rainha da Prússia, e agora estou aqui para reivindicar o que me é devido a qualquer custo.

— Como é? — A mulher ao meu lado se inclina para a frente, alarmada, mas o homem apenas sorri.

— Ah, que bom.

Para acrescentar ao fato de que Alexander Platt nem mesmo está aqui, o vestido que Sinn comprou na cidade me deixou com uma cintura que só pode ser descrita como desejosa. Sinn precisou me pescar para fora da seda e apertar meus espartilhos três vezes antes de eu atingir o diâmetro inconcebivelmente pequeno considerado apropriado para uma donzela causar uma boa impressão em uma ocasião social. Meus ombros largos parecem prestes a irromper para fora a qualquer momento.

É difícil me concentrar na refeição quando estou pensando no Dr. Platt e quando não consigo respirar direito, e, além disso, toda vez que Johanna ri, as batidas de meu coração falham. Como é, me pergunto, que o cérebro e o coração podem estar tão desconectados e, no entanto, ter um efeito tão profundo nas funções um do outro?

Ao fim do jantar, o Dr. Platt ainda não chegou. Os homens vão para a sala de estar formal, enquanto as damas vão para o andar de cima. Eu, por mais tempo do que é natural, fico parada no corredor, sopesando minhas opções, mas provavelmente parecendo uma criatura metamórfica de um conto de fadas capaz de escolher de qual sexo preferia ser durante a noite. Se o Dr. Platt aparecer, certamente não será nos aposentos de Johanna com as damas. E não estou aqui para perder tempo falando de laços e música e qualquer que seja a baboseira fútil discutida em quartos cheios de mulheres.

Começo a seguir para a sala, esperando que se entrar com confiança o suficiente não serei impedida, mas o mordomo de orelhas cabeludas me segura pelo colarinho antes que eu possa cruzar a ombreira da porta.

— As damas estão lá em cima, senhorita Montague.

— Ah. — Sorrio, mas não tento pestanejar de novo. — Só tenho que dizer uma coisa rápida a Herr Hoffman, então irei até elas.

Ele não se abala.

— Posso passar a mensagem para ele.

— Ah, obrigada. Na verdade, perdi um brinco aqui mais cedo e queria procurar por ele.

— Eu procuro para você.

Finjo ver alguém na sala por cima do ombro dele e aceno.

— Já estou indo! — grito para essa pessoa imaginária. O mordomo não se mexe. Considero fingir um desmaio apenas como uma desculpa para chamar um médico que espero que seja Platt, mas essa não me parece uma situação apropriada para transformar em uma discussão intelectual. — Por favor — peço ao mordomo, e odeio como minha voz soa suplicante. Não gosto de suplicar; depender da vontade dos outros me deixa vulnerável demais para me sentir confortável.

— Com licença — diz alguém atrás de mim, e o mordomo me tira do caminho para que o homem possa entrar na sala.

Olho de esguelha e o reconheço de imediato pelo desenho de sua aparência na folha de rosto de *Tratados sobre o sangue humano e seu movimento pelo corpo*.

— Alexander Platt — disparo.

Ele para. Vira o corpo para mim.

— Posso ajudar? — Não é uma pergunta educada; é brusca e irritadiça.

Ele se parece exatamente como ele mesmo, mas mais desarrumado do que eu esperava. Não está barbeado, e a barba escura por fazer contrasta bastante com a peruca loira com a trança torta. O robe que veste não é o tipo de coisa que se usaria em uma festa antes de seu casamento para tentar causar uma boa impressão na casa da noiva. Ele tem um olhar intenso e olhos escuros e pequenos que parecem ainda menores devido a uma franja de sobrancelhas espessas, e, quando franze a testa para mim, esqueço todas as palavras que conheço.

Tudo o que consigo gaguejar é:

— Você é Alexander Platt.

Ele abre a tampa da caixa de rapé na mão, olhando por cima do ombro para a sala cheia de cavalheiros à sua espera.

— Nós nos conhecemos?

— Sou Johanna Hoffman. Quero dizer, sou uma amiga de Johanna. Estou para o casamento. Aqui para o casamento. — Estou tendo um derrame? Não apenas todas as palavras que preciso dizer se colocam em uma ordem aleatória em meu cérebro, como também tenho quase certeza de que minha voz está alta demais e meus movimentos, exagerados demais. Minha mente deu um branco total e toda a genialidade planejada com a qual eu o conquistaria desapareceu quando vi Alexander Platt em carne e osso.

Ele está me olhando, e só consigo pensar em dizer:

— Olô! — E sai num tom muito mais agudo do que minha voz costuma ter. Talvez seja assim que as pessoas se sentem quando falam com alguém de quem gostam, todas alegrinhas e bobas e tudo fica no mais agudo tom. Certamente já ouvi a voz de Monty ficar aguda com a chegada de Percy a algum cômodo.

Lembro-me subitamente de que tenho o cartão do Dr. Cheselden no bolso, enfiado ali exatamente para este encontro, e começo a tatear pela saia excessivamente grande em busca dele.

— Dr. Platt, você se junta a nós por fim! — grita o tio de Johanna da sala, e Platt ergue a mão. Antes que eu sequer tenha a chance de encontrar o maldito bolso, ele me dá um aceno de cabeça e diz:

— Tenha uma boa noite.

— Espere, não! — Tento sair atrás dele, mas o mordomo me segura de novo. Meu braço vira para fora quando ele me puxa para trás, derrubando um retrato da parede. O vidro quebra quando atinge o azulejo. Dr. Platt olha por cima do ombro e não tenho certeza se imagino ou se ele chega a se encolher de fato. O mordomo encara a moldura quebrada, então me encara.

— Eu vou sozinha aos aposentos da senhorita Hoffman — digo, e deslizo para longe.

Há um tipo singular de agonia quando se entra sozinha em uma festa.

É o arrastar de pés para dentro, a busca por aliados e fendas na fortaleza de convidados por onde se pode entrar em uma conversa com tal facilidade que pensarão que você esteve lá o tempo todo. É o evidente desconforto de se demorar à porta e saber que as pessoas viram você chegar, mas ninguém a está puxando para um grupo ou acenando como cumprimento.

É uma dor ainda mais perniciosa quando vem ao encalço do equivalente social de vomitar entranhas parcialmente digeridas sobre meu ídolo.

Os aposentos de Johanna estão lotados com mulheres do jantar, todas com cinturas menores e cabelos mais altos do que os meus. O aroma de saquinhos perfumados e um jardim de fragrâncias preenchem o ar. Não passei nem um pó no rosto — nunca fiz isso quando estava casa de meus pais, a não ser que uma criada conseguisse me pegar desprevenida e soprar um punhado em meu rosto —, e minha pele parece espalhafatosamente vermelha e sardenta na presença dessas meninas empoadas até ficarem pálidas como açúcar de confeiteiro, com minúsculas pintas para cobrir manchas de catapora salpicadas nas bochechas. As criadas as seguem, ajustando caudas de vestidos quando se sentam nos sofás de seda, pegando taças de champanhe, usando um único dedo umedecido pela língua para consertar um borrão de ruge.

Há mesas de cartas, onde uíste e faraó são jogados. Outra mesa está disposta com bombons, entremets macios e cor-de-rosa, com cobertura de lascas de chocolate esculpidas como pardais, biscoitos de gengibre e toffees salgadas cobertas com calda de açúcar tão frágil e translúcida quanto as asas de uma libélula, junto com garrafas de champanhe e uma panela de vinho de especiarias.

Johanna está tanto literal quanto figurativamente no centro de tudo, falando com um pequeno grupo de moças enquanto outras esperam pela vez delas de beijar as bochechas da noiva e oferecer os parabéns. Ela bebe champanhe e fala com as mãos e melodicamente. Agita os ombros, estica os minúsculos e perfeitos pés, suga as bochechas para fazer o rosto parecer mais fino.

Isso me irrita da mesma forma que me irritava em Cheshire, mas não porque ela está exibindo uma persona para a festa. É porque ela é muito boa nisso.

Do lugar dele à mesa do bufê, Max pula em minha direção, com um enorme laço de seda cor-de-rosa em seu pescoço. Ele enterra a testa em meus joelhos até que aceito massagear suas orelhas, então o cão vai até a mesa de sobremesas de novo e se senta com um olhar de expectativa, como se me cumprimentar o tivesse feito merecedor de uma guloseima.

Quase fujo. Não quero mais nada além de voltar correndo para o quarto e me esconder atrás de um livro, como sempre fiz em todas as reuniões do tipo.

Mas estou tentando causar uma boa impressão. Estou tentando fingir que sou um gato doméstico. Estou tentando chegar ao Dr. Platt, e, como a primeira impressão que ele teve de mim foi tão desastrosa, a melhor forma de fazer isso será através de Johanna.

Você é Felicity Montague, lembro a mim mesma. *Fez com que seu irmão fosse derrubado no porto de Londres, encontrou Alexander Platt e vai, com certeza, compensá-lo por aquele incidente vergonhoso de mais cedo.*

Como o nó de mulheres em volta de Johanna é intimidador demais para penetrar no momento, ocupo, hesitante, um assento em um sofá perto da porta, ao lado de uma mulher que parece um pouco mais velha do que eu. Ela encontra meus olhos e me dá um sorriso forçado por cima do champanhe. Viro o rosto, então fico horrorizada por ter sido essa a minha reação ao receber um sorriso, e digo alto demais e sem nenhuma introdução:

— Gosto de suas sobrancelhas.

Girei uma roleta mental e escolhi o traço menos lisonjeiro para elogiar em uma mulher. Ela parece surpresa. Como qualquer pessoa ficaria com uma afirmação tão bizarra proferida tão alto.

— Ah. Obrigada. — A mulher forma um biquinho com os lábios, me olha de cima a baixo e retribui: — As suas também são bonitas.

— Sim. — Eu a encaro por mais um momento. Então assinto vigorosamente e pergunto: — Quantos ossos do corpo humano você consegue nomear? — E, pelo Senhor, o que está acontecendo comigo? Por que não sei falar educadamente com outras mulheres? — Com licença.

Fujo até a comida, pego uma taça de vinho de especiarias e penso em pegar um doce também, mas decido que não quero arriscar derramar algo na frente do vestido. Há um grupo de mulheres de pé diante do toucador me olhando e, quando retribuo o olhar, todas se abaixam e dão risadinhas. Odeio essas meninas. Eu as odeio tanto. Odeio a forma como riem e como me olham quando não faço o mesmo, e então parece que estão todas rindo de mim e sabendo de alguma coisa que não sei. É minha infância resumida, meninas insípidas rindo de mim por uma piada que não entendi porque estava lendo livros que elas jamais conseguiriam entender.

Para uma mulher que se gaba de não dar a mínima para o que outros pensam dela, certamente tenho muita ansiedade relacionada a festas.

Max se senta na bainha de meu vestido e olha para mim com os olhos caídos. As manchas brancas acima deles fazem com que o cão pareça grotescamente expressivo.

— Você tem sobrancelhas muito belas — digo a ele, e lhe dou

um carinho na cabeça com o dorso da mão. Ele lambe o focinho, então continua encarando minha taça. É claro que, assim que me encontro cercada por outras mulheres de minha idade, acabo socializando com o cachorro.

— Ora, olha só quem parece terrivelmente miserável — diz alguém, então me viro. Johanna se separou do harém e veio parar ao meu lado à janela. Max se encosta nela, a cauda batendo alegremente entre as costas de Johanna e as minhas.

— É uma bela festa — comento.

— É mesmo — responde ela, abaixando a mão para massagear a cabeça de Max. — Então por que parece que alguém está arrancando seus dentes? Qual é o problema?

— É que... — Considero mentir. Dizer que estou cansada da viagem ou que comi algo no jantar que não caiu muito bem. Mas sinto um tipo estranho de impulso quando encontro os olhos dela. Eu costumava contar tudo a Johanna. — Sou tão ruim nisso.

— Em quê?

— Nisto. — Faço um gesto abrangente com a mão para o quarto cheio de mulheres. — Falar com meninas e socializar e ser normal.

— Você é normal.

— Não sou. — Sinto-me como um animal selvagem em um criadouro: furiosa, feral e antissocial entre todas essas mulheres que não tropeçam de saltos ou coçam o pó até que saia do rosto. Como Sinn proclamou, um crocodilo em uma jaula cheia de cisnes. — Sou irritadiça, desagradável, estranha e nem sempre sou legal.

Johanna tira um macaron da mesa do bufê e lambe um pedaço de recheio do dedo.

— Ninguém é bom nessas coisas.

— Todas aqui são.

— Todas estão fingindo — diz ela. — A maioria dessas mulheres não se conhece, provavelmente todas se sentem tão desconfortáveis e esquisitas quanto você.

— Você não se sente.

— Bem, é minha festa.

— Mas você é boa nisso — digo. — Sempre foi. Por isso as pessoas gostavam de você em Cheshire, não de mim. Garotas como eu estão fadadas a ter livros no lugar de amigas.

— Por que não pode ter os dois? — Ela dá uma mordida do macaron, então joga o restante para Max, que, apesar da boca enorme, deixa passar completamente e precisa buscar o doce sob a mesa. — Acho que você precisa dar às pessoas uma chance. Incluindo você mesma. — Ela estende o braço e coloca a mão levemente em meu cotovelo. — Prometa que vai ficar esta noite e pelo menos tentar se divertir.

Passo a língua pelos dentes, então solto um suspiro pelo nariz. Sinto como se devesse isso a ela. O que me deixa completamente enlouquecida. Não gosto de ficar devendo, então talvez seja melhor pagar essa dívida o mais rápido possível.

— Eu preciso?

— E tem de falar com pelo menos três pessoas.

— Tudo bem, você é uma.

— Três pessoas que você não conhece. Max não conta — acrescenta ela, lendo minha mente.

— Se eu falar com três pessoas, posso ir embora depois?

Ela inclina a cabeça, e não sei dizer se seu sorriso fica de fato mais triste ou se é apenas o ângulo.

— Está realmente tão desesperada para ficar longe de mim?

Viro o rosto para nossos reflexos no vidro, escurecidos pela noite. Parece que estou olhando através de uma janela para uma outra versão de nós duas, as meninas que poderiam ter existido se Johanna e eu não tivéssemos brigado. Talvez, se as coisas tivessem sido diferentes, eu estivesse aqui como convidada do casamento, desejada, quista, não largada em um canto. Ou talvez nenhuma de nós estivesse aqui. Talvez tivéssemos fugido juntas há muito tempo para encontrar a mãe dela, que abandonara Johanna e o pai quando ela era criança, ou tivéssemos encontrado um mundo nosso, longe de tudo isso.

— Senhorita Johanna! — chama alguém, e nos viramos enquanto uma menina muito loira, muito linda e com uma cintura muito fina vem até nós. Por trás de Johanna, ela passa o braço em volta de sua barriga e se aconchega em seu pescoço. Max se encosta nas duas. A menina ergue o rosto com enormes olhos azuis para mim. — Quem é essa?

— Esta é minha amiga Felicity Montague — responde Johanna. — Nós crescemos juntas.

— Ah, na Inglaterra? Você veio de tão longe! — A menina estende a mão para mim por cima do ombro de Johanna. — Christina Gottschalk.

Com a mão diante da barriga e sem que Christina possa ver, Johanna estende um único dedo e forma as palavras *Essa é uma* sem fazer som para mim. Eu quase rio.

Christina me dá um sorriso que não tenho certeza se acredito ser genuíno, então vira o rosto para Johanna.

— Preciso lhe dar um sermão.

— Em mim? — Johanna leva a mão ao colo. — Por quê?

— Seu Dr. Platt quase matou minha moça de susto ontem à noite.

Uma conversa que eu estava prestes a ser forçada a tolerar acabou de se tornar verdadeiramente interessante para mim, pois envolve Platt. Talvez, no fim das contas, eu seja muito boa em socializar.

— O que aconteceu? — pergunto.

— Minha criada foi buscar leite para mim ontem à noite e ele deu um susto terrível nela! — conta Christina. — Ele estava de pé na biblioteca a sabe Deus que horas, caminhando de um lado para outro e murmurando consigo mesmo. Minha criada disse que ele começou a gritar com ela por ficar se esgueirando.

Johanna passa o dedo pela borda do copo. Ela não parece nada animada com esse tópico de conversa.

— Sim, ele é um pouco maníaco quando está concentrado.

— Esse é o perigo de se casar com um gênio, não é? — diz Christina. — Eles ou são depressivamente tristes ou terrivelmente loucos. Às vezes os dois ao mesmo tempo.

— Ele está sempre na biblioteca? — pergunto.

Os olhos de Johanna se semicerram para mim. Ela sabe exatamente o jogo que estou fazendo, mas não vai reconhecer isso na frente de sua amiga.

— Ele trabalha até tarde e dorme tarde, é o jeito dele. Não o vemos até o jantar na maioria dos dias.

— Nem mesmo no jantar de hoje — acrescenta Christina, o que talvez tivesse a intenção de fazer Johanna se sentir melhor, mas faz com que ela chupe as bochechas de novo.

Se o Dr. Platt está perambulando pela biblioteca dos Hoffman sozinho toda noite, isso me dará a oportunidade perfeita para conversar com ele, sem mordomos ou cavalheiros ou minha inabilidade de ter conversas articuladas sem preparo para me atrapalhar.

Mas estou presa aqui — tanto por esta conversa, que está se tornando uma discussão sobre usar água de melão em vez de pepino para uma pele mais lisa, quanto por minha promessa de falar com três desconhecidas. Deve haver uma forma de criar um bom motivo para escapulir e me colocar à espera do Dr. Platt sem desperdiçar tempo.

Então, quando Max se choca contra mim novamente, uso isso como desculpa para esvaziar a taça de vinho na frente do corpo.

Pretendia que fosse apenas uma gota, uma pequena mancha que só me daria motivo o suficiente para dizer que preciso correr para trocar de roupa, mas na verdade entrar de fininho na biblioteca e esperar por Platt. É, no entanto, uma demonstração mais eficiente do que o planejado. Primeiro porque eu não bebi tanto quanto havia pensado, então, em vez de algumas gotinhas derramadas discretamente, derramo quase uma taça inteira de vinho direto na frente do vestido. É um jato tão direto que consigo sentir ensopar até minha roupa íntima. Tanto Johanna quanto Christina dão um gritinho de surpresa. Abro a boca para criar uma desculpa e fingir que acabei de derrubar uma quantidade normal de bebida em vez de uma taça cheia, mas, antes que consiga dizer uma palavra, Max salta em mim, tentando lamber o líquido. O peso dele me faz voar para trás. Estendo a mão para me segurar, mas erro a borda da mesa do bufê e a levo direto ao centro cremoso de um prato de entremets. Max, agora com ainda mais oportunidade para carnificina, salta para a frente, com as patas na mesa, e mergulha o nariz em mim, me sujando com gotas espessas de creme.

A cena faz a festa parar. É um pouco mais vergonhoso do que eu esperava que fosse, particularmente considerando que fui a arquiteta do desastre. Bem, da primeira parte, pelo menos.

Johanna não para de se desculpar conforme tira Max de cima da comida. Longos fios de saliva escorrem da boca dele até os doces enquanto o cão tenta desesperadamente engolir mais alguns antes que Johanna enfie a mão pela garganta dele e arranque de dentro uma colher de metal inteira que o animal aspirou na pressa. Ela está coberta até o cotovelo em baba. A frente do meu vestido está suja de vinho e a lateral do corpo, de creme de confeitaria, e pelos cobrem as duas partes. Tem uma pequena mancha de vinho na saia de Christina, que parece determinada a fingir que foi tão vitimada quanto eu.

— Desculpe — peço, e Johanna ergue o rosto. Posso ver em seus olhos que ela sabe que foi intencional, tivesse eu ou não pretensão de arruinar a festa.

— Apenas vá — diz ela, com a voz tão baixa que ninguém mais pode ouvir. — É o que queria, não é?

E sim, é exatamente o que eu queria. Mas, conforme saio de

cabeça baixa e com o rabo entre as pernas, queria que não fosse verdade.

Sinn não está em nosso quarto compartilhado, o que é uma falta de sorte, pois me deixa com a tarefa de me livrar desse vestido sozinha. As regras da moda ditam que o que quer que um homem use, uma moça deve usar mais. Deve ser mais desconfortável para ela, e deve requerer pelo menos duas pessoas para colocar e tirar as roupas, de modo a tornar impossível uma existência independente. Não consigo nem alcançar os malditos botões nas costas, quanto mais abri-los. Fico girando em círculos como um cachorro seguindo a própria cauda, tentando a cada vez esticar o braço apenas um pouco mais enquanto me agarro à esperança insana de que talvez, se eu pegar os botões de surpresa, eles não fujam de mim. E cada segundo que desperdiço girando é um segundo que posso perder o Dr. Platt na biblioteca. Por fim, desisto e decido usar o vinho como acessório, mesmo que esteja começando a passar de grudento para endurecido.

A festa dos cavalheiros na sala ainda segue, então deslizo silenciosamente para a biblioteca, caso o mordomo de orelhas cabeludas esteja à espreita, pronto para me mandar de volta aos aposentos de Johanna. O cômodo está quente e tem cheiro de poeira, e apenas a presença de tantos livros torna mais fácil respirar. É notável como estar perto de livros, mesmo aqueles que jamais se leu, pode ter um efeito calmante, como entrar em uma festa lotada e encontrá-la cheia de gente que você conhece.

— O que está fazendo aqui?

Eu me viro com um gritinho. Sinn está de pé atrás de mim, espreitando entre duas das estantes e ou ignorando ou imperturbada pelo susto que acaba de me dar.

— Nossa, não faça isso.

— Fazer o quê? Me dirigir a você?

— Vir sorrateira assim para cima de mim! Ou só sair bisbilhotando, ponto final. As pessoas vão achar que está tramando algo.

— Que pessoas? Pessoas como você?

— Sim, como eu. O que *você* está fazendo aqui? Deveria ser uma criada, lembra? Tenho quase certeza de que este aposento está fora dos limites.

— Estou limpando. — Ela passa uma das mangas pela prateleira mais próxima sem olhar. — Pronto. Limpinho.

— Já encontrou seu direito de nascença? — pergunto.

Está escuro demais para dizer com certeza, mas juro que os olhos dela se semicerram.

— Já falou com seu Dr. Platt?

— É isso? — Aponto para o grande livro de couro que está enfiado sob o braço dela, e Sinn imediatamente o empurra para trás da saia.

— É isso o quê?

— Esse livro que você está escondendo sem sucesso. Não pode levá-lo com você. Nada de roubar, lembra? Esse é nosso acordo. É o que está procurando? — Ela não diz nada, então estendo as mãos. — Posso?

Relutantemente, ela o entrega. Não é um livro, percebo, ao carregá-lo para uma das mesas de leitura com uma lanterna acesa acima dele, mas mais um fólio. A capa tem gravadas as iniciais *SG* e uma data de quase vinte anos atrás. Dentro há desenhos botânicos intricados — secções de bulbos de tulipas e amoreiras, os veios delicados de folhas mapeados como tributários e uma página inteira dedicada às muitas formas de se ver um cogumelo. Está tudo feito com o tipo de detalhe minucioso que faz minha mão tremer só de pensar em tentar o mesmo.

Ergo os olhos para Sinn, que está de pé na outra ponta da lanterna, observando-me virar as páginas do portfólio enquanto seus dentes se concentram na unha do polegar.

— Veio até aqui para ver um livro sobre natureza? — pergunto.

Ela mantém a unha na boca, falando entre os dentes trincados.

— Qual é o problema?

— Não tem problema — digo. — É que isso é bastante parecido com algo que eu faria.

Ela para de trincar os dentes, então um sorriso lento se abre em seus lábios.

— E você achava que não tínhamos nada em comum.

Viro outra página e vejo o desenho de uma longa cobra se movendo pela água, as narinas dela oscilando sobre a superfície. Não consigo imaginar o que nesse trabalho a teria feito sair de outro continente só para vê-lo. Passo o polegar pelas bordas, percebendo que, mais do que tudo, estou aliviada. Não importa que Sinn tenha negado e que ela tenha vindo até mim por meio de Scipio, uma pequena parte de mim estava roendo as unhas com a certeza de que ela estava aqui para cortar o pescoço de alguém ou roubar um diamante, e eu seria cúmplice pelo acesso que forneci.

— O que tem de especial nesse livro? — pergunto.

— Não é um livro, é um portfólio — responde ela. — E é a única cópia.

— Bem, sim, presumi que, se existisse em outro lugar, você o teria comprado de uma gráfica em Londres.

— É claro que sim.

Ergo o rosto e, em meio ao fraco brilho da lanterna, nossos olhos se encontram. Sob essa luz, a pele dela parece bronzeada, algo lustroso e usado em campos de batalha por antigos guerreiros.

— Teria lhe poupado muitos problemas.

— Talvez eu quisesse o problema.

Um estalo soa atrás de nós quando a porta da biblioteca se abre.

— Tenha uma boa noite — diz alguém, então o ranger de dobradiças quando se fecha de novo. Estamos fora de vista, enfiadas entre as estantes, mas posso ouvir passos no corredor seguinte, em direção à lareira. Quase tropeço sobre mim mesma na pressa de pegar Sinn e a empurrar para fora da sala. Ela tenta levar o fólio junto, mas eu fecho o livro e sacudo a cabeça.

— Nada de roubar.

— Não estou roubando, estou olhando — sibila ela em resposta. — Não é roubar só porque você tirou algo do lugar a que pertence.

— Essa é a verdadeira definição de roubar — respondo, com a voz mais alta do que pretendo, pois entre as estantes um homem chama:

— Tem alguém aí?

Empurro Sinn para a porta, mas ela já está indo, os chinelos dando passadas suaves no tapete. Eu me empertigo o melhor que consigo naquele vestido que quase virou uma sobremesa, jogo os cabelos para trás dos ombros para não me sentir tentada a mexer nele de nervoso, então sigo na direção oposta, para a lareira.

O Dr. Platt tirou a peruca e o casaco e se largou em uma poltrona ao lado da lareira. Ele joga os pés para o alto ao pegar o casaco, surgindo um momento depois com a mesma caixa de rapé em que estava mexendo quando tentei segurá-lo. Ele vira parte do pó na mão em concha, aperta com o polegar e cheira.

Estive espreitando por tempo demais para tornar minha entrada menos invasiva. Considero dar meia-volta o mais silenciosamente possível e então entrar de novo na biblioteca fazendo barulho para não o alarmar.

Mas então ele ergue o rosto e estou de pé ali, e ele se sobressalta, derrubando rapé na camisa, e eu me sobressalto, e subitamente lembro que há vinho de especiarias por todo o meu vestido, e por algum motivo meu cérebro decide que elucidar esse ponto é a primeira prioridade, e disparo:

— Isso não é sangue.

— Maldição. — Ele está limpando o pó da frente do corpo, tentando juntá-lo na mão e então virar de volta na caixa. — O que diabo pensa que está fazendo?

— Desculpe! — Dou um passo à frente, como se houvesse alguma coisa que eu pudesse fazer para ajudar, mas, assim que estou adequadamente sob a luz da lareira, ele vê meu vestido e grita. — É apenas vinho! — exclamo. — Derramei vinho. E caí em um bolo. — Estou empurrando a saia pra trás, como se pudesse esconder a mancha da vista dele, mas não há muito a ser feito pelo fato de que acabei de me aproximar de fininho em um cômodo escuro e a primeira coisa que fiz foi lhe assegurar de que não estou coberta de sangue. E eu achava que nada poderia ser pior do que nosso encontro depois do jantar.

— Precisa de alguma coisa? — pergunta o Dr. Platt, a voz breve. Ainda está tentando recolher qualquer parte do rapé derramado que possa ser salva.

— Sim, eu, hã, gritei com o senhor mais cedo. No corredor. Depois do jantar.

— E agora veio gritar comigo de novo? — Ele desiste do rapé e volta a se curvar na cadeira, passando a mão pelos cabelos curtos e olhando em volta em busca de algo para fazer que possa me dispensar. Fico tentada a perguntar se posso sair, tomar um bom e profundo fôlego e, então, entrar de novo e tentar recomeçar o encontro, mas dessa vez com a cabeça erguida. E, de preferência, sem vinho derramado no vestido.

— Desculpe-me pelo rapé — digo, sentindo-me como um cachorrinho chutado que só queria um carinho na cabeça. — Posso substitui-lo. — Ele suspira, uma perna balançando para cima e para baixo, fazendo com que sua sombra à luz da lareira salte. Ainda há uma mancha na lapela dele e, contra o material escuro, partículas de azul incandescente escondidas ali. — Isso é rapé, não é?

— É *madak* — responde ele, apresentando a palavra em um tom que demonstra expectativa de que a interlocutora não a reconheça.

Mas reconheço.

— É ópio e tabaco.

Ele me dá o primeiro olhar decente desde que cheguei. Não diria que parece impressionado, mas certamente não está indiferente.

— De Java, sim.

— Há modos mais eficientes de usar ópio — digo. — Medicinalmente falando, se dissolvê-lo em álcool e beber, ele se moverá pelo corpo muito mais rápido e com mais eficiência, pois é a rota mais direta para o sistema digestivo.

Ele semicerra os olhos para mim, e imediatamente me sinto tola por explicar láudano para Alexander Platt. Mas ele pergunta:

— Quem é a senhorita, exatamente?

— Sou uma grande admiradora sua. Academicamente — acrescento, rápido. — Não... eu sei que vai se casar. Não assim. Mas li todos os seus livros. A maioria deles. Todos que consegui obter. Alguns li duas vezes, então isso talvez compense pelos que não consegui comprar. Mas li a maioria. Sou Felicity Montague. — Estendo a mão, como se ele a pudesse apertar. Quando Dr. Platt não faz qualquer menção de aceitá-la, finjo que minha intenção esse tempo todo era limpar algo da saia. Uma grande gota de creme de confeitaria seco cai no carpete. Nós dois olhamos para ela. Considero pegá-la, mas, sem ter o que fazer com ela nesse caso, volto a olhar para ele com um sorriso tímido.

Para meu grande alívio, o Dr. Platt retribui o sorriso.

— Uma admiradora? — Ele se serve de uma taça de qualquer que seja a bebida âmbar na garrafa sobre a lareira, então diz: — Meus admiradores costumam ser muito mais velhos e grisalhos e... bem, homens. Costumam ser homens.

— Sim, senhor, foi por isso que vim falar com você. Não sobre os homens. Mas sobre eu ser uma mulher. Não, isso está saindo completamente errado. — Pressiono as mãos contra a barriga e me forço a tomar um fôlego tão profundo que juro que meus espartilhos ridículos estalam. — Estive tentando conseguir admissão em uma escola de medicina em Edimburgo, mas não me aceitaram por causa de meu sexo. Quando investiguei em Londres, recebi seu nome do Dr. William Cheselden. — Reviro o bolso, desdobro minha lista para tirar de dentro o cartão de visitas e o entrego a ele. — Dr. Chelseden falou que o senhor estava em Londres buscando um pesquisador. Ou um assistente. Ou alguma coisa do tipo, para uma expedição. E ele achou que o senhor poderia me aceitar.

Platt ouve sem me interromper, o que aprecio, mas ele também mantém o rosto ilegível, o que já não aprecio tanto, e não tenho certeza de que efeito meu discurso tem sobre ele e se eu deveria insistir, até que ele fala:

— Não sei por que Chelseden ficou com a impressão de que eu estava buscando um pesquisador, mas não estou.

— Ah. — Todo o fôlego deixa meus pulmões naquela única exalação e, no entanto, ela ainda sai bastante breve. Preciso abaixar o rosto para os pés para me certificar de que ainda estou de pé e não de joelhos, pois o mundo parece ter sumido de debaixo de mim tão subitamente que sinto como se estivesse caindo. Jamais me senti tão tola na vida toda, nem quando fui expulsa da universidade na Escócia, ou quando fiquei de pé diante dos diretores em Londres, ou quando minha mãe me presenteou com a matrícula na escola de etiqueta como se estivesse tornando realidade todos os meus sonhos por uma educação. Cheguei até aqui. Barganhei, implorei e abri mão de tanta coisa. Não percebi quanta esperança tinha depositado nesse momento e o quão pouco realmente havia me permitido considerar a possibilidade de derrota, até que me atingiu como uma vela sendo apagada. Meu mundo inteiro refeito em um segundo pela destruição de uma esperança com a qual não apenas vivi, mas dentro da qual vivi.

Meu colapso deve ser mais óbvio do que eu esperava, pois Platt vira o cartão de Cheselden entre os dedos e pergunta:

— A senhorita realmente veio até aqui para me perguntar sobre uma posição?

— Sim — afirmo, minha voz tão baixa e alterada com desapontamento quanto antes. Passo a base da mão na bochecha, então acrescento: — E conheço Johanna. Não estou aqui completamente sob esse pretexto.

O copo de Platt para nos lábios dele.

— Conhece?

— Éramos amigas na infância — explico. — Crescemos juntas.

— Na Inglaterra? Qual disse que era seu nome?

— Felicity Montague.

Ele toma um gole de uísque, me olhando por cima da borda do copo, então prende o pé em volta de um banco e o puxa para a sua frente.

— Sente-se aqui. — Hesitante, ocupo o assento, e ele inclina o copo para mim. — Gostaria de uma bebida? — Quando nego com a cabeça, ele toma outro gole e pergunta: — Por que quer estudar medicina, senhorita Montague? Não é uma paixão que costuma se ver em moças.

Posso não ter conseguido usar minhas respostas com o conselho de Saint Bart, mas eu as tenho prontas. Levo a mão ao bolso antes que consiga me impedir e tiro aquela lista surrada, agora dobrada e desdobrada tantas vezes em diversos estados de umidade que mal consigo ler as palavras sobrepostas às dobras.

— Primeiro — começo, mas Platt me interrompe.

— O que é isso? Precisa de um papel para se lembrar do próprio coração?

Ergo a cabeça.

— Ah, não, senhor, eu só tinha isso preparado para...

— Dê isso aqui; deixe-me ver. — Ele estende a mão e entrego a lista, contendo a tentação de pegá-la de volta com vergonha tanto de minha caligrafia quanto da honestidade. Platt avalia a lista tomando um gole ruidoso. Então apoia o copo e a lista na ponta da mesa e começa a vasculhar no bolso do casaco. — Nada disso vai fazer com que seja levada a sério por médicos em Londres.

— Como assim, senhor?

— Toda essa baboseira sobre mulheres contribuindo para o campo? Ninguém vai ouvir esse argumento. Nem mesmo mencione que é mulher. Ninguém quer ouvir sobre mulheres. Aja como se não fosse uma barreira e como se a senhorita, como coloca tão adequadamente, merecesse estar aqui. — Ele encontra um cotoco de lápis no casaco e risca meu primeiro argumento. Sinto um puxão de verdade no estômago quando o lápis faz contato violento com o papel, como se ele estivesse riscando parte de minha alma. — E, embora eu goste da enumeração aqui, e daí que você sabe ler e escrever em latim, francês e alemão? Qualquer idiota que tenha estudado em Eton pode fazer melhor. Não querem ouvir isso, querem ver na forma como se porta. Na forma como fala. — Ele faz uma anotação, então seus olhos percorrem o restante da lista. Uma sobrancelha se arqueia. — Realmente costurou um dedo amputado?

— Sim, senhor. Meu amigo...

— Comece com isso — interrompe ele, rabiscando o argumento no alto de meu papel. — Experiência é tudo. Diga que é um de muitos casos, mesmo que não seja. E diga a eles que trabalhará de graça e com mais empenho do que qualquer outro, mesmo que não seja verdade. Nada dessa besteira sobre damas cirurgiãs na história. Não pode nomear uma dama cirurgiã na história porque não há nenhuma que importe para esses homens. Precisa falar sobre Paracelsus, Antonio Benivieni, Galen...

— Galen? — Gargalho antes que consiga evitar, então imediatamente tapo a boca com as mãos, horrorizada por ter acabado de rir na cara do Dr. Alexander Platt. Mas ele ergue o rosto de meu papel com uma expressão curiosa, e prossigo. — Ele escreveu sobre o corpo sem jamais ter feito um verdadeiro estudo de um. Metade das teorias foi contestada por Vesalius e ninguém jamais se deu ao trabalho de provar que as restantes estavam erradas porque são tão obviamente idiotas. Paracelsus queimou os livros dele. Quem ainda lê Galen?

— Obviamente não você. — Platt une os dedos, com meu papel entre eles. — Prefere a dissecação humana, então?

— Fortemente — respondo. — Embora prefira quando essa dissecação é combinada a sua escola de descoberta da causa em vez da cura.

— Ah. Não sabia que alguém pensava nisso como uma escola. — Ele faz mais uma anotação em meu papel. — Se tivesse recebido educação hospitalar, teria descoberto que minhas teorias são tão ignoradas quanto as de Galen.

— Prevenção diminuiria o negócio dos hospitais e tornaria mais difícil para eles explorar os pobres, então entendo por que não investem nela. Com todo o respeito aos conselhos de hospitais em Londres. — Paro, então me corrijo: — Na verdade, não. Nenhum respeito é devido a eles, porque são todos canalhas.

Platt me encara, e temo que tenha falado com muita ousadia, mas então ele ri, um rompante como uma bala através de vidro.

— Não é à toa que aqueles esnobes de Londres não gostaram de você. Onde encontrou todas essas opiniões?

— Eu não as encontrei, eu as formulei — respondo. — Lendo seus livros. E outros.

Ele se inclina para a frente, apoia os cotovelos nos joelhos, e subitamente fico muito ciente de que somos apenas nós dois, conversando sozinhos em uma biblioteca à noite. O que parece muito mais uma cena dos romances românticos que eu costumava fingir ler do que os textos médicos que estava de fato estudando.

Platt limpa o canto da boca com o polegar.

— A senhorita tem sorte de o hospital não a ter admitido. Seria melhor contrair uma doença venérea do que ter uma educação prática. Ambos a deixarão incapacitada para trabalhos e indesejável aos homens. — Ele me olha como se esperasse que eu risse disso, mas o melhor que posso oferecer é um franzir de testa. Talvez eu tenha colocado esperança demais na ideia de que Dr. Platt era completamente avesso à noção de que o valor principal de uma mulher é o quanto ela é desejada.

— Os hospitais escolares de Londres são cheios de filhos de homens ricos, cujos pais pagam para que eles durmam durante as aulas e faltem a plantões hospitalares — prossegue Platt. — E então eles pagam para entrar no ofício. Teria sido desperdiçada lá.

— Então o que sugere que eu faça? — pergunto.

Ele esvazia o copo, então o apoia com força na mesa, como o fim de um brinde.

— Aceite minhas sugestões e melhore seus argumentos, então tente a petição com alguém que de fato tenha algo a lhe ensinar. Vá para Pádua ou Genebra ou Amsterdã. Eles são mais progressistas do que os ingleses.

Platt me devolve a lista e abaixo os olhos para as anotações rabiscadas nas margens, sua caligrafia apenas levemente pior do que a minha. Platt já está se acomodando de novo na poltrona, puxando um pé sob o corpo e estendendo a mão novamente para a garrafa. E essa pode ser a única chance que terei, então pigarreio, um gesto um pouco dramático, e começo.

— Ora, então, senhor, eu gostaria de lhe fazer uma petição por uma posição. — Ele ergue o rosto, mas prossigo antes que possa me dizer que não foi isso o que quis dizer. — Pode não estar procurando por uma assistente, mas não saberá o quanto precisava de uma até que eu comece. Vai se perguntar como conseguia se virar sem mim. Trabalharei com mais empenho do que qualquer aluno que possa ter tido, porque esta oportunidade seria preciosa demais para que eu a desperdiçasse. Já tenho algum conhecimento prático, tendo completado com sucesso procedimentos cirúrgicos em múltiplas ocasiões sob situações árduas, além do conhecimento que obtive lendo livros como *De abditis morborum causis*, de Antonio Benivieni, e ambos me fornecerão uma base forte. Apoio a dissecação humana e os estudos anatômicos, o que se alinha bem com a escola que pratica, e acredito que minhas contribuições para seu trabalho, assim como o conhecimento que me fornecer, tornariam a parceria vantajosa para nós dois.

Respiro fundo. Estremeço mais do que gostaria. Platt não disse uma palavra durante o tempo todo em que falei e também não tentou me interromper. Manteve a cabeça inclinada para o lado, girando o copo vazio entre o polegar e o indicador, mas, quando paro para tomar esse fôlego, ele pergunta:

— Terminou?

Não tenho certeza de que isso é um convite para continuar ou um pedido para que eu pare, então apenas respondo:

— Por ora.

— Bem, então. — Ele assente uma vez. — Bravo.

— Mesmo?

— Não é o melhor argumento que já ouvi, mas você certamente é destemida. Quero dizer, meu Deus, veio até aqui apenas para me ver. E está disposta a aprender, esse é o mais importante. — Ele esfrega as mãos como se estivesse tentando aquecê-las, ou talvez como se tramasse algo. É difícil dizer. Então pergunta: — Vai estar na *Polterabend*?

— A o quê?

— É outro dos loucos costumes de casamento daqui. Amigos vestem roupas elegantes com o tema de peixes e aves na noite anterior ao casamento e quebram louças. *Scherben bringen Glück*, cacos trazem sorte, é o ditado. É tudo um desperdício de tempo e de boa louça, mas a noiva deve ser satisfeita. Estará lá?

Não adoro a forma como ele fala de Johanna. Também não digo que sim, caso a frase seguinte seja uma oferta para faltar à festa com ele e, em vez disso, nos enterrarmos até os olhos em textos médicos.

— Se eu for convidada.

— Estou convidando você. — Ele se recosta enquanto se espreguiça com exuberância, braços acima da cabeça e as costas arqueadas antes de buscar de novo a caixa de rapé. — Deveríamos nos encontrar lá e conversar, vou para Heidelberg amanhã para pegar uma receita e não voltarei até a festa, mas vou pensar enquanto estiver fora onde uma mente como a sua pode ser mais bem utilizada.

Não quero negar, mas também não quero esperar. Não quero falar com ele às vésperas do casamento — sua atenção estará dividida entre coisas demais, e isso não dá tempo o suficiente para que qualquer posição seja garantida antes que ele parta. E não existe tal coisa como uma conversa significativa em uma festa.

— O Dr. Cheselden mencionou que o senhor vai para a Berbéria — arrisco-me a dizer, e ele assente. — Vai partir em breve?

— Depois do casamento. A senhorita Hoffman e eu vamos passar a lua de mel em Zurique por uma semana, então partirei de Nice.

— Zurique. Que lugar... — Busco uma palavra. Não é o local ideal para um retiro romântico pós-nupcial. — Frio.

— Não tão frio. E não por muito tempo. Estarei no Mediterrâneo no primeiro dia do mês e a senhorita Hoffman estará a caminho de minha casa em Londres.

— Acha que pode haver um lugar... — arrisco, mas ele me interrompe.

— Minha tripulação já está formada. O trabalho que vamos fazer é bastante sensível, então a hierarquia precisa ser monitorada bastante criteriosamente.

— É claro.

Ele abre e fecha a caixa de rapé algumas vezes, olhando para ela como se estivesse pensando com afinco.

— Mas venha me encontrar na *Polterabend*. Conversaremos melhor, prometo. — Não sei bem o que isso significa, exceto que agora preciso me certificar de conseguir um vestido que não esteja decorado com a sobremesa desta noite. Como se ele tivesse lido meus pensamentos, Platt olha para mim de cima a baixo e ri. — Estou um pouco desapontado por não ser sangue em seu vestido. Gostaria muito de ver uma moça cirurgiã trabalhando.

E esse reconhecimento, apesar do modificador irritante, esse orgulho e essa crença na voz dele, onde geralmente só encontro escárnio, faz eu me sentir vista, talvez pela primeira vez na vida.

9

Consigo ouvir a *Polterabend* através da porta do quarto, vindo pelas escadas, tão grandiosa e reluzente que me assusta antes que eu tenha visto a fonte. Eu teria escondido um livro na saia — e estou realmente considerando fazer isso — ou escolhido nem participar, não fosse pelo convite do Dr. Platt para conversar mais na festa. Desde nosso encontro na biblioteca, ele esteve ausente da casa, tendo retornado apenas algumas horas antes, quando foi imediatamente levado por Herr Hoffman para se arrumar. E, com a cerimônia de amanhã, essa é uma preciosa última chance de falar com ele.

Sinn arranjou outro vestido da modista em Stuttgart, esse com uma cintura muito mais apropriada para meu torso quadrado, mas feito de um crepe preto brilhante que sugere fortemente que foi destinado a um velório. Isso, e sua natureza pré-confeccionada. A morte é ainda mais imprevisível do que se sentar em um bolo em uma festa.

Não tem o tema designado de peixes e aves, mas eu poderia fazer uma boa argumentação em favor da natureza entomológica de meu vestido, pois sinto-me como um besouro nessa saia, com o material enrijecido e ampliado por armações e fitas finas que pendem da cintura como antenas.

— Acho que você amarrou errado — eu disse para Sinn pelo menos cinco vezes, enquanto ela me ajudava a me vestir, e toda vez ela respondia:

— Não amarrei errado.

Ainda estou pensando nisso quando já estou sozinha no quarto, me balançando diante do espelho, tentando não me sentir envergonhada com o meu cabelo preso acima da nuca e com as várias pintas grandes em meu queixo e também completamente enlouquecida por me importar com essas coisas quando o Dr. Platt está esperando por mim lá embaixo. *A beleza não é um imposto que se deve pagar para ocupar espaço neste mundo*, lembro a mim mesma, e minha mão desce inconscientemente para o bolso onde minha lista ainda está enfiada. *Você merece estar aqui.*

Alguém bate à porta de meu quarto, uma batida frenética que certamente não é a batida de aviso que sempre Sinn dá antes de entrar.

— Felicity? — Ouço o sibilo por cima da batida. — Felicity, está aí?

— Johanna?

A porta se escancara e ela dispara para dentro do quarto sem convite, Max saltando ao encalço como se eles estivessem prestes a se divertir. Ela está vestida para a festa — pó branco, perfeitas bochechas rosa e um *mouche* com o formato de coração, colocado com precisão cirúrgica na bochecha esquerda. Minúsculas pérolas descem por seu pescoço, caindo sobre a elegante curva dos ombros e entre os seios.

Johanna bate a porta atrás dela, e Max se coloca aos pés da dona com a cauda batendo no chão com tanta força que sacode as janelas.

— Preciso de sua ajuda — diz ela, sem fôlego, e percebo que a cor em suas bochechas não é devido ao ruge.

— Minha ajuda? — Ainda estou chocada por Johanna não ter me expulsado da casa depois de minha cena na festa. — Com o que precisa de minha ajuda?

— Estraguei meu vestido. — Ela se vira, tentando ver as próprias costas como um cão perseguindo o rabo, e Max imita com um prazer babão. — Olhe.

É tanto material que dá para montar uma tenda, e tão adornado que não consigo ver nada errado a princípio. Olho para ela, tentando encontrar o rasgo ou buraco ou a grande mancha de baba do cachorro.

— Nas costas — indica Johanna, e luto para me entender com a saia conforme ela continua girando, e ali está, uma pequena, mas bastante evidente em contraste ao azul, mancha de sangue.

— Só percebi que estava sangrando depois de colocar o vestido — reclama Johanna. Max solta um grunhido baixo em solidariedade.

É impossível ter interesse em medicina sem aprender diversos métodos para remover manchas de sangue pelo caminho. É também impossível ser uma mulher sem esse conhecimento, embora o de Johanna esteja limitado pela localização da mancha.

— Acho que consigo tirar isso — digo.

— Consegue mesmo?

— Fique aqui. — Disparo para meu toucador e pego uma pitada de talco da caixa de prata, então misturo com algumas gotas de água da pia antes de voltar até ela. Pressiono a mistura cuidadosamente na mancha, então abano com a mão. — Precisa secar — explico, quando ela me lança um olhar inquisidor por cima do ombro. E quem pode culpá-la? Estou abanando a traseira dela enquanto Max dança alegremente entre nós como se isso fosse algum tipo de jogo fantástico, com o maxilar balançando.

— E se não funcionar? — pergunta Johanna, com as mãos pressionadas de cada lado do pescoço.

— Então eu jogo uma taça de vinho em você para encobrir a mancha e pode dizer a todos que foi culpa minha. Tive bastante prática na outra noite.

Achei que tivesse feito um bom trabalho ao fazer graça do incidente, mas Johanna não ri. Ela apoia o queixo no ombro, com um olhar triste.

— Poderia ter me dito que estava miserável em vez de destruir a mesa de sobremesa.

Paro de abanar.

— Em minha defesa, eu não tive a intenção de fazer aquilo. E também em minha defesa... Eu não tenho mais defesa. Desculpe por ter arruinado sua festa.

— Ah, você dificilmente a arruinou. Ainda é possível ter uma festa maravilhosa sem sobremesa. Embora elas certamente ajudem.

É extremamente esquisito conversar com alguém enquanto se está de pé atrás da pessoa, mas encarar Johanna, olhá-la nos olhos, ainda parece assustador demais. Fica fácil demais ver a forma como ela se adaptou a si mesma como uma impressão na areia, enquanto eu simplesmente fiquei mais esquisita. Encaro o fecho do colar dela e os cabelos finos que se cacheiam ao longo da nuca.

— Eu não teria como saber disso.

— Por quê? Porque nunca foi a uma festa?

— Não, já fui.

— Eu sei.

— Quis dizer...

— Importar-se com coisas como festas está abaixo de uma mulher como você?

— Eu não disse isso.

— Bem, neste momento, não. — Ela se vira. E me faz olhar para ela. — Mas disse. Um dia.

Seu tom é carinhoso — nenhum espinho poderia crescer daquela voz alegre. Mas algo nela me faz querer retrucar.

— E você disse que eu era uma bruxa feia e que morreria sozinha.

Ela recua um passo.

— Não disse, não.

— Podem não ter sido essas exatas palavras — falo. — Mas deixou bem claro que me achava uma mulher inferior por não me importar com bailes e festas de carteado e meninos e vestidos azuis ridículos.

Ela cruza os braços.

— Bem, você parecia pensar que eu era uma pessoa inferior porque me importava.

— Bem, você é certamente uma pessoa menos interessante agora do que costumava ser.

Quero retirar o que disse assim que o digo. Ou, melhor ainda, quero voltar e tentar essa conversa de novo e não dizer nada disso. Ou talvez voltar ainda mais e nunca ter brigado com ela. Porque eu costumava conhecer Johanna como se ela fosse outra versão de mim — tinha me esquecido do quanto nossa amizade havia sido íntima até que a vi de novo. Os espaços vazios em minha sombra, o segundo conjunto de passos ao lado dos meus. Eu podia listar as comidas favoritas dela, os animais, as plantas, os livros em ordem preferencial, como se tivesse memorizado todos de uma enciclopédia. Nós fizemos uma música sobre os quatro humores antes de eu parar de levar Galen a sério como um escritor de medicina. Pegamos urticária de uma caminhada ao longo do rio Dee enquanto procurávamos monstros marinhos e não contamos a ninguém por medo de nos separarem. Mas, de pé ao lado dela agora, nada parece o mesmo. Provavelmente jamais será. Voltar para um lugar que um dia se conheceu tão bem quanto sua própria sombra não é o mesmo que jamais sair daquele lugar.

— Desculpe — começo a dizer. — Eu não deveria ter dito...

— Não é um vestido azul; é índigo — interrompe ela. — Escolhi esse tom porque vem da *Persicaria tinctoria*, que é uma flor como trigo-sarraceno, que minha mãe colecionava quando estava no

Japão e trouxe para Amsterdã para cultivo.

Nós nos encaramos, o silêncio entre nós espesso e frágil. Ouvir a classificação latina dos lábios dela é como uma melodia de infância, da qual você se lembra parcialmente e subitamente é tocada inteira. Coisas que eu não sabia que estavam fora do eixo voltam ao lugar dentro de mim.

Sinto sua falta, quero dizer.

— Acho que o talco secou — é o que digo em vez disso.

O talco se tornou marrom claro e se quebra como gesso quando o raspo com a unha. Max empurra o focinho contra os pedaços caídos até que Johanna sussurre para ele que é uma criatura imunda e que não deveria comer aquilo de jeito nenhum. Ele não parece particularmente dissuadido.

— Funcionou? — pergunta ela, com as mãos tapando os olhos.

Junto a quantidade nada insignificante de material nos braços e estico o trecho problemático entre as mãos para um exame.

— Não sumiu completamente, mas, para quem não sabe que está ali, mal dá para notar.

— Promete? Confio em você porque não consigo ver.

— Pode confiar em mim. — Hesito. O tecido do vestido dela subitamente parece escorregadio como vidro amanteigado entre minhas mãos. — Eu não sabia que sua mãe estava no Japão.

Johanna puxa o colar, colocando o fecho de volta no lugar.

— Ela esteve em muitos lugares. Quando morreu...

— Ela morreu? — interrompo, as palavras saindo com um fôlego afiado. — Quando?

— Ano passado. Perto de Argel.

— Johanna, sinto muito.

Ela dá de ombros.

— Eu não a conhecia de verdade.

A mentira nisso murmura por trás das palavras como uma colmeia. Eu não sabia muito sobre a mãe de Johanna — jamais a conheci pessoalmente —, exceto que tinha abandonado um casamento horrível e estava fora (no Japão, aparentemente), e, quando o pai de Johanna morreu, a mãe não quis ou não pôde voltar para casa pela filha. Essa havia sido a história que passara pelos bancos da igreja, pelas festas de chá e em jogos de cartas até que finalmente chegou a mim, porque ela já estava fora de minha vida na época, depois de ser enviada para um parente na Bavaria porque a mãe não a queria.

— Gostaria de um abraço? — pergunto.

Ela franze a testa para mim.

— Você odeia abraços.

— Certo, mas eu poderia abrir uma exceção. Se ajudasse.

— Que tal se, em vez disso... — Ela me oferece a mão e, quando aceito, aperta a minha carinhosamente, da mesma forma que fazíamos quando nos ajudávamos a subir nas rochas e árvores caídas, para garantirmos que a outra estivesse firme. Sabíamos que uma estava ali para a outra. Podíamos pisar com mais ousadia do que faríamos sem uma âncora.

Então Max, sempre o amante ciumento, enfia o focinho entre nossas mãos até que as usemos para coçar a cabeça dele.

Johanna e eu deixamos o quarto juntas, com Max saltitando atrás de nós como um pônei de exposição. O laço em volta do pescoço dele parece fazê-lo se sentir muito lindo. No alto das escadas, quase nos chocamos com o tio de Johanna, que está fazendo uma subida bastante dramática enquanto solta várias bufadas e pragueja baixinho.

— Johanna — dispara ele quando nos vê. — Onde estava?

Johanna para, levando a mão à cabeça de Max.

— Eu estava...

— Todas essas festividades insanas são para você — e, nesse momento, ele sacode a mão na direção da festa ainda não vista — e não pode nem se incomodar em aparecer na hora. Sabe quanto eu gastei só com flores? É o meio do inverno e você insiste em lírios...

— Tive um problema com meu vestido — interrompo, pois Johanna parece prestes a começar a chorar e não quero acrescentar maquiagem arruinada à lista das catástrofes de moda da noite. — A senhorita Hoffman estava me ajudando.

— A senhorita tem uma criada para tais coisas. — O tio pega o braço de Johanna com um aperto que parece beliscar e começa a arrastá-la para longe, mas então se vira para mim novamente para uma última palavra. — Senhorita Montague, não é? Já que estamos nesse assunto, melhor ficar de olho naquela criada. Eu a enxotei de meu escritório esta manhã.

— O quê? — Os pelos em minha nuca se arrepiam. Não vi muito de Sinn essa manhã, mas também estava preocupada em revisar os tratados de Alexander Platt para poder estar mais bem preparada para nossa conversa desta noite. — O que ela estava fazendo lá?

— Só Deus sabe. Dei um tapa e um sermão nela para que ficasse onde era permitida. — Sinn não mencionara isso. Ela não dera nenhum sinal de ter sido agredida. Mas, por outro lado, Monty também não havia dado e ele fora surrado por nosso pai durante anos. Ou talvez seja apenas fácil não ver se você não está procurando por isso. Herr Hoffman arruma a peruca, cuja divisória no meio é uma linha pálida como um fio cirúrgico puxado com firmeza. — Sugiro que não empregue mulheres negras, madame. São esquivas e traiçoeiras.

— Essa é uma afirmativa muito pesada — respondo.

— Se tivesse trabalhado com tantos marinheiros africanos quanto eu, também estaria desconfiada. — Eu me sobressalto, pensando por um momento que ele conhece Sinn como marinheira antes de perceber que está falando do tempo dele na companhia de navegação. — Venha, Johanna.

Johanna me lança um olhar de desculpas por cima do ombro conforme o tio a arrasta para longe.

— E quanto a Max? — pergunta ela.

— Vou colocá-lo em seu quarto — digo, rapidamente, pois o tio dela parece que poderia bater nela também caso não estivessem prestes a encontrar companhia respeitosa. Prendo dois dedos sob o laço em torno do pescoço de Max, então percebo que mal é o suficiente e, em vez disso, uso as duas mãos para puxá-lo de volta para meu lado. Ele choraminga, as patas puxando o tapete conforme Johanna e o tio desaparecem escada abaixo.

— Vá com Felicity — grita Johanna. Max apenas chora mais alto.

— Venha, sua ruga gigante. — Puxo com tanta força que ouço minha articulação do ombro estalar. Em resposta, Max se deita, um peso morto que só consigo arrastar graças ao pelo escorregadio dele contra o piso de madeira polida. Mas não vou arrastar esse gigante relutante a lugar algum, principalmente porque, no processo, ele deixa tantos pelos para trás que se poderia fazer mais dois cachorros com eles.

— Max. — Solto-o e fecho a mão em punho, estendendo-a para ele. — E se eu lhe dissesse que tenho uma guloseima para você nesta mão?

Ele se senta de imediato, a cauda balançando e todo o abandono esquecido, então fica de pé e me segue conforme recuo pelo corredor. Eu o levo até o quarto de Johanna, então abro a mão e deixo que o focinho dele, do tamanho da minha palma, faça uma exploração completa para se certificar de que não tem nada ali. A ideia de comida o fez salivar, e, quando o cachorro grunhe e afasta o focinho, minhas mãos estão cheias de baba pegajosa. A coisa toda é um pouco como ser amavelmente acariciada por um peixe morto.

Estou prestes a ir quando Max solta um latido baixo, com mais ameaça do que já ouvi dele antes. Eu dou as costas à porta quando Max grunhe de novo.

Sinn está de pé na escrivaninha de Johanna, as gavetas abertas e o conteúdo delas espalhado no tampo. Há uma argola de lixas finas presa em seu polegar, e gazuas de metal para abrir fechaduras tilintam umas contra as outras como moedas. As mangas dela estão puxadas acima dos cotovelos, e tenho um lampejo daquela tatuagem de pirata na dobra do braço, uma adaga que se estende paralela às veias, encimada por uma coroa.

Interrompi um roubo.

Sinn deve ter congelado quando abri a porta, pois nos encaramos de lados opostos do quarto. Eu me pergunto se ela está armada, com aquela punção ou algo pior ao alcance. E me pergunto se deveria fugir. Mas eu a vi, e ela me viu, e sabe onde durmo. Fugir não vai mudar nada disso.

Max solta outro latido agourento do fundo do peito. Se uma briga for acontecer, pelo menos tenho a coisa mais pesada do quarto ao meu lado.

— Sinn. O que está fazendo? — pergunto, tentando manter a voz o mais baixa e contida que consigo, embora esteja levando a mão à maçaneta às minhas costas.

Ela não responde. O contorno marcado do maxilar fica saliente quando Sinn trinca os dentes.

— Está roubando dos Hoffman? Foi por isso que veio aqui? Você inventou uma baboseira sobre aquele livro para que eu não notasse que é uma ladra?

— Deixe-me explicar — pede ela, mas não dou a chance. Às minhas costas, minha mão encontra a maçaneta, e eu me viro, tentando abri-la e fugir, apenas para descobrir que a traseira nada insignificante de Max está completamente em meu caminho. A porta quica diretamente nele e bate de novo.

Sinn se lança até o outro lado do quarto e me agarra, tentando me puxar para dentro do quarto de novo e para longe da porta. Não faço ideia do que ela pretende fazer depois que me tiver onde quer que eu esteja, então uso Max como exemplo e uso meu peso morto para fazer oposição. Em vez de tentar me puxar para cima, ela me derruba, me jogando para trás de forma que nós duas nos choquemos contra o armário com tanta força que ele chacoalha contra a parede. Do lado de dentro, ouço algo cair de uma prateleira e se quebrar, e o cheiro intoxicante de água de rosas sobe ao nosso redor, tão espesso que ambas tossimos.

Sinn está se contorcendo atrás de mim, tentando me manter presa e chegar à escrivaninha também, e tenho quase certeza de que ela está tateando em busca de alguma arma. Embora não saiba muito sobre lutar, sei como baba é nojenta, então estico os braços e seguro o rosto dela entre as mãos, ainda cheias da saliva de Max.

Ela se afasta de mim.

— Deus, o que é isso? É nojento.

Tomo um fôlego intenso, pronta para gritar ladra, mas Sinn salta de novo, dessa vez na direção da escrivaninha. Ela pega uma única carta de cima, o selo rachado ao meio e as dobras tremeluzindo, então dispara até a porta.

Eu a pego pela parte de trás do vestido e puxo forte. Ouço um ruído de rasgo quando a saia dela se solta da faixa na cintura. Ela parece disposta a deixar a modéstia para trás se isso significa escapar — ainda está se impulsionando para a porta, então ajusto a mão e prendo os braços em volta da cintura dela, e nós duas caímos no chão de novo. Ouço outro ruído de algo se rasgando — dessa vez é meu vestido — e sinto meus ombros masculinos irromperem pela costura onde as mangas se conectam com o corpete.

Max está latindo. Também está dançando em volta de nós com a traseira para o ar e as patas dianteiras no chão como se isso fosse um jogo, cimentando seu status como o cão de guarda menos eficiente de todos os tempos.

— Tínhamos um acordo — digo a Sinn, minhas palavras saindo em arquejos breves e afiados. — Nada... roubado.

— Solte-me. — Sinn está tentando rastejar até a porta com a barriga no chão, mas ainda estou presa à cintura dela e fazendo o possível para tirar aquela carta dela. Consigo colocar as mãos em uma ponta e puxo, esperando libertá-la, mas, em vez disso, ela se rasga. Sou jogada para trás com metade da carta, incluindo o selo, amassada e molhada na mão. O queixo de Sinn cai no chão com força, mas ela se levanta tão rápido que parece que quicou. Ainda estou zonza pela queda quando ela abre a porta do quarto e sai.

Eu me sento, sendo imediatamente recebida pela bunda firme de Max na minha testa, que ainda acha que essa cena serve para seu entretenimento. Eu o empurro para longe, colocando-me de pé com dificuldade, e aliso o pedaço de carta contra o vestido. Graças às minhas mãos úmidas, à puxada violenta e ao fato de que estou de posse da única metade, a carta é completamente ilegível, mas o selo se fixou bem o bastante para que eu consiga distinguir as palavras *Kunstkammer Staub, Zurique*.

Não sei o que mais ela teria levado se eu não a tivesse surpreendido. Mas estava levando coisas. É uma ladra. Deixei uma ladra entrar na casa de Johanna. Não importa o que ela esteja procurando ou o que queira; eu a trouxe aqui. Desde o momento em que puxou aquela punção contra o marinheiro em Londres — talvez até antes —, uma parte de mim suspeitava disso. Mas a parte maior ignorou completamente. Ela poderia ter me contado desde a primeira palavra que estava aqui para cortar a garganta de alguém na calada da noite e eu provavelmente teria concordado porque faria vista grossa para qualquer coisa pela chance de conhecer Alexander Platt. *Primum non nocere. Primeiro, não fazer mal*, esse é o juramento. Não posso começar um caminho com essas palavras na mão sabendo que pisei em Johanna para chegar aqui.

Preciso avisá-la. Fui uma tola por trazer Sinn. Uma tola por pensar que ela cumpriria com sua parte de uma promessa vazia. Mas a ambição pode infectar sua sensibilidade e envenená-la como um poço. Há um motivo pelo qual a maioria dos gênios acaba com casamentos fracassados e nenhum amigo.

Deixo Max no quarto e disparo escada abaixo. A *Polterabend* está se espalhando para fora da grande sala de estar nos fundos da casa. Há mesas empilhadas com louças para serem quebradas na cerimônia, convidados pegando seus pratos para serem quebrados nas pedras do lado de fora. Há um excesso de lâmpadas para iluminar as cartas e os dados sendo jogados pela sala, embora mãos de cartas comecem a ser soltas e grupos se arrastem para fora, na direção da tradicional quebradeira, agora que a noiva chegou. Há um quarteto tocando no canto. O violinista tem pernas longas demais para o pequeno banco ao qual foi confinado, e estão cruzadas sob ele em uma curva esquisita, um pé torcido de maneira quase impossível para trás para dar equilíbrio, como uma marionete sem fio que caiu torta. Penso em Percy e subitamente quero tanto estar em casa que dói. Ou não tanto em casa quanto... não sei do que estou sentindo falta. É algo estranho, ter um espaço vazio dentro de si e não saber o que é que rasgou essa ausência.

Ouço o som de um prato sendo quebrado antes do tempo na varanda, e algumas pessoas começam a uivar de tanto rir. Sigo o som noite adentro, sentindo-me tão quente que uma capa teria sido desnecessária até que o ar do inverno coloca suas presas em mim e eu estremeço. Acima de mim, o céu está escuro com nuvens, estrelas espalhadas entre elas como conchas em uma praia.

Na varanda, todos estão enrolados em peles e veludo, alguns mascarados com penas e escamas pintadas ou coladas sobre a estrutura. Outros prenderam as mesmas penas e escamas direto no rosto, como pintas falsas de cobrir catapora. Mulheres têm pássaros inteiros no cabelo, asas presas às mangas dos vestidos ou nas bainhas dos mantos. Os criados carregando lanternas estão vestidos com penas pretas de forma que a luz faça parecer que estão flutuando. A luz se reflete na louça que todos seguram, lustrosa e brilhante como vaga-lumes entre as mãos. Tudo parece elaborado e exagerado, reluzente demais, alto demais, desorientador demais. Ninguém se parece consigo mesmo, ou mesmo humanos de verdade.

Eu deveria estar procurando por Platt. Ele me pediu para estar aqui, me disse que queria conversar sobre meu trabalho e estudos. Eu deveria estar pensando em mim mesma e em meu futuro e minha carreira.

Mas só quero encontrar Johanna.

Eu a vejo conversando com um homem com tentáculos de polvo entrelaçados na peruca e uma taça de vinho em cada mão. À luz prateada das lâmpadas sobre a neve, ela parece uma sereia, ou a figura da proa de um navio, o tipo de sereia rechonchuda e divina que faria com que marinheiros se atirassem ao mar com apenas um chamar de dedos. As penas costuradas no vestido dela se movem lentamente à brisa, como algas sob a água, e, quando ela se vira para a luz fraca que sai da casa e compete com as estrelas, o pó na pele dela faz as bochechas brilharem.

Ela grita com alegria ao me ver, como se fosse a primeira vez que nos vemos esta noite — ou talvez simplesmente como uma desculpa para abandonar o homem que tenta forçar uma das taças a ela —, e estende a mão para mim.

— Felicity! Estava procurando você! Desculpe por tê-la deixado com o cachorro; ele não lhe deu nenhum problema, deu? Ah, não, o que aconteceu com seu vestido?

Puxo a manga frouxa por cima do ombro. Ela desliza de novo imediatamente.

— Preciso falar com você — digo. — Sozinha.

— Tudo bem. Volto logo, milorde; não se mexa até eu voltar. — Ela dá um toque no nariz do kraken geriátrico com o leque, então me deixa arrastá-la para longe, até a varanda e para fora do círculo da luz da lanterna. — Acha que está bom? — pergunta ela conforme seguimos, tentando se virar para olhar a parte de trás do vestido. — Acho que ninguém consegue ver, mas não consigo parar de me preocupar com isso. — Paro tão abruptamente que ela pisa no calcanhar de meu sapato e quase tropeço para fora dele. — O que foi? Qual é o problema?

Se eu contar a ela, provavelmente não haverá chance de trabalhar com Platt. Que médico de respeito contrataria uma estranha que usou de meios deturpados para ganhar acesso a ele, que mentiu para entrar em seu lar e deixou sua noiva vulnerável a roubo?

Mas é Johanna sorrindo para mim, e tudo o que digo é:

— Desculpe. — Minha voz sai fina como fumaça.

Uma pequena ruga surge entre as sobrancelhas dela, a única imperfeição em seu rosto.

— Pelo que está pedindo desculpas? Fez algo tão bom por mim mais cedo...

— Não, preciso contar uma coisa.

— Pode esperar? Eu preciso...

— Não, pare. Apenas pare de falar, por favor, e me ouça. — Pego as mãos dela e Johanna para, a boca se repuxando para baixo em uma careta. — A menina comigo, Sinn, ela não é minha criada. Ela é... não sei. Uma marinheira. Talvez associada a pessoas ruins. Ela estava olhando um livro em sua biblioteca, e seu tio a pegou no escritório dele, e eu a encontrei agora mesmo em seus aposentos roubando você, e ela tentou sair com isto. — Pressiono a carta nas palmas dela.

Johanna me encara, então olha para a carta. O polegar acompanha a margem do selo de cera.

— Você é uma ladra?

— Não, minha criada é. Ela não é minha criada, ela pagou para eu vir até aqui para que ela pudesse entrar em sua casa. Eu só vim porque queria falar com o Dr. Platt sobre um emprego. Não estou na escola. Não estou em contato com minha família. Estive em Edimburgo por um ano tentando conseguir uma educação médica, mas ninguém me aceita, e, se eu não encontrar trabalho em breve, não sei o que farei. Pensei que o Dr. Platt poderia me ajudar.

— Você mentiu para mim.

— Sim. Sim, eu menti. — Estou agarrando as mãos dela, como se isso evitasse que ela me deixasse sem perdão. O pedaço da carta roubada se amassa entre nós. — Mas estou lhe contando agora.

— Acha que isso importa? — retruca ela, a voz já aguda se elevando ao tom de um apito. — Está me contando *depois* que fui roubada. *Depois* que você deixou essa pessoa entrar em minha casa. *Depois* que a deixou em meus aposentos.

— Ela me disse que não estava aqui para roubar nada.

— E você acreditou nela? — indaga Johanna. — Pergunta melhor: por que se aliou a alguém a quem precisou elucidar que não era uma ladra? O que achou que ela estava fazendo aqui? O que achou que ela queria comigo?

Não consigo nem olhar para ela. Reviso minhas interações com Sinn, cada momento desde aquela primeira vez em que nos sentamos no pub, e sei que Johanna está certa. Presumi o melhor, mesmo enquanto me dizia que estava sendo desconfiada e cuidadosa o suficiente, porque mais do que a segurança de Johanna, mais do que qualquer preocupação real pelo que Sinn estava fazendo, eu estava pensando em mim mesma.

— Eu precisava falar com o Dr. Platt — digo a ela. — Você não entende como é estar tão empacada que faz qualquer coisa para fugir.

Ela contrai os lábios. Morde as bochechas. Aperta minha mão.

— Não entendo?

É nesse momento que o próprio Dr. Platt, como se invocado, surge ao lado dela, fechando uma das mãos no cotovelo da noiva.

— Johanna. Onde esteve? Seu tio está procurando você. — Ele me vê presa aos punhos dela e sorri. — Senhorita Montague, boa noite. Eu estava começando a achar que havia me esquecido. — O sorriso dele hesita quando vê meu ombro, e percebo que uma de minhas mangas se embolou na dobra do cotovelo. — Seu vestido está rasgado ou essa é a moda hoje em dia?

Olho de Johanna para Platt, calada. Penso que com certeza ela contará a ele sobre o que fiz, me desmascarando como a monstra que sou. Mas, em vez disso, ela empurra o pedaço de carta para minha mão e fecha meus dedos sobre ela antes de se virar para o Dr. Platt.

— Estou pronta se você e tio estiverem — diz Johanna, e subitamente é ela mesma de novo, uma atriz se recompondo antes de entrar no palco e se tornar outra pessoa.

— Então vamos. Posso? — pergunta ele, e percebo que ainda estou segurando as mãos de Johanna. Ou talvez Johanna esteja segurando a minha. Quando ela solta, deixa para trás meias-luas nos nós de meus dedos, onde suas unhas se enterraram, e aquele pedaço de papel úmido e amassado, o selo de cera começando a amolecer com tanto manuseio.

Sinto ódio ascender conforme os vejo indo embora, abafando a culpa e o pânico como areia sobre nanquim. Não tenho certeza se ela não acredita em mim ou se simplesmente não quer acreditar, nem por que não contou a Platt ou mostrou a ele qualquer que fosse a correspondência roubada ou pelo menos contou a alguém para que todos na casa estivessem prontos para derrubar Sinn se a vissem.

Observo Johanna e Platt descerem as escadas e encontrarem o tio dela no meio do caminho. Ele entrega um prato a cada, então ergue a mão para o pátio e pede silêncio. Os músicos param. A multidão se cala.

Hoffman olha para Platt, que pigarreia e dá um passo adiante, deixando o braço de Johanna se soltar do dele.

— Estamos tão felizes — diz ele, embora sua voz soe inexpressiva e ensaiada — por vocês estarem todos aqui para comemorar conosco. Tenho muita sorte de ter formado uma parceria com os

Hoffman. — Ele assente para o tio, então parece se lembrar de que isso deveria ser, na verdade, sobre Johanna e acrescenta: — E sorte também de ter encontrado uma mulher que irá tolerar um médico louco como marido. — Ouvem-se algumas risadas. Juro que Johanna olha para trás, para onde estou de pé. E ela parece querer fugir. — Se, por favor, puderem se juntar a mim... — Platt olha para o tio de Johanna, que tem um sorriso fixo enquanto seu rosto fica lentamente vermelho. O que provavelmente deveria ter sido um discurso grandioso do noivo teve meras duas linhas, mas Platt ergue o prato no ar, então leva a mão para trás e segura a de Johanna, puxando-a para seu lado. — *Scherben bringen Glück!*

Johanna ergue o prato dela e os convidados erguem os deles, e todos os atiram ao chão, onde se quebram, fazendo cacos se espalharem pelo ar como cometas quando refletem a luz da lanterna. O ar fica empoeirado com gesso de louça, uma fina névoa pairando na noite e deixando os barris de luz embaçados com partículas. Há gritos de alegria e gargalhadas, e música começa a tocar quando os pratos são atirados, derrubados, lançados e pisados.

Cada um deles é quebrado.

10

Johanna desaparece quase assim que a louça é quebrada, e não ouso me aproximar do Dr. Platt. Se ela contou a ele sobre Sinn — e quem poderia culpá-la de se assegurar de que não houvesse chance de eu entrar nas vidas deles depois que falei sem parar sobre como a havia colocado em perigo apenas para conhecer Platt? —, qualquer esperança que eu tinha de trabalhar com ele ou com qualquer conexão que ele poderia ter fornecido será sufocada. Ele pode ser um rebelde na sala de cirurgia, mas imagino que oferecer a nova noiva para uma ladra colocaria uma mácula permanente no relacionamento.

Volto para o quarto e descubro que a bolsa de Sinn desapareceu. O que é em parte um alívio, em parte preocupante, pois com ela se vai meu caminho de volta para a Inglaterra. Eu me contorço para tirar o vestido — na verdade, rasgo o vestido para tirá-lo, pois já está além de qualquer conserto — e visto a surrada saia de lã xadrez e o corpete que usava quando cheguei. Não há motivo para ficar para o casamento agora. Johanna não vai querer nada comigo. Ela provavelmente vai virar Platt contra mim. Não tenho certeza de como voltarei para a Inglaterra — talvez usando crédito, então aparecerei à porta de Callum e aceitarei a proposta dele, contanto que assuma a imensa dívida que terei contraído com a minha volta. Talvez eu volte para Londres e tente de novo. Talvez eu devesse aceitar um trabalho em fábrica e esperar que, ocasionalmente, o pé de alguém seja sugado por uma máquina e eu tenha a chance de praticar o que passei tanto tempo estudando. Talvez eu devesse voltar para meus pais, com o rabo entre as pernas, e desistir de tudo.

Mas a sensação é de que estou desistindo de um coração. Até agora, eu estava perseguindo algo, não importasse o quanto estivesse longe. Mas agora minha única escolha é voltar, e voltar significa me resignar a uma vida sem trabalho. Sem estudo ou propósito. E que tipo de vida é essa?

Talvez, como caminhar com uma lâmpada no escuro, eu precise seguir em frente antes de ser capaz de ver a próxima curva na estrada, mas, por enquanto, recolho minhas coisas, sento na cama e espero o sol brilhar como pérola no horizonte, sentindo-me presa dentro de uma caixa que encolhe em um universo diferente.

O primeiro barulho que ouço não vem da casa erguendo a cabeça em preparação para um casamento, mas do terreno externo. Alguém assobia, então a voz de uma criança grita em alemão:

— Venha, cachorrinho! Corra!

Eu me levanto e vou até a janela. O céu está da cor de pêssego do lado de fora de minha janela, os pinheiros como lâminas escuras em silhueta contra ele. No jardim coberto de neve ainda cheia de pedaços de louça quebrada, uma menininha de cabelos loiros chocantes e enormes orelhas corre em círculos em volta de Max, que parece ter esvaziado de tão rente que se deita no chão. Eu me pergunto subitamente se é minha culpa ele ter saído — talvez eu não tenha fechado a porta de Johanna direito na noite anterior e o pobre Max está perambulando pela propriedade no escuro.

Saio do quarto, disparo escada abaixo de chinelos e saio para a varanda, parando no último degrau para não molhar os dedos.

— Max! — grito, e a cabeça dele se ergue, neve pulando de suas orelhas.

A menina para de correr e me encara, então aponta as mãos para o monstrinho como em apresentação.

— Eu trouxe o cachorro — diz ela em alemão. — Dinheiro, por favor.

— Ele fugiu? — pergunto, cruzando hesitantemente o gramado nevado até ela. Meus chinelos, feitos para donzelas caminharem no carpete, estão encharcados quando a alcanço, mas não há chance de o cachorro ser movido por essa menina tão delicada quanto um floco de neve.

A menina coloca a mão sobre a imensa cabeça de Max, fazendo-lhe carinho com dois dedos entre os olhos.

— Não, a moça na parada da carruagem em Stuttgart me deu um *kreuzer* e disse que, se eu devolvesse o cachorro para a casa rosa, alguém me daria outro. Mas ele parecia tão triste que achei que talvez quisesse brincar.

Não tenho certeza de como essa pequena criatura pegou Max em lugar algum, principalmente quando ela engancha uma das mãos em volta da coleira dele e tenta puxá-lo até mim. A menina parece jogar todo o peso na ação, e o cachorro mal se move. Stuttgart fica a pelo menos três quilômetros daqui, longe demais para uma brincadeira de buscar o graveto.

Subitamente, percebo que deixei passar completamente a palavra-chave da frase dela.

— Desculpe, que moça?

— A moça da casa rosa no campo. Eles não a deixaram entrar com o cachorro na diligência, então ela disse que você me daria um *kreuzer*...

— Não tenho uma moeda para você — interrompo. — Pode ir perguntar na entrada de serviço, se quiser seu pagamento.

Quando a menina sai saltitando pelo jardim, eu me abaixo e acaricio Max na cabeça.

— O que você estava fazendo em Stuttgart? Deveria estar lá em cima com Johanna, se vestindo para o grande dia. — Ele grunhe, choramingando, solta um sopro de baba congelada do maxilar e empurra o focinho em minha saia. Os lábios pretos de Max molham meu joelho. — Vamos lá, vamos encontrá-la. — Eu o arrasto pela pele flácida em volta do pescoço e juro que perco de vista minha mão em meio a todo o pelo e às dobras. Puxo-o de volta para a casa, em seguida pelas escadas, na direção do quarto de Johanna. Ele é um companheiro relutante; choraminga, arrasta as imensas patas e oferece tanta resistência passiva que estou sem fôlego quando chego à porta dos aposentos dela. Max se sacode e fico encharcada com uma combinação da neve do pelo dele e de longas fitas de baba. Juro que parte delas voa e se gruda ao teto, onde ficam parecendo formações rochosas em uma caverna.

Curvada com o cão preso sob um braço, o cabelo no rosto e a maior parte de mim ensopada de neve lamacenta, pareço uma verdadeira mendiga quando bato à porta do quarto de Johanna.

— Johanna? — Consigo sentir a manga do vestido lentamente encharcando conforme a saliva de Max vaza para ela. — Johanna, estou com Max... acho que ele fugiu. — Nenhuma resposta. Bato de novo, mais forte dessa vez. — Johanna?

Empurro a porta, hesitante, e ela se abre. Max pressiona a imensa testa atrás de meus joelhos, como se estivesse tentando se esconder, mas, em vez disso, acaba me empurrando para dentro do quarto. Está vazio. O vestido de casamento dela está pendurado e intocado, a cama feita, a lareira fria, sem lenha desde a noite anterior.

Max entra trotando à frente, faz uma aproximação lenta de seu cantinho na cama e gira três vezes antes de desabar. Dou mais alguns passos para dentro.

— Johanna? — chamo, embora seja óbvio que ela não está ali. O quarto de banho está escuro, os itens essenciais do toalete sumiram e os lençóis estão frios, exceto onde Max já começou a afundar neles.

Johanna se foi.

Não apenas se foi, mas aparentemente nem estava aqui na noite passada.

Preciso contar a alguém — vai atrasar minha partida, mas há uma festa de casamento inteira prestes a se reunir em honra dela, um jardim cheio de flores sendo montado abaixo, uma capela cheia de convidados que ficarão encarando um altar vazio. Sem falar na humilhação para o noivo no altar, esperando e esperando e esperando, apenas para descobrir que a noiva sumiu.

Preciso contar ao Dr. Platt.

Tenho quase certeza de que sei qual é o quarto, embora a primeira porta em que bato seja aberta pelo parente surdo ao lado de quem me sentei no primeiro jantar. Peço desculpas e sigo para a próxima, batendo tão forte que os nós de meus dedos doem. Dr. Platt atende usando um quimão e um chapéu, seus olhos vermelhos.

— Senhorita Montague. — Ele esfrega o rosto. — Está... cedo.

— Johanna sumiu — disparo.

Ele pisca com força várias vezes, como se estivesse tentando traduzir minhas palavras de uma língua da qual só conhece algumas palavras.

— O quê?

— O quarto dela está vazio, e havia uma menina no jardim que trouxe Max e disse que recebeu uma moeda de uma mulher entrando em uma diligência para trazê-lo de volta à casa.

— Entre. — Ele me apressa para dentro do quarto, fechando a porta atrás de nós. Limpeza evidentemente não é uma característica proeminente no âmbito de sua vida, pois ele parece não ter nada no guarda-roupa e tudo no chão. Há conjuntos de louça com crosta de comida seca empilhados em uma mesa ao lado da lareira, da qual ele puxa uma cadeira e me oferece. Platt pega a caixa de rapé da mesa de cabeceira antes de puxar um banquinho para si mesmo. — Precisa de uma bebida? — pergunta ele, e balanço a cabeça. Mesmo sentada, não consigo ficar parada, e meu joelho quica para cima e para baixo. — Conte devagar agora, do início.

Quando termino de explicar, ele pergunta:

— Tem certeza de que ela foi embora? Pode estar em outra parte da casa. A senhorita olhou...

— Ela não dormiu na cama dela ontem à noite — interrompo. — Ainda estava feita. A lareira estava fria. Coisas tinham sumido do toucador.

— A criança disse para onde a diligência estava indo? — Balanço a cabeça. — Sabe para onde ela teria ido? Ou por quê?

Minha mente retorna brevemente para a noite anterior, para a carta apertada entre nossas mãos e Johanna furiosa e séria e completamente fora de si. Mas não há prova de que foi devido a qualquer outra coisa exceto ter descoberto que eu armei para que fosse roubada.

— Não, senhor.

Ele assente, amarrando a faixa do roupão mais firme.

— Pedirei que os criados vasculhem a casa e o terreno, para ter certeza, e alertarei o tio dela. Deixe-me colocar uma roupa e então a senhorita e eu podemos ir a Stuttgart ver se descobrimos para onde ela foi.

Platt manda o mordomo à capela para avisar ao padre que a cerimônia pode atrasar, enquanto faço o possível para acalmar os convidados do casamento que começam a se reunir na sala. Quando Platt e eu partimos para Stuttgart, o tio de Johanna e o administrador da propriedade estão com os cães de caça nas coleiras, prontos para iniciarem uma busca no bosque que cerca a casa.

Platt e eu pegamos uma carruagem da casa até a parada da diligência na cidade, onde o atendente confirma que uma jovem com um cão gigante chegou cedo naquela manhã, buscando uma partida. No entanto, embora o cão tenha sido mandado de volta para casa com a menina porque não caberia confortavelmente dentro da carruagem, Johanna entrou no primeiro transporte com direção ao sul naquela manhã, que ia de Frankfurt a Gênova. O atendente conta com os dedos as próximas paradas.

— Rottenburg, Albstadt, Memmingen, Ravensberg, Schaffhausen, Zurique...

Zurique. Consigo ver no selo da carta que arranquei de Sinn. Será que Johanna contou a Platt sobre Sinn? Será que sequer importava para ela? Será que ignorou o assunto quando ele nos interrompeu porque não importava, ou porque não queria que ele soubesse? Tenho uma participação na fuga súbita dela, ou será que é apenas a manifestação grave dos nervos antes de um casamento e minha traição foi apenas uma enorme coincidência?

Em que estava pensando, Johanna?

Do lado de fora do escritório de turismo, Platt bate com as luvas nas mãos distraidamente, soprando um fôlego longo e esbranquiçado no ar antes de declarar:

— Vou mandar notícias para a capela de que vamos adiar a cerimônia e, então, seguir a rota. Ver se consigo alcançar a diligência ou encontrá-la em alguma das paradas. Ela não pode ter ido longe; vai sentir falta dos confortos aos quais está acostumada dentro de um dia.

Não tenho certeza se isso é verdade. Johanna Hoffman pode parecer uma jovem que estaria deslocada em uma poça de lama, mas não acho que ela fugiria sem um plano. Ou no mínimo um motivo muito bom, embora eu não consiga imaginar qual seria.

— Acho... — começo, mas hesito quando ele me olha. O olhar de Platt é afiado como o de um gavião, e a chance de a carta que interceptei estar de alguma forma ligada com a fuga dela é tão ínfima que parece que se partirá assim que for testada. Respiro fundo. — Que ela pode estar a caminho de Zurique.

— O que a fez pensar isso? — pergunta ele.

— Ontem à noite, surpreendi minha criada roubando-a. Ela

tentou levar uma carta, e o selo era de Zurique.

— Uma carta? Está com ela aqui? — Balanço a cabeça. — Lembra-se de alguma coisa dela?

— *Kunstkammer Staub*. Era o que estava no selo. — Eu me atrapalho tanto na pronúncia que enrubesço, subitamente sentindo-me tola não apenas pelo alemão medíocre, mas também por achar que valia a pena mencionar isso. — Pode não ser nada.

— Ou talvez seja. — Ele esfrega o queixo com uma das mãos. Não se barbeou, e as bochechas estão salpicadas de uma barba grossa por fazer. — Nós deveríamos ir para Zurique. Tenho uma casa alugada lá para a lua de mel, então pelo menos teremos um lugar onde ficar.

— Nós? — repito.

— Ah, sim. — Ele enfia as mãos nos bolsos do casaco com um sorriso. — Eu ia falar com você sobre isso ontem à noite, mas não nos encontramos. Pensei bastante em qual seria a melhor forma de usá-la e posso certamente encontrar espaço na equipe de minha expedição.

É como se o mundo girasse. As luzes ficam mais fortes. A neve fica mais branca, o céu, de um azul glacial. O vento fustigante que chacoalha as placas das lojas contra as correntes se acalma. Por um tranquilo momento, o mundo fica parado, e é meu. Minhas pernas parecem plantadas sob o corpo com firmeza pela primeira vez em anos. Talvez na vida toda. Nada foi arruinado, nenhuma fenda na terra se abriu entre mim e o maior médico vivo. Deixei de fora os detalhes malditos de como Sinn entrou na casa deles, mas ou ele não notou, ou não se importou. Ainda me quer.

Platt puxa o cachecol sobre o nariz, semicerrando os olhos na direção da rua e aparentemente ignorando o fato de que em uma frase ele me deu uma chance pela qual eu teria cortado os próprios pés e os devorado crus.

— Embora essa maldita expedição jamais saia do papel se não conseguirmos encontrar a senhorita Hoffman.

O vento acelera de novo, e um jato de neve lamacenta cai na bainha de meu vestido quando uma carruagem atinge um buraco enquanto passa.

— Por que não?

Ele pegou a caixa de rapé e virou um pouco no dorso da mão, a palma em concha protegendo-o do vento, mas então para, voltando os olhos para mim.

— Que tipo de homem iria embora enquanto sua noiva está sumida? — Ele cheira o pó e sacode a cabeça algumas vezes. — Por favor, venha. É amiga dela; ela confia em você. O que quer que tenha inspirado essa histeria, talvez a senhorita consiga dissuadi-la. Senhorita Montague, preciso de sua ajuda.

Não era exatamente o contexto que eu tinha imaginado em que Alexander Platt precisaria de minha ajuda. Em minhas fantasias, era do outro lado de uma mesa de operações, em um momento de crise, com todos em pânico por causa de um intestino torcido que ninguém conseguia resolver até que eu me intrometesse. Mas aceito as migalhas que me forem jogadas. Não importa o quanto esteja cansada de não ter um assento à mesa.

— Vamos encontrar Johanna — eu digo.

Platt não desperdiça tempo com transporte público. Ele contrata uma carruagem e um condutor e cuida de todas os gastos de acomodação. O que é uma grande melhoria em meu plano original de me arrastar até a Inglaterra usando carruagens públicas e dormindo nas paradas cobertas pelo caminho. E, embora eu não seja particularmente mimada e tenha vivenciado minha parcela de dormidas ao ar livre tendo apenas os dois braços como travesseiro, prefiro camas e telhados e aquecedores de pé mornos em uma carruagem fechada quando são colocados à disposição.

Platt é um cavalheiro. Não se senta do mesmo lado do banco que eu e me deixa ir virada para a frente enquanto ele se senta de costas para o condutor. Usa muito mais rapé do que jamais vi um homem ingerir, mesmo tendo vivido com Monty — embora, de todos os vícios, Monty jamais foi chegado a rapé. Platt cheira religiosamente, uma inalação profunda pelo nariz a cada quinze minutos, e, quando paramos à noite, ele deixa a estalagem e se aventura no vento gélido para comprar mais. Na manhã seguinte, acrescenta láudano ao café durante o desjejum e reclama da qualidade ruim do tabaco que encontrou nessa cidade.

Isso me lembra de meu irmão, que, antes de nosso *Tour*, tomava brandy de manhã depois de uma noite em clubes bebendo até cair, cheirava a uísque com frequência do que cheirava a loção pós-barba e que, se algum dia tivesse duelado, provavelmente teria sido salvo de uma bala fatal pelo frasco de bebida no bolso do peito. Sei agora o motivo: depois de anos de agressões nas mãos de nosso pai, ele se sentira incapaz de encarar o mundo sóbrio. E me pergunto que demônios Alexander Platt mantém barricados com aquela pequena caixa de pó reluzente.

Não tenho certeza de como falar com ele, então, a princípio, conversamos muito pouco. Quero perguntar sobre tudo — o trabalho, a pesquisa, os hospitais por onde andou e os navios em que velejou, o que acha da apresentação de Robert Hook sobre respiração artificial diante da Royal Society, se concorda com Archibald Pitcairne que as febres se curam melhor com remédios de evacuação, porque isso sempre me pareceu extremamente simplista —, mas nada disso parece apropriado de se perguntar a um homem cuja noiva acaba de fugir do altar. Mesmo que ele seja seu herói.

Mas só se pode passar um determinado tempo sem livros na companhia de outro humano antes de se sentir impelido a iniciar uma conversa. Principalmente quando um desses humanos acaba de oferecer uma oportunidade que deixou o outro tão atiçado quanto uma chama recém-alimentada.

— Então, sobre a posição...

Eu falo tão rápido e com tão pouca elegância que ele ergue o olhar das anotações que tem feito em um pequeno livro com a testa franzida.

— Perdão?

Engulo em seco.

— Eu esperava... talvez... que pudesse dizer mais sobre o tipo de trabalho que eu faria para você.

— Trabalho? — repete ele.

— A posição em sua expedição.

— Ah, é claro. — Platt fecha o livro sobre o lápis, marcando a posição. — Enquanto eu estiver na Berbéria, seria útil ter alguém em meu escritório em Londres para organizar minha correspondência e finanças, transcrever anotações enviadas do exterior. Não posso pagar muito, infelizmente, mas sabe como são essas coisas, sempre com fundos insuficientes. — Não sei, na verdade. Não sei exatamente a que coisas ele está se referindo: medicina, expedições ou qualquer posição ocupada por uma mulher.

— Então eu seria sua secretária.

— Assistente — corrige ele. Quando não respondo, ele acrescenta: — Você parece desapontada.

— Não é bem o que eu tinha em mente. — É a resposta mais diplomática que consigo dar. — Estava esperando algo mais prático.

Ele está vasculhando o casaco de novo, e espero ver a caixa de rapé, mas, em vez disso, tira um lenço de lá. Ele assoa o nariz, então, quando me vê ainda calada, ri.

— O que mais poderia querer?

— Eu gostaria de estudar — respondo. — E trabalhar. Não apenas tomar notas para alguém que esteja fazendo isso.

Ele passa o polegar pelo queixo, então dobra o lenço com tanta precisão que me faz querer me afastar dele, embora não tenha para onde ir nessa carruagem.

— Senhorita Montague — diz ele —, deixe-me ser claro. Não receberá muitas chances de emprego nesse campo por causa da inferioridade de seu sexo. Sou gentil o suficiente para oferecer isso quando a maioria dos médicos nem conceberia a ideia de ter uma mulher em seu consultório gerenciando sua pesquisa. Essa não é uma oportunidade que receberá de novo, de ninguém.

É um tom direto como um aríete. O tipo que me deixa subitamente consciente de que somos apenas nós dois neste pequeno espaço nessa estrada campestre vazia. Ele se recosta, apoiando um pé no joelho oposto com tanta grandiosidade que o dedão bate em minha canela.

— Posso sugerir um pouco de gratidão? É muito mais adequado.

— Desculpe — digo, e odeio o fato de que estou pedindo desculpas a ele quando foi Platt quem me chutou, ele que me fez sentir como se estivesse errada por ousar pedir algo. Nem mesmo algo, mas qualquer coisa. Ele me fez pedir desculpas por pedir o mínimo que é garantido à maioria dos homens.

— Não precisa pedir desculpas por ambição — diz Platt, abrindo de novo o livro e pegando o lápis. — Mas saiba que a maioria dos homens acha isso impróprio a uma mulher.

Eu desvio o olhar dele e me volto para a janela, observando o campo branco passar e tentando resistir à vontade de abrir a porta, sair para a estrada e seguir sozinha, em vez de passar mais um minuto nesta carruagem.

— Quando chegarmos a Zurique — diz ele, e é como se sua voz estivesse flutuando e distante —, vai me ajudar a encontrar Johanna. Não vai, Felicity?

— Sim, senhor — respondo, e a conversa com meu herói (*seu herói, seu ídolo, seu médico preferido,* lembro a mim mesma várias vezes ao ritmo das rodas chacoalhantes da carruagem) se desfaz em nada.

Zurique

11

A casa em Zurique está pronta para nós quando chegamos. Bem, não para nós. Para Johanna e Platt. É uma casa geminada modesta perto da margem de um lago — longe o suficiente para que não se ouça o porto, mas perto o bastante para não ser considerada elegante demais. Os funcionários são apenas um cozinheiro, uma governanta e um valete, os quais fazem um esforço admirável para esconder a surpresa quando o Dr. Platt me apresenta como senhorita Montague em vez de senhora Platt.

Chegamos no fim da noite, e as lâmpadas na rua já estão brilhando e o lago é um reflexo vítreo do céu. A governanta me leva a meu quarto, traz meu jantar em uma bandeja e aquece carvão para o aquecedor de minha cama antes de me deixar dormir. Estou exausta da viagem, mas a casa me mantém acordada — talvez seja apenas por não estar acostumada a sons estranhos de um lugar estranho, e a uma cidade estranha também. Talvez seja a forma como consigo ouvir o Dr. Platt na sala de estar abaixo de mim, os passos nas tábuas do piso, o tilintar de um decantador contra a borda de um copo mais vezes do que parece aconselhável.

Caio no sono sem perceber, mas sou acordada abruptamente pelo som da porta de meu quarto se abrindo e o leve brilho de uma lanterna sendo descoberta e então desaparecendo quase imediatamente. Alguns passos grosseiros soam, então a porta se fecha e uma voz masculina desconhecida pergunta, em inglês:

— Quem é essa?

— Abaixe a voz — sibila Platt. — Deus, você não precisava invadir.

— Eu sabia que estava mentindo. Sabia.

— Não menti...

— Aquela não é sua mulher, Alex.

Não me mexo, em dúvida se eles voltarão, se é mais sábio eu continuar fingindo que estou dormindo ou me levantar, subitamente desperta. A intensidade das vozes — e o fato de que são dois homens e eu sou uma mulher sozinha — se assenta profundamente em meus ossos como uma febre grave.

— Então onde está a senhora Platt? — pergunta a voz do estranho, agora mais longe. As escadas rangem sob os pés deles.

As vozes vão enfraquecendo conforme eles descem mais as escadas. Eu me sento, esforçando-me para ouvir. Não sou bisbilhoteira, mas parece ser de meu interesse, e do de Johanna, que eu saiba o que está sendo dito sobre nós atrás de portas fechadas. Ou melhor, nos corredores do lado de fora delas.

Saio da cama às pressas, seguindo até a porta, então saio do quarto de fininho, o mais silenciosamente possível, e deslizo com meias até o alto das escadas. Desse ponto de vantagem, consigo ver do outro lado da entrada e um filete da sala de estar onde eles se acomodaram. De onde ele está sentado no sofá, o ombro de Platt e a parte de trás da cabeça dele mal são visíveis.

— ... na cidade em algum lugar — diz ele. — Também não é senhora Platt ainda.

— Por Deus, Alex. Achei que podia dar conta disso.

— Eu posso... eu estou. Dando conta.

— Qual era o problema de levá-la para a Polônia? — pergunta o estranho. O sotaque dele é inglês, com uma precisão afiada que fede a grupos de caça e salas de aula em Cambridge.

— Ela teria suspeitado se eu propusesse que fugíssemos para casar... — começa Platt, mas o homem o interrompe.

— O que vai fazer se ela chegar lá antes de você?

— Não importa. Eles jamais a deixarão chegar perto do arquivo. Ela precisa de mim...

O segundo cavalheiro interrompe Platt com um grunhido suspirado. Ele está longe demais para que eu o veja, mas tenho um vislumbre da cintura para baixo quando ele cruza a frente da lareira — um casaco de lã cinza espessa e botas altas cheias de sal. Botas de marinheiro, mas elegantes demais para um homem do mar. Elas parecem partes de um uniforme.

Há um silêncio sufocado. Platt encara o chão, os cotovelos nos joelhos.

— Vou consertar isso — diz ele, por fim.

— É melhor mesmo. — O decantador tilinta de novo. Platt pega o copo que lhe é oferecido. — Então — pergunta o segundo homem — quem é a jovem em seu quarto, se não é a senhorita Hoffman?

Meu coração dá um salto, e me inclino para a frente no momento em que Platt se acomoda de novo na poltrona, o cotovelo apoiado no braço em um ângulo tão esquisito que parte do licor escorre do copo.

— Não vai acreditar. Conhece Lorde Henri Montague?

Meu punho se fecha no corrimão, as saliências duras da madeira se enterrando em minha palma.

— O conde inglês? — pergunta o segundo homem.

— Esse mesmo. — Platt aponta com um dedo acima do ombro, na direção das escadas, onde acha que estou dormindo. — Aquela é a filha dele.

— O quê?

— A jovem sequestrada em carne e osso. Sua Senhoria vem dizendo a todos que seus filhos foram levados por mercadores de escravizados no mediterrâneo, mas, na verdade, eles fugiram.

— Platt toma um gole ruidoso da bebida, então a deixa pender entre o polegar e o indicador. — Pode imaginar o escândalo, se a verdade viesse à tona?

Minhas palmas começam a suar no corrimão. Monty e eu escrevemos para nossos pais assim que decidimos não voltar para casa depois do *Tour*, eu fugindo de uma existência sufocada e um casamento sem amor, e Monty provavelmente do mesmo, mas com muito mais danos causados a ele por meu pai pelo caminho. E, embora não tenhamos exatamente enviado um endereço para correspondência, a falta de resposta de papai levara Monty e eu a concordarmos, de maneira otimista, que ele decidira silenciosamente apagar nossos nomes da árvore genealógica, passar a propriedade para o novo filho bebê e nos deixar seguir nossos caminhos. Aparentemente, ele tomou um caminho muito mais dramático, dizendo a todos que fomos levados por corsários, e agora Platt tem a evidência para provar o contrário.

Na sala, ouço o segundo homem perguntar:

— Vai sequestrar a filha de um lorde e chantageá-lo?

— Não há sequestro — responde Platt. — Ela veio voluntariamente. A senhorita Montague vai me ajudar a encontrar Johanna e se certificar de que nos casemos. Então recolheremos o trabalho de Sybille Glass e mandaremos as jovens para a Inglaterra, e a ajuda de Montague nos manterá abastecidos e dará conta de que Herr Hoffman seja pago por seus navios. Entende? Está tudo sob controle, Fitz.

Eu deveria sentir medo — certamente estou trêmula. Platt sabe quem sou e me usará para encontrar Johanna, e então planeja me mandar de volta para meu pai. Durante todo o tempo achei que fôssemos aliados, mas eu não passava de um peão. E isso faz minha visão ficar turva de tanto ódio. Ódio por ser usada. Por ter sido considerada tola. Por saber que ele provavelmente jamais pensou que eu fosse capaz de trabalho médico; apenas reconhecera meu nome.

Preciso deixar esta casa imediatamente, encontrar Johanna e avisar a ela que qualquer que seja o amor que Platt proferiu ter é falso, e que o casamento é uma farsa. Se foi de Platt que ela fugiu, eu o levei direto para a porta dela. Ela pode achar que está segura até o momento em que as presas dele se fechem nela, tudo por minha causa.

A conversa na sala desviou para velejar, e, se eu não partir agora, talvez jamais tenha outra chance. Deslizo novamente para o quarto e troco a camisola para a saia xadrez de lã com o corpete. Estão fedendo da viagem, a bainha enlameada até os joelhos e o material endurecido com o suor que secou e então umedeceu de novo e de novo conforme passamos de carruagens abafadas até as paradas gélidas das estações. Minha capa está em um armário no andar de baixo, e não ouso descer para procurá-la, mas também não ouso fugir para o frio sem ela. Em vez disso, tiro a colcha da cama e a envolvo nos ombros.

Então, a tarefa muito mais complexa adiante: a fuga de fato. O gelo na janela estala quando a abro, e uma lufada de vento a sopra no sentido contrário com tanta força que ela quase escapa da minha mão. A cortina de sanefa é sugada para fora, e as venezianas batem contra a lateral da casa. Abaixo há uma queda nada confortável até a rua — nenhum apoio para o pé, parapeitos ou tijolos soltos que todos os livros de ficção que já li me prometeram. Nem mesmo uma sebe conveniente sobre a qual cair.

Jamais possuí qualquer habilidade acrobática e, tendo as proporções de um cachorro corgi, não espero que um rompante de atletismo natural se manifeste a tempo de eu escalar a lateral de uma residência.

Fecho as janelas, então respiro fundo e faço um inventário. Recursos à minha disposição: muito poucos. A mobília escassa desse quarto, a qual só seria valiosa se pudesse ser sutilmente empurrada janela afora para criar algum tipo de torre precária. Minha bolsa cheia de nada útil — meias-calças, roupas íntimas e alguns livros. Abro o armário no canto e encontro lençóis adicionais e toalhas.

A única ideia parece ser assumir o papel da princesa trancada na torre que se cansa de esperar por um cavaleiro: uma corda feita dos tecidos do quarto.

Os lençóis se rasgam silenciosamente e se trançam com facilidade — anos mantendo os cabelos em uma longa trança finalmente fizeram mais do que atrair a ira de colegas exigentes. Eu rasgo, tranço e tranço de novo, então amarro um nó firme em volta da haste martelada na parede para manter a sanefa acima da cortina. Jogo a bolsa por cima do ombro, testo o peso na corda para ter certeza de que não vou cair para minha morte se o gesso for arrancado da parede (bem, a morte é um grande exagero — talvez dois tornozelos quebrados, mais precisamente). Então apoio os pés contra o batente e salvo a mim mesma.

No abrigo das ruas curvas, a cidade é mais quente do que o campo, e, apesar da neve caindo, meu cachecol está suado quando chego à parada da diligência por onde a carruagem de Stuttgart passa diariamente. Pago o menino que acendeu lanternas para mim com moedas restantes do jantar da noite anterior e então fico sozinha perto da rua, com os flocos de neve úmidos que caem das nuvens formando bordas de renda sobre meus cílios, tentando pensar em para onde iria se eu fosse uma jovem sozinha na cidade, provavelmente chegando no escuro e no frio.

O que eu sou, percebo. Mas tento não me ater muito a isso ou meu medo me engolirá inteira.

Penso em Johanna. Tudo o que sei sobre ela. Onde iria se eu fosse ela.

Eu iria para minha casa em Stuttgart, para meu cachorro gigante e meus vestidos de babado, é a primeira coisa em que penso, mas a Johanna que eu conhecia em Cheshire uma vez dormira por três noites nos estábulos do pai no inverno com a esperança de ver a coruja-das-neves que suspeitava que tinha feito um ninho nas vigas. Também já caíra em um lago congelado e saíra sozinha antes que qualquer um pudesse ajudar. Uma menina que sobrevivera sem um pai, com uma mãe que não voltou para casa quando ela o perdeu. Talvez ainda seja feita daquela fundação de pedra que eu a observei construir quando criança. Talvez não tenha se erodido com o tempo, mas ficado mais forte. E foi vestida com seda e saliva de cachorro.

Se eu fosse Johanna, penso, iria querer algum lugar onde Platt não me encontraria. Não algum lugar onde ele esperasse que ela fosse ficar, uma hospedagem à beira do rio com pisos polidos e lençóis de seda. Eu iria querer me esconder. Iria querer um lugar em que as línguas não fossem soltas, onde meninas fugitivas não fossem notadas e homens não fossem permitidos. Algum lugar como a pensão que eu chamara de lar em Edimburgo. E, se eu tivesse um baú comigo, algum lugar próximo.

As ruas da velha cidade são íngremes e sinuosas, uma combinação de paralelepípedos tão escorregadios com neve que é quase necessário avançar de quatro e de escadarias difíceis igualmente traiçoeiras, mas com mais cantos acentuados quando se cai sobre elas. A parada da diligência compartilha a esquina com uma loja de quinquilharias que anuncia leituras de tarô, mas que está fechada e parece não ser aberta há semanas, com um sapateiro com chinelos de veludo desbotado na vitrine e um estabelecimento de onde sai música de violino e o tilintar baixo de uma noite cheia, mas não lotada.

Entro, observando as mesas ocupadas por artistas bêbados encarando o fundo de garrafas de gim e moças pintadas suspirando em volta deles. O homem atrás do bar é magro e esguio, com um bigode espesso e um lenço surrado amarrado no pescoço. Faltam-lhe dois dentes de baixo, e ele me recebe com uma tosse úmida e rouca antes de perguntar, com a voz grossa:

— Quer algo para beber?

— Não, senhor, na verdade... — Exagero ao engolir em seco, forçando-me a ficar com lágrimas nos olhos, apenas para um efeito mais intenso. — É minha irmã.

— Sua irmã? — repete ele.

— Ela fugiu de casa porque nosso pai é um tirano que a mandaria para um hospício apenas por ser uma moça que lê livros. — Estou roubando um pouco da história da vida de todo mundo para essa mentira, mas prossigo. — Ela veio para Zurique e sei que chegou há pouco tempo, estou tentando encontrá-la e acho que ela veio aqui alguns dias atrás e, por favor, senhor... — As malditas lágrimas simplesmente não vêm. Passei tantos anos me treinando para não mostrar qualquer tipo de fraqueza, mesmo sob circunstâncias desesperadas, que meu rosto parece completamente confuso sobre o que estou pedindo que ele faça. Estou torcendo o nariz para cima e fungando e acho que parece mais que estou prestes a espirrar do que tentando chorar, pois o atendente apenas parece confuso. — Por favor, senhor — digo, esganiçada, tentando colocar um tremor choroso na voz e exagerando de forma que, em vez disso, soe como se tivesse acabado de inalar um punhado de pimenta. — Se sabe de alguma coisa... de onde ela possa estar... eu só quero encontrá-la.

Ele me olha por baixo de pálpebras pesadas, ainda limpando círculos infinitos no copo em sua mão. Eu provavelmente poderia ter dito a esse atendente que estava procurando por Johanna para assassiná-la a sangue frio e ele não teria se importado — não parece dar a mínima para minha trágica, apesar de falsa, história ou minhas lágrimas igualmente-trágicas-embora-apenas-por-causa-da-falsidade.

— Por que eu saberia?

— Certamente vê infelizes aqui implorando por sua ajuda.

— Infelizes são o único tipo que vejo aqui, madame. — Ele tosse de novo, dessa vez puxando o lenço sobre o pescoço para cobrir a boca. O material está úmido e desgastado, a estampa listrada desbotada a ponto de as bordas ficarem esfrangalhadas, como se ele o puxasse com frequência. Não há manchas de sangue, então, se está tossindo constantemente ali, não é um ataque tuberculoso. De perto, consigo ouvir os pulmões dele estalando sempre que respira, como a lombada de um livro aberto pela primeira vez.

— Sofre de asma, senhor? — pergunto antes que consiga me impedir.

Ele pausa a limpeza dos copos e, pela primeira vez, parece prestar atenção em mim.

— Sofro do quê?

— Asma — repito, e espero estar pronunciando corretamente, pois é uma palavra que aprendi lendo os tratados do Dr. John Floyer e jamais a disse fora da mente. — Uma condição respiratória que causa respiração difícil e contrações do peito.

— Não sei — responde ele.

— Costuma ter dificuldade para respirar profundamente?

— Na maioria dos dias. Tomo láudano para isso.

— Já tentou água de alcatrão e suco de urtiga, em vez disso? São muito melhores para uma garganta fechada e há menos risco de dependência. Menos caros também. Alguns charlatões lhe dirão que cenouras fervidas ajudam os pulmões, mas água de alcatrão se provou o tratamento mais eficiente. Qualquer farmácia deve ter, ou preparar para você.

Ele me encara, tentando decidir se estou fazendo piada, então tosse de novo, dessa vez com a boca fechada, de modo que as bochechas inflem.

— É notável a diferença que uma boa e profunda respiração pode fazer — sugiro.

Ele bufa, pressiona o punho contra o peito, então pergunta:

— Ela é realmente sua irmã, é? — Quando assinto, ele diz: — Recebemos muitos tipos mal-encarados aqui procurando por moças que não querem ser encontradas.

— Eu pareço mal-encarada?

— Você não tem um manto.

— Isso me torna desafortunada, imagino.

Ele bufa de novo, limpando o nariz no dorso da mão.

— Quando recebemos jovens perambulando aqui, eu as mando para Frau Engel, perto da capela. É uma pensão para perdidas. A única perto daqui. Sua irmã pode estar lá.

— Lembra-se de uma menina com...

— Recebemos muitas meninas — interrompe ele. — E eu as mando todas para Frau Engel.

— Obrigada, senhor.

Começo a partir, mas ele me chama:

— O que era mesmo? Suco de alcatrão?

Eu me viro na porta.

— Água de alcatrão e suco de urtiga. Espero que ajude.

Ele assente.

— Espero que encontre sua irmã.

Frau Engel fica igualmente nada comovida por minha história trágica, embora não tenha alguma doença que eu possa diagnosticar para amolecer seu coração. Não tento lágrimas dessa vez.

— Poderia ser qualquer uma — diz ela. Está usando camisola e touca, mas o cachimbo de argila aceso entre seus dentes me assegura de que não a acordei. Sua estrutura larga ocupa a maior parte da porta. — Uma dúzia de meninas entra e sai daqui todos os dias. Não conheço todas elas.

Ela me olha como se estivesse prestes a fechar a porta em minha cara, então estendo um braço contra o portal para impedir que o faça, esperando que ela pelo menos tenha compaixão o bastante no coração para não esmagar meus dedos, e digo:

— Por favor, a senhora deve se lembrar.

Ela dá de ombros, o cachimbo de argila balançando entre os dentes.

— Todas as meninas são iguais. Se pagar por uma cama, pode perambular por aí e tentar encontrá-la você mesma, mas tome logo a decisão para eu poder voltar para a cama.

Dou a ela todas as moedas que me restam, mesmo sem ter ideia do quanto cobra. Tenho quase certeza de que é muito para uma única noite, mas a mulher não me oferece nenhum troco. Apenas pigarreia e me dá um prato de lata, um conjunto de talheres e um cobertor feito de lona grossa que cheira como se tivesse sido usado pela última vez para esfregar um cavalo.

— Duas meninas por cama, três se não conseguir achar um lugar. O banheiro fica no segundo andar.

— Não vou ficar de verdade. Só quero encontrar minha irmã.

— Ainda assim, duas por cama — diz ela, recuando para que eu possa passar, então acrescenta: — E não saia com meu cobertor. — Como se aquela carcaça puída tivesse algum valor. Há tantos buracos que parece que nem mesmo serviria ao propósito mais básico de cobrir. — E não me acorde de novo — grita ela ao disparar novamente para o quarto, um fino dedo de fumaça do cachimbo pairando atrás.

A pensão está lotada no andar acima das escadas e tem cheiro de mofo e cera. Pedaços grandes do papel de parede estão descascando, deixando trechos expostos de madeira úmida que soltam farpas quando toco. Perambulo pelos quartos do segundo e terceiro andar, sentindo-me invasiva e completamente criminosa ao olhar para todas essas moças dormindo, semicerrando os olhos na escuridão para ver se alguma delas é Johanna. Não tenho certeza do que farei se a encontrar — acordá-la ou me sentar ao lado da cama dela e manter vigília até de manhã, ou talvez me deitar ao lado dela e dormir também, embora a pergunta se torne irrelevante quando termino a ronda e não a encontro em lugar algum.

A maioria das camas está cheia, e a maioria com mais de duas moças. Vejo quatro aninhadas juntas em um pequeno e duro colchão, a menor não tem mais de 12 anos e todas estão enroscadas como gatinhas. São todas magras e pálidas. Uma menina fica tossindo contra o punho, tentando abafar o som. A maioria está dormindo. Algumas estão reunidas em um canto, sussurrando em volta de uma lâmpada e um baralho de cartas que estão usando para ler a sorte. Outra está sentada nua e trêmula enquanto costura uma bainha no que parece ser seu único vestido. Quase dou meu cobertor de cavalo para que ela se cubra, embora isso pareça que vai fazer menos bem do que minhas intenções pretenderiam.

No terceiro andar, encontro duas meninas enfurnadas no peitoril da janela, olhando para a neve caindo e dando risinhos quando seus lábios se tocam. Quando reparam em mim à porta, uma delas começa a sibilar algo em francês, que não consigo entender simplesmente por causa de todo o ar em excesso nas palavras dela. Quando não respondo ou reajo, ela se afasta da amiga e começa a vir em minha direção. Disparo, tropeçando na ponta de uma cama e soltando o bolo de cobertor com talheres com um ruído que acorda metade do quarto, então há mais meninas que parecem querer me esfolar viva. Volto correndo para o corredor, desço as escadas bambas e me choco de cara com a moça que sai do banheiro, com tanta força que quase derrubo a lâmpada da mão dela.

— Felicity.

Levo um momento para reconhecê-la.

— Johanna.

Sem pó, pomada ou maquiagem, ela parece uma pessoa diferente. A pele está esburacada com cicatrizes — tinha me esquecido de que ela teve sarampo quando tínhamos 10 anos — e manchada com trechos secos do vento ríspido do inverno. Os cabelos estão soltos e caem na cintura, libertos das tranças e sebosos com o suor de uma longa jornada.

Nós nos encaramos em meio à escuridão, a luz fina da lâmpada de Johanna nos banhando em um brilho rosado.

— O que está fazendo aqui? — sibila ela.

Passos soam nas escadas; provavelmente as duas moças que se beijavam estão liderando o andar delas em uma revolução contra mim por tê-las acordado. Os olhos de Johanna se voltam para além de meus ombros, e me preocupo que ela tente escapar antes que eu tenha a chance de explicar, mas, em vez disso, ela me segura pela cintura e me arrasta para o banheiro, trancando a porta atrás de nós. A lanterna em sua mão oscila como um bêbado.

Eu tropeço para dentro do banheiro, a parte de trás das minhas pernas batendo dolorosamente contra a pia. Johanna está de costas para a porta, de frente para mim. O banheiro mal é grande o bastante para nós duas, e meus sapatos se agarram ao piso grudento.

— Como me achou? — indaga ela, com a voz ainda absurdamente aguda, mesmo sussurrada entre os dentes trincados.

— Achou que seria difícil? — replico.

— Sim, achei que foi uma fuga muito boa.

— Ah, por favor. Você tentou levar seu cachorro-elefante em uma diligência.

Ela abaixa a cabeça, desapontada consigo mesma em vez de comigo.

— Sim, isso não foi tão sorrateiro como eu queria. Mas eu não podia deixar Max! Você não o trouxe, trouxe? — acrescenta ela, com a voz se alegrando por um momento antes de lembrar que está furiosa comigo. — Espere, não, diga por que está aqui.

— Estou aqui para lhe avisar.

— Avisar? Sobre o quê?

Respiro fundo.

— Tenho razão para acreditar que as intenções do Dr. Platt não são nobres.

Eu esperava que ela arquejasse, que recuasse e levasse a mão ao peito no tipo de choque dramático que as moças costumam exibir. No mínimo um *Não!* sussurrado. Em vez disso, ela cruza os braços e me dá um olhar de desdém.

— Mesmo? Essa é a informação reveladora que veio me trazer?

Quase dou eu mesma o passo para trás com a mão no peito pelos quais estava tão pronta para julgá-la.

— Você sabia?

— Sabia o quê? Que ele é um canalha, um viciado e um degenerado? É claro que sabia. Está apagado mais vezes do que está sóbrio, e todo seu negócio com meu tio se faz com crédito porque ele gastou uma fortuna com ópio.

— Achei que estivesse apaixonada por ele.

Ela gargalha, um ruído entrecortado como um passo sobre gelo fino.

— Acha que sou tão burra que um homem estranho aparece em minha porta pedindo minha mão e eu apenas suspiro e aceito? — Não respondo, o que apenas confirma que acho, sim, que ela é superficial o bastante para se apaixonar tão intensamente e tão rápido pelo primeiro homem capaz de preencher um calção que conheceu.

— Então por que ia se casar com ele? — pergunto.

— Porque eu não tinha escolha — responde ela, abaixando-se para sentar na beira da banheira, então imediatamente se levantando de novo e limpando algo da camisola. — Meu tio estava me obrigando, e eu não sabia como escapar dele. Estava com medo.

— Então fugiu para passar a lua de mel sozinha?

— Não, vim a Zurique por causa da carta que sua criada roubou. É do gabinete de curiosidades para o qual minha mãe estava trabalhando quando morreu, onde estão todas as posses dela.

— Posses? — repito.

— Tudo que estava de posse dela — explica Johanna. — O curador idiota só as entregará a um membro do sexo masculino de minha família. Quando me disse que sua criada ou amiga ou benfeitora ou o que seja tinha tentado roubar a carta, foi o empurrão que restava para que eu finalmente fizesse a coisa de que tinha medo e viesse até aqui sozinha, para obtê-los antes que ela conseguisse.

— Acha que Sinn está atrás das posses de sua mãe? — pergunto. Eu estava tão concentrada em Platt, tentando usar a história de Johanna para preencher as lacunas que entreouvi na dele, que tinha me esquecido de Sinn.

— Por que mais se importaria com a carta? Acho que é provável que ela tenha convencido você a trazê-la para minha casa porque presumiu que já as havíamos recolhido e esperava roubá-las, mas então descobriu pela carta que estão em Zurique, no *Kunstkammer Staub*.

— Acho que Platt também está atrás delas — conto. — Entreouvi uma conversa dele sobre a expedição, e ele disse algo sobre o arquivo e um gabinete. Ele já mencionou isso a você?

Ela sacode a cabeça, enrugando a testa.

— Não, nunca. Ele perguntou sobre minha mãe e meu pai quando nos conhecemos, mas eu também perguntei sobre os dele. Estávamos apenas nos conhecendo.

— Que trabalho sua mãe estava fazendo que seria tão valioso tanto para ele quanto para Sinn? — Não consigo pensar em algo que una os dois mundos deles.

— Não sei exatamente — responde Johanna. — Ela estava trabalhando como assistente de arte para um naturalista em uma expedição à Berbéria. Uma de muitas jornadas.

— Eu não sabia disso.

— Meu pai disse que ele me mandaria para uma fazenda em Barbados se eu contasse a alguém. Ele tinha tanta vergonha dela. Ter uma esposa que literalmente fugiu de casa no meio da noite para velejar com inomináveis? — Ela passa os dedos pelas pontas do cabelo, puxando os nós. — Mas ela escreveu para mim em todas as viagens. E mandou coisas tão estranhas.

— Todas as suas histórias... — digo, a percepção recaindo subitamente sobre mim. Ela ergue o rosto. — Quando éramos crianças, você sempre tinha tantas grandes aventuras para as quais fingíamos partir. Eram das cartas dela.

— Você se lembra daquilo?

— É claro que me lembro! Aqueles foram... — A luz da lâmpada oscila contra a parede, fazendo esqueletos de nossas sombras. — Aqueles foram os melhores dias.

— Eles foram, não é? — O nariz dela se enruga em um sorriso malicioso. — Dra. Brilhante.

Reviro os olhos.

— Ha, ha. Eu só tinha 6 anos. Ainda não havia atingido o pico criativo.

— Não, é bonitinho. — Ela ri. — Todos deveriam se dar um nome falso inspirador.

— Bem, e quanto a você, famosa naturalista... — Se minha revelação tivesse sido mais repentina, teria me derrubado no chão. Eu realmente preciso estender a mão para trás e me equilibrar na pia, de tão zonza que fico.

Johanna, ainda alheia, continua com aquele sorriso provocador que faz seu nariz franzir.

— Vá em frente, você se lembra?

— Sybille Glass — digo, ouvindo a voz de Platt em minha mente. — Esse era o nome de sua mãe?

Ela assente com um suspiro nostálgico.

— Eu queria ser exatamente como...

— Johanna, entreouvi Platt agora há pouco falando com um sujeito inglês sobre Sybille Glass e sobre recolher o trabalho dela.

Ela quase solta a lâmpada.

— Platt está em Zurique? Você o trouxe aqui?

— Não, ele me trouxe — explico. — O gabinete só vai entregar as coisas dela a um membro masculino de sua família, não é? Acha que é por isso que ele queria se casar com você? Para ter direito legal ao que quer que fosse o trabalho dela?

Johanna suga as bochechas com força, a boca formando um biquinho. Então solta um suspiro junto com um:

— Filho da puta.

Não é uma situação para rir, mas rio mesmo assim — com sua voz de soprano, é como ouvir um palavrão em um sermão de igreja.

— Ele não pode levá-los, contanto que vocês não estejam casados.

— Não significa que ele não vai tentar. — Ela pressiona o punho no queixo, o polegar batendo ao ritmo dos pensamentos. — Vou até o *Kunstkammer* amanhã para ver se me entregam as posses de minha mãe.

— Não, precisa sair daqui antes que Platt consiga forçar um anel em seu dedo — retruco. — As posses são legalmente suas, então, contanto que não se case com ele, ele não tem direito. Volte para a Inglaterra comigo. Podemos entender as coisas de lá, sobre ele e sobre Sinn, se você acha que ela também está atrás das posses.

— Está me encorajando a fugir de uma luta? — pergunta Johanna, e quase parece um desafio. Está escuro demais para dizer direito que tipo de sorriso está flertando com os lábios dela. — Achei que você fosse a corajosa entre nós duas.

— O quê? Não, nada de briga — digo, então acrescento: — E você era a exploradora intrépida em nossas brincadeiras, lembra? Eu era a companheira racional.

— Sim, porque o faz de conta é mais divertido quando se pode fingir ser alguém que você não é. Levei até a noite antes de meu casamento para ir embora porque estava com tanto medo de ficar sozinha. — Ela passa a mão no cabelo, tirando-o do rosto. — Talvez eu não devesse ter fugido. Talvez houvesse outra forma, ou eu devesse ter pedido ajuda e não agido tão sem pensar. Mas estou aqui, e estou determinada, e vou ao museu amanhã e...

— Não precisa se defender — digo, rapidamente. — Não para mim.

— Ah. Que bom. Bem, é possível que eu ainda esteja formulando defesas em minha mente. — Ela alisa a camisola entre os dedos, então me olha. — Precisa de dinheiro?

— Dinheiro? — repito.

— Para voltar para casa. Não tenho muito, e não posso dizer que me sinto exatamente obrigada a lhe dar uma viagem confortável, já que sou eu quem vou pagar.

Casa. Não tenho para onde ir. Não há Platt, nem Sinn, nem uma família. Nenhum porto seguro. Cortei minhas cordas e estou boiando sozinha, um bote salva-vidas em uma maré sem vento.

— Posso ir com você? — pergunto. Johanna ergue o rosto bruscamente. — Eu já paguei por uma noite e não posso voltar para Platt, então podia muito bem ficar aqui. Não sou... quero dizer, não tenho pressa... — Encolho os ombros e arrasto a ponta do pé no chão. Ou melhor, tento arrastar, pois o chão está tão grudento que ele fica preso. Não ouso olhar para ela por medo de que Johanna diga não. Então, antes que ela o diga, eu retiro minha oferta. — Desculpe, deixe para lá. Você provavelmente não quer nada comigo. Quero dizer, se quiser que eu vá, eu acho que poderia. Mas provavelmente não quer, então eu vou embora assim que amanhecer.

— Está tendo uma conversa consigo mesma?

— Não. Estou conversando com você.

— Então me dê a chance de responder, tudo bem? Pode vir. Se quiser. Embora eu imagine que o Dr. Platt não veja como algo positivo suas futuras protegidas conspirando contra ele.

Se me juntar a Johanna, desistirei de qualquer chance de trabalhar para o Dr. Platt. Mesmo depois de entreouvir a conversa dele na casa e saber que ele vai me usar de má-fé, é algo muito grande de que abrir mão. Ficar com Johanna significa que estou apostando em nada.

Exceto nela. E na mãe dela. E em mim mesma.

— Bem — respondo —, que bom que eu prefiro não ser a protegida de homem nenhum.

12

O *Kunstkammer* fica na rua Limmatquai, com os fundos inclinados para o rio. A água corre rápida e escura, formando espuma, com o clima terrível. O céu está cinza, a neve cai com força intermitente conforme fazemos a caminhada pela cidade, e, quando Johanna e eu chegamos na coleção, estamos ambas encharcadas sob as capas — a minha foi emprestada por Johanna para que eu não fira nossa credibilidade já tênue com a vestimenta exterior questionável. Uma camada de flocos de neve salpica nossos ombros como açúcar sobre um pão. Johanna fez uma tentativa corajosa de arrumar o cabelo antes de sairmos naquela manhã, e por insistência dela eu fiz uma tentativa corajosa de ajudá-la, embora tenha sido liberada de minhas responsabilidades quando a perfurei com um grampo atrás da cabeça com tanta força que saiu sangue. Apesar de não ter conseguido levar o cão ao fugir da casa do tio, ela trouxe um baú de vestidos extravagantes, e uma saia rosa com a bainha de frufru da cor de menta desponta por baixo da capa dela. Usando meu vestido Brunswick simples, é muito mais provável que eu, entre nós duas, seja levada a sério pelos homens que disparam por trás das exposições de insetos e animais empalhados ali.

— Queria estar com Max — comenta Johanna conforme atravessamos a entrada do gabinete até o balcão de ingressos, olhando a forma empalhada de algum tipo de gato selvagem de aparência diabólica preparando o bote acima de nós, em um pedestal no centro.

— Não acho que ele ganharia contra isso — digo, com um aceno para o gato.

— Jamais o viu ir com vontade atrás de um chinelo — responde ela.

Nós nos colocamos atrás de uma mulher pagando pela entrada dela e de um minúsculo menino com lindos cachos dourados que, de alguma forma, derrotaram a neve e permaneceram perfeitamente cheios. Johanna toma um longo e contido fôlego, uma das mãos pressionada contra a barriga.

— É que eu sempre me sinto melhor com meu cachorro.

— Não fique nervosa — eu digo. — Você está do lado certo.

— E isso alguma vez importou? — murmura ela.

A mulher e o menino loiro se afastam do balcão, e Johanna e eu nos aproximamos do atendente.

— Bom dia — cantarola Johanna, e eu imediatamente me encolho com a agudeza da voz dela, com o quanto soa esganiçada e risonha, e com o quanto aquele vestido rosa parece bobo. — Eu gostaria de falar com o curador, Herr Wagner.

O atendente, que foi instruído para apenas aceitar nosso dinheiro e escrever a data em nossos ingressos de admissão, olha para cima muito lentamente, com a testa franzida.

— Foi convidada?

— Herr Wagner e eu temos nos correspondido. — Johanna tira uma carta da bolsa de lona que trouxe; ela foi um pouco otimista, acreditando que deixaria o *Kunstkammer* com a bolsa cheia dos últimos pertences da mãe. A bolsa não se saiu melhor do que nós na neve, e a carta emerge tão úmida quanto o restante dela. A tinta manchou e escorreu. Quando ela se inclina para a frente para entregar ao atendente, um bolo de neve desliza do capuz e cai com um *plop* no balcão.

O atendente franze a testa ao ler a carta, então a ergue para que nós vejamos, como se não tivéssemos tido a chance antes. Ele a belisca como um rato morto entre o polegar e o indicador.

— Aqui diz que a presença de seu marido ou de seu pai é requerida.

— Meu pai morreu — responde Johanna.

Se esperava incitar pena, o esforço é completamente ineficiente.

— Onde está seu marido, então?

— Ele está... — Johanna e eu nos entreolhamos e então ela diz: — Com catapora venérea — ao mesmo tempo em que eu digo: — Ocupado com os negócios.

As sobrancelhas do atendente se abaixam.

— Então Herr Wagner se encontrará com seu marido quando ele estiver disponível.

— Mas eu estou aqui agora — diz Johanna, encostando no balcão de modo que seus seios se apoiem na superfície. — Só levará um momento, eu juro. Se puder simplesmente dizer a ele que Johanna Hoffman...

— Meninas — interrompe o atendente, e a palavra me faz trincar os dentes —, Herr Wagner é um homem muito ocupado. Ele não tem tempo de se reunir sob pretextos.

— Não é um pretexto — nega Johanna. — Tenho negócios com ele.

— Então vá buscar seu marido, e poderá ser concluído.

Eu me intrometo.

— Não tenho certeza se o senhor compreendeu.

— Mocinha — começa ele, e é o máximo que consegue dizer antes que eu dispare em resposta:

— Sério? Primeiro *meninas* e então *mocinha*? É assim que acha que é apropriado se referir a nós? Como crianças?

— Seu comportamento atual é excessivamente infantil — responde ele.

— E seu comportamento atual não me dá muitos motivos para crer que seu cérebro é seu melhor atributo — respondo. — Poderia, por favor, dizer a Herr Wagner que ele deixou a filha de um dos maiores naturalistas deste século de pé neste saguão lidando com um sujeito que não reconhece uma lenda quando ela deixa neve cair em seu balcão?

Espero conseguir ao menos deixá-lo trêmulo com a ameaça de desrespeitar um legado. Não importa quão esgotado esse legado aparente estar. Eu teria lançado o nome da mãe de Johanna, mas não acho que nomear que tal naturalista é uma mulher ajude nosso caso contra essa pilha de pudim bolorento em forma de homem.

Ele pisca uma vez, lentamente, então diz com deliberação desdenhosa:

— *Senhoras*, preciso pedir que saiam. Estão causando uma cena.

Estou pronta para dar meia-volta e sair batendo os pés, realmente fazendo aquela cena da qual fomos acusadas, mas Johanna diz, com animação chocante:

— Não, obrigada, senhor. Se não nos será permitido ver Herr Wagner, gostaríamos de ver o *Kunstkammer*. — Então bate com as moedas na mesa e dá a ele aquele sorriso arrasador dela.

Ele encara muito atentamente as moedas, como se esperasse que fossem na verdade biscoitos ou botões ou algo que lhe dê um motivo legítimo para nos recusar. Por fim, ele coloca a palma da mão no tampo e as desliza sobre o balcão em sua direção, as bordas das moedas arranhando a madeira com um som de arrepiar os cabelos, o que é uma cena muito maior do que a que estamos causando. Homens são tão dramáticos. Ele nos entrega dois ingressos de admissão, então Johanna me pega pelo braço e nós caminhamos, pingando e indignadas, para a galeria.

— Bem, aquilo foi como eu esperava — diz ela ao mesmo tempo que eu digo:

— Que desastre.

Nós atravessamos a primeira sala de exibição, uma coleção de itens dos mares do Sul. As paredes estão cobertas com armários com a frente de vidro, e há um imenso esqueleto de algum tipo de pássaro com um pescoço longo articulado no centro da sala. Paramos lado a lado diante da primeira parede, onde gemas polidas em turquesa e verde iridescentes estão dispostas sobre veludo escuro. Consigo sentir a bolsa de lona de Johanna batendo em meus joelhos, pesada como um livro de história, apesar de estar vazia.

— Era o que você achava que ia acontecer? — pergunto a ela.

Ela dá de ombros, ajustando a bolsa na curva do cotovelo.

— Eu esperava que fosse diferente. Pensei que eu pudesse convencê-lo com meu charme.

— Acho que eu posso ter arruinado isso.

— Sim, completamente. — Ela me olha de esguelha sem tentar esconder a frustração. — Charme é uma flor que nunca nasce em seu jardim, não é?

Charmosa não é uma palavra que eu usaria — ou que gostaria de usar — para me descrever, mas a forma como ela fala me incomoda. É o tipo de coisa que eu sinto que tenho o direito de dizer a meu respeito, mas vindo de outra pessoa parece grosseiro e nada gentil.

— Bem, é difícil levar você a sério nesse vestido — replico, e então sigo para o armário seguinte, para examinar um conjunto de flechas com a ponta envenenada.

Johanna vem atrás de mim, os saltos — caramba, ela trouxe *saltos* na fuga! — estalando no piso.

— Qual é o problema com este vestido? Ele me faz me sentir muito bonita.

— É muito feminino — digo.

— É ridículo ser feminina?

— Para os homens, sim.

Continuo andando. Ela continua me seguindo. Nem mesmo paro no armário seguinte, apenas avanço para a segunda galeria, esperando que ela se canse de me caçar naqueles sapatos ridículos e desista.

— Mas foi você quem disse isso para mim, e você não é um homem — retruca Johanna, de alguma forma ainda ao meu cotovelo. — Você usaria este vestido?

— Essa não é a questão.

— Responda mesmo assim.

— Qual é a importância disso?

Ela se coloca à minha frente, me prendendo com as costas contra um armário de borboletas alfinetadas — uma exibição bastante metafórica aonde ser encurralada. Algumas pessoas já estão nos encarando. A mulher que estava à nossa frente na fila pegou aquele lindo menino loiro pela mão e o direcionou para fora da sala em um trote rápido. Isso está parecendo demais com a discussão que nos afastou. Eu encurralada e ela exigindo. Nós duas esbravejando.

Johanna coloca as mãos nos quadris e inclina o queixo para mim.

— Acha que este vestido é ridículo e tem medo de parecer ridícula.

— Eu não disse isso.

— Acha que ele é ridículo?

— Você está falando alto demais.

— Responda.

— Sim, tudo bem, está certo? — disparo. — Acho que é um vestido bobo e acho que se continuar se vestindo assim e falando com essa voz e sorrindo o tempo todo como uma tola ninguém jamais a levará a sério. Acha que alguém a ouviria se se apresentasse diante da Royal Society vestida assim? Os homens não levam as mulheres a sério a não ser que lhes demos um motivo, e esse vestido não é um motivo. Faz com que todas nós pareçamos patéticas. Podemos, por favor, ir embora agora?

Ela me encara por um momento, então diz, a voz não mais alta, mas espinhenta como um arbusto de rosas:

— Agora eu me lembro.

— Lembra o quê?

— Desde que você apareceu, estive pensando: Felicity é tão engraçada, gentil e inteligente, por que deixei de ser amiga dela? Mas, obrigada. Acabo de me lembrar. — A cabeça dela se inclina para o lado, me observando. Quero virar o rosto. — É porque, quando parei de correr por aí com minhas anáguas amarradas na cintura e comecei a gostar da vida social e me importar com o que vestia, você não parava de jogar farpas para mim por causa disso.

— Eu jamais joguei farpas — protesto. — Foi você que decidiu que não podia aguentar ser vista comigo porque eu era tão vergonhosamente não feminina. *Você* me abandonou. Você me jogou de lado por amigas mais bonitas.

— Felicity, eu jamais abandonei você. Fiz uma escolha de me retirar de nosso relacionamento porque você se achava superior a mim por eu gostar de pérolas e pomada.

— Não achava.

— Achava sim! Sempre revirava os olhos e fazia observaçõezinhas espertas sobre como era bobo que meninas se importassem com a aparência. Você se recusou a deixar que eu, ou qualquer outra!, gostasse de livros *e* de seda. De ar livre *e* de cosméticos. Parou de me levar a sério quando parei de ser o tipo de mulher que você achava que eu precisava ser para ser considerada inteligente e forte. Todas essas coisas que você diz que fazem os homens levarem as mulheres menos a sério... Não acho se refira aos homens; é você quem acha isso. Não é melhor do que qualquer outra mulher por gostar de filosofia mais do que de festas e por não dar a mínima para a companhia de cavalheiros, ou por usar botas em vez de saltos e não arrumar os cabelos em cachos.

Não tenho certeza do que estou sentindo. Algo como ódio, mas com muita vergonha junto. Ódio como um modo de defesa, ódio que sei que está completamente fora do lugar. Mas ainda assim eu a ataco:

— Não me diga como eu me sinto.

— Não estou dizendo como você se sente, estou dizendo como você faz eu me sentir. Eu me senti boba por muito tempo por causa de você. Mas gosto de me vestir assim. — Ela abre os braços. — Gosto de cachear o cabelo e girar em saias com babados, e gosto de como Max fica com aquele enorme laço rosa nele. E isso não significa que eu ainda não seja inteligente e capaz e forte.

Estou revirando minhas memórias por aquelas últimas semanas antes de Johanna e eu rompermos, tentando me lembrar do que tinha me esquecido. Mas eu não havia me esquecido de nada. Sempre me coloquei no papel da heroína mal compreendida e patética, e Johanna a traidora que enfiara uma faca na lateral de meu corpo e me abandonara por prazeres mais femininos. Mas Johanna e eu tínhamos nos separados por minha culpa, e porque eu achava que sobrevivência significava pisar nos outros.

Quero pedir desculpas. Quero explicar que, na época, senti como se estivesse perdendo a única pessoa que me conhecia e ainda gostava de mim, que tinha tentado mantê-la imutável porque, enquanto todas as outras meninas estavam superando os desejos de infância, os meus estavam começando a se arraigar em minha alma, me deixando estranha e rebelde, mas, com Johanna, eu me sentia natural. Quero dizer a ela que passei a vida inteira aprendendo a ser tudo para mim mesma, porque tinha pais que me esqueciam, um irmão que jamais tirou o rosto da bebida, um desfile de criadas e governantas que nunca tentavam me entender. Passei tanto tempo construindo minha fortaleza e aprendendo a cuidar dela sozinha, porque, se sentisse que não precisava de ninguém, então não sentiria falta das pessoas se elas não estivessem lá. Não podia ser negligenciada se eu fosse tudo para mim mesma. Mas, agora, aquelas fortificações subitamente parecem muros de uma prisão, altas e com arame farpado e impossíveis de atravessar.

Johanna começa a dar as costas para mim, mas então solta um pequeno arquejo e, em vez disso, pega minha mão. Entro em pânico, achando que ela viu Platt ou Sinn, ou alguma outra ameaça a nosso bem-estar que conseguiu nos surpreender enquanto estávamos revivendo os traumas de infância, mas ela está encarando as páginas emolduradas que pendem da galeria superior.

— Aqueles desenhos.

— O que tem eles?

— São de minha mãe.

Estão tão altos acima de nós que é difícil enxergar, mas Johanna corre até ficar o mais próximo possível. Quando me junto a ela, paramos bem abaixo deles, com o pescoço esticado.

— Este deve ter sido o trabalho que ela estava fazendo para o *Kunstkammer* quando morreu — diz Johanna.

— Vamos. — Pego a mão dela, arrasto-a até a estreita escada que dá nas estantes das galerias superiores, passo por cima da corda que mantém o público longe delas e nos esprememos até em cima. Essas escadas foram evidentemente projetadas para homens, pois a espiral estreita não é compatível com tantas anáguas. Johanna precisa se virar de lado para que os largos quadris dela caibam.

Disparamos pela galeria até estarmos acima das pinturas, então, juntas, pegamos o fio e puxamos a primeira para cima, para vermos melhor. Há uma generosa camada de poeira no topo, e gruda como gelo em meus dedos. Os desenhos são de golfinhos e aves marinhas, embora pareçam mais esboços feitos às pressas, impressões inacabadas para serem entregues a um benfeitor. O estilo artístico e as anotações à mão me lembram do portfólio que vi Sinn examinando na biblioteca Hoffman.

— Olhe aqui. — Direciono o olhar de Johanna para a placa na base da moldura...

Vida Aquática da Berbéria
Dr. A. Platt
HMS *Fastidious*
17—

— Isso é mentira! — grita Johanna, com a voz tão alta em meu ouvido que quase solto a moldura. — Estes são de minha mãe; eu sei! Vi a arte dela minha vida inteira. Essa é a letra dela, e o estilo de desenho dela. A Berbéria foi sua última viagem. É o mesmo navio e o mesmo ano em que ela morreu.

— Aqui. — Entrego a ela o peso da moldura e, enquanto Johanna busca algum sinal do nome da mãe, tiro minha lista de motivos para ser admitida na escola de medicina do bolso, aquela em que Alexander Platt escreveu a opinião dele por todo canto. Ergo ao lado dos esboços para comparar. — Não é a letra dele.

— Claro que não é, é a de minha mãe! — responde ela. — Por que o nome dele está aqui? O que ele tem a ver com tudo isso?

— O Dr. Platt conhecia sua mãe?

— Se conhecia, ele certamente nunca mencionou. Sei que esteve na Berbéria, mas jamais mencionou se foi na mesma expedição que ela. O que parece algo que se contaria à noiva. — Nós olhamos de novo para o desenho, juntas. No alto da moldura, duas aves marinhas estão se perseguindo, uma com as asas fechadas e a outra de asas abertas, alguns ossos delicados delineados sob as penas. — Não são lindos? — pergunta Johanna, a lâmina que envolvera a voz dela um momento antes subitamente ficando cega.

— Os desenhos? — Eles me pareciam bastante apressados, como o mapa do corpo humano que fiz no chão da pensão em Edimburgo. Não algo que eu gostaria que fosse pendurado em uma galeria e apresentado como meu melhor trabalho.

— Não, os animais. Olhe, são maçaricos-bique-bique. *Tringa ochropus*. Fazem ninho em charcos e tiram comida dos pântanos. E cada variedade tem um bico diferente que lhes permite cavar a profundidades variadas, de modo que não competem por nutrientes. Todos vivem juntos em harmonia. — Johanna estende a mão e pressiona um dedo na ponta da asa do pássaro, deixando uma mancha no vidro. — E os golfinhos. Achei que tivesse visto golfinhos quando atravessei o Canal, depois que meu pai morreu. Provavelmente eram apenas algas-marinhas muito pontiagudas, mas eu tinha acabado de receber uma carta de minha mãe sobre golfinhos, logo antes de ela decidir não voltar para casa. — O dedo dela percorre o desenho, parando logo abaixo do canto inferior. — O que é isso? — Ela cutuca um dos desenhos e preciso inclinar a moldura para poder ver além do brilho.

— Não sei. — Tem a forma serpentina, longa e curva, com uma cauda barbada e rufos ao longo da barriga. — Parece uma cobra.

— Vida aquática. — Ela bate na placa na base da moldura.

— Aves não são aquáticas.

— Sim, mas certamente não há cobras no oceano. E olhe, tem pequenas nadadeiras. — Ela bate com a unha no vidro, para a barriga com penas da cobra, então se inclina para a frente, como se pressionar o nariz contra ela pudesse lhe dar uma ideia melhor. — O que *é* isto? Não parece uma cobra; parece um dragão.

— Isso é... — Minha atenção é atraída para algo no mesmo canto, bem no momento em que, abaixo de nós, alguém grita:

— Senhoras!

Johanna e eu damos um salto. Abaixo está o atendente dos ingressos, com as mãos em concha em volta da boca para gritar, como se estivéssemos muito longe. Há um segundo homem ao lado dele, um sujeito de olhar ansioso com uma testa muito brilhante. Quando ele inclina a cabeça para nos ver, a peruca quase cai.

— Não têm permissão de estar aí em cima — grita o atendente, com as mãos ainda em concha em volta da boca.

— Ou de tocar na coleção — diz o homem ao lado dele.

— Ou de tocar na coleção! — berra o atendente, embora nós duas tivéssemos ouvido da primeira vez. — Desçam imediatamente!

— Credite minha mãe pela arte dela e eu descerei! — retruca Johanna, também berrando.

— Esse trabalho foi comissionado pela coleção e é propriedade nossa — grita o segundo sujeito, limpando a testa brilhante com a manga. — Desçam agora ou chamaremos a polícia!

Johanna parece prestes a rasgar a pintura da parede e levá-la, então eu a impeço, tirando-a dela, e deixo que caia de volta no lugar, quicando nos fios. Tanto o atendente quanto o companheiro suado dele arquejam. Conforme a pintura cai, tenho um breve lampejo do rabisco sob a serpente de barbatanas, não maior do que a unha de meu polegar: uma coroa pairando acima de uma lâmina fina.

A coroa e o cutelo.

— Este é o último aviso! — grita o atendente.

Arrasto Johanna escada abaixo e juntas passamos batendo os pés pelo atendente e pelo curador, que suspeito que seja o Herr Wagner com o qual não nos foi permitida uma audiência. Fazer o pedido pelas posses de Sybille agora que quebramos todas as regras do *Kunstkammer* parece inútil, principalmente quando Johanna diz:

— Vergonha! — bem alto contra o rosto deles quando passamos.

O atendente nos segue até o outro lado do saguão para se certificar de que iremos embora, enquanto o curador recua por uma porta marcada com um *Entrada Proibida* atrás do balcão de ingressos. Ele a abre com um floreio tão dramático que recebo um breve, porém impactante, lampejo do que há atrás, um conjunto de salas ladeadas por armários de vidro. É claro que esse lugar deve ter entranhas que guardam seus tesouros que não estão expostos ao público, mas mal consigo vislumbrá-las antes que a porta se feche com força em nossas caras.

Do lado de fora, a neve aumentou até virar uma nevasca. Puxo o cachecol sobre o rosto — ele fede depois de dias soprando meu hálito úmido ali para manter a boca quente.

Johanna está vibrando de ódio. Juro que a neve está fumegando quando atinge a pele dela.

— Como ousam?

— Johanna.

— Eles me negam o que é meu por direito.

— Johanna.

— Eles se recusaram a reconhecer o trabalho dela.

— Johanna...

— Eles penduraram os desenhos dela sem nenhum crédito...

— Johanna! — Eu me aproximo dela. A ideia inicial era conseguir sua atenção, mas me sinto tão mais aquecida quando nos aninhamos, que pressiono o corpo contra a lateral do dela. O pelo que forra seu capuz roça em minha bochecha. — Sua mãe e Platt deviam estar na mesma viagem, e ele deve saber em que ela estava trabalhando quando morreu. Se conseguiu colocar o nome dele naqueles desenhos, então talvez esteja tentando levar crédito pelo que quer que ela estivesse pesquisando. Precisamos nos certificar de que você obtenha o que ela deixou para trás, e não ele.

— Qual é o seu plano para fazer isso acontecer, exatamente? — Ela empurra o rosto para dentro do capuz, como uma tartaruga entrando no casco. — Não querem me dar as coisas dela.

Sybille Glass e o Dr. Platt estão ligados neste trabalho de alguma forma, e se quisermos descobrir sobre isso em vez de apenas nos debater como gatos com um novelo de lã, precisamos dos pertences finais de Sybille Glass.

— Se eles não os entregam, então nós os roubamos.

Johanna ergue o rosto para mim.

— O quê?

— Vamos roubá-los — digo. — Se não fizermos isso, Platt fará. Ou ele convencerá Herr Wagner de que estão casados ou encontrará alguma outra forma de reivindicá-los. Precisamos chegar a eles antes de Platt.

Johanna me olha, e não sei se ela acha que sou inconsequente ou inspirada, até que pergunta:

— Não era a Dra. Brilhante quem sempre dizia à senhorita Glass para sufocar o espírito inconsequente ou acabaria sendo morta?

— Bem, a Dra. Brilhante não está aqui — respondo —, apenas eu e você. E digo que, se algum dia houve um momento para ser inconsequente, é agora.

Ela leva os dedos aos lábios, me avaliando conforme um lento sorriso se abre em seu rosto.

— Eu gosto da Dra. Montague muito mais do que da Dra. Brilhante. — Quando gargalho, ela acrescenta: — É verdade. E era uma boa lista.

— Ah. — Toco o bolso, onde minha súplica de admissão na escola de medicina está novamente guardada. Não tinha percebido que ela a lera enquanto eu estava comparando a letra de Platt. — Obrigada. Tem sido completamente ineficiente até agora. A Dra. Montague ainda está no reino da fantasia com a Dra. Brilhante.

— Dê tempo — responde ela. — Não será um faz de conta para sempre.

13

O gabinete está aberto ao público duas tardes por semana, e, embora estejamos preparadas para o roubo, não tenho certeza de que estamos equipadas para uma invasão em grande escala na calada da noite através de portas trancadas e janelas com barras, então temos uma única oportunidade para entrar no dia seguinte antes de precisarmos esperar mais seis dias até a próxima. Decidimos que eu farei o roubo de fato, e Johanna vai criar um tumulto como distração, pois ela tem, nas palavras dela, uma silhueta que não foi feita para se esgueirar por aí e passar despercebida.

— Se fosse necessário subirmos uma daquelas escadas estreitas de novo, mas dessa vez com pressa — disse ela —, eu poderia ficar presa. — O que nós duas concordamos que não é particularmente sutil.

Faço minha entrada primeiro — graças a Deus um atendente diferente daquele com quem Johanna e eu causamos uma cena no dia anterior está no balcão hoje. Eu me demoro perto da sala dos casacos, prolongando o ato de limpar a neve dos ombros e também avaliando o saguão. A porta nos fundos da sala não parecia trancada no dia anterior, quando o curador fez a saída dramática dele. Ou, se estivesse, ele a deixou destrancada ao vir gritar conosco. O que espero que aconteça de novo.

Alguns minutos depois de minha chegada, as portas se abrem, e Johanna entra. Se as coisas fossem como ela queria, Johanna teria laçado um cão feroz das ruas, polido o animal e o trazido junto em uma coleira para fazer um verdadeiro espetáculo de distração. Infelizmente, cães ferozes são difíceis de laçar em qualquer lugar, a não ser que haja algum tipo de carne envolvida, e estamos tentando poupar o dinheiro limitado que nos resta. Mas, mesmo sem o cachorro, a entrada dela é grandiosa — sua confiança explode pela sala como um fogo descontrolado, quente, luminosa e linda, mas também o tipo que se vê de longe. Ela não olha para mim, mas joga o cachecol dramaticamente por cima do ombro e vai até o balcão. Os babados de mais um vestido ridículo farfalham contra o chão atrás dela.

Ridículo não, eu me corrijo. A fragilidade pode ser uma armadura, mesmo que não seja a *minha* armadura.

Johanna compra seu ingresso, trocando algumas observações meigas com o atendente, que está vermelho como uma beterraba quando ela sai flutuando para a galeria, com olhos de corsa e indefesa, uma linda jovem que reconhece a própria beleza, mas finge que não está ciente dela. Eu conto pelo menos três homens cujas cabeças se viram conforme ela passa e, quando Johanna some de minha vista, sinto um rompante de confiança em nosso plano. Esses meninos vão cair uns por cima dos outros para ajudá-la.

Ela está fora de vista há alguns minutos quando se ouve um estalo imenso de uma das galerias — muito maior do que eu esperava. Ela deve ter ido atrás do pássaro articulado. O atendente se levanta por trás do balcão, esticando o pescoço como se pudesse magicamente ver através da parede a fonte do barulho e determinar se precisa deixar seu posto para cuidar disso. Então a teatralidade de Johanna começa — chorando e pedindo desculpas e gritando. O atendente dispara em uma corrida até a comoção. Vários outros homens o acompanham, e as pessoas que não fazem o mesmo tentam agir como se por acaso estivessem todas seguindo para a balbúrdia naquele exato momento.

A porta nos fundos da sala se abre com um barulho alto, e o mesmo curador de aparência cabeluda do dia anterior coloca a cabeça para fora. Se ele não tivesse surgido, eu estaria pronta para correr até a porta dele e fazer uma súplica zelosa sobre uma comoção na galeria da qual ele precisava cuidar imediatamente. O homem acompanha o barulho, o qual se tornou um choro, então um arquejo dos observadores, o que imagino que signifique que Johanna desmaiou. Sigo para o outro lado do saguão, como se eu também estivesse buscando a agitação, então desvio no último segundo, pego a porta pela qual o curador saiu e me esgueiro para dentro do escritório dele.

Não sei que tesouro estava esperando, mas fico decepcionada ao encontrar a sala vazia. As estantes de vidro que refletiam a luz no dia anterior estão cheias de livros — o que normalmente me deixaria animada, mas esse não é o momento. Há algumas partes de esqueletos apoiadas em uma mesa ao lado de uma lente de aumento, como se tivessem sido abandonadas no meio da análise, um arquivo e uma escrivaninha que parecer ser apenas um lugar para apoiar papelada. Em um canto da sala, uma escada em espiral leva a uma galeria no segundo andar com cadeiras para fumar e grandes janelas que dão para Zurique, mas os degraus descem também, sob o prédio. Eu disparo até lá, levanto um punhado da saia e começo a descida.

O andar inferior está completamente escuro; não tem janelas e o cheiro de poeira e de papel velho faz com que seja sufocante. Em meio à luz pálida que escapa pela escada, consigo distinguir as longas fileiras de estantes cheias de uma variedade aparentemente aleatória de esqueletos, animais empalhados, penas, cascas de ovos, bicos, pedras, amostras de areia em jarros de vidro e besouros esmeralda reluzentes do tamanho de minha mão presos com alfinetes e prensados entre painéis de vidro. Folhas de palmeira secas se abrem sob uma pilha de máscaras douradas. Um relógio caído de lado tiquetaqueia alegremente, embora não tenha números e os ponteiros se movam para trás. As estantes parecem se estender infinitamente diante de mim e de cada lado, embora eu saiba que é apenas um truque da luz. Ou melhor, da falta dela.

Começo a seguir na direção das prateleiras, embora mal chegue longe o suficiente para sair da luz direta das escadas antes que meu corpo me avise que não está animado com essa aventura. Minha pulsação se eleva. O peito se aperta. A sala parece lotada com a escuridão e tantas coisas estranhas, como pessoas de luto em um funeral sussurrando e emburradas, estranhas umas às outras, mas ali com um objetivo comum.

Você é Felicity Montague, digo a mim mesma e à escuridão e às batidas de meu coração, em uma tentativa de contê-las. *Você entrou em catacumbas mais escuras do que isto, escapou de uma janela do segundo andar com apenas os lençóis da cama e não deveria sentir medo do escuro, mas, em vez disso, se assegurar de que a coisa mais assustadora nele é você.*

Escolho duas estantes aleatórias entre as quais andar, estudando lentamente algum tipo de órgãos preservados em um líquido leitoso, uma cobra verde empalhada e enroscada sob um sino de vidro, as presas em um jarro ao lado, um crânio perfurado com uma lança do tamanho de meu antebraço, tentando discernir algum sistema de organização. Vou passar o resto da vida aqui se buscar as últimas posses de Sybille Glass em cada uma dessas estantes, sem direção ou sem saber de verdade o que estou procurando. Talvez *seja* a cobra.

Volto para onde estava e examino as estantes de novo, esperando por alguma pista de onde eu deveria estar procurando. Há grandes letras de madeira que deixei de ver na primeira vez, pregadas à ponta de cada corredor. As estantes mais próximas das escadas estão rotuladas *Aa-Ah*, o segundo conjunto, *Ah-As*.

Nenhuma mulher na terra se sentiu tão feliz com alfabetização quanto eu me sinto agora.

Olho para a escuridão — os Gs de Glass parecem muito longe, embora eu lembre a mim mesma que tenho a sorte de o sobrenome de Sybille não começar com Z.

É cada vez mais difícil ler as designações alfabéticas quanto mais me afasto das escadas e da luz. Preciso esticar o braço várias vezes e traçar as letras com os dedos para me certificar de que não fui longe demais. Quando encontro os Gs, viro no corredor e quase dou de cara com um enorme macaco, empalhado de modo que o corpo esteja recuado, os braços esticados acima da cabeça, como se pronto para arrancar meus olhos. Tropeço para trás, fora do corredor, mal conseguindo conter um grito. A etiqueta presa ao pé diz *Gibão (Família Hylobatidae), da ilha de Java, 1719, Capt. W.H. Pfeiffer.*

— Seu pequeno bastardo peludo — sibilo para o gibão. — Quem quer que tenha colocado você aqui é muito cruel. — O gibão não responde nada, graças a Deus, ou eu poderia ter sinceramente me cagado.

E então, no fim do corredor, algo se move.

Medo, de acordo com Descartes, é uma das paixões que se origina onde o corpo se liga à alma. Tendo quase cem anos de diferença e muito mais livros à minha disposição do que Descartes, não tenho certeza se acredito nisso, pois todos os meus sintomas naquele momento são puramente físicos. Fico zonza. Meus músculos têm espasmos, então começam a tremer. Suor brota sob meus braços. E é apenas a análise clínica desses efeitos que evita que eles me derrubem de vez.

Há alguém aqui, se esgueirando pelo escuro comigo. Alguém que devia estar aqui esse tempo todo. Não sei se corro ou prossigo, apostando na esperança de que o movimento tenha sido uma corrente de ar ou uma pilha precária caindo. Talvez seja Platt, tão empacado quanto nós nas tentativas de reivindicar as posses de Sybille Glass e se voltando aos mesmos métodos. Eu me encolho para trás, e meu cotovelo derruba uma flor que está caída na prateleira, desalojando-a. Não cai como uma flor. Cai com força e se quebra.

Esse foi um arquejo bastante humano. Em meio à escuridão, consigo discernir uma silhueta, emoldurada pelas partículas de poeira. A figura ergue a cabeça, então avança na minha direção, a passada indo de uma caminhada rápida para uma corrida.

Eu me viro e corro também, amaldiçoando as curtas pernas dos Montague, que não me dão velocidade ou vantagem sobre a pantera que me persegue. Sinto alguém me agarrar e me viro, debatendo-me com os dedos retesados em garras e tentando encontrar olhos ou a carne macia no pescoço ou alguma parte do corpo que seja em grande parte tecido fino em que eu possa enterrar as unhas. Mas antes que consiga, sou agarrada pela cintura e jogada no gibão, e nós três — eu, meu agressor e o gibão — caímos no chão. Meu pescoço fica duro, um instinto de proteger a cabeça de atingir as tábuas do piso, e sinto o baque quando caio.

Meu agressor está em cima de mim, me prendendo com as pernas, e consigo sentir o material justo de uma saia puxada em volta de minha cintura. Ela agarra meus braços antes que eu consiga me mover, prendendo minhas mãos ao chão ao lado do corpo, então se inclina perto o bastante para que eu consiga ver o rosto dela.

É Sinn.

Ela parece tão espantada ao me ver quanto eu estou ao vê-la. Sua mão se afrouxa sobre meus braços e, se eu não estivesse tão zonza da queda, poderia ter tido a reação de me desvencilhar. Mas mal consigo respirar, quem dirá fugir. Entre arquejos, consigo dizer uma única palavra — o nome dela.

— Sinn. — Não sai como eu pretendia, como um jato de suco de limão no olho. Em vez disso, é um miado baixo e fino.

Ela está muito menos cansada do que eu, o que é vergonhoso, pois foi ela quem correu e provocou a derrubada de fato — eu só precisei cair.

— O que está fazendo aqui? — ela sibila para mim.

Não é uma pergunta que sinto a necessidade de responder, então recorro a:

— Solte-me! — Sai um pouco mais forte do que minha frase anterior. Não tanto um gatinho, mas um gato adolescente.

Sinn solta meus braços, dando a eles mais um empurrão no chão do que é realmente necessário.

— Saia daqui, Felicity. Isso não tem nada a ver com você.

— E essas coisas não são suas; são de Johanna.

— Que coisas?

— As coisas de Sybille Glass! — digo, mais alto do que é aconselhável, pois Sinn tapa minha boca com a mão.

— Mantenha a voz baixa!

Mordo o polegar dela, e ela destampa minha boca, praguejando.

— É para isso que está aqui, não é? — indago. — Achou que o trabalho de Sybille Glass estivesse na casa dos Hoffman. Era o que estava esperando encontrar lá.

O maxilar dela se contrai.

— Pertence à minha família. Nas mãos erradas...

— As suas mãos são as mãos erradas! Saia de cima de mim.

— Não quero machucar você...

— Então não machuque!

— Então fique longe do meu caminho.

Ela se impulsiona para cima e recua novamente pelo corredor, mas eu a seguro pelo tornozelo. Sinn tropeça, caindo no chão e levando junto uma prateleira de cerâmicas. Eu fico de pé de novo, passando por cima dela com um passo largo, de modo que ela não consiga aplicar o mesmo truque em mim antes de disparar pelo corredor. Sinn agarra um punhado de minha saia, e tanto me puxa para trás quanto é arrastada comigo conforme faço um contrapeso. Uma das mãos dela está tateando a bota e me lembro da punção. Eu a chuto com força na canela e Sinn grita, cambaleando para o lado em uma prateleira. Um recipiente de sementes explode no ar como uma colmeia perturbada, e somos envolvidas por uma poeira estranha parecida com giz, que nos faz tossir. Meus olhos queimam, e me curvo, com as mãos no rosto, tentando não esfregar, embora a tentação seja forte. Sinn agarra meu braço quando tropeço às cegas pelo corredor, e eu golpeio com um cotovelo, esperando acertá-la no rosto, mas ela se abaixa e eu me choco, em vez disso, contra uma caixa de delicadas conchas em espiral que se quebram sob mim. Estamos, sozinhas, devastando várias das maravilhas naturais do mundo.

Sinn torce meu braço nas costas, mas dou uma pisada forte no pé dela em retaliação. Ela mal deve sentir, pois tem botas monstruosas e barulhentas, mas é o bastante para que, quando ela tente se mover, perca o equilíbrio. Pego uma das etiquetas da prateleira diante de mim e olho com ferocidade, tentando descobrir onde estamos. Graças a Deus que a caixa está presa por rochas de verdade, ou eu a teria arrancado da prateleira. *Girassol.* Estamos chegando perto.

Sinn me agarra pela ponta da saia e me puxa para trás tão forte que grito pela primeira vez.

— Alguém já lhe disse — sibila ela, com o fôlego úmido e morno contra meu pescoço — que você é obstinada?

— Obrigada — respondo.

— Não foi um elogio.

— Qualquer coisa pode ser um elogio se você a recebe como tal.

Tateio em volta da prateleira atrás de mim por um vaso de barro e pretendo quebrá-la na cabeça de Sinn, mas ela estende um braço e o vaso se quebra em seu cotovelo em vez disso. Um pó branco reluzente que tem cheiro de chuva vulcânica cai entre nós. Sinn vira para trás, um fio de sangue escuro escorrendo pelo braço dela, e eu me desvencilho e começo a procurar etiquetas. Na prateleira mais baixa, há uma maleta de couro duro para documentos com uma alça de ombro, assim como uma bolsa de lona suja com uma camada de lama esbranquiçada. O nome costurado na barra é *S. Glass*.

Pego a maleta de couro e a jogo por cima do ombro, então pego a bolsa de lona. O cordão não está puxado tão firme quanto imaginei, e metade do conteúdo cai no chão. Ouço o tilintar de vidro delicado se quebrando e me atrapalho para puxar tudo de volta para dentro da bolsa. Estou tateando na escuridão, e meus dedos roçam em algo úmido no momento em que, por trás, Sinn salta em cima de mim. Acho que ela vai tentar arrancar a bolsa de mim, mas, em vez disso, ela tapa minha boca com a mão.

— Cale a boca — sussurra ela. A voz subitamente assumiu um tom diferente do de antes, mais exaustão do que luta. Tento jogá-la longe, mas ela dispara: — Felicity, pare, alguém está vindo!

Fico imóvel. Sinn ergue a cabeça, olhando para o fim do corredor, para a escuridão de onde viemos. Não consigo ouvir nada pelo que parece tanto tempo que estou pronta para ignorar o aviso dela como uma distração com a esperança de que eu baixasse a guarda, mas então uma luz começa a brincar no teto.

Em seguida, a voz de um homem chama:

— Tem alguém aí?

Sinn começa a disparar pelo corredor de quatro, na direção oposta à voz. E das escadas. Eu saio atrás dela, rezando para que tenha outra saída. Há passos no fim do corredor, e a lâmpada se aproxima mais.

— Quem está aí?

Sinn dispara em uma corrida e eu a sigo de imediato, poeira espessa e cacos de cerâmica se esmagando sob nossas botas. A maleta bate em minhas escápulas.

Persigo Sinn pelo corredor até uma daquelas portas que se abrem para cima no canto dos fundos do porão. Ela puxa um vaso grande e de aparência pesada para poder ficar de pé o bastante para abrir as portas e então as escancara. Sinn se eleva para o gramado nevado, depois olha para mim. Penso por um momento que vai fechar as portas na minha cara e me deixar à mercê do curador, mas ela estende a mão para me ajudar a subir. Parece um momento de compaixão até que eu perceba que estou com as coisas de Sybille Glass e que é provável que esteja salvando mais do que eu.

Sinn é ruim em puxar — suas mãos estão suadas, e meu joelho bate dolorosamente na estrutura quando a mão dela escorrega. Ela acaba me arrastando pela neve enquanto eu chuto o ar, lutando para conseguir um apoio. Fico com um bolo de gelo dentro do vestido e deixo uma trilha como a de um trenó pelo gramado com o rosto. Sinn chuta a porta da adega para fechá-la quando eu fico de pé, cuspindo punhados de lama, e nós saímos correndo para longe do gabinete, nossos calcanhares chutando para o alto jorros de neve molhada.

Johanna está no ponto de encontro designado — ao lado de uma estátua a duas praças dali de um homem sobre um cavalo que sem dúvida fez algo heroico. Ela está sentada no degrau que dá no pedestal, logo abaixo do casco traseiro do cavalo, mas fica de pé quando nos vê correndo na direção dela. Os sapatos abriram impressões minúsculas e perfeitas na neve, como as pegadas de um rato, que Sinn e eu apagamos quando nos aproximamos.

Johanna dá um gritinho quando vê minha companheira e aponta um dedo acusatório.

— Você!

Sinn não responde — ela está curvada, arquejando em busca de ar.

— Você também a trouxe até aqui? — indaga Johanna para mim, então, antes que eu consiga responder, diz: — Todos os meus atormentadores em um conveniente lugar! — Ela se vira novamente para Sinn. — Você entra de fininho em minha casa para roubar de mim e agora ousa me seguir até aqui para se certificar de que o trabalho seja concluído. Bem, considere-se completamente derrotada de novo. Farei com que seja presa; farei com que seja julgada; arrastarei você para a Bavária pela orelha e a levarei ao tribunal de lá se precisar. — Ela se volta para mim.

Pelo menos os discursos estão nos dando a chance de recuperar o fôlego. — Você encontrou?

Ergo a maleta para a inspeção de Johanna. Espero que ela fique satisfeita, mas em vez disso ela grita:

— Você está sangrando!

Olho para baixo — achei que a umidade estivesse vindo da neve pela qual fui puxada, mas meus braços e a frente do casaco estão manchados de sangue.

— Estou? — pergunto, alarmada. — Acho que não.

— Não está — diz Sinn, e então desaba.

Em mim. Ela cambaleia de lado e desaba *em cima de mim*, e, embora eu não possa realmente culpá-la pela falta de mira, não é uma coisa particularmente confortável ter alguém caindo em cima de você. Nós duas rolamos para trás até a rua. Minha capa está me estrangulando e minha saia está puxada até os joelhos de modo que eu fico sentada apenas de meias na neve. O cachecol em volta da cabeça de Sinn está se abrindo, molhado o bastante para que se grude na testa.

O instinto toma conta de mim e começo a tirar as roupas dela, tentando encontrar de onde vem o sangue. Não leva muito tempo — um dos braços dela está lacerado da palma até o cotovelo. Quebrei um vaso no braço dela, mas os cortes estão encrustados com pequenos pedaços de vidro de cor âmbar, o maior tem a extensão de meu polegar. Eu me lembro de algo de vidro se quebrando da bolsa de Sybille quando a soltei. Sinn deve ter escorregado sobre ele — a lã espessa da saia e das anáguas pouparam os joelhos, mas o linho fino na blusa não foi páreo.

O vidro precisará ser removido. Os cortes, costurados. Mas não agora, e não aqui, no meio de uma rua enlameada. No momento, o sangramento precisa ser contido. Tiro o cachecol e o envolvo no braço dela. Quando aperto o tecido com força, reparo de novo na tatuagem na parte de dentro do braço dela; os cortes pararam bem a tempo de evitar dividir a adaga ao meio.

Olho em volta, procurando Johanna, apenas para descobrir que fugiu da estátua e está gesticulando para chamar a atenção de um policial que está de passagem.

— *Hallo! Polizist! Hilf mir bitte!* Sou uma donzela e estou em apuros! Dê atenção a mim.

— Pare — disparo para ela.

— Parar? — Ela se vira para mim e para Sinn. — Essa menina foi apreendida como ladra e deve ser presa.

— Certo, mas eu também estava roubando — digo, apertando a bandagem improvisada com força em volta do braço de Sinn. — Se ela for presa, eu também deveria ser.

— Mas você está reivindicando propriedade roubada que é minha por direito — argumenta Johanna. — Ela está apenas roubando.

— Ela está bem aqui — murmura Sinn, se desvencilhando de minha mão e aninhando o braço ferido contra a barriga. Quando se move, consigo ver que o sangue já encharcou meu cachecol e manchou a frente do corpete dela. Ela se coloca de pé, então imediatamente se curva de novo e se senta com força ao meu lado.

— Não vou deixá-la sozinha — digo a Johanna. — Ela está ferida e precisa de ajuda e eu posso ajudar. — Meu corpo inteiro está doendo de nossa luta no arquivo, então não estou sentindo nenhuma boa vontade para com Sinn também, mas deixá-la sangrando e congelando na neve vai contra tudo em que acredito. Tudo que sou e quero ser. Johanna deve saber disso, mas ainda me olha com raiva até que uma brisa terrível lance punhados de flocos afiados de neve em nosso rosto. Nós duas nos encolhemos. Eu puxo o colarinho para cima, sobre o queixo, tentando proteger a pele exposta pela ausência do cachecol. — Precisamos sair daqui.

— De volta à pensão — diz Johanna.

— Posso cuidar de mim mesma — murmura Sinn, tentando se levantar de novo.

— Não vou deixar você cambalear pela cidade com um braço sangrando — digo a ela. — Onde está hospedada?

— Não muito longe daqui. — Consigo ver as feições delineadas do maxilar dela despontando quando ela trinca os dentes de dor.

— Vamos levar você — digo. — Cuidarei de seu braço e então podemos pensar no que fazer a seguir. — Johanna começa a protestar, mas eu a interrompo. — Frau Engel não permitiria que uma menina com a unha inflamada entrasse, tem pavor de que uma doença se espalhe. Pode ir embora se quiser, mas eu não vou.

Johanna bufa e seu hálito se condensa no ar gelado.

— Tudo bem. — Ela pega a bolsa de lona que abandonei na calçada. — Mas vou carregar as coisas de minha mãe.

Sinn nos leva de volta para a cidade antiga, onde as cores alegres das fachadas das lojas estão encobertas pela tempestade. A neve começa a grudar, empilhando-se em corrimões e parapeitos de janelas e tornando a rua traiçoeira e escorregadia. Fazemos o possível para caminhar bem perto das lojas, nos abrigando sob as janelas com sacadas ogivais de vidro que se projetam acima do bulevar. Mantenho a mão em Sinn — os passos dela ficam menos firmes a cada avanço. Considero dizer a ela que precisamos parar em algum lugar mais próximo do que essa localização misteriosa para onde a estamos levando para que eu possa fazer algo a respeito do sangue, mas acho que nenhum dos pubs por onde passamos estaria disposto a me permitir fazer uma cirurgia no chão do bar.

Sinn finalmente nos diz para parar em uma rua que é tão estreita que nós três, lado a lado, ocupamos toda ela. Nenhuma carruagem poderia ter uma chance de passar ali a não ser que estivessem dispostos a perder as lanternas. As lojas não têm adornos, as fachadas são desprovidas dos tons alegres e da imagem alpina das estradas principais. Em vez disso, são simples e da cor de areia. As venezianas batem contra as janelas, testando suas cordas ao vento.

— Aqui. — Sinn inclina a cabeça na direção da fachada escura de uma loja. Estou quase a carregando a esta altura, e, quando Johanna segura a porta aberta para nós, um sino toca. Olho para cima, para a placa pendurada batendo selvagemente ao vento, mas não falo alemão bem o bastante para entender as palavras.

Assim que atravessamos a ombreira da porta, Johanna grita. Eu também teria gritado, se ela não tivesse feito isso primeiro e me feito não querer nem um pouco parecer tão tola e medrosa. Mas mesmo como uma mulher cujo estômago raramente se revira diante de visões nauseantes, eu me sinto ficar um pouco zonza. Por um momento de choque leve, Sinn e eu mantemos a outra de pé.

A sala está cheia de restos humanos. Prateleiras de mãos destituídas da pele de forma que apenas os músculos trançados estejam visíveis, pernas a partir dos joelhos despontando de um balde, uma fileira de orelhas delicadas e os cascos finos e curvos de narizes. Uma longa cortina de cabelos pende de uma parede, uma lenta variedade desde uma fina seda de milho até o preto intenso. Vários bustos nos encaram do balcão, olhos que não veem e bocas escancaradas, cada uma em estados variados de decomposição.

Em decomposição não, percebo quando me obrigo a olhar mais de perto, embora meu cérebro esteja gritando que eu deveria realmente é ficar de olho no violento homem empunhando um machado que sem dúvida está espreitando atrás de nós para nos transformar em confete humano. Os rostos não parecem decompostos, mas inacabados, como se aquela fosse a bancada de trabalho de um ser divino que parou no meio da criação do homem para comer um lanche e tomar chá.

— O que são eles? — pergunta Johanna, ao meu lado, os dedos dela estrangulando meu braço livre.

— São de cera — diz Sinn. Ela cambaleia até o balcão e toca um sino antes de se curvar de costas para ele. À luz cinza que escapa pelas janelas sujas, a pele dela parece reluzente e suada.

— Cera? — Dou um passo cuidadoso na direção de um torso oco e, cautelosa, toco na costela com um dedo. Está grudenta e firme, mas consigo sentir o potencial para que ceda. Tem cheiro de mel, e, quando em afasto, consigo ver as espirais que minha impressão digital deixou ali.

Uma cortina atrás do balcão se abre, e uma mulher coloca a cabeça para fora. A pele dela é mais escura do que a de Sinn, e várias mechas do cabelo longo estão enroladas e presas no topo de sua cabeça. Tem um avental de couro jogado sobre as roupas e mangas puxadas até os cotovelos, embora a oficina me pareça quase tão fria quanto a rua.

— Sinn — sibila ela, em inglês. — Você disse que ia embora.

— Eu ia — responde Sinn, com a voz sonolenta.

— Você diz que vai e então volta com mais duas desafortunadas ao encalço. Isto não é um hotel!

Johanna e eu trocamos um olhar e ela pergunta, sem som: *desafortunadas?*

— Não tenho espaço para vocês três — diz a mulher, disparando de detrás do balcão e abanando a mão para nós como se fôssemos gatos de rua que entraram. — Herr Krause vai reclamar. Estas são bastardas de seu pai também?

— Só eu vou ficar — diz Sinn. — Elas vão embora.

A mulher se volta para Sinn, então estende a mão e pega o braço dela.

— O que há com você?

— Estou bem — diz Sinn, mas não se afasta. Não tenho certeza se ela tem forças para isso.

— Você obviamente não está — digo. — Ela está ferida. Aqui, deixe-me olhar.

— A senhorita Hoffman tem algum lugar... onde quer estar. — A respiração de Sinn está ficando difícil, a mão dela sobre o balcão, menos firme e mais como uma muleta.

O rosto da atendente da loja se fecha.

— Sinn?

— Desculpe — murmura Sinn. — Eu... eu não consigo mais sentir o braço.

— Tudo bem, basta. — Pego Sinn pela cintura, colocando o braço bom dela em torno do meu ombro, então me viro para a atendente da loja. — Tem algum lugar...

A mulher puxa a cortina atrás do balcão antes mesmo de eu terminar de falar e nos apressa para a frente. Johanna se aproxima do outro lado de Sinn, puxando-a comigo. Sinn é pequena, mas ainda é um peso morto, e nem Johanna nem eu tivemos muitas oportunidades na vida para levantar mais que uma enciclopédia. Johanna está com a bolsa da mãe e a maleta de couro nas costas, e a maleta me dá um belo golpe atrás da cabeça quando nos abaixamos para dar a volta no balcão.

Atrás dele há uma oficina cheia de mais inquietantes figuras de cera, todas em vários estados de montagem e algumas com peças de relógio despontando dos membros ocos. Um canto está cheio de gesso quebrado, outro está ocupado por uma bancada que parece recém-liberada, com uma lâmpada acima dela — as ferramentas estão equilibradas no canto, ao lado de uma cabeça, metade do couro cabeludo cuidadosamente costurado com cabelos escuros. Do lado oposto da bancada há um fogão, com um estrado ao lado, e Johanna e eu deitamos Sinn nele.

— Sabe o que está fazendo? — pergunta a mulher conforme solto o cachecol do braço de Sinn para olhar melhor.

— Sim — afirmo, com mais confiança do que sinto. — Pode buscar água e uma toalha limpa para mim? — Vasculho o bolso em busca de meus óculos, dou uma rápida esfregada nas lentes com a ponta da saia, então os enfio no nariz. — E fio encerado e uma agulha grande, se tiver.

— Não há nada nesta loja que não seja encerado — diz a mulher, jogando um xale pendurado ao lado da porta sobre os ombros. — A bomba fica a quase um quilômetro. Vou correr.

Quando a mulher sai, jogo longe o cachecol do braço de Sinn e me abaixo para olhar o corte mais de perto. Não há tanto sangue quanto imaginei — embora se há algo que aprendi por ser mulher é como pouco sangue pode conseguir se espalhar e se disfarçar como se fosse muito mais do que realmente é. Também não é um corte excessivamente profundo — não passa de seis milímetros, estimo, sem gordura ou músculos despontando. O sangue não está jorrando. A pele em volta do ferimento não está excessivamente quente. As bordas não estão particularmente irregulares.

Mas de alguma forma essa pequena abrasão no antebraço parece afetar todo o corpo de Sinn. Ela está acordada, mas, após apenas alguns minutos, seu corpo ficou quase totalmente sem capacidade de reação. Quando pisca, o movimento é lento e letárgico, como se as pálpebras estivessem grudadas, e reparo que ela não engole a saliva há muito tempo. A respiração vem rápida e superficial, como se estivesse com dificuldades para fazer isso.

Consigo sentir minha testa se enrugando — Monty sempre era rápido em me lembrar que isso vai me fazer envelhecer ainda mais prematuramente do que semicerrar os olhos para letras minúsculas nos livros-texto, mas há certos níveis de confusão que requerem uma boa testa franzida para serem considerados de verdade.

Johanna me traz a lâmpada da bancada de trabalho da mulher da cera, as anáguas dela brotando atrás do corpo como uma cauda de penas quando Johanna se agacha ao meu lado. Como realmente não há como eu estar perto de Sinn sem estar em cima dela, passo uma perna por cima da cintura de minha paciente e monto nela, abrindo a boca de Sinn para ver se há algo bloqueando a garganta e prevenindo que o ar entre. O sangramento parou, mas o braço dela começa a inchar, a pele adquirindo o roxo manchado e o preto de um hematoma de um dia. As bordas dos cortes estão se repuxando para dentro diante de meus olhos, como folhas se enroscando para dentro sob os raios de sol.

— Devia haver algo ali — digo, mais para mim mesma, mas Johanna pergunta:

— Algo onde?

— No que ela se cortou. — Faço uma extração cuidadosa do pedaço mais longo de vidro no braço de Sinn e o ergo contra a lâmpada. Gotas de sangue escorrem de uma substância marrom seca que o cobre. — Peçonha? Veneno?

— E agora está no sangue dela? — Johanna olha para mim em busca de uma resposta, o rosto pálido, e percebo que ela acha que está prestes a ver alguém morrer. Alguém que lhe causou bastante problema, mas ainda assim um ser que vive e respira, lentamente se desfazendo diante de nós como uma sombra no crepúsculo.

E tudo o que consigo responder é:

— Sim.

Porque não sei o que fazer. Nada em nenhum dos livros que li me preparou para isso, nem uma palavra das doutrinas de Alexander Platt sobre ossos e sangue sequer mencionou como era se sentar inutilmente observando conforme a morte, esse abutre, circunda mais e mais perto. Não mencionaram como pensar mais rápido do que o pânico, encarar o medo e esperar que pisque primeiro, firmar a mão e acreditar em si mesmo quando se pensa que não há nada que se possa fazer. Sinn toma mais um fôlego chiado. Ainda consigo sentir o coração dela batendo, mas os pulmões parecem falhar. Não importaria se eu soubesse o que havia naquele frasco; está se movendo dentro dela rápido demais para qualquer coisa ser feita, e não sei como tirar.

Pense, pense, pense!, brigo comigo mesma. *Mantenha-se calma e pense!*

— Johanna, o que há na bolsa de sua mãe? — Não sei se isso vai me ajudar em alguma coisa, mas é algo a fazer que não seja esperar inutilmente.

Ela abre a bolsa e começa a revirar vários conteúdos de uma vez. Há ferramentas artísticas, uma faca de paleta e terebintina junto com uma caixa de carvão e aquarelas, quadrados de cores se esfarelando com o tempo. Há um rolo de couro, o qual Johanna abre como um tapete. A aba superior contém três frascos sem marcas, cada um cheio de pó reluzente de um azul opalescente no mesmo tom que as águas do Mediterrâneo. Abaixo, uma fileira inteira de frascos, cada um contendo uma substância diferente, com as rolhas fechadas com cera. Há vários faltando e um com apenas uma borda rachada e um conta-gotas preso à rosca. Puxo a lâmpada para mais perto e semicerro os olhos para os frascos. Há uma palavra pintada sobre cada um, embora a maioria delas seja tão pequena e sobreposta que não consigo discerni-las. Exceto por uma, cuja impressão nítida e tipográfica diz *CICUTA*.

É uma bolsa de venenos. Ou melhor, mais provavelmente de todos os venenos. Os três frascos do topo com o pó cristalino são a única coisa que parece duplicada, e nenhum deles tem algo escrito nas tampas, embora estejam marcados com o símbolo matemático do infinito seguido por uma linha vertical. Abro a tampa de um deles e cheiro. Tem um cheiro fraco salobro, como algo coletado em uma praia.

Sinn mal respira agora, e cada arquejo estremece o corpo dela inteiro. Consigo sentir nos lugares em que nos tocamos, minhas pernas em volta da cintura dela e na mão dela fechada na minha. As bordas dos lábios e das pálpebras começam a ficar azuis.

Infinito o quê?, penso, desesperadamente, olhando para o frasco. *Por que infinito?*

A não ser que não seja infinito. Eu viro o frasco horizontalmente para mim, e o infinito se transforma no que parece um número oito coroado por um único traço. É um símbolo alquímico, a estenografia usada por farmacêuticos e boticários, o que aprendi com Dante Robles em Barcelona. Significa *para digerir*.

Então isto não é um veneno. Talvez seja um antídoto.

Despejo o conteúdo do frasco na palma da mão e pressiono contra o rosto de Sinn. A respiração dela está lenta e espaçada, e me preocupo que seus pulmões estejam fracos demais para sugar. Mas então um arquejo, e, quando tiro a mão, o pó está quase pela metade de quanto tinha antes. Um momento longo e doloroso antes do próximo fôlego dela, que inspira o restante.

Não há nada mais que eu saiba fazer a não ser me sentar e ouvir os arquejos de Sinn, tentando inspirar punhados de ar e esperança. Eu a encaro, meus quadris sobre os dela e minha própria respiração entrecortada dentro do corpo. Tenho dois dedos pressionados contra o ponto da pulsação no punho dela, preparada para o momento em que vai parar. Um pedaço de neve preso em meu cabelo derrete e cai por minha bochecha. Ao meu lado, Johanna está de olhos fechados, com as mãos unidas diante do corpo. Ela pode estar rezando.

E então a respiração de Sinn começa a vir mais facilmente. Ainda parece o arquejo de alguém que estava correndo, mas parece menos como um esforço. A pulsação dela começa a diminuir, não mais trabalhando tão intensamente para compensar o resto do corpo falhando. Ela pisca, uma vez, então seus olhos se fecham quando ela toma um fôlego cheio. Um deslize da inconsciência para o sono.

— O que deu a ela? — pergunta Johanna, com a voz rouca.

— Não sei — respondo, as mãos se fechando em punho em volta do minúsculo frasco, agora vazio em minha mão. Talvez seja remédio. Talvez magia. Talvez seja o suficiente para que uma mulher atravesse o oceano para encontrá-lo. O suficiente para entregar uma vida a seu estudo. O suficiente para matá-la.

Quando deixo o frasco cair, o suor da palma de minha mão transferiu o símbolo de nanquim do frasco para minha mão.

14

A mulher da cera, que se apresenta a nós como Srta. Quick (que significa "rápida" em inglês, o que muito certamente não é um nome de verdade, mas não insisto), volta com um balde cheio de água e busca pela loja os outros itens que pedi. Quando ela percebe que estou preparada para retirar cacos de vidro com as próprias mãos, oferece de seu kit um par de pinças da extensão da palma da minha mão.

— Eu só as utilizo na cera — diz, mas ainda assim eu as lavo antes de enfiar no braço de Sinn.

Com os cacos retirados, posso limpar os cortes e costurá-los. A não ser que retalhemos os cobertores de Quick ou o meu corpete, não há nada para usar para o curativo, então tiro o lenço da cabeça de Sinn e o uso como gaze. Por baixo, os cabelos dela são crespos e curtos rente à cabeça.

Quando termino, empurro os óculos para a testa e pressiono a base das mãos contra os olhos. Estão ardendo por fazer um trabalho tão delicado sob uma luz tão fraca.

— Ela vai ficar bem? — pergunta Quick, atrás de mim.

— Espero que sim — respondo. — Ela não está mais ativamente morrendo, o que é um começo. — Jogo a toalha que Quick ofereceu no balde de água, agora marrom e suja de sangue. — Vocês duas são parentes? — pergunto a ela, e então me dou conta de como a pergunta foi ignorante, pois se baseia completamente na cor de pele delas. — Ou como se conheceram?

Quick ri.

— Nós nos conhecemos da mesma forma como todos que velejam sob a Coroa e Cutelo se conhecem. — Ela puxa a manga, revelando uma paisagem de marcas salientes, cicatrizes e veias espessas e sinuosas. Na parte interna do cotovelo, Quick tem a mesma ilustração de uma coroa e uma lâmina tatuada, a dela muito mais rudimentar e desbotada na pele do que a de Sinn, como se pudesse ter nascido com ela.

— O que é a Coroa e Cutelo? — pergunta Johanna.

— Uma frota corsária que aporta em uma fortaleza no limite de Argel — responde Quick. — E com um dos maiores comércios do Mediterrâneo.

Minha garganta fica seca. Apesar de minhas suspeitas iniciais desde que conheci Sinn, *corsária* ecoa como uma pedra jogada em um balde. Ao meu lado, Johanna empalidece.

— Vocês são piratas? — indaga ela. — Vocês duas?

— Apenas se perguntar aos europeus — responde Quick.

— Você também é uma ladra? Como ela?

— Se todos os ladrões de Zurique fossem enforcados — responde Quick —, não sobraria ninguém.

— Eu sobraria — responde Johanna.

Quick limpa algo sob a unha.

— Bem, você é inglesa, não é? Tem o sotaque.

— Como Sinn a encontrou? — pergunto.

— O pai dela tem sua gente por toda a cidade, se você souber onde procurar — responde Quick. — Nós cuidamos uns dos outros se nossos caminhos se cruzam. Quando ela veio até mim, eu a acolhi.

— Então é verdade? — questiona Johanna. — Há um tipo de código entre os piratas? Honra entre ladrões e essa coisa toda?

Eu estava preocupada observando o peito de Sinn subir e descer com uma respiração mais constante, mas percebo subitamente o que Quick disse.

— Desculpe, o quê? O pai dela? Quem é o pai dela?

— Ela não contou? — Quick pega um punhado de gravetos do lado do fogão e começa a enfiar dentro dele antes de buscar um acendedor. — Ela é a filha de Murad Aldajah... a única filha dele. — Quando Johanna e eu ficamos obviamente menos impressionadas com esse nome do que o esperado, ela explica: — Ele é o comodoro da frota da Coroa e Cutelo. Centenas de homens velejam sob o comando dele. — Os gravetos pegam fogo e Quick fecha a porta do fogão com um estalo. — Querem algo para comer?

— Não somos parte de sua frota — diz Johanna. — Não nos deve nada.

Quick dá de ombros.

— Gosto de ajudar os menos afortunados do que eu. E não há muitos.

Mesmo com o fogão ligado, a oficina está malditamente fria. Uma necessidade, Quick nos explica, ou as ceras derretem. Johanna a ajuda a recolher nabos e batatas para um ensopado enquanto eu cuido de Sinn, embora meu olhar perambule pelas paredes até as formas de cera que as cobrem.

— Para que você faz isso? — pergunto, incapaz de tirar os olhos de um conjunto de órgãos moldados de cera: um coração, um par de pulmões e um estômago sobre suportes.

— Alguns como raridade — responde Quick. — Existem réplicas de cera da família real na Inglaterra que se movem com mecanismos de relógio, sabem.

— Bem, isso vai assombrar meus sonhos — murmura Johanna.

— As Vênus são para escolas de medicina — conta Quick, apontando com a ponta da faca para o corpo para o qual estou olhando. — Eles encomendam em Pádua, Bolonha, Berna e Paris para não precisarem abrir cadáveres para ensinar aos alunos como é o interior de uma pessoa.

Pressiono os dedos contra o ponto de pulsação de Sinn, um monitoramento distraído, e é um dueto estranho sentir aquela batida constante contra minha pele enquanto olho para um modelo perfeito do coração humano, com veias, artérias e câmaras expostas.

— Como começou a fazer trabalhos em cera se foi criada em uma frota pirata? — pergunta Johanna, com apenas uma gota de julgamento escorrendo na palavra *pirata*.

— Da mesma forma que qualquer africano que vem para a Europa. O navio em que eu servia foi capturado. Minha tripulação foi escravizada. Eu fui comprada por Herr Krause, o mestre de cera, e trazida aqui para ser treinada.

— Eu não sabia que a escravidão era legal na Suíça — digo.

Quick parte ao meio uma cebola com um único e preciso corte.

— É legal em todo lugar onde há dinheiro no comércio de escravizados. E os banqueiros aqui têm os bolsos fundos.

Quick tem uma única tigela para o ensopado, então passamos entre nós três, entregando a colher de uma para a outra e às vezes pegando pedaços de batatas e repolho com os dedos quando as outras demoram demais. Do lado de fora, a tempestade chacoalha a loja, as tábuas gemem e o fogão treme conforme o vento açoita a chaminé. Tempo inclemente pode fazer até o lugar mais seguro parecer assombrado.

Minhas roupas ainda estão molhadas da neve, e a sopa está tão quente que escalda minha língua, mas continuo empurrando-a para baixo até não conseguir sentir gosto de nada; é tão bom estar quente por dentro e cheia de comida. Penso nas fatias crocantes de pão que Callum assava para combinar com os ensopados de inverno que eu aprendi a fazer usando restos dos recheios das guloseimas dele. Foi um processo, e Callum aturou muitas noites de carne excessivamente salgadas e caldos tão espessos que precisávamos mastigá-lo. Uma vez, depois de um exemplar particularmente miserável de carne de veado com tomates, ele disse que o pão merecia manteiga e eu disse que ele também merecia mais manteiga do que o ensopado que eu acabara de servir, e embora eu costume achar piadinhas a forma mais baixa de humor, eu disse aquilo porque sabia que Callum gostaria. E ele riu, o som tão quente e redondo como um pão fresco.

Talvez aquilo fosse amor? Quem sabe?

Quick nos deixa dormir na oficina naquela noite enquanto ela ocupa o sótão acima das escadas. Herr Krause, assegura ela, partiu para Pádua na semana anterior e não deve retornar até o fim do mês. Não há janelas na oficina, e, quando o fogo começa a diminuir e a ameaça de apagar a lanterna fica mais iminente, as peças de cera reunidas em volta da sala parecem mais fantasmagóricas. Não ameaçadoras, mas presentes, como estátuas de santos em uma catedral fazendo vigília.

Verifico Sinn de novo antes de voltar para Johanna, que está sentada com os pertences da mãe dela espalhados pelo chão à frente, as costas para o fogão e os joelhos puxados para cima de forma que a saia forme uma depressão entre eles. É uma forma nada adequada para uma donzela se sentar, e me lembra de minha infância. Eu me agacho diante dela.

— Quer passar a noite aqui, ou voltar para a pensão? — Quando ela não responde, bato com o dedo na canela dela. — Johanna. — Ela ergue o rosto. — O que encontrou?

Ela passa a mão pelo cabelo, tirando algumas mechas soltas do rosto.

— Além daqueles frascos, não há muito na bolsa. Suprimentos de arte, itens de higiene e um pedaço de queijo petrificado.

Olho para o fólio de couro, disposto, intocado, na frente dela.

— E quanto aos papéis?

— Ainda não olhei.

— Por que não?

— Porque... e se ela estava trabalhando em algo horrível? — Johanna aperta as mãos contra o rosto. — E se ela e Platt estavam conspirando? E se ela não for quem eu achava que era? Minha vida inteira, eu tinha certeza que podia ser quem eu quisesse porque minha mãe era ela mesma em todas as coisas. Mas e se essa foi apenas uma desculpa para algo horrível?

— Então que ela seja algo horrível — respondo. — Porque você não é, e você é gloriosa.

— Mesmo que eu goste de sapatos e renda e qualquer coisa de cores alegres? — Ela olha para as mãos, as pontas dos cílios projetando sombras esfumaçadas em suas bochechas. — Mesmo eu não sendo mais quem você quer que eu seja?

É claro que ela não era a mesma que fora quando nos despedimos pela última vez. Era uma versão mais alegre e polida, prata purificada no interior de um caldeirão até reluzir forte como uma estrela. Ao lado dela, sinto-me passada, bolorenta e inalterada, porque, se não tivesse acreditado inteiramente em que eu era e no que queria, jamais teria sobrevivido. Johanna tinha deixado o mundo mudá-la, deixara que os ventos polissem suas bordas e que a chuva a alisasse. Ainda era a mesma pessoa que eu conheci. Desde sempre. Apenas se tornara uma versão que era mais completamente ela.

— Eu não gostaria que você fosse ninguém diferente — respondo.

Ela passa os dedos pelas bordas do fólio, sugando as bochechas, então cuidadosamente abre o cadarço que o mantém fechado. O couro duro estala com a libertação, e Johanna e eu olhamos o interior.

O fólio está cheio de papéis, alguns unidos com barbante, outros soltos e desgastados. Johanna e eu colocamos a mão dentro, pegando um punhado de rascunhos de anotações, esboços e equações matemáticas com as respostas circuladas. Eu folheio alguns, tentando ler a caligrafia borrada e rabiscada e entender alguma coisa do que estou vendo.

— Olhe aqui. — Johanna pega uma única página do fólio, com o dobro do tamanho de todas as outras e dobrada em quartos para caber dentro. Johanna abre, então ela e eu pegamos uma ponta e a erguemos contra a luz da lanterna.

É um mapa, embora eu só saiba dizer isso. É feito à mão, como todas as outras páginas, mas evidentemente um trabalho meticuloso, cuidadoso. É feito a nanquim em vez de lápis, traços espessos e confiantes, do tipo feito por alguém que se senta a uma escrivaninha sob luz boa e firma a mão antes de começar. Há o início de uma borda complexa nos cantos, e uma bússola em uma das pontas. Alguns lugares estão manchados com cor, como se ela não tivesse tido tempo de terminar de pintar.

— Sua mãe era cartógrafa? — pergunto.

— Não sei. Mas ela viveu em Amsterdã por um tempo. — Quando lanço um olhar confuso para ela, Johanna explica: — É onde estão os melhores desenhistas de mapas. É um mapa de quê, no entanto?

Pego meus óculos do bolso e os enfio no rosto, quase me cutucando no olho, pois uma das mãos está ocupada mantendo o papel no lugar.

— Olhe aqui, isso é Argel. — Aponto. — E o mar de Alborão, então aqui é a Espanha. Ali é Gibraltar. — Traço os dedos pelas linhas finas pintadas sobre a água. O papel está levemente enrugado onde ela começara a colorir com aquarela.

— Então o que é isso aqui? — Johanna bate em uma ilha no Atlântico, todas as marés e linhas de correntes aparentam se centralizar nela.

— Não sei. Vi um número considerável de mapas dessa área quando estava viajando, mas jamais vi isso. É bem pequena. Talvez pequena demais para a maioria dos cartógrafos marcar.

— Ou talvez fosse isso que ela estivesse mapeando — diz Johanna. — Talvez o que quer que estivesse procurando ou em que estivesse trabalhando... talvez esteja lá. — Ela ergue o rosto do mapa. — Acha que ela sabe?

— Quem?

— Sua amiga pirata marinheira Sinn.

— Acho que ela sabe algo sobre isso, sim — respondo. — Mais do que nós.

Johanna morde o lábio inferior, seus dedos tracejando as linhas pontilhadas do mapa.

— Talvez pudéssemos perguntar a ela.

— Ela pode não nos contar nada. Mesmo que saiba.

— Mas é isso que ela está procurando, não é? Este mapa? É uma marinheira, e não estava atrás dos pincéis de minha mãe. Deve ser este mapa. E se ela o quer, deve saber aonde leva. E por que é tão valioso.

— Então o que está dizendo? — pergunto.

— Acho que deveríamos ficar aqui — diz Johanna. — Pagamos Frau Engel por esta noite, ela não vai se importar se não dormirmos nas camas contanto que tenha seu dinheiro. Podemos ir amanhã e pegar minhas coisas. Mas eu não... — Os olhos dela se desviam para Sinn. — Precisamos falar com ela. Caramba, espero que ela fale com a gente.

Johanna cai no sono antes de mim, aninhada em volta do fogão com o fólio da mãe — tudo cuidadosamente guardado dentro dele de novo — como travesseiro. Eu fico acordada um tempo, sentada na bancada de trabalho, meio que observando Sinn e meio que pensando no mapa de Sybille Glass e naquele pó reluzente. Estou tentada a vasculhar silenciosamente a bolsa para olhar mais uma vez, mas resisto.

Mas quero saber mais. Quero saber o que é e como funciona e por que salvou Sinn. Quando toda minha indignação com a desigualdade, o tormento das mulheres no mundo e a educação que me é negada se esvai, o que sempre resta é aquela ansiedade, difícil, escassa e viva, como um coração feito de osso. Quero saber tudo. Quero olhar para minhas mãos e saber tudo sobre a forma como se movem sob a pele, os fios finos que as atam ao restante de mim e todos os outros componentes complexos que se fundem para formar uma pessoa completa. Os mistérios de como um sistema tão delicado e preciso quanto o corpo humano não apenas existe, mas existe em variáveis infinitas. Quero saber como as coisas dão errado. Como nos quebramos e a melhor forma de nos remendar. Quero saber com tanta vontade que parece um pássaro preso dentro de meu peito, debatendo-se contra minha caixa torácica em busca do vento forte que o carregará mundo afora. Eu me rasgaria se isso significasse soltar o pássaro.

Quero saber tudo sobre meu próprio ser e jamais precisar depender de outra pessoa para me dizer de que modo funciono.

Penso de novo em abandonar minha esperança de trabalhar com Platt e me pergunto para onde me resta ir — em resumo, para lugar nenhum. Não há tempo para continuar procurando escolas, nenhum dinheiro para ser aprendiz e não tenho força o suficiente para acreditar que, se continuar esmurrando portas, algum dia isso terá valido a pena. Não o suficiente. A sensação que tive com a ideia de trabalhar com o Platt foi como se meus dedos roçassem uma estrela, mas aquilo se extinguiu e dissipou na escuridão tão rápido. Ou talvez tenha explodido em meu rosto e então rido de mim. Era mais assim que parecia.

Não sei para onde ir daqui. O pânico cede dentro de mim, como um papel se enroscando nas garras de uma chama.

Não sei para onde ir.

Do outro lado da sala, Sinn murmura:

— Tem alguma coisa errada com meu braço.

Ergo o rosto quando ela levanta a cabeça, piscando com força, como se ainda estivesse tentando despertar. Abandono meu assento na bancada, já revisando possíveis complicações — gangrena, infecção, dor, descoloração na pele que signifique fluxo sanguíneo reduzido.

Mas ela deixa a cabeça cair de novo de forma a encarar o teto e diz:

— Acho que o cortei.

Paro de joelhos ao lado dela, então me sento sobre os calcanhares.

— Isso é um eufemismo.

— Não consigo mexer a mão.

— Não estou surpresa. Sente alguma dor?

— Minhas costelas doem — diz ela. — É difícil respirar. Eu caí?

— Não, acho que foi envenenada — respondo. — O veneno entrou em seu corpo pelos cortes no braço. Com base nos sintomas, eu apostaria que é um paralisante que ataca os músculos esqueléticos.

— Você ainda está aqui — comenta ela, os olhos ainda fixos no teto. — Por que ainda está aqui?

— Não tinha nada melhor para fazer.

Os olhos dela se voltam para mim, seu olhar mais concentrado.

— Está sendo sarcástica.

— Não, na verdade eu estava sendo petulante, mas posso ser sarcástica se preferir. — Aliso a saia contra os joelhos com as mãos abertas. — Melhor ficar de olho em seu braço, no entanto. Ainda é possível que uma gangrena se instale, e jamais amputei um membro, então seria uma experiência nova para nós duas, e não consigo imaginar que fosse tão limpa quanto os pontos. Bordar travesseiros não dá tanta prática para amputações.

— Não precisava ter me ajudado — diz ela, com a voz muito baixa.

Parece um remendo tão absurdo de gratidão que respondo com amargura antes que consiga me impedir.

— Está certa; não precisava. Por que não me disse isso algumas horas atrás? Teria me poupado de tanto esforço e preocupação.

Espero que ela se irrite, minhas farpas de novo afastando alguém. Mas, em vez disso, ela sorri.

— Gosto mais do seu sarcasmo.

Rio, surpresa.

— Bem, é completamente sem sarcasmo... o que é difícil para mim, garanto... que digo que fiquei porque queria ter certeza de que você estava bem.

— Então por que a senhorita Hoffman ficou?

— Motivos menos nobres, embora eu possa garantir que ela também estava preocupada. Johanna quer falar com você sobre o trabalho da mãe dela. Eu disse que você talvez se recusasse, como tem a tendência a ser teimosa e inescrutável.

— Inescrutável? — Ela solta uma exalação curta ao gargalhar. — Vindo da moça mais espinhosa que eu conheço.

— Espinhosa? Não sou espinhosa.

— Felicity Montague, você é um cacto.

— Questionável. — Meus joelhos doem contra o chão duro, então me deito de barriga, paralela a ela, apoiando o queixo nas mãos. — Meu equivalente botânico mais provavelmente seria... quais são aquelas plantas que se encolhem assim que se toca nelas? Eu seria uma daquelas.

Ela se coloca de lado com um tremor, o braço bom se enroscando sob a cabeça.

— Não algo medicinal?

— Talvez — digo. — Embora essa seja uma resposta bastante óbvia, não é? — Coloco um punho sobre o outro e apoio o queixo neles. — Ou talvez eu fosse uma flor. Mas uma flor bem resistente.

— Uma flor selvagem — afirma Sinn. — Do tipo que é forte o bastante para continuar de pé contra o vento, rara e difícil de se encontrar e impossível de se esquecer. Algo pelo qual os homens caminham por continentes para ter um lampejo.

Enrugo o nariz.

— Preferiria não ser vista de lampejo por homens. Talvez possamos montar algum tipo de armadilha para que eles caiam de um penhasco se tentarem me arrancar do chão. — Estico as mãos diante do corpo, avaliando minhas unhas, que ficaram tão longas e imundas por conta das nossas viagens. Mais longas do que eu gostaria de mantê-las, por praticidade, embora a ideia faça eu me sentir tola. Não tenho um consultório nem estou sendo chamada diariamente para realizar cirurgias. É uma rotina desnecessária que subitamente parece tola e ambiciosa. — Mas está certa, o que quer que eu seja, provavelmente haveria farpas. Ou espinhos. Eles mantêm as pessoas longe.

Sinn vira sobre as costas de novo, o pescoço se arqueando em um alongamento.

— Não achei que veria você de novo.

— Sinto desapontá-la.

Ela me olha de lado.

— Não fiquei desapontada.

— Bem, não teríamos mesmo nos encontrado de novo, mas Johanna sumiu na manhã do casamento e o Dr. Platt me recrutou para ajudar a encontrá-la em troca de um emprego.

— Então conseguiu o que queria? — Quando não digo nada, ela completa: — Está trabalhando para ele.

— Não estou. Ele... — considero dizer *está conspirando para me sequestrar*, mas estou cansada demais para explicar, então, em vez disso, concluo: — ... não é o que eu esperava que fosse.

Sinn não parece comovida. O tom de voz dela é o equivalente verbal a um dar de ombros quando diz:

— Então vai encontrar outra pessoa para lhe ensinar coisas de medicina.

— Não é nem de longe tão simples assim.

— Porque ele é seu herói? — pergunta ela.

— Porque eu queria estudar com ele havia muito tempo — digo. — Eu queria *estudar*. Ponto final.

— Quem a está impedindo disso?

— Ninguém está me impedindo, mas não posso simplesmente ler livros para sempre. Quero trabalhar, aprender e ser ensinada por alguém mais inteligente do que eu. Quero ajudar as pessoas. O que não tenho permissão de fazer porque sou mulher. — Eu me sento e limpo os cotovelos, irritada por ter me permitido deslizar para o território familiar com Sinn, pois, se eu sou um cacto, ela é uma roseira bastante eloquente, e tirei sangue de mim mesma de novo por ter me aberto. — Talvez eu tenha sido tola por deixar que você me seduzisse para Stuttgart e esperar que tudo milagrosamente se encaixasse para mim. E talvez Alexander Platt não fosse o que eu esperava, mas não é como se eu tivesse muitas chances de aprender medicina.

— É claro que não tem. — Ela se apoia sobre o cotovelo bom. — Está tentando entrar em um jogo projetado por homens. Jamais vencerá porque o baralho está manipulado e marcado, e também porque você foi vendada e incendiada. Pode trabalhar muito arduamente, acreditar em si mesma e ser a pessoa mais inteligente da sala e ainda será derrotada pelos meninos que não têm nem onde cair mortos.

É o tipo de sentimento que me manteve acordada em Edimburgo, longas noites de pânico insone por estar desperdiçando meu tempo tentando, com medo de algum dia acordar e descobrir que estava velha e tinha desperdiçado minha vida tentando travar uma guerra armada apenas com muita indignação, o que é quase tão útil quanto uma tigela de mingau frio na batalha.

Mas, em seguida, Sinn diz:

— Então, se não pode vencer o jogo, precisa trapacear.

— Trapacear? — repito.

— Você deve agir fora das paredes que eles construíram para prendê-la. Roubá-los no escuro, enquanto estão bêbados com o álcool que você lhes ofereceu. Envenenar as águas deles e beber apenas vinho. Era o que Sybille Glass fazia. — O silêncio paira entre nós, ressaltado pelas últimas brasas estalando no fogão. Das prateleiras, orelhas de cera bisbilhotam. — Falarei com você e Johanna amanhã — diz Sinn, subitamente. — Porque você me ajudou. E porque quero ver o mapa.

— Como sabe sobre o mapa?

— Era uma esperança até você confirmar agora, então, obrigada.

— Ah. Quero dizer... que mapa?

Ela revira os olhos.

— Vai manter minha vigília enquanto durmo?

— Para me certificar de que você não vai roubar o mapa? Se houver um mapa...

— Eu quis dizer para se certificar de que eu não vou morrer, mas sim, vamos manter a confiança a um braço de distância. — Ela desliza sobre o estrado. — Venha se deitar comigo. Pelo menos ficará aquecida.

Hesito, então me deito ao lado dela e puxo a colcha sobre nós duas. Ela respira fundo de novo com a mão firme sobre o peito, então olha de esguelha para mim.

— Eu realmente a seduzi até a Alemanha?

Agora é minha vez de revirar os olhos, e me arrependo de ter usado aquela palavra.

— Foi uma combinação de você e Alexander Platt. E olhe: agora são ambos as ruínas de minha existência.

— Precisa ser mais criteriosa sobre quem coloca as garras nesse seu cérebro brilhante.

Rio com escárnio, mais alto do que pretendo.

— Não sou brilhante.

Ela faz um biquinho com um murmúrio baixo.

— Está certa, *brilhante* é uma palavra muito forte. Mas você parece muito inteligente. Ou, se não inteligente, pelo menos é confiante. E normalmente as pessoas não conseguem separar essas duas coisas.

Não me sinto confiante — sinto-me como uma atriz, uma farsante, alguém que usa uma expressão corajosa porque no instante em que uma mulher determinada mostra fraqueza, os homens a apertam com os dedos e a despedaçam como uma romã.

Mas não a corrijo. Ainda estou com medo de que, assim que ela tiver a chance, me despedace também.

15

Sinn, Johanna e eu deixamos a casa de Quick na manhã seguinte para tomar café no fim da rua. Depois da tempestade, Zurique está fria e clara. Uma névoa fina se assenta sobre as ruas, fazendo o gelo brilhar e as pedras emanarem luz. Até mesmo minha respiração, branca ao atingir o ar frio, parece reluzir. No fim da rua, uma panela tilinta ao ser colocada sobre um fogo para cozimento. Castanhas estalam em uma frigideira. O aprendiz de um ferreiro bate na bigorna, um chamado para seu mestre de que a forja está quente. Um cão late em algum lugar fora de vista. Fico surpresa por Johanna não sair atrás dele.

As mulheres são proibidas em cafés ingleses — a maioria das instituições tem orgulho de ser refúgios de discurso e pensamento erudito, embora a maioria da clientela seja de homens regurgitando palavras polissilábicas e provando que sabem quem foi Maquiavel. Aqui, os clientes me lembram mais do público que frequentava a padaria de Callum — classe trabalhadora, silenciosos e educados. A maioria é de homens, mas a lista de regras postada ao lado da porta não faz observações sobre sexo. Ninguém olha duas vezes para nós.

Pagamos o café da manhã com nossas moedas e ocupamos uma mesa mais afastada da porta sob um quadro de avisos e um crocodilo empalhado com a boca aberta. Mal consigo sentir o gosto do café depois de ter escaldado tão completamente a boca na noite anterior com o ensopado de Quick, mas cada gole me faz sentir aquecida e mais desperta. Johanna trouxe a bolsa da mãe e a maleta de couro. Ela mantém a bolsa presa entre os pés sob a mesa e a maleta sobre o ombro, embora isso exija que ela se sente em apenas metade da cadeira e, sempre que se move, a maleta acerta a parte de trás da cabeça dela com um estalo.

Sinn observa Johanna se atrapalhar, os cantos da boca da marinheira se erguendo.

— Não se preocupe. Só tenho um braço bom agora. — Ela puxa a tipoia em volta do pescoço. — Você conseguiria se defender de mim.

Johanna suspira com frustração, então relutantemente pendura a alça da maleta sobre as costas da cadeira dela.

— Ainda não confio em você — diz ela, mas Sinn apenas dá de ombros em resposta, nada preocupada.

Nós nos sentamos em silêncio por um longo minuto. Sinn murmura uma oração de *Bismillah* antes de soprar o café entre os lábios em biquinho, fazendo a superfície saltar. Eu esperava que ela fosse mais relutante em vir conosco, mas, até agora, tem sido cooperativa, de um jeito suspeito. Acordei nessa manhã enquanto ela deixava nossa cama compartilhada, certa de que estava fugindo, mas ela estava apenas se levantando para rezar com Quick. Deixou que eu verificasse o braço ferido e amarrasse a tipoia, então pegou emprestado um lenço com Quick e cobriu a cabeça de novo.

— Então, quem vai falar primeiro? — pergunta Sinn, por fim. — Ou devemos continuar perdendo tempo umas com as outras?

Johanna e eu nos entreolhamos. Ela não diz nada, apenas inclina a cabeça para Sinn, como se eu devesse responder. Sinn sopra o café com mais força.

— Tudo bem. Eu começo. — Pigarreio. — Onde conheceu Sybille Glass?

Johanna, que estava destrinchando um pedaço de carne entre os dedos, se sobressalta e olha para Sinn pela primeira vez desde que nos sentamos.

— Você conheceu minha mãe?

Sinn apoia a xícara e estala os nós dos dedos da mão boa contra a borda da mesa.

— Ela foi capturada pelos homens de meu pai enquanto mapeava em nossas águas.

— Mapeava o quê? — pergunta Johanna. — Ela era uma artista em uma expedição científica, não uma cartógrafa.

— Ela era — responde Sinn — e, nas horas vagas, mapeava os locais de ninhos de dragões.

— Dragões? — perguntamos Johanna e eu ao mesmo tempo.

— Dragões marinhos — elucida Sinn. — Aqueles que vocês europeus desenham em mapas como decoração. Todos os dragões ainda vivos fazem ninhos e nadam nas águas de meu pai, e nós os protegemos. Mantemos invasores longe uns dos outros.

— Minha mãe não era uma invasora — diz Johanna.

— Não — concorda Sinn. — Ela queria estudar os dragões. Estava fazendo mapas rastreando os padrões de migração deles e tentando localizar os ninhos. Nem mesmo minha família sabe mais isso. Mas meu pai tinha certeza de que qualquer europeu em nossas águas significaria extinção para as bestas e para nossa frota. Ela estava sozinha, mas traria mais. Ele queria que ela destruísse o mapa e concordasse em não levar o que sabia de volta para Londres. E ela não quis.

— Seu pai a matou? — pergunta Johanna, diretamente. Eu quase engasgo com o café.

— Não — responde Sinn. — Mas ela morreu na fortaleza dele. Estava doente quando a tomamos prisioneira, mas ela recusou nossos tratamentos porque estava realizando um experimento.

— Experimento do quê, exatamente, se estava apenas fazendo mapas? — pergunta Johanna. — Essa parece uma história muito boa para encobrir um assassinato.

— As escamas dos dragões — diz Sinn. — Elas têm um tipo de... Não tenho certeza de como explicar. Elas elevam você.

— Literalmente? — pergunto.

— Não, não literalmente. Ninguém sai voando. É um estimulante. — Ela deixa a mão cair no colo. — Marinheiros costumavam carregá-las em cordas em volta do pescoço e mascá-las antes de uma briga para ganhar força. Eram usadas uma vez por dia para afastar doenças. Sua mãe — ela olha para Johanna — estava testando as propriedades das escamas em si mesma.

— Muitos médicos fazem isso — explico, quando Johanna ainda não parece convencida. — Se não consegue encontrar uma cobaia voluntária, usa em você mesmo. John Hunter pegou gonorreia para testar a teoria sobre a transmissão.

Johanna franze o nariz, então olha novamente para Sinn.

— Se ela estava doente e você não a salvou, você a matou.

— Ela não aceitava nossa ajuda — responde Sinn. A mão boa está fechada em punho sobre a mesa. — Disse que precisava completar o experimento. Só aceitava as escamas como tratamento.

— E você as tinha e não dava a ela?

— Meu pai havia decretado ser proibido mascá-las em nossas propriedades. — Consigo ouvir Sinn trincando os dentes, e fico tentada a colocar a mão em Johanna por precaução. Ela tem tanto direito quanto Sinn de sentir raiva, mas Sinn não está usando as emoções como uma arma da mesma forma que Johanna. — Ele não permite nos navios dele, porque não é preciso usá-las muitas vezes para que isso se torne tudo em que se consegue pensar. E, quando você arranca as escamas das costas dos dragões, elas não crescem de novo. Não a deixamos morrer; ela morreu porque quis.

Percepção recai subitamente sobre mim, então me viro para Johanna.

— Deixe-me ver as coisas de sua mãe.

— O quê? — Ela tira a bolsa de debaixo da mesa e a pressiona contra o peito. — Por quê?

— Os frascos, aqueles que usamos ontem — digo, agitando os dedos para ela. — Deixe-me vê-los.

Johanna vasculha a bolsa, puxa o rolo de couro e o abre sobre a mesa. Eu tiro um dos frascos restantes cheio do pó opalescente e entrego a Sinn.

— É isso? As escamas?

Ela abre o frasco com os dentes e cheira cuidadosamente antes de mergulhar o mindinho e esfregar contra o polegar.

— Acho que sim. Mas ela não tinha nada disso com ela quando a encontramos.

— Devia estar no navio. Foi isso que salvou sua vida ontem. Funcionou como um antídoto contra o veneno. — Abro a outra metade da bolsa de couro de forma que os frascos com rótulos de venenos sejam exibidos. — Se Sybille Glass estava tentando criar um composto feito de escamas de dragão que funcionasse contra venenos, explicaria por que ela levava uma bolsa cheia de amostras venenosas. Não estava doente; ela se envenenou para testar suas teorias. Se Platt estava na expedição com ela, acha que ele sabia sobre os dragões e as escamas também? Ele vai voltar para a Berbéria, talvez pretenda seguir os mapas dela e encontrar os monstros marinhos.

— E então ele leva as amostras de volta, todos os seus marinheiros ingleses vêm para o território de minha família e matam nossos animais e nos mata também — murmura Sinn. Ela ainda pressiona aqueles flocos de escama entre os dedos, e meio que espero que ela os leve à língua. Imagino quanto, exatamente, é viciante.

— E se houver uma forma de duplicar o composto encontrado nas escamas deles? — pergunto. — Algo feito pelo homem e que não vicie, que pudesse ser usado medicinalmente? Se tiver algo parecido com os poderes revigorantes que vimos ontem, poderia ajudar muita gente.

— Mas primeiro precisaria das escamas — diz Sinn —, e meu pai jamais permitiria. Depois que essas águas forem abertas a europeus, nossa frota não vai sobreviver. Principalmente sob a liderança iminente dela.

— Está falando de si mesma? — pergunto. Quando ela me lança um olhar inquisidor, explico: — Achei que fosse a lendária filha de um lendário rei pirata.

— Ninguém disse lendária — responde ela.

— Quick disse.

— Meu pai pode ser uma lenda, mas eu não serei. — Sinn enterra a faca no ovo dela. A gema se quebra, derramando ouro sobre o prato. — Sou a filha mais velha de meu pai e tenho direito à frota da Coroa e Cutelo quando ele morrer. Mas ele preferiria que os filhos assumissem o título porque sou mulher. Ele vai me deixar *algo* porque a lei o obriga, mas será metade do que meus irmãos receberão, se tanto, e não será a frota. Passei a vida inteira lutando pelo que seria meu sem questionamentos se eu fosse um homem e para ser melhor nisso do que meus irmãos, porque mulheres não têm que ser iguais aos homens para serem consideradas equivalentes, elas têm que ser melhores. — Ela se curva no assento, esfregando o braço ferido. — Essa é a mentira de tudo isso. Você precisa ser melhor para se provar digna de ser igual.

— Então é assim que você trapaceia? — pergunto. — Leva o mapa perdido de Sybille Glass para seu pai, e isso lhe garante o favorecimento dele?

— E o que duas princesas inglesas querem com mapas que levam a ninhos de monstros? — desafia Sinn.

— O que minha mãe queria — diz Johanna, e os olhos dela ficam subitamente brilhantes como bronze recém-forjado, da mesma forma que costumavam brilhar quando coletávamos amostras de plantas do campo com a esperança de descobrir uma espécie desconhecida. — Pode imaginar os avanços científicos aos quais isso levaria? O que mais aprenderíamos sobre o mar se soubermos sobre essas criaturas e como elas vivem e o que comem e como caçam e dormem e... tudo? Por que diz "inglesas" como se fôssemos todos cruéis? Vocês são piratas! Não são exatamente desprovidos de pecados.

— Mas não chegamos em seus países e os expulsamos — retruca Sinn, empurrando a faca mais para o fundo do ovo. — É o que fariam conosco. Esperam que eu acredite que só porque suas intenções são nobres, todos os ingleses são? Ou todos os europeus? Os Imazighen, quem vocês chamariam de berberes — acrescenta ela —, já travaram guerras por causa dessas criaturas. Não precisamos lutar com vocês também.

— E se não utilizarmos os ingleses? — pergunto. — Seu pai tem navios e homens à disposição. E se você levar para ele os mapas e a filha de Sybille Glass, não como prisioneira — digo, rapidamente, pois Johanna parece pronta para protestar veementemente contra minha colocação —, mas como companheira. Alguém com quem trabalhar, que quer retomar onde a mãe parou para melhor entendê-los. Johanna quer uma expedição, por que não pedir ao pai lorde pirata de Sinn que a custeie?

Sinn franze a testa.

— Meu pai não quer outra Sybille Glass. Ele não quer fazer um estudo dos dragões ou dos ninhos deles ou das escamas ou nada disso. Ele só quer mantê-los imperturbados. E quer o mapa para se certificar de que outros também os deixem em paz. Foi para isso que fui até Stuttgart, para me certificar de que, se existia, fosse devolvido a nós.

— Então fazemos com que mude de ideia — digo. — Proteger essas criaturas não é o mesmo que simplesmente não as destruir. Eu sei que é um risco, mas podemos montar um caso.

— E onde você entra nessa história? — pergunta Johanna. Espero que ela esteja olhando para Sinn, mas, em vez disso, tem as sobrancelhas erguidas para mim.

— O que tem eu?

— *Algo feito pelo homem e que não vicie, que pudesse ser usado medicinalmente* — ecoa ela. — Isso parece bem a sua área. Quer fazer um nome para você da forma como Platt jamais conseguiu? Faça você mesma.

Franzo os lábios contra a xícara, ciente de que as duas me observam. Penso nas portas que foram batidas em minha cara, no fato de que, mesmo quando Platt sugeriu uma posição fictícia para me atrair até Zurique com ele, o máximo que conseguiu me imaginar fazendo foi burocracia. E mesmo que aquela tenha sido uma oferta verdadeira, o que eu teria feito depois? Com quem precisaria lutar a seguir para que me permitissem sentar em aulas em uma universidade onde eu jamais teria permissão de me matricular? E mesmo que eu conseguisse de alguma forma sair da universidade com um diploma na mão, será que algum hospital inglês me empregaria? Algum paciente buscaria meu conselho para qualquer coisa que não fossem partos ou ervas? Quanto tempo antes de os homens virem me expulsar de qualquer canto que eu tivesse escavado para mim?

Quanto eu preferiria estar na companhia dessa menina doida que ama estar na companhia de criaturas, como Francisco de Assis, no barco de Sinn, desvendando camadas de descoberta científica? Encontrando conhecimento que não é novo para mim, mas novo para o mundo? A pele ao longo de meus braços se arrepia ao pensar nisso. Embora meu coração sempre tenha estado fixo na escola de medicina como uma bússola, aquela legitimidade necessária para provar meu valor, essa pequena mudança de curso pode me levar a um lugar completamente novo, mas talvez ainda assim um lugar para onde quero ir.

Quando respondo, eu me preocupo que pareça que estou ateando fogo a um sonho.

— Eu iria com vocês — digo, pronta para a dor que isso provocará, mas não a sinto. Parece o primeiro passo em direção a um novo continente.

Olho para Sinn e ela olha para Johanna, e Johanna olha para mim, e eu percebo que, naquele momento único, como o clarão de um raio sobre um charco exposto, nós três estamos no controle de nossos futuros. Das nossas próprias vidas. De para onde vamos agora. Talvez pela primeira vez. Com meu lado pressionado contra o de Johanna e com os olhos escuros de Sinn encontrando os meus, sinto-me mais renovada do que jamais me senti.

Todos ouviram histórias sobre mulheres como nós — contos criados para alertar, peças sobre moralidade, avisos do que recairá sobre você se for uma moça selvagem demais para o mundo, uma moça que faz perguntas demais ou que quer demais. Se você partir pelo mundo sozinha.

Todos ouviram histórias sobre mulheres como nós, e agora faremos mais delas.

16

O plano é o seguinte: viajaremos de todas as formas disponíveis para o litoral sul da França, de onde podemos então pegar uma barca até Argel. É um porto pirata, Sinn nos diz, tomado por piratas e traficantes e sem sequer um dedo europeu, mas com Sinn e aquela coroa e cutelo nela, ela tem certeza de que ninguém ousará nos tocar. Na cidade, nos reuniremos com os homens do pai dela, que recolhem impostos das companhias de navegação europeias, e eles podem nos levar à fortaleza dele.

Johanna encontrou algumas moedas dentro de seu baú no internato de Frau Engel antes de abandonar o resto do conteúdo e consegue garantir alguns fundos de uma conta do tio. É o suficiente para que nós três viajemos para a costa, embora não com conforto — nossa jornada é parecida com a caminhada que Monty, Percy e eu fizemos de Marselha até Barcelona.

Espero que viajar com Johanna e Sinn seja como tentar enfiar gatinhos em uma banheira, as duas com opiniões próprias e desconfiadas uma da outra, Johanna com saudade e querendo afagar todo cachorro pelo qual passamos, Sinn determinada a fazer o oposto de quaisquer instruções dadas a ela apenas para me irritar. Mas, para minha grande surpresa, acabo sendo o peso morto do trio. Sou sempre a primeira a pedir para encerrar o dia ou para parar por uma refeição porque estou prestes a desmaiar de fome. Aquela que cai no sono em carruagens e diligências e teria perdido a parada se Sinn ou Johanna não tivesse me acordado. Ainda assim, até mesmo meus níveis mais baixos de competência são o equivalente a um alto potencial para a maioria, e somos, de longe, o trio mais proficiente com o qual já viajei até hoje. Mas fico um pouco desnorteada sem ter alguém para quem dar ordens o tempo todo.

Elas também são, ambas, supreendentemente agradáveis. Sinn é calada; Johanna fala o suficiente por nós três. Ela é amigável com todo mundo que conhecemos e parece achar um modo de elogiar cada cozinheiro de expressão azeda ou dono de estalagem exatamente naquilo que os amolece e de uma forma tão sincera que ganhamos pães fresquinhos e canecas de cerveja sem precisar pagar; certa vez conseguimos lugar em uma diligência depois de nos ser dito que ela estava cheia e que precisaríamos esperar três dias pela seguinte. Ela nos faz jogar jogos de palavras conforme viajamos, ou nos conta fatos sobre animais e nos faz adivinhar se são reais ou se ela inventou. Sinn é melhor nos palpites, embora, quando eu contribuo com fatos médicos, nenhuma das duas tenha sorte. Johanna acredita em mim por vários minutos confusos quando digo que, depois que meu irmão perdeu a orelha, ela cresceu de novo.

Escrevi para Monty antes de sairmos de Zurique, informando a ele que estava segura e em, se não em boa companhia, pelo menos uma neutra, e que não voltaria para Londres tão cedo quanto tinha planejado. Não mencionei que havia uma boa chance de eu estar fugindo para me juntar a uma expedição pirata para proteger monstros marinhos. Tenho a sensação de que isso o faria dar um chilique.

Deixamos o solo europeu em uma barca que range em um trajeto de Nice para Argel. A embarcação parte à meia-noite e está longe de ser o paquete conveniente que Sinn e eu pegamos da Inglaterra para o Continente. Parece não ter sido feita nem para carga nem para passageiros, mas está determinada a enfiar a bordo tanto dos dois quanto for possível. Nós três acabamos no convés superior — a vantagem disso é o ar fresco em vez da névoa fétida que engloba os níveis inferiores, mas aquele ar fresco está dolorosamente frio e carregado com os jorros nebulosos do mar. Nós nos encolhemos contra o parapeito, a capa de Johanna sobre os ombros e a minha nos cobrindo pela frente, acampadas com o máximo de calor que nossos corpos podem gerar. A noite está limpa pela primeira vez em dias. A barriga redonda de uma lua não tão cheia está baixa e luminosa sobre a água, salpicada por todos os lados por estrelas. Cada fôlego brilha morno e branco contra a noite.

Conforme observo os outros passageiros, é difícil não reparar que Johanna e eu somos algumas das poucas pessoas europeias de pele branca a bordo, e que nós três somos algumas das poucas mulheres que consigo ver. Várias vezes, me encontrei sendo a única moça em uma sala, mas não consigo pensar em um momento em que fui minoria dessa forma. Deve ser desafiador para Sinn viajar para a Europa sabendo que, onde quer que vá, nunca estará cercada por pessoas como ela. É claro que eu já tinha pensado nisso antes — principalmente quando estava na estrada com Percy —, mas há algo a respeito de estar aqui, enroscada neste convés com ela e Johanna, que evidencia a solidão disso pela primeira vez. Nesse momento, o céu parece mais próximo do que minha casa.

Johanna cai no sono antes de deixarmos o porto, os braços dela repousam nos joelhos e o rosto está enterrado neles, deixando Sinn e eu sozinhas em um silêncio grande o suficiente para preencher o oceano. Eu não tinha percebido quanto espaço a presença alegre e risonha de Johanna ocupava entre nós três até ela estar roncando em meu ombro.

Sinn e eu não conversamos sozinhas desde Zurique, na noite que dormimos lado a lado na oficina de cera. Agora, com uma lua da cor da luz de lâmpadas acima de nós e a pele negra dela úmida com a névoa do mar, ela parece mais vulnerável do que já vi. O rosto parece menos tenso, a expressão severa no maxilar substituída por lábios entreabertos. O braço ferido ainda está enfaixado, mas fora da tipoia e dobrado sobre a barriga.

— Acha que ela está triste? — pergunta Sinn, subitamente.

— Johanna? — pergunto, e Sinn assente. — Considerando que conseguiu pegar as coisas da mãe e escapou de Platt, não vejo por que ela estaria. Embora eu ache que ela sinta falta do cachorro.

— Quero dizer porque não vai se casar.

Como tanto de nossa conversa ultimamente tem sido sobre filosofia natural e monstros marinhos, não era isso que eu esperava. Uma pequena parte de mim tinha até se esquecido de que Johanna estava noiva para início de conversa. Essa menina ao meu lado parecia estar a mundos de distância daquela que havia dançado numa fantasia ridícula na noite da *Polterabend*. Mas ela não está, lembro a mim mesma. Se tivesse escolha, Johanna provavelmente caçaria monstros marinhos usando aquele mesmo vestido índigo.

— Não acho que ela esteja incomodada por não se casar com Platt.

— Mas e se ele fosse um bom homem e não um canalha? Deve ser um choque, achar que sua vida inteira está prestes a mudar e então... — Ela abre a mão em uma demonstração de desaparecimento.

Fecho as mãos em concha diante da boca e as sopro para me aquecer.

— Eu acho que seria um alívio, na verdade.

— Você não quer se casar? — pergunta ela.

— Você quer? — replico.

— Um dia.

— Mesmo?

— Contanto que eu me entendesse com ele. Seria legal ter alguém com quem envelhecer. Alguém para me manter aquecida.

Franzo o nariz.

— Eu preferiria me manter aquecida.

— O que você teria em vez de um marido, então? — A curva da lua me encara de dentro dos olhos pretos dela. — Um cachorro gigante como o de Johanna?

Um vento frio sobe da água e Sinn se aproxima de mim, com a bochecha contra meu ombro de modo que, quando falo, sinto o material do lenço de cabeça dela em minha pele.

— Acho que quero uma casa minha — começo, as palavras sendo uma revelação quando deixam minha boca. — Algo pequeno, para que não tenha muito trabalho doméstico, mas com espaço o suficiente para uma biblioteca decente. Quero muitos livros. E não me incomodaria com um bom e velho cachorro para caminhar comigo. E uma padaria para onde iria todas as manhãs e onde sabem meu nome.

— E não quer ninguém com você? — pergunta Sinn, erguendo a cabeça. — Nenhuma família?

— Quero amigos. Bons amigos, que formam um tipo diferente de família.

— Isso parece solitário.

— Não seria solitário — respondo. — Gostaria de estar por minha conta, mas não sozinha.

— Não me refiro a esse tipo de solidão.

— Ah. — Não tenho certeza de por que estou corando, mas sinto o inchaço nas bochechas. — Bem, esse tipo de solidão não me parece solitário.

Sinn inclina a cabeça para trás contra o parapeito, a luz fraca das estrelas refletida na pele dela como minúsculas pérolas desencavadas de terra escura.

— Você só diz isso porque jamais *esteve* com ninguém antes.

— Você já? — desafio.

— Não, mas quero estar.

— Não acho que eu queira.

— Como pode saber se você nunca teve ninguém?

— Como você sabe que quer? — retruco. — Eu nunca bebi tinta de polvo, mas não sinto a necessidade. Ou como se estivesse perdendo alguma coisa por não ter provado.

— Mas tinta de polvo pode se tornar sua nova coisa preferida. Não revire os olhos para mim, senhorita Montague. — Ela me dá um cutucão forte na costela. — Já beijou alguém, pelo menos?

— Sim.

— Alguém de quem *gostava*?

— Não com essa ênfase. Já beijei homens de cuja companhia eu gostava.

— E...?

— E... — Faço um gesto que parece que estou fazendo malabarismo com bolas invisíveis. — Não foi totalmente desagradável.

Sinn ri com deboche.

— Um endosso persuasivo do beijo.

— Não me fez ouvir violinos nem fez meus joelhos fraquejarem nem tive vontade de fazer nada mais do que aquilo, o que acho que é o ponto evolucionário do beijo. É só uma coisa que as pessoas fazem. — Eu me sinto estranha subitamente, a antiga pontada de medo de ser uma jovem selvagem em um mundo domesticado, observada por todos com pena e preocupação. Há homens como Monty, com desejos perversos, mas eles se encontram e buscam pequenos cantos do mundo, e provavelmente também existem mulheres que só se sentem atraídas pelo sexo mais belo. E então tem eu, uma ilha sozinha. Uma ilha que às vezes parece um continente inteiro para governar, e às vezes um trecho lotado de terra onde marinheiros naufragam e são deixados para morrer.

Sinn está me encarando — sem pena ou preocupação, mas aqueles olhos enormes me fazem abanar as mãos e dizer, meio como se pedisse desculpas, meio de um jeito desesperado:

— Não sei. Talvez minha boca não funcione.

— É claro que sua boca funciona.

Está tão escuro, apenas com a luz da lua em forma de garra, que quase não percebo que ela se moveu até que sinta a mão dela em minha bochecha, e, quando me viro para vê-la, Sinn pressiona os lábios contra os meus.

É completamente diferente de beijar Callum. É, para começar, significativamente menos úmido. Menos impulsivo, frenético ou descontrolado. Parece ousado e tímido ao mesmo tempo, como dar e receber. Os lábios dela estão rachados, mas a boca é macia como seda de plantas e com gosto de água salgada dos jorros frios que são lançados para cima na lateral do barco. Quando eles se abrem contra os meus, abro a boca em resposta. O polegar dela roça pela linha de meu maxilar, leve como pena.

Mas, além das observações físicas, não há nada. Não é completamente desagradável, mas também não é algo que eu esteja ansiosa para repetir.

É só uma coisa que as pessoas fazem.

Ela recua, com a mão ainda em minha bochecha, e me olha.

— Isso fez alguma mágica?

— Na verdade, não.

— Que pena. — Ela se acomoda novamente em nosso pequeno ninho de casacos, puxando o colarinho mais para o alto do rosto. — Fez para mim.

Argel

17

Argel fica na curva de uma baía iridescente. Mesmo à luz fraca do sol conforme nossa barca faz o lento progresso contra o alvorecer, as construções brilham como se estivessem encrustadas de pedras preciosas, a praia de areia branca era uma caixa de joias para abrigá-las. A cidade faz uma vagarosa subida pela colina, com telhados planos e paredes caiadas, com os minaretes despontando como dedos ossudos. Nuvens se estendem pelo horizonte em faixas esguias.

Johanna e eu — moças inglesas brancas em roupas muito europeias que não falam línguas úteis aqui — nos destacamos amargamente. Ouvi falar que muitos renegados vieram da Europa buscando asilo em Argel de qualquer que seja o problema que os levou a sair do Continente, mas estamos longe de parecer criminosas. É absolutamente injusto o quanto Johanna consegue parecer arrumada depois de semanas na estrada. De alguma forma, ela manteve a saia desamarrotada — provavelmente tem algo a ver com a cuidadosa esticada que ela dá na saia toda noite, não importa onde fiquemos, enquanto eu estou mais inclinada a tirar a minha e deixá-la caída em um bolo no chão para poder me deitar mais rápido.

O plano é contratar camelos, então seguir até uma guarnição dos homens do pai de Sinn a várias cidades além de Argel. Dali, vamos para a fortaleza da Coroa e Cutelo. Sinn lidera o caminho pela cidade com uma passada confiante. Esperava que ali pudéssemos ver uma versão diferente dela, relaxada e à vontade tão perto de casa. Mas, em vez disso, ela parece tensa. Fica puxando o lenço da cabeça, mexendo distraidamente com o nó que o mantém no lugar. Meu próprio cabelo parece exposto em contraste com as mulheres de véu na cidade. Johanna e eu não somos as únicas mulheres com a cabeça descoberta, ou as únicas de pele branca, mas algo a respeito da concentração de ambas, tão menor do que o que estou acostumada, me faz sentir muito óbvia. Mesmo tendo viajado muito e sendo uma pessoa difícil de se chocar, como me orgulho de ser, quando encontro os olhos de uma mulher do outro lado da estrada e ela me encara, percebo que não sei nada sobre este mundo.

Paramos para tomar café na medina, um mercado feito de ruas estreitas que ficam ainda menores com as mercadorias dos vendedores se projetando nos caminhos. Homens levam burros pelo focinho, os animais com as costas cheias de cestos de lã e os cascos batendo contra as pedras. O ar está nebuloso com a fumaça dos fogões, onde mulheres assam coelhos salpicados com punhados vívidos de açafrão. A rua se vira para cima, em degraus longos e rachados. Mosaicos de azulejos e alcovas interrompem as fachadas das lojas, encrustados com vidro marinho e escrituras pintadas em cerâmica.

Johanna está extasiada, perambulando pela névoa como se tivesse sido transportada para um sonho fantástico. Se compartilha de meu desconforto por ser uma estranha em uma terra estranha, não mostra. O sol passa entre os toldos e irradia em seu rosto, entrelaçando o cabelo dela com ouro quando ela deixa os dedos pressionarem os mosaicos gravados nas paredes. Ela para diante de uma barraca com pássaros de esmeralda alinhados como soldados, os pés deles amarrados ao poleiro, e precisa acariciar as penas arredondadas da cabeça de cada um deles. Sinn assovia para ela, para que volte a andar, e todos os pássaros assoviam em resposta.

— Você está bem? — pergunto a Sinn conforme luto para acompanhar os passos rápidos dela, Johanna saltitando alegremente atrás de nós.

— Tudo bem — responde, embora aquele maxilar delineado esteja se projetando para fora.

— Tem certeza? Você parece tensa.

— É claro que estou tensa. Estou com você e a Srta. Hoffman... acompanhe! — grita ela por cima do ombro para Johanna, que parou para alimentar um cão de rua no degrau do lado de fora de uma mesquita com o resto de seu café da manhã. — Vocês duas não se misturam muito bem.

— Isso não é culpa nossa.

— Não muda o fato de que somos fáceis demais de localizar.

— E acha que alguém vai tentar nos localizar?

Ela olha para mim, tão rápido que quase se perde nas dobras do lenço de cabeça.

Um papagaio canta bem em meu ouvido, e eu bato com a mão sem pensar. Ele me belisca e eu grito, me virando para olhar com raiva para qualquer que seja o mercador negligente que não monitorou sua ave. A mulher está sentada no chão, diante de um cobertor cheio de diversas garrafas, amuletos e talismãs de aspecto medicinal. Em meio às quinquilharias dispostas sobre o tecido dela, um lampejo de azul me chama a atenção.

Paro de súbito. Johanna se choca comigo e uma mulher atrás de nós carregando dois cestos de vime quase colide conosco. Sinn para quando a mulher xinga em voz alta — apesar da língua desconhecida, é muito fácil reconhecer um palavrão — e se volta para nós.

— O que é...

— Sinn, veja! — Aponto para o cobertor, onde seis escamas azuis do tamanho da palma de minha mão piscam para nós.

Sinn para ao meu lado, e Johanna, do outro lado. O rosto da mercadora está completamente coberto pelo véu, mas, pela fenda no material, os olhos dela disparam entre os nossos.

— Ela não deveria tê-las — diz Sinn. — É ilegal nos territórios de meu pai possuir ou vender as escamas de dragões. Ou usá-las. Ou caçar os monstros marinhos para obtê-las.

Ela dá um passo à frente, se agacha sobre a sola dos pés de modo que possa se dirigir à mercadora em darija. Johanna e eu ficamos atrás de Sinn, inúteis e idiotas. Enquanto ela fala, Sinn sobe a manga para mostrar a tatuagem para a mulher, e a mercadora se encolhe.

— Não a assuste — digo a Sinn.

— Não vou — responde ela em inglês, sem me olhar. — Ela está assustada porque errou e sabe disso. — Ela retoma na língua nativa, e a mulher a responde em um tom esganiçado.

— O que foi? — pergunta Johanna, quando Sinn se levanta e nos encara de novo. A mulher tem as mãos unidas diante do corpo em penitência, os ombros estão tremendo.

Sinn entrelaça os dedos na nuca, encarando as escamas no cobertor da mulher, então olha para o céu. Consigo ouvir seus dentes rangendo.

— Precisamos postergar o encontro com os homens de meu pai.

— O quê? — pergunto. — Por quê? O que aquela mulher lhe disse?

— Ela me contou de onde vieram as escamas. Logo no limite da cidade. — Sinn estende a mão para proteger os olhos do sol ao se voltar para nós. — Há um dragão encalhado na praia.

Além de Argel, seguimos uma estrada acidentada que serpenteia pelo campo por quase uma hora. Cada passo joga punhados de areia atrás de minhas botas. As casas se transformam em fazendas, e o terreno plano, em uma caminhada árdua para cima da encosta de solo solto e vegetação rasteira. Nós três perdemos o equilíbrio mais de uma vez quando a terra macia cede abaixo de nós. Conforme subimos, o ar fica pesado com o cheiro de uma praia e algo se decompondo nela. Johanna e eu puxamos os colarinhos do vestido sobre a boca. Sinn cobre a dela com o lenço de cabeça.

Quando chegamos ao topo da colina, Johanna arqueja. Preciso erguer a mão para proteger os olhos do sol antes de ver também. Abaixo de nós, há uma enseada em forma de ferradura, escondida do mar aberto por penhascos. A meia-lua de areia branca é emoldurada por aquela radiante água azul e por trechos espessos de verde. E encalhado na praia, metade do corpo ainda nas ondas de modo que a arrebentação espume com sangue, há um dragão.

Pela minha melhor estimativa, é provável que tenha mais de trinta metros de comprimento, embora eu não possa ter certeza pela posição desordenada e pela cauda que desaparece na água. Parece mais com as serpentes dos desenhos de Sybille Glass no gabinete. Tem um corpo longo e o mesmo azul reluzente do mar, embora as escamas estejam cobertas de areia e de sangue. A testa encouraçada se estreita em um focinho pontiagudo, com o que parecem antenas brotando dela como algas presas nas sobrancelhas.

Há algumas pessoas na praia, a maioria reunida em torno da criatura e minando-a com machados ou facas, arrancando escamas e escavando punhados da carne macia abaixo. Algumas até mesmo trouxeram escadas e carrinhos para ajudar com o carregamento. Um menino que não deve ter mais de 10 anos está sentado na cabeça, tentando arrancar as pontas da antena.

— Malditos carniceiros — sibila Sinn. — Eles cortam os cadáveres e vendem as escamas como uma droga e todo o restante como remédios falsos. A gordura, para pele macia e cabelos sedosos. Os ossos da espinha como amuletos de sorte.

— Vértebras — digo.

— O quê?

— Os ossos da espinha — respondo, meus olhos ainda na criatura. — São chamados de vértebras.

— Obrigada, mas não é com isso que estou preocupada agora.

— Se vai dizer alguma coisa, pelo menos fale certo.

As mãos dela se flexionam em punhos ao lado do corpo.

— Esses ratos vão depenar esse cadáver, inundar os mercados de Argel, então vender as sobras em Nice e Marselha. Seu Dr. Platt não será o único buscando dragões.

— O que fazemos? — pergunto.

— Preciso ir buscar os homens de meu pai — responde Sinn. — Depois disso, espantamos os carniceiros e vigiamos o cadáver até que a maré o leve de volta. Vou correr até a guarnição e trazê-los aqui.

— Quero ficar — afirma Johanna.

— Por que quer ficar com um monstro em putrefação? — pergunta Sinn.

— Porque jamais vi um antes — responde. — E gostaria de olhar direito.

— Isso parece desaconselhável. Pode me esperar em Argel. — Ela olha para mim em busca de reforços.

— Eu também preferiria ficar aqui. — Mesmo sujas de areia, aquelas escamas na luz parecem safiras líquidas.

— Por favor. Não precisa de nós — diz Johanna a Sinn, como se fôssemos crianças implorando a nossas mães por mais uma fatia de bolo. — Provavelmente vamos apenas levantar mais perguntas com os homens de seu pai. E você vai viajar mais rápido sozinha.

Sinn xinga baixinho.

— Tudo bem. Mas fiquem aqui no alto. Não desçam até a praia. Digo isso sabendo que nenhuma de vocês vai dar atenção, mas essas pessoas são sanguessugas. — Ela indica a praia com o queixo. — Não tentem levar nada. Se alguém começar a lhes dar um sermão ou gritar com vocês ou sacar uma faca, apenas fujam. Eles querem espantar vocês para longe do tesouro. Isso não é uma brincadeira — diz ela quando Johanna dá risinhos, embora eu imagine que seja mais pela felicidade de ver o monstro do que pelas palavras de Sinn. — Isso não é uma festinha com seu cachorro no jardim.

— Max e eu não fazemos festinhas no jardim — responde Johanna. — Suja as patas dele.

— As pessoas morreram por muito menos do que uma escama de dragão. — Sinn pressiona as mãos espalmadas contra os lábios, então diz: — Voltarei ao anoitecer. Se não voltar, durmam aqui esta noite e então voltem para a cidade de dia. Os javalis e as raposas caçam pela estrada depois que escurece. E não vão querer um afago — acrescenta ela, pois Johanna parece suspirar de completo prazer diante da ideia de amigos animais.

— Mais alguma coisa, mãe? — pergunto.

Sinn pressiona os lábios com tanta força que sua pele se repuxa.

— Aqui. — Ela coloca a mão na bota, puxa a punção e a entrega a mim. — Não faça nada idiota. — Então sai correndo encosta abaixo.

Assim que Sinn sai de vista, Johanna se vira para mim, as mãos unidas diante do corpo.

— Não vamos ficar aqui.

— Obviamente.

Ela dá um gritinho de alegria, quicando até mim sob as pontas dos pés.

— E eu aqui achando que teria que brigar com você por anuência. Você é tão travessa, Felicity, e eu adoro isso. Vamos!

Cambaleamos para baixo da trilha da encosta e surgimos na praia, nossos pés deixando halos pulsantes na areia molhada conforme nos aproximamos do cadáver de dragão. Um olho meio aberto nos encara sem enxergar, a pupila vítrea em formato de fenda. Uma língua fina e bifurcada se projeta entre os dentes.

— É como uma cobra — diz Johanna, puxando a saia para cima ao saltar pela areia na direção do animal. — Uma enorme cobra que vive no oceano. Como respira debaixo da água?

— Será que *respira* debaixo da água? — pergunto. Há um ferimento ao lado do corpo da criatura, entre as abas moles em volta do pescoço. Não são guelras, mas são vulneráveis o suficiente para que algo tenha conseguido se enterrar ali e rasgar a pele, como o chão depois que uma árvore é arrancada. Talvez seja o ferimento que o matou. — Não há guelras.

— Talvez estejam escondidas. Ou talvez respirem como sapos, pela pele.

— Isso é verdade, ou é vingança por eu ter lhe dito que orelhas crescem de novo?

— É verdade! Não se lembra dos sapos que nadavam no lago do terreno dos Peele?

— Não me lembro deles respirando pela pele.

— E se forem mesmo como cobras, devem ter meios mais eficientes de regular a concentração de sal do sangue. Ou — ela se aproxima da boca; a mandíbula é tão ampla quanto a altura dela, e Johanna olha para dentro sem medo, apoiando-se em um dos dentes, que é tão longo quanto sua mão — filtros em volta da língua?

Caminho pelo lado da serpente, observando a forma como as escamas refletem a luz como água. Pássaros estão empoleirados na coluna, bicando as escamas para chegar à carne macia abaixo. Examino uma das escamas na mão — mesmo com a decomposição, elas não se partem com facilidade. Apesar dos avisos de Sinn, eu a puxo. Ela resiste, então uso a punção. Mesmo com o metal como alavanca, é preciso puxar muito antes que se quebre em minha mão. Pego meus óculos do bolso e os levo ao nariz. De perto e inteira, a escama tem a forma de uma semente de milho, redonda e cônica onde se conecta ao corpo. A cor parece mais perolada e reflete mais luz do que quando moída naquele pó de cor de safira.

Não sei o quanto as escamas são realmente potentes, então a pressiono contra a língua com a mão leve. Tem gosto de sal, mas talvez seja apenas o resíduo do mar, junto com algo como osso — seria osso? Seriam ossos, e não escamas? Que criatura usa os ossos do lado de fora do corpo? Quebro um pedaço da escama do tamanho de minha unha do polegar, pressiono contra a língua e deixo que se dissolva. Quando engulo, sinto um formigamento no fundo da garganta, uma sensação eufórica e alegre que transforma meus sentidos em champanhe.

Sei que age rápido, então espero, me perguntando se sequer tomei o suficiente para sentir qualquer tipo de ação ou elevação ou qualquer diferença.

E então paro de me perguntar.

É como se o mundo ficasse mais aguçado. As cores se tornam mais intensas. O som, mais alto — consigo ouvir dois homens no fim da praia discutindo em darija, cada palavra nítida, embora eu não as entenda. Sinto como se pudesse aprender.

Abaixo o olhar para a escama em minha mão, e minha visão se embaça. Preciso de um momento para perceber que são os óculos. Quando os empurro para a testa, a visão que perdi há muito tempo por forçar a vista para enxergar letras pequenas sob luz fraca voltou. Tomo fôlego, e é como se câmaras dentro de meus pulmões que eu nunca soube que existiam se abrissem, deixando tanto ar me inundar que temo sair flutuando. Não tenho certeza se é real ou simplesmente minha percepção, mas juro que meu coração jamais bateu com tanta força. Não está rápido de medo, ou arrítmico como depois de correr. Está forte. E me faz sentir forte.

Eu queria ter um livro. Poderia ler com duas vezes a velocidade habitual. Queria ter um problema para resolver, algo matemático e complicado, com uma resposta certa. Flexiono os dedos em punho e abro, tentando decidir se quero correr ou nadar ou começar a listar cada palavra que conheço.

Começa a parecer que meu coração bate rápido demais. Meu corpo inteiro parece rápido demais e, a essa velocidade, mesmo um formigamento de medo parece pânico.

Quando a sensação me abandona, é abrupto, como pegar uma caixa que se espera estar pesada e descobrir que não pesa. A primeira coisa em que penso — vem à mente sem meu consentimento — é que jamais respirarei tão profundamente de novo. Passarei o resto da vida sentindo como se o coração não estivesse batendo rápido o bastante, meus pulmões não estivessem se abrindo o bastante.

— Felicity.

Ergo o rosto. Johanna está de pé à minha frente, a bainha suja de areia escura e os olhos na escama em minha mão.

— Você experimentou.

— Só um pouco.

— Como se sentiu?

— Poderosa. — Ela estende a mão, e eu entrego a escama para ela para que examine. — Isso é perigoso.

Ela passa o polegar pela ponta lisa, então de novo pela granulada.

— Precisamos tirar amostras.

— Sinn não vai gostar disso — digo.

— Bem, Sinn não precisa saber. — Ela tira a bolsa da mãe das costas e enfia a escama em um dos bolsos. — Acha que são diferentes, dependendo da parte do corpo de onde se tira? Ou será que são todas iguais? Como você a soltou? Usou as mãos? — Ergo a punção. — Bom, use isso. Vou ver se há uma forma de coletar parte do sangue.

Ela volta correndo para a praia, a bolsa quicando no quadril, e retomo a tarefa de soltar mais escamas. Mal prendi a punção sob uma delas quando alguém grita. Ergo o rosto e há um homem correndo até mim, magro e curvo, mas movendo-se preocupantemente rápido. Ele grita em darija, e não entendo uma palavra, mas está agitando os braços como se tentasse me enxotar. Recuo um passo, erguendo as mãos, mas ele continua vindo, agora agitando as mãos na direção do brilho da unção que estou segurando.

Sinn disse para correr, então me viro e corro.

Ele não me segue até muito longe, mas continuo depois que ele para e retorna ao tesouro. Há uma protuberância de pedra na beira da enseada, os topos como presas cobertos com musgo esmeralda. Rochas pontiagudas estão espalhadas na base, água se acumulando entre elas em poças, as laterais cheias de flora marinha oscilando e algumas pontuadas por peixes de um laranja alegre.

Perco o equilíbrio e entro até os joelhos no mar. Algo escorregadio e úmido roça minha perna, e recuo. Para minha surpresa, o que quer que tenha me roçado também recua e solta um grito estranho. É como um berro, mas se registra mais profundamente em meus ouvidos do que a maioria dos sons. Meu corpo todo estremece. A superfície da água, já perturbada com meu movimento, ondula.

Olho para trás, mas ninguém na praia parece ter ouvido. Ouço o barulho de novo e tapo as orelhas com as mãos, olhando para a água para ver o que está gritando para mim.

Eu me impulsiono para fora da poça, as anáguas se abrindo, então me agacho. Coloco a mão na superfície, e algo a pressiona sob as ondas. Caio para trás, surpresa, sentando-me diretamente em uma das poças menos profundas, ainda bem, e ensopando a saia. Ouço o som novamente, mas mais baixo desta vez e mais como um ronronado. O bastante para ter certeza de que vem desta poça.

Há um jato de espuma, então duas narinas despontam na superfície, as fendas de pele que se mantêm fora da água se abrindo ao emergirem. Eu tropeço na beira da poça de novo e, olhando para mim, está um dos dragões marinhos em miniatura. As escamas são cotocos curtos, e nadadeiras finas despontam da barriga, translúcidas e girando como fitas sob a água.

— Johanna! — grito por cima do ombro, tão alto que várias das pessoas na praia se viram. Johanna, absorta em um exame dos dentes do dragão, não é uma delas. — Johanna! — grito de novo, e dessa vez ela olha. Faço um aceno frenético e ela relutantemente se afasta e trota até o meu lado.

O bebê dragão empurra o nariz contra os limites da poça, tentando prender a cabeça na rocha e se impulsionar para cima. Consigo ver uma mancha ao longo do pescoço que está esfolada e ensanguentada pela fricção das tentativas.

— Ah, ah, ah! Não faça isso! — Eu me movo ao longo das rochas, tentando impedir a criatura de se ferir de novo. Quando eu a toco, ela uiva novamente, e eu me afasto. Sob a água, as escamas parecem veludo.

Johanna, agora perto o bastante para ouvir, também solta um guincho e cobre as orelhas.

— O que foi isso? — grita ela para mim.

— Venha cá! Há um pequenininho!

— Um o quê? — Johanna corre até meu lado, rasgando a ponta da saia nas pedras com a pressa. Ela solta um pequeno arquejo quando vê o minúsculo dragão, a cauda se debatendo contra os confinamentos da poça, e pega meu braço. — Felicity.

— Sim.

— Felicity. — A voz dela é como uma pena. — É...

— Eu sei.

— Um bebê!

— Ou pode ser uma versão de bolso.

— Felicity. — As duas mãos de Johanna estão em meu braço agora, estrangulando o tecido do vestido. — Felicity.

— Essa sou eu.

— Descobrimos uma nova espécie.

O rosto dela é como a luz do sol em um rio, um raio já esplendoroso que fica ainda mais intenso. Não quero ser a nuvem e lembrar a ela que, na verdade, não descobrimos. Sinn e a família dela abrigam esses animais há décadas. Os carniceiros na praia, o povo de Argel — esses dragões não são novos para o mundo, apenas para nossa pequena parte dele.

Johanna coloca um dedo hesitante na água, e o minúsculo dragão fecha os lábios muito suavemente em torno dele, sugando-o.

— Não tem dentes — diz ela, com a voz esganiçada. — Os grandes têm, mas... ah, não, pequenino, aquela é sua mãe?

— Como sabe que é uma fêmea? — pergunto.

— Unidade parental de gênero indeterminado, então. Ah, espero que não, pobrezinho. Podemos ser órfãos juntos.

É radical, penso ao observar Johanna, com os dois braços submersos até os ombros enquanto ela acaricia a cabeça do dragão, a compaixão que tem por essa coisa. A maioria dos filósofos naturais não tem esse tipo de carinho pelas coisas que estudam. A maioria dos médicos não tem. Os hospitais em Londres são prova disso. Os besouros e lagartos e morcegos caçados para coleções, perfurados com alfinetes em uma parede atrás de vidro, são prova disso. Homens querem colecionar. Competir. Possuir.

Johanna passa o dedo pelo osso do focinho do dragão, e um jato de espuma dispara das narinas quando elas rompem a superfície. Tem cheiro de alga marinha e açúcar.

— Chegou a pensar — diz ela conforme o dragão ronrona para as pontas de seus dedos —, tantos anos atrás, quando brincávamos de explorar, que de fato estaríamos aqui? Ou que encontraríamos algo assim? Isso parece um sonho. — Ela tira a mão da água, sacudindo para secar, então se vira para mim. — Acha mesmo que podemos esconder isso?

— Não é nosso para compartilhar.

— Poderíamos levar para a Royal Society. Eles teriam que nos levar a sério com uma descoberta como esta. Poderíamos ser a primeiras mulheres do mundo.

— Primeiras mulheres a fazer o quê?

— Qualquer coisa. Tudo. Poderíamos liderar expedições. Publicar livros e trabalhos e dar aulas. Ensinar em universidades. Não consegue imaginar, você, eu e o mar? — Ela abre os braços e joga a cabeça para trás, o pescoço curvo como o de uma dançarina. — Talvez valha sacrificar algumas criaturas para que possamos melhor entender todas.

— E quanto a sacrificar algumas cidades africanas?

Ela suspira, deixando os braços caírem. O dragão tira a cabeça da água e cutuca o alto, a palma de Johanna.

— É tudo muito complicado, não é? — pergunta ela. — Ou será que eu apenas não sou uma boa pessoa por sequer pensar nisso?

— Não tenho certeza se alguém é totalmente bom quando somos reduzidos a elementos primordiais — digo.

— Max é todo bom.

— Max é um cão.

— Não vejo como isso muda alguma coisa. Ele é um bom cachorro. — O monstro marinho gira na água, a cauda despontando na superfície e revelando um pequeno espinho como uma saliência pontuda. Johanna se encolhe com uma gargalhada diante do jorro de água. — Talvez esta coisinha seja toda boa.

— Ou talvez ela afunde navios um dia.

— Ah, cale a boca. — Johanna mergulha a mão de novo na água, e a luz do sol atinge as ondas como se o oceano fosse feito de pedras preciosas. — Deixe-me sonhar que há algo inquestionavelmente puro neste mundo.

Johanna e eu conseguimos libertar o dragãozinho da prisão dele na poça da maré, mas o animal parece relutante em nadar para o mar aberto. Em vez disso, fica voltando para onde Johanna e eu estamos com os joelhos mergulhados e ziguezagueando entre nós. Johanna sai caminhando com ele com a desculpa de atraí-lo para águas mais profundas, mas está claro que os dois estão brincando. A saia dela forma bolhas ao redor de Johanna como uma água-viva, pulsando com as ondas. Ela persegue o minúsculo dragão pela água, e o animal solta mais um ronronado agudo, o que faz Johanna dar gritinhos, embora pareça ser um barulho de prazer vindo do fundo dos dois. Ela mergulha a mão na água, e a criatura se aproxima de seu toque, a cauda enroscada na panturrilha redonda dela como uma fita viva sob o mar.

Eu volto para a praia onde Johanna deixou a bolsa e o fólio da mãe dela, e pego um punhado de papéis soltos de dentro. Páginas, páginas e mais páginas de anotações; a maioria exigiria tempo, uma lupa e menos luz do sol tão potente que não derreta as lentes de meus óculos para ser decifrada. Há várias folhas com desenhos dos dragões, cada uma um pouco diferente conforme ela formava uma imagem mais completa da aparência deles. Há uma longa lista de componentes químicos com duas colunas ao lado deles, uma com a palavra *obtido* pontuando-a e a segunda marcada com um P ou um G.

Isso me lembra de algo, e enfio a mão no bolso e pego a lista que venho carregando desde o hospital em Londres, agora rasgada, manchada e praticamente esculpida com o formato de minha coxa depois de ficar tanto tempo pressionada contra ela. A única linha que ainda é completamente legível está no alto: *Eu mereço estar aqui.*

Não tenho certeza se acreditei nisso quando escrevi. Por mais que tenha estampado um queixo erguido diante da rejeição, todo homem que me rejeitou levantou em mim um medo de que talvez ele estivesse certo. Talvez eu não merecesse um espaço entre eles. Talvez haja um motivo pelo qual as mulheres são mantidas em casas, cuidando de crianças e fazendo jantar. Talvez eu jamais possa ser nem metade tão boa como médica quanto esses homens, simplesmente por causa de uma inferioridade natural, e sou apenas teimosa demais para enxergar isso.

Mas, se eu não puder sempre acreditar em mim mesma, posso acreditar em Johanna. E Sinn. E Sybille Glass e Artemisia Gentileschi e Sophia Brahe e Marie Fouquet e Margareth Cavendish e todas as outras mulheres que vieram antes de nós. Jamais duvidei das mulheres que vieram antes de mim ou se elas mereciam um lugar à mesa.

Amasso o papel em meu punho e deixo que o oceano o carregue de meus dedos para o mar.

Não preciso de motivos para existir. Não preciso justificar o espaço que ocupo neste mundo. Não para mim nem para Platt ou para uns diretores de hospital, ou para um navio pirata cheio de homens com alfanjes. Tenho tanto direito a este mundo quanto qualquer outro. Ninguém oferecerá a mim e a Johanna permissão para tornar este trabalho nosso, para pegar os mapas da mãe dela e segui-los até o fim do horizonte, onde o mar e o céu se mesclam esfumaçados. Primeiras de nosso nome, primeiras de nossa espécie.

Ouço um urro da caverna e olho por cima do ombro. Estamos em grande parte protegidas pelas rochas, mas um filete da praia é visível para mim. Os carniceiros estão indo embora. Estão indo embora rápido. Estão correndo para cima da encosta, os rostos voltados para o mar de forma que percam o equilíbrio na areia. Alguns deixaram as ferramentas e a recompensa para trás em pilhas reluzentes na praia.

Minha pele se arrepia. Algo está errado.

Enfio os papéis de Sybille de volta no fólio, então seguro um punhado da saia para cima e caminho de volta para a praia, para longe do abrigo de nossa caverna para poder ter uma visão completa do mar vazio além da baía. O sol viajou para mais longe do que eu esperava. Está logo acima do horizonte, a gema de um ovo quebrado virado na borda do céu. A água começa a ficar cor de bronze sob o quebrar das ondas.

E formando uma silhueta contra aquele céu cor de bordo, há um imenso navio, velas erguidas, âncora lançada e barcos longos sendo abaixados para a água.

Corro de volta pela praia e cambaleio para dentro da caverna.

— Johanna! Há um navio!

Ela tira os olhos da água.

— O quê? É o de Sinn?

— Acho que não.

— Mais carniceiros?

— Não, é um navio grande. Um navio de guerra. Se forem homens europeus, não nos deixarão sair daqui em silêncio. Na melhor das hipóteses, seremos interrogadas e levadas para o Continente. — Não preciso dizer em voz alta qual é a pior das hipóteses. — Precisamos nos esconder.

— Onde?

— Fique aqui. Abaixe-se.

— Mal estamos fora de vista aqui. Assim que chegarem à terra, nos verão. E nós os levaremos direto para ela. — Johanna olha para a água, onde o filhote de dragão está rodopiando entre as pernas dela, alheio a qualquer perigo.

— Então o que fazemos?

— Fugimos. É a única coisa que podemos fazer. Passamos por cima das dunas, nos escondemos ali e esperamos por Sinn como ela disse. Precisamos ir agora.

Johanna começa a caminhar na minha direção, os passos dela altos na água, mas então para.

— Não, fique aqui!

Preciso de um momento para entender que ela está falando com o monstro marinho, ainda enroscado em seus tornozelos a cada passo. Ela tenta enxotar a criatura para dentro da caverna, mas não é tão bem-treinada quanto Max.

— Fique! Fique aqui! Não me siga.

Corro pela água — tanto quanto se pode correr quando as ondas me empurram na direção oposta e o leito do mar fica abandonando meus passos — até onde Johanna está implorando a uma criatura que não a entende. Levanto a água o mais ruidosamente possível, fazendo-a bater bem na cara do animal. Ele foge de Johanna com outro daqueles choros de estourar os ouvidos. É algo horrível, causar tanto medo a algo. Se fosse mais velho e tivesse mais dentes, se tornaria predatório. Eu sei — já senti esse tipo de medo também. Já me senti encurralada e acossada, e já mordi para me defender.

Em vez disso, o dragãozinho parece acovardado, flutuando alguns centímetros de nós, com os grandes olhos molhados fixos em Johanna, mas assustado demais para voltar.

Desculpe, penso. *Queria que você entendesse.*

Mas ele não entende, e Johanna e eu o deixamos para trás na caverna, assustado, sozinho e com a mãe apodrecendo na praia.

Paramos bem onde as rochas terminam, agachando atrás delas e ficando fora da vista do navio. Os barcos longos quase chegaram ao litoral. Os marinheiros neles são evidentemente europeus — todos de pele branca, cabelos claros e falando inglês uns com os outros. Nenhum deles usa qualquer tipo de uniforme, mas portam machados e vários transportam caixas para coleta entre eles. Eles as soltam na praia e tiram de dentro caixas de amostras, jarros de vidro, frascos. Rifles são disparados no ar para assustar os poucos carniceiros que restam na praia. Eles saem todos aos tropeços até as dunas.

Os ingleses já sabem sobre os dragões. Vieram até aqui sabendo sobre o monstro encalhado, para coletá-lo. Chegamos tarde demais.

— Saímos correndo? — sussurro para Johanna conforme olhamos para fora de nosso esconderijo. — Ou ficamos escondidas?

— Não acho que vão nos seguir se corrermos — diz ela. — Só querem a área livre. Subimos na encosta e esperamos por Sinn. Não há um jeito bom de sair de fininho. É vegetação rasteira, areia e penhascos erodidos. Mas, se conseguirmos subir para o meio das árvores, acho que podemos nos esconder.

— Venha.

Johanna e eu começamos a subir aos tropeços pelas rochas. Na praia, os homens estão tão absortos no trabalho que parece que há uma boa chance de não nos notarem. Então, na caverna atrás de nós, o minúsculo monstro solta um grito de estourar os ouvidos, o mais alto até então. Ele para o mundo, mas apenas por um momento. Os marinheiros todos olham diretamente para nós, e Johanna e eu saímos correndo.

No entanto, correr na areia seja talvez a tarefa mais inútil que se pode fazer. Johanna é maior do que eu e, sem sapatos e com o vestido encharcado a atrasando, fica mais lenta. Eu quase paro, mas não há nada que possa fazer para ajudá-la além de oferecer palavras encorajadoras, e palavras jamais venceram uma corrida.

Eu esperava que os marinheiros nos deixariam em paz depois que vissem que estávamos partindo — no máximo que disparassem um tiro no ar —, mas, em vez disso, estão avançando. Eu estava preparada para ser enxotada, mas não para ser perseguida.

— Johanna, rápido!

Mas estamos presas contra as rochas, e os marinheiros se aproximam e nos tiram da trilha. Tento desviar de um e ele agarra a parte de trás de minha saia, me derrubando. Caio estatelada de costas na areia, e o marinheiro me vira, então me prende ao chão com as mãos torcidas atrás do corpo e o joelho preso em minhas costas. Cuspo montes de areia. Está em meus olhos e minhas orelhas. Chuto para trás para atingi-lo, esperando que acerte com força o bastante para enfraquecer seu controle, mas, em vez disso, a punção presa em minha bota se solta e cai na areia, fora de meu alcance. Outro homem a pega. Johanna grita, e ergo a cabeça o mais alto que consigo, apenas o bastante para vê-la atingir o chão ao meu lado. Em seguida, uma bota pesada, preta e lustrosa como um besouro, prende as costas dela.

Talvez seja algo que convencionalmente se considera muito feminino dizer que reconheço aqueles sapatos. Mas, quando o único trecho de um homem do qual você tem um bom vislumbre é o calçado e quando esse calçado ressurge, dessa vez pressionando sua amiga contra a terra, os sapatos tendem a causar uma impressão. Estico o pescoço para olhar para ele, embora não possa reconhecê-lo, pois não cheguei a de fato olhar bem para o homem na sala de estar de Platt em Zurique. Mas tenho certeza de que é ele. É alto e branco, suas bochechas estão vermelhas com o sol e os cabelos sob o chapéu tricórnio, cortados rentes, como se estivesse normalmente enfiado sob uma peruca.

— Alex! — grita ele na direção da praia, e meu coração afunda. — São essas as suas meninas perdidas?

Uma sombra se alonga subindo a praia em nossa direção. Ao meu lado, Johanna solta um choro. Meio que espero que o dragãozinho responda de novo, pois o medo deles tem o mesmo tom.

A sombra atinge meu rosto e me encolho como se queimasse. O Dr. Platt paira acima de nós, um sabre curvo em uma das mãos e as mangas da camisa já manchadas com o sangue do dragão. Ele tem uma aparência doente; os cabelos estão ensebados e a pele parece ser um dos trabalhos de cera de Quick. Talvez seja o tempo no mar, mas o sol tende a dar cor às bochechas de um homem, não as tornar pálidas e arroxeadas.

— São, sim. — Ele empurra a ponta do pé sob o queixo de Johanna e inclina o rosto dela na direção do dele. — Tive a sensação de que nossos caminhos poderiam se cruzar aqui.

— Como nos encontrou? — pergunto, e as palavras saem da boca junto com um punhado de areia.

Platt se vira para me olhar, os pés se inclinando quando a areia cede sob eles.

— Seguimos o monstro.

Lembro-me do ferimento ao lado dele, da pele rasgada em torno do pescoço. Como algo feito por um arpão.

— Vocês o mataram.

Platt não responde. Ele se vira para o homem das botas.

— Devemos amarrá-las?

— É o melhor a se fazer, provavelmente, enquanto coletamos.

— Coletar? — grita Johanna, e embora nós mesmas tenhamos acabado de considerar tirar amostras, esses homens parecem prontos para extrair muito mais.

Platt a ignora e se dirige aos marinheiros:

— Amarrem as duas juntas. Nós as levaremos de volta ao navio quando terminarmos aqui.

Quero gritar. Quero cuspir e me debater e chutar como uma criança. Esse homem patético e ardiloso que desperdicei anos da minha vida idolatrando, que segui atravessando um continente por uma chance, que tinha uma faca pressionada tão profundamente na lateral de meu corpo que não senti até que ele a girasse. Jamais quis tanto socar alguém na cara como quero fazer com ele nesse momento.

Onde estão Sinn e todos aqueles piratas ameaçadores quando precisamos deles? Por mais que eu acredite no poder e na força de uma mulher, o que eu não daria para que um bando de homens de peito estufado com cutelos no lugar de braços surgisse do alto da colina e saltasse em nossa defesa. Mas, em vez disso, Johanna e eu somos presas uma de costas para a outra, nossos pulsos amarrados juntos e as pernas, na altura dos tornozelos e dos joelhos, com uma faixa de tecido áspero envolta em torno de nossas bocas. Somos então obrigadas a nos sentar e observar conforme o dragão marinho é destituído das escamas em pedaços que se espalham pela praia como conchas. Mesmo depois de serem coletadas, deixam círculos escuros de sangue na areia.

Os marinheiros trabalham noite adentro. Eles acendem fogueiras, queimam a gordura do corpo do leviatã como combustível. Os homens se revezam para nos vigiar. Johanna está de frente para o oceano; eu, de costas para os marinheiros, olhando para o alto dos penhascos. Então sou eu quem vê os piratas quando eles aparecem no alto da encosta, silhuetas escuras que surgem dos arbustos e se espalham. O luar faz as armas parecerem que são feitas de fumaça. Sou eu quem vê Sinn rastejar até o limite, no mesmo lugar em que ficamos naquela manhã, e levantar a mão, observando Johanna e eu, e os marinheiros ingleses e o navio. Fazendo um sinal para que parassem.

E então que batessem em retirada.

Sou eu quem os vê desaparecer na escuridão, nos deixando amarradas na praia enquanto os homens de Platt despedaçam o dragão até os ossos.

18

Somos mantidas na praia até o sol nascer e os homens começarem a colocar os espólios nos barcos longos para serem levados de volta ao navio. A carcaça do monstro é carne pútrida e ossos expostos agora, a pele que resta está rosada, ensanguentada e despida. Parece uma veia aberta na praia. Johanna e eu somos desamarradas uma da outra e empurradas para o último barco, então forçadas a nos sentar no chão entre sabres e machados, as lâminas tilintando como moedas em uma bolsa. Mal zarpamos e minhas meias e saia já ficam ensopadas com o sangue e a bile que se acumulam no chão do barco.

Os marinheiros fedem às entranhas podres que estavam destrinchando, todos inebriados do que quer que tenham mascado para se manter acordados e estourando bolhas na palma das mãos onde o trabalho as esfolou. Eu poderia dizer que isso só vai levar à infecção, mas nesse momento prefiro que as mãos deles apodreçam e caiam. Qualquer homem que leva uma moça contra a vontade dela merece que uma parte muito mais sensível do que as mãos caia lentamente. Conforme nosso barco é puxado para o convés, vejo de relance o nome pintado na lateral: *Kattenkwaad*. Holandês ou germânico, e, embora eu não saiba dizer qual dos dois, tenho certeza de que é um navio da frota do tio de Johanna.

Somos levadas até a cabine do capitão no fundo do navio, onde, por fim, nos desamarram e nos livram das mordaças. Minha língua parece peluda e seca depois de tanto tempo pressionada contra o material espesso. Ao meu lado, Johanna suga as bochechas, tentando gerar umidade na boca.

Platt está esperando por nós na cabine, encostado na escrivaninha do capitão como se ela o estivesse mantendo de pé. Os olhos dele estão vermelhos, a pele ainda mais amarelada do que parecia na praia. Diante dele está o baú que Johanna havia deixado para trás na casa de Frau Engel, em Zurique — ele deve ter seguido Johanna até lá, da mesma forma que eu, e faço uma breve prece de agradecimento por não termos passado mais uma noite lá antes de partirmos. Uma oração inútil pelo fato de que ele nos alcançou agora. Também tem a bolsa de Sybille Glass e o portfólio de couro recolhido da praia. A bolsa foi rasgada, esvaziada, então virada do avesso de forma que o conteúdo está jogado no chão. Os papéis foram muito mais civilizadamente revirados, folheados e agora estão empilhados na mesa.

Johanna e eu paramos quando a porta da cabine bate às nossas costas, o baú entre nós e Platt.

— Onde está o mapa, Johanna? — indaga ele, sem prelúdios.

— Que mapa? — pergunta ela, confiando bastante naquele tom afeminado de voz. O timbre poderia quebrar vidro.

— O mapa de sua maldita mãe. Onde está?

Platt se levanta e cambaleia em volta do baú. Não tenho tanta certeza de qual é a resposta; não vi o mapa quando folheei o fólio mais cedo, mas presumi que estivesse lá. Ou Johanna tomou precauções ou ele se perdeu em algum lugar pelo caminho, embora isso pareça impossível. Penso rapidamente em Sinn, espreitando no alto da colina observando os ingleses pilharem os dragões que eles juraram proteger. Talvez tenha levado o mapa sem que nós duas tenhamos visto, e todas aquelas intenções nobres fossem mentira. Ou melhor, uma mentira ainda maior do que se pensava, pois não importam os motivos, ela ainda assim nos abandonou.

Platt chuta o baú para fora do caminho, e Johanna dá um passo para trás, direto em meu pé. Eu a seguro pelo cotovelo e a empurro para trás de mim, me colocando entre ela e Platt.

— Não sabemos do que está falando — digo. Minha voz está rouca depois de uma noite com a boca cheia de lã, mas pelo menos isso disfarça o medo que a teria secado de qualquer forma.

— Eu sei que estão com ele. — As pernas de Platt tremem sob o corpo, o balanço do navio na água parecendo incomodá-lo mais do que deveria. — Vocês têm todas as malditas coisas que ela deixou para trás naquele navio. Não teriam deixado Zurique sem ele. Não estariam *aqui* se não o tivessem. — Ele pega o portfólio e o sacode na nossa direção. Platt já o esvaziou, então é um gesto feito apenas pelo simbolismo. — Onde está o mapa?

— Nós o deixamos para trás — afirma Johanna. Ela está com os cotovelos puxados contra o corpo, as mãos curvadas sobre a barriga. — Está em Argel.

Os olhos de Platt brilham com pânico, mas então ele engole em seco.

— Está mentindo. Não viriam até a África para deixá-lo para trás. Encontraram alguém? Vocês o venderam? Aqueles piratas fizeram um acordo com vocês?

— Como sabe sobre os piratas? — pergunto.

Ele gargalha, um som selvagem e primitivo.

— Porque a Coroa e Cutelo é dona de cada centímetro de água pelas quais velejamos. Estamos pagando impostos a eles apenas para termos permissão de entrar no território. E a mãe dela — e aqui ele aponta um dedo trêmulo para Johanna — usou a viagem para benefício próprio. Estava mapeando o caminho até o ninho desses monstros e então levaria essa informação para a Inglaterra e faria um nome para ela. Se não tivesse certeza de que seria impossível ignorá-la com a descoberta, não teria se importado com essas bestas. A senhorita Sybille Glass teria feito qualquer coisa por atenção.

— Então como você é diferente? — retruco. — Não pode alegar intenções nobres também, depois de ter acabado de depenar um cadáver.

— Por recursos — responde ele, com o maxilar trincado na última palavra. — Recursos que os corsários que são donos daquela terra teriam deixado ser levados de volta para o mar e desperdiçados. Eles roubam substâncias valiosas do mundo ao mantê-los escondidos. — Platt está tateando o casaco. Ele parece maníaco e selvagem, as mãos trêmulas conforme cata a caixa de rapé no bolso interno, mas, quando a abre, está vazia. Ele solta um resmungo baixo, pega o estojo de couro enrolado que caiu da bolsa de Sybille e o abre, pegando um dos frascos de escamas em pó.

O fundo de minha boca queima ao ver aquele pó reluzente, meus pulmões subitamente muito cientes de como minha respiração está leve e do quanto Platt é muito mais forte do que eu. Quero estender a mão e pegar dele, mas, em vez disso, eu digo:

— Não tome isso. É viciante.

— Acha que eu não sei disso? — dispara ele. — Nem todos nós nascemos tão privilegiados quanto você, senhorita Montague. Não aprendemos sobre viciados em nossos tratados médicos, nascemos deles, somos criados por eles e nos viciamos desde a primeira respiração.

— É isso que você vem tomando esse tempo todo — percebo. — Não é rapé ou *madak* ou ópio. São essas escamas.

As mãos dele se fecham em torno do frasco, tão forte que os nós dos dedos ficam brancos. Fico surpresa por não quebrar.

— Sua mãe — diz ele, inclinando a cabeça para Johanna — me persuadiu a participar dos experimentos dela. Veneno, antídoto, veneno, antídoto, todos tratados com as escamas em pó que encontrou em mercados paralelos e comprou de piratas. Ela me contou que era uma droga que poderia acabar com doenças. Pediu que eu tomasse regularmente e prometeu que me livraria do ópio. Disse que eu poderia voltar para a Inglaterra um homem sóbrio e recuperar minha licença médica e ela me creditaria pela ajuda. Era um navio aos pedaços, uma maldita viagem paga com o mínimo possível por aquele homem que queria uma coleção mas não fazia ideia do que era preciso para conseguir uma. Estávamos todos doentes pela podridão, pelos ratos e pela comida. Achamos que afundaríamos antes de chegarmos à Berbéria. Cada homem a bordo daquele barco só estava lá porque não tinha outra opção. Sua mãe não era diferente.

— Ninguém queria trabalhar com ela porque ela era mulher — argumenta Johanna.

— Ninguém queria trabalhar com ela porque ela era uma cadela — retruca Platt, e Johanna se encolhe. — Ela usava qualquer um que pudesse lhe fazer subir. Usava e descartava.

— Ela precisava lutar por reconhecimento — diz Johanna. — Foi você quem levou crédito pelo trabalho dela no gabinete.

— Era meu trabalho também, acabou com minha maldita vida inteira. Se ela não tivesse provocado a própria morte, não teria me dado uma gota. Sua mãe era implacável. Uma viciada degenerada, tanto quanto eu. Era uma serva da ambição dela, e isso a tornava uma serva de sua droga.

Ele não consegue abrir o lacre do frasco e, com um grunhido de frustração, quebra o topo contra a borda da mesa e o esvazia na mão.

— Não! — Seguro a mão dele e o pó derrama, formando uma nuvem entre nós antes de cair na mesa, no chão, na frente das nossas roupas, nenhuma partícula podendo ser salva.

Olho para Platt no momento em que a mão dele encontra o lado de meu rosto.

É uma dor atordoante, diferente de tudo que já senti. O ardor forte reverbera por mim. Minha visão fica embaçada e cambaleio para trás, sentando com tanta força que sinto o tremor em cada centímetro do corpo e faz estalar meu pescoço.

Johanna grita. Eu pisco com força, tentando desembaçar minha visão e afastar o zumbido dos ouvidos.

— Sinto muito. Sinto muito mesmo. — A voz de Platt sai entrecortada, falhando. Ele está curvado sobre a escrivaninha, os ombros trêmulos. — Eu não quis...

— Você perdeu a cabeça! — grita Johanna para ele.

Há uma batida à porta da cabine, então o homem que visitou Platt em Zurique entra.

— Que diabo está acontecendo aqui? — dispara ele, fechando a porta atrás de si com uma daquelas botas caras, os bicos manchados com areia da praia. — Estamos carregados e precisamos de uma direção. Por Deus, Alex?

Platt gesticula sem palavras para o cavalheiro, e os dois cambaleiam para fora, para o convés, a porta se fechando atrás deles.

Assim que Platt se vai, Johanna está ao meu lado.

— Você está bem? — pergunta ela, limpando as lágrimas que o tapa arrancou de meus olhos com um toque carinhoso que ainda assim provoca dor. — Nossa, eu consigo ver a marca da mão dele inteira em seu rosto.

— Está tudo bem. — Cuspo um punhado de sangue por ter mordido a língua, mas todos os meus dentes ainda estão no lugar e uma exploração rápida do rosto com os dedos confirma que nenhum osso está quebrado. Do lado de fora, posso ouvir Platt e o outro homem discutindo. Obrigando-me a ignorar a dor, indico a porta e Johanna e eu seguimos de fininho para a frente e pressionamos a orelha contra ela.

— ...perdendo a cabeça — diz o homem. — Onde está o mapa?

— Ela está com ele, Fitz — responde Platt, a voz falhando. — Sei que está.

— Mas você não o viu?

— Eu... não.

— Está escondido em algum lugar na praia? Ou na cidade?

— Precisamos levá-la para a Inglaterra e para o tribunal. Vão forçá-la a entregar.

— Não temos tempo de voltar à Inglaterra e conseguir que um tribunal arranque documentos das mãos dela — dispara Fitz. — Sem um certificado de casamento, sua reivindicação legal é tênue, na melhor das hipóteses. E, até que o juiz ouça seu caso, não lhe restará mais nenhum investidor.

— Mas...

Fitz não o deixa falar.

— Assim que este caso aparecer em um tribunal, perdemos nossa única vantagem nesta expedição. Nosso direito de primeira reivindicação. Até conseguirmos o mapa, outra pessoa já descobriu a localização do ninho.

Silêncio, exceto pelo som de Platt tomando vários fôlegos profundos e contidos. A porta range quando ele encosta nela.

— E a jovem Montague? — pergunta, por fim.

— Se acha que pode extorquir dinheiro da família dela, vamos precisar disso. Mande-a para a Inglaterra com uma carta para o pai.

— Não temos outro navio.

— Vou encontrar alguém para você.

Cada palavra se aperta como um punho em volta de meu peito, tornando cada vez mais difícil respirar. Eu deveria ter ficado em Edimburgo com Callum. Deveria ter me contentado com a vida com um padeiro que teria me tolerado. Deveria saber que não era um incêndio florestal, mas uma pequena chama que poderia ser facilmente apagada pelo primeiro homem que se virasse para mim com a respiração forte. Não há vitória para as mulheres neste mundo. Fui tola em pensar que poderia haver para mim, e saber que passei tanto tempo me apoiando em uma esperança tão mal depositada é como derramar sal em uma ferida.

Você é Felicity Montague, penso, tentando forçar alguma coragem para meu coração, mas tudo em que consigo pensar é *Você é Felicity Montague e deveria ter se contentado com uma vida simples.*

— Neste momento — prossegue Fitz —, temos amostras, mas elas podem ser facilmente desbancadas. Isso não garantirá um transporte, mas fará com que todos os naturalistas de Londres levem o nariz ao chão e farejem essas criaturas antes que você consiga. Precisa do mapa, precisa da ilha e precisa voltar para a Inglaterra com ovos. Então, diga-me: qual é nossa direção?

Uma pausa. Tanto Johanna quanto eu prendemos a respiração.

— Gibraltar — diz Platt, por fim.

Ao meu lado, Johanna solta um gritinho, e uma das mãos dispara para a própria boca. *Gibraltar?*, pergunto, sem som.

— Solo inglês — responde ela. — Ele vai se casar comigo.

Vai levar pelo menos uma semana no mar antes que cheguemos à solitária faixa de solo inglês na ponta da Espanha. A benção de um navio pequeno e que não é equipado para levar damas que não são exatamente prisioneiras dignas de uma cela, mas que também não devem de jeito nenhum ser deixadas sozinhas é que Johanna e eu somos trancadas juntas na cabine, com grandes janelas de vidro que dão para o oceano que balança atrás de nós. A princípio, parece tolice que nos deixem ficar num lugar do qual é tão fácil fugir, até que eu, realmente pensando na logística que uma tentativa de sair pelas janelas exigiria, percebo que não é saída alguma. As janelas não se abrem, e, mesmo que quebrássemos painéis o suficiente para conseguirmos passar por elas sem lacerar a pele nos cacos ou chamar atenção com o barulho, não há para onde ir. Acima, há um navio cheio de homens. Abaixo, o amplo e impiedoso oceano. Além de um plano de saltar no mar com um bolso cheio de biscoitos de água e sal e a esperança de sermos encontradas por alguém com intenções mais nobres do que nossos atuais captores, não temos alívio.

Depois de termos certeza de que Platt nos deixou a sós, pergunto a Johanna:

— Você tem o mapa?

— É claro que sim. — Ela dá tapinhas na barriga.

Posso ter sido atingida com mais força do que pensei, pois a encaro inexpressiva.

— Você o comeu?

— Não, está preso sob meu espartilho. Estava preocupada que alguém pudesse pegar minhas bolsas enquanto viajávamos, ou que o perdêssemos, ou que algo terrível acontecesse. Algo como isto. — Ela gesticula para nossa cela. — E presumi que, se acabássemos presas por homens que o quisessem, nenhum deles conseguiria abrir um espartilho se tentasse. Ou mesmo pensar em procurar aqui. — Ela puxa o corpete do vestido, tentando bater a areia que secou ali em montes. — Embora não ajude em nada. Se ele se casar comigo, pode arrancar todas as minhas roupas, roubá-lo, se forçar contra mim e ainda estaria protegido pela lei.

Estremeço. Assim que os votos forem trocados, qualquer coisa que Platt queira fazer com ela estaria dentro dos direitos dele. E, embora eu não ache que é nisso que está pensando, aprendi com anos de histórias passadas em sussurros que homens precisaram de muito menos motivos para fazer coisas piores com uma moça.

— Poderíamos tentar destruir o mapa — digo, em tom fraco. Johanna fecha os olhos, uma ruga surgindo entre as sobrancelhas dela, e sinto o mesmo puxão dentro de mim, como um tecido sendo torcido. Destruir o mapa significaria abrir mão de minha última chance de fugir de uma vida com Callum. Uma vida em meus próprios termos, com Johanna, um navio e algo para estudar. Trabalho de que eu poderia ser dona, que faria com que eu fosse impossível de ignorar.

— Você salvou Sinn por causa das escamas de dragão — diz Johanna. — Podemos fazer coisas boas com isso.

— Podemos? Ou vamos simplesmente usá-las como Platt?

— Quer dizer como Platt *e* minha mãe? — Johanna desaba na cama da cabine, os cabelos soltos caindo em fitas onduladas sobre o ombro. — Deveríamos ter deixado Sinn pegar o mapa. Pelo menos então Platt não poderia tê-lo.

— Sim, mas, se isso tivesse sido sugerido a você antes de sabermos que ele nos encontraria, você teria feito um motim. E não tenho certeza se Sinn tem tanta boa vontade com relação a nós quanto temos com ela.

— Achei que você não tinha nenhuma, com todas as farpas que jogam uma para a outra.

— Sim, bem, no fim das contas, discutir muito com alguém pode fazer com que fique bastante afeito à pessoa.

Vou até o baú dela e começo a vasculhá-lo, esperando que haja algo ali que nos dê algum conforto ou esperança de fuga ou talvez até mesmo uma caixa daqueles macarons de Stuttgart, para podermos mergulhar na tristeza de maneira adequada, com muita decadência. É em grande parte composto por um emaranhado de vestidos, saias e corpetes. Regalos e meias pretas. Uma garrafa de água de melão e uma caixa de pó para dentes. Uma pequena miniatura com o desenho de uma mulher que deve ser Sybille Glass em uma moldura e uma mecha de cabelo prensada do outro lado. Um kit de costura.

— Você está bem preparada — digo enquanto reviro suas coisas.

— Não pretendia voltar. Pelo menos não por um bom tempo. Isso é muito menos do que eu queria levar. Planejei trazer Max, lembra?

Jogo um saco amarrado de biscoitos duros na mesa.

— Dá para ver.

— Acha que Platt estava certo? — pergunta ela.

— Sobre o quê? — digo, sem olhar para cima.

— Que ela não era... — Ela raspa os saltos no piso, soltando areia das solas. — Que minha mãe não era o que eu achava que era. Passei a vida inteira admirando-a, essa mulher corajosa que deixou um casamento infeliz para trabalhar com o que amava. Ela me deixou, mas era perdoável porque fez isso pelo trabalho. Mas talvez tenha feito por ela mesma. E usou Platt. Provavelmente outros também. E talvez não se importasse com essas criaturas. Teria feito de tudo para ser notada.

Ergo o olhar. Ela está abrindo o bordado ao longo do corpete, uma flor desfeita pétala após pétala entre as pontas dos dedos dela.

— Não pode acreditar no que Platt lhe disse.

— É a única coisa que já me disseram sobre ela — responde Johanna, com a voz falhando. — Exceto pelas cartas que ela mesma escreveu. E jamais se projetou como vilã.

— Não acho que ela tenha sido.

— Também não era uma heroína.

— Então pode ter sido os dois. — Meus dedos raspam o fundo do baú, tirando o papel brocado que o forra. Eu o encaro, forçando completamente o cérebro para pensar em algo, qualquer coisa, que nos tire disso sem precisar destruir o mapa de vez. Essa seria a coisa certa a fazer, e nós duas sabemos. Mas também é uma rendição. Uma rendição tão egoísta quanto qualquer coisa que Platt ou Glass já fizeram.

— Poderíamos fazer cópias do mapa — sugiro, embora mal seja uma sugestão. Antecipando nosso aprisionamento, o aposento foi esvaziado. Cada gaveta da escrivaninha está vazia ou trancada. Tudo que deixaram para nós foram roupas de cama, toalhas e uma pia. Nada que pudéssemos usar para duplicação de mapa. O método mais promissor seria entalhar com os dentes no único sabão em barra.

— Não conseguiremos fazer uma cópia. — Johanna puxa um fio do corselete e ele se solta em sua mão.

E é aí que me ocorre uma ideia.

— E se costurarmos?

— Costurarmos o quê? Uma cópia do mapa? — Quando assinto, ela abaixa o rosto para o fio enrolado em seus dedos. — Quer dizer, bordá-lo?

— Por que não? Eu tive montes de lições, você não? Poderíamos bordar uma cópia, então destruir a versão de papel verdadeira. Atirar em uma fogueira e deixar queimar a ponto de ser impossível de Platt recuperar. Se você não tiver o mapa, ele não tem motivo para querer se casar com você. Pode se recusar a dar a ele e ele pode procurar para sempre e jamais encontrar porque se foi. Então saímos com uma cópia que ele nem sabe que existe.

— Em que costuramos? — pergunta ela, os olhos disparando pelo cômodo. — Não podemos sair carregando os lençóis com a gente sem levantar algum tipo de suspeita.

— Você tem anáguas, não tem? — pergunto. — Ninguém vai vê-las.

Ela morde o lábio inferior por um momento, então diz:

— As minhas anáguas não. As suas. — Ela sai da cama, jogando o cabelo por cima do ombro. — Ele será menos propenso a suspeitar de você.

Johanna não tem uma abundância de linha no kit de costura, destinado apenas para tarefas como costurar um botão de volta, e como meus dedos são menores e mais adequados a pontos pequenos do que os dela, ela se designa a tarefa de cuidadosamente soltar a costura de todos os vestidos no baú, assim como a dos lençóis, enquanto eu começo nossa cópia meticulosa do mapa no interior de minhas anáguas, ponto após ponto único.

Não é um projeto pequeno. Mesmo com meus óculos, meus olhos ardem ao fim da primeira manhã e meus dedos estão doloridos à noite, as articulações com cãibras e pontadas. Johanna e eu trocamos de posição, embora os músculos de minha mão sejam tão predispostos a pequenas contrações que sou um perigo para nosso suprimento limitado de linha. Fico mais vigilante após aqueles primeiros dias de dor artrítica para esticar os músculos, puxando os dedos para trás até sentir a tensão para mantê-los mais flexíveis.

Não podemos nos dar o luxo de desperdiçar tempo precioso — a distância entre Argel e Gibraltar parece subitamente não passar de algumas passadas rápidas —, então, embora eu provavelmente acabe com articulações rígidas antes de sequer chegar à idade certa para me chamar de solteirona, não há tempo para esperar que a dor melhore. Johanna sabe como ler um mapa melhor do que eu, portanto ela me diz que trechos podem ser deixados de fora, que números e ângulos são mais críticos para acertar. Usamos as fitas dos vestidos dela para medir as distâncias entre pontos no mapa de sua mãe e marcá-las com alfinetes no tecido.

Quando chegamos a Gibraltar, fizemos uma cópia quase completa do mapa no interior de minha anágua.

Gibraltar

19

Embarcar em um navio na África, o mais longe que já me senti de casa, e então descer em Gibraltar para encontrar um pedacinho da Grã-Bretanha é quase tão desorientador quanto tentar manter minhas pernas firmes depois de nosso tempo no mar. Embora vejamos ainda menos de Gibraltar do que vimos de Argel — mal conseguimos ver o Rochedo antes de sermos levadas diretamente do navio para uma segunda cela, uma residência de capitão à beira da água, gerenciada por uma equipe tão agressivamente inglesa que, apesar de termos obviamente sido trazidas aqui contra nossa vontade, o chá é levado a nossos aposentos após sermos trancados dentro deles. A equipe se refere a Fitz como comandante Stafford, e ele parece ser o mestre da casa, embora eu não tenha certeza se ele é o dono ou se é uma propriedade da marinha.

Johanna e eu somos mantidas aqui, confinadas em apartamentos separados durante vários dias. O mapa é mais uma vez enfiado dentro do corselete dela e amarrado firme contra o espartilho. Estamos quase no fim de nossa cópia, mas não o suficiente para destruir o original com confiança. Johanna queria concluir antes de chegarmos à terra firme, para podermos parar de nos arriscar e incendiá-lo na lâmpada de nossa cabine, mas eu insisti que não fizéssemos isso. Qualquer decisão apressada poderia arriscar esse plano inteiro. Nosso mapa bordado é impressionante, mas não chega perto de ser tão detalhado quanto o de Sybille.

Quando volto a ver Johanna, uma criada nos escolta para baixo juntas. Nas escadas, Johanna encontra meu olhar e leva dois dedos à barriga, um indicador silencioso de que o mapa ainda está ali.

Somos levadas para a sala de estar, onde tanto Stafford quanto Platt estão à nossa espera, Platt inquieto e caminhando de um lado para outro, batendo com uma folha de pergaminho dobrada na palma da mão.

Johanna não espera que ele se acalme ou que nos faça sentar ou que nos ofereça biscoitos como se isso fosse uma reunião civilizada.

— Não sei por que achou que me trazer aqui mudaria alguma coisa — diz ela, cruzando os braços e lançando um olhar para os dois cavalheiros que teria rachado granito. — Não vou me casar com você e não vou lhe dar o mapa. Vou gritar por todo o caminho até o fim da rua, me recusar a assinar os papéis e contar a todos os homens, mulheres e crianças desta cidade que sou sua prisioneira e que minha mão está sendo forçada. Jamais me chamarei de sua esposa, nem de Sra. Platt, e qualquer um que me chame assim ouvirá a história completa de como você me enganou e me agrediu. Então digo a você, senhor, que esta é sua última chance de evitar uma acusação de sequestro, pois não pense por um segundo que não o levarei a um tribunal.

Quase aplaudo. É um discurso que a ouvi praticar algumas vezes enquanto estávamos fazendo nosso mapa bordado, mas ela o faz com uma pose e ferocidade que eu não tinha visto totalmente antes. É como olhar para o sol, tão forte e brilhante ela se posiciona, e meu coração se enche de uma súbita adoração por ela, minha orgulhosa e linda amiga.

Stafford olha para Platt, que puxa o colarinho da camisa como se ela o estivesse sufocando. As unhas dele estão amarelas nas bordas. Ele puxa um fôlego raso que parece que se gruda como bala de caramelo no peito, então vai até Johanna e estende o papel que tinha em mãos sem dizer uma palavra.

Ela não o pega.

— O que é isso?

— Uma informação que pode fazê-la mudar de ideia — responde Platt.

— Nada vai me fazer mudar de ideia.

— Leia, senhorita Hoffman — diz Stafford por cima do ombro de Platt. — Não pediremos de novo.

Johanna olha para mim, embora eu não tenha conselho para oferecer, e pega o papel. As pontas dos dedos dela estão feridas e inchadas devido a nosso trabalho com a agulha, mas ou Platt não repara, ou não entende o que pode querer dizer. Observo os olhos dela percorrerem a página, tentando decifrar o que diz pela posição das sobrancelhas dela. Então toda a cor deixa-lhe o rosto, e ela cambaleia como um pugilista esgotado. Eu me preocupo por um momento que ela vá desmaiar.

— Johanna? — Estendo a mão, mas ela amassa a carta e a atira em Platt. Ele deixa o papel atingir seu peito e quicar para longe sem se encolher.

— Não acredito em você — diz ela, com a voz falhando.

Platt abre as mãos sem dizer nada.

O lábio inferior de Johanna está trêmulo, os olhos se enchem de água. Toda aquela confiança destemida subitamente se encolheu como um papel em chamas. Conforme ela se abaixa, meu pânico aumenta. Quero disparar para o outro lado da sala, pegar a carta e ver por conta própria o que quer que Platt tenha encontrado para pressionar Johanna, mas, antes que consiga, Stafford pega o papel e o enfia dentro do casaco.

— Eu lhe entregarei o mapa — diz Johanna, sem fôlego.

— O quê? — eu pergunto.

Platt olha para Stafford, então sacode a cabeça.

— Não é o suficiente.

Alguém me diga o que está acontecendo! É o que quero gritar. Diga-me que obstáculo nossa trama atingiu. A única coisa pior do que saber é não saber, pois minha mente está bolando cada mensagem terrível possível que poderia haver naquela carta. Ele a ameaçou. Ameaçou o tio. A mim. Nossas famílias. Nossos amigos. Cada pessoa que já conhecemos. A Inglaterra inteira. Ele envenenará a todos se ela não obedecer.

Johanna passa a mão na bochecha, mas outra lágrima substitui a que ela limpou.

— Tudo bem — diz ela, com a voz falhando. — Vou me casar com você.

— Não! — A palavra me escapa antes que eu consiga impedir. Stafford já está seguindo para a porta da sala e Platt pegou o casaco e o está vestindo. Johanna parece uma estátua ao meu lado, imóvel e chorando baixinho. Eu a pego pela mão. — O que dizia? O que ele fez com você?

Ela sacode a cabeça.

— Não posso contar a você.

— Johanna, o que quer que seja...

— Senhorita Montague — dispara Stafford. — Comigo, por favor.

Não a solto.

— Qualquer que seja a ameaça que ele fez contra você...

— Montague!

— Não se case com ele — peço, com a voz como um sussurro falhado. — Você jamais será livre.

Antes que ela possa responder, Stafford me segura pelos ombros e me arrasta para o corredor da frente. Olho para trás quando Platt estende a mão para Johanna e ela aceita, civilizada e calada.

⁂

O casamento será realizado na capela Kings, uma igreja pequena, marrom e muito anglicana na beira do mar. Os outros locais de adoração da cidade são mesquitas depenadas e rebatizadas como casas cristãs, mas há algo a respeito dessa minúscula capela construída por franciscanos com o corredor interior estreito e a fachada de tijolos que me faz sentir como se eu estivesse de volta a Cheshire. Principalmente com os livros de orações escritos em inglês, o padre um homem branquelo com uma peruca sebosa e veias azuis espessas se destacando sob a pele. O dinheiro que passa de uma mão para a outra em troca de uma cerimônia às pressas é inglês. O padre não faz perguntas sobre por que Platt está determinado a se casar com essa moça com metade da idade dele sem aviso, ou por que a noiva parece prestes a vomitar e uma das testemunhas está com a outra presa na direção dele, o braço como um torno agarrando-a ao seu lado.

Platt e Johanna poderiam ter trocado os votos em uma colina sem que ninguém soubesse e, contanto que estivessem em solo inglês, teria sido legal, mas suspeito que Platt queira garantir que, se um dia precisar provar a legitimidade desta união, o caso seja o mais forte possível. Por isso, eles fazem com que a Bíblia seja lida e que os anéis fornecidos pela capela sejam trocados. Eles assinam o livro de registros, então Stafford assina, antes de me entregar a caneta. A cada passo que dou na direção do púlpito, consigo sentir o bordado sedoso dentro de minha anágua roçando nas coxas.

Platt dá um beijo comportado na boca de Johanna e só consigo pensar no que poderia haver naquela carta que a manteve calada todo esse tempo. Ela não protestou. Não gritou. As únicas palavras que proferiu desde que saímos de casa foram *eu aceito*. O que estava escrito naquela página que segurou sua língua? Estou enjoada de tanto imaginar.

Depois da cerimônia, somos levadas de volta para a casa, onde deixam Johanna e eu a sós na sala de estar, sentadas lado a lado no sofá por alguns preciosos momentos enquanto os cavalheiros se reúnem no corredor. Johanna está chorando de novo, as bochechas inchadas e vermelhas como cereja e as lágrimas completamente silenciosas. Pego a mão dela no sofá entre nós.

Não a pressiono. Não pergunto o que a carta dizia. Mas depois de vários minutos de silêncio, ela diz, engasgada, sem ser solicitada:

— Você vai me achar a moça mais tola que já existiu.

Olho de esguelha para ela.

— Por que eu pensaria isso?

— Por causa do que eu fiz... por... Você nunca vai me perdoar. — Ela tira a mão da minha e cobre o rosto. — Achava que eu era tola e fútil antes, mas isto vai realmente confirmar.

— Johanna, por favor, me conte. Eu juro, o que quer que seja, confio em você. Confio em seu coração. Não vou pensar...

— É Max.

— O quê?

Ela solta o primeiro choro audível que ouvi dela, inesperado e brutal como uma pontada de fome.

— Ele teria mandado a carta de volta a Stuttgart, instruindo-os a atirarem em meu cão, a não ser que me casasse com ele. — As mãos dela estão trêmulas no rosto. O corpo inteiro está tremendo. — Sei que é bobeira. Se eu tivesse dito que sacrificaria minha independência, minha vida e nosso trabalho por um cachorro, você não teria me deixado. Teria me dito que eu era tola.

— Você não é.

Ela me olha por cima das mãos.

— O quê?

— Você não é tola. Ou boba. — Não sei como dizer isso e fazer com que ela acredite. Sinceridade subitamente parece uma pantomima, particularmente depois de todo o tempo que passei sendo maliciosa e brutalmente dizendo a ela o quanto achava tudo que ela amava tolo. Mas não tem uma gota de maldade no que sinto por ela agora, e nada parece importar naquele momento mais do que Johanna acreditar nisso. — Você está protegendo o que ama.

Ela sacode a cabeça, então passa a mão pela frente do vestido, tateando o corselete antes de pegar o mapa desgastado, agora preso com alfinetes e borrado com algumas gotas de sangue tirado com as agulhas. Os olhos dela se voltam para o fogo que estala na lareira, alegre e ignorante.

Pressiono as mãos sobre as dela, o mapa entre elas como uma oração compartilhada.

— Não faça isso.

— Sou tão patética — diz ela, e não consigo dizer se Johanna está rindo ou chorando. — Sou fraca, egoísta e sentimental.

— Você não é nada disso, Johanna Hoffman — respondo. — Você é um escudo e uma lança contra todas as coisas que ama. Fico feliz por ser uma delas.

Ela deixa a cabeça cair em meu ombro, e pressiono a bochecha nela. O rosto de Johanna está úmido em meu pescoço. Nós duas ficamos caladas por um momento, então ela funga e diz:

— Desculpe.

— Não peça desculpas por...

— Não, sou uma chorona desastrada e babei em seu ombro.

— O quê? Ah. — Ela se senta e eu rio olhando para a mancha úmida e pegajosa que Johanna deixa para trás. Ela também ri, um pouco mais úmido do que uma risada deveria ser, mas pelo menos é reconhecível. — Max ficaria muito orgulhoso.

A porta da sala se abre e Platt entra. Olho para trás dele em busca de Stafford, mas o homem não está ali. Platt para diante de nós e cruza as mãos às costas.

— Quer fazer disso um teatro?

— Não. — Johanna se levanta e estica os ombros. Encara seu carrasco de pé e estende o mapa.

Platt o arranca da mão dela e abre, e um gritinho que pode ser de prazer ou dor ou algum misto dos dois escapa dos lábios dele quando o médico vê o interior.

— Você o alterou? Retirou informação?

— Não.

— Se fez isso...

— Eu sei — interrompe ela. — Por favor, não diga.

Ele dobra o mapa com precisão cirúrgica e o enfia no bolso do casaco, então mantém a mão pressionada sobre ele como se tivesse medo que pudéssemos avançar para tomá-lo ou que um vento forte passe pela sala e o arranque dele.

— Você tem o que quer — digo, levantando-me para ficar ao lado de Johanna. — O mapa, o fólio e todo o trabalho dela. Não precisa mais de nós.

— Uma boa tentativa de negociar, senhorita Montague. — As pontas dos dedos dele passam para o bolso de novo, acompanhando a forma do mapa. — Mas, com sua inteligência e sua boca, eu não confiaria em você para deixar esta casa livremente.

— Não direi nada — falo. — Contanto que cumpra com sua parte e Johanna e seu... — Não tenho certeza de que palavra usar para descreve Max, então apenas digo: — ... familiar permaneçam em segurança.

Mas Platt está sacudindo a cabeça.

— O comandante Stafford contratou um capitão com uma Carta de Corso inglesa para levar as duas para a Inglaterra. Senhorita Montague, você será devolvida a seu pai, e a senhorita Platt irá para minha casa em Londres. Qualquer indício de problema e mandarei notícias para seu tio em Stuttgart imediatamente.

— Não haverá — diz Johanna, baixinho.

Mas Platt não tem um cachorro fofinho para usar contra mim, e eu certamente não esperava ser mandada a lugar algum tão cedo. Achei que tivéssemos mais tempo aqui, ou pelo menos mais tempo para nos reorientarmos agora que nosso plano mudou.

— Isso não era parte do acordo.

— Então preferiria deixar a Srta. Platt internada em uma instituição pela histeria dela e você, jogada de volta à Berbéria sem um centavo? Até onde essa sua mente vai levá-la? Vai realmente aprender o que uma mulher precisa fazer para sobreviver sozinha neste mundo. — Ele dá um passo em minha direção, e luto contra a vontade de recuar. Ainda consigo sentir a pontada da mão dele contra minha bochecha, mas não vou recuar diante desse homem. Pode ser um gesto pequeno e vazio, mas a recusa em me render é tudo o que tenho. Ele para, seus punhos se fechando ao lado do corpo. — Estou lhe fazendo uma bondade, senhorita Montague. Você deveria ser devolvida a sua família.

— Uma bondade? — repito, com uma gargalhada selvagem. — Acha que é bondoso comigo? É o que diz a si mesmo para poder dormir à noite?

— Sua ambição irá devorá-la viva — responde ele. — Assim como fez com a Srta. Glass. Não posso deixar que isso aconteça com você.

Nossa, esse tolo realmente acha que está me salvando? Outro herói de histórias que entra e salva uma moça de um dragão, um monstro ou dela mesma — são todos iguais. Uma mulher deve ser protegida, deve ser abrigada, deve ser mantida longe dos ventos que a jogariam na terra.

Mas sou uma flor selvagem e vou enfrentar as ventanias. Rara e não cultivada, difícil de encontrar, impossível de esquecer.

O sino ecoa pela casa, então passos e a porta da frente se abre. A voz de Stafford se eleva em um cumprimento ao capitão que chegou para nos devolver à Inglaterra.

— Você não salvou ninguém — digo a Platt, o mais baixo e ameaçadoramente que consigo. — Não a mim, nem a Johanna ou a si mesmo.

— Você não entende.

— Você também não — disparo. — Pelo menos sei o suficiente para não me iludir e pensar que o aprisionamento é uma bondade.

— Aprisionamento? — pergunta alguém da porta. — Isso é bastante dramático. Ela vai fazer tanto drama assim por qualquer coisa?

Por um momento, aquela voz nessa casa com meu estômago se calcificando em desespero lento parece tão deslocada que tenho certeza de que estou imaginando. Ou, se não imaginando, estou no mínimo enganada. Quase não ouso olhar por medo de quebrar o feitiço e me contentar de vez com meu destino. Esperança em qualquer forma parece tão frágil quanto algodão doce.

Mas ali está ele, entrando com arrogância na sala de uma forma que teria sido ridícula se ele não fosse tão belo, todo marcado e desarrumado como se tivesse passado semanas no mar inclemente. Se não tivesse perdido aquela orelha, seria belo demais para se passar por um marinheiro convincente.

É Monty.

Graças a Deus o comandante está ocupado fazendo apresentações sob algum nome inventado que não consigo ouvir e Platt está igualmente ocupado apertando a mão do rapaz que ele deve achar que é um agente de navegação inglês muito legítimo, então nenhum deles me vê tentando fechar a boca escancarada. Monty faz um alvoroço sobre seu pagamento e como ele pode ser assegurado de que o receberá, e sobre como metade como entrada não parece o suficiente, talvez possam negociar algo maior. Eles trocam toda informação relevante sobre as contas a serem coletadas e depositadas e exatamente em que porta devo ser entregue, e é difícil não transformar meu olhar boquiaberto em um sorriso quando ele encontra meus olhos pela primeira vez. Fico esperando que, com seu coração travesso, ele não consiga resistir a uma piscadela, mas em vez disso me avalia com um olho atento que quase me engana. Se algum dia estivesse inclinado a subir ao palco, daria um belo ator.

— Quanto problema posso esperar? — pergunta ele a Platt. — Elas parecem contrariadas.

— Problema algum — Platt lhe assegura com um olhar severo para nós duas.

Monty aponta para mim.

— Aquela ali tem os olhos fechados como se lesse livros demais.

Vou me partir em mil pedaços com o esforço que é preciso para não revirar os olhos. Ele está sentindo tanto prazer nessas provocações clandestinas que vai nos revelar.

— Sinta-se à vontade para usar qualquer amarra que achar necessária — responde Stafford. — E na entrega desta carta — e aqui ele estende a Monty uma folha selada de pergaminho que imagino que meu irmão sentirá muito prazer em abrir assim que nos formos —, pode esperar compensação o suficiente do pai dela.

Stafford caminha conosco até as docas, segurando Johanna enquanto Monty mantém o braço em mim.

— Cara irmã — murmura ele, tão baixo que apenas eu posso ouvir —, olhe só em que se mete quando eu não estou por perto.

— Caro irmão — respondo —, jamais fiquei tão feliz em ver você.

Quase desmaio de alívio quando vejo o *Eleftheria* entre os navios ingleses no porto. Monty troca um último aperto de mão com Stafford, em seguida escolta Johanna e eu pela rampa de embarque. Há alguns homens a bordo, dos quais a maioria não reconheço, mas, no leme, Ebrahim estica o corpo do nó que está evidentemente fingindo amarrar, primeiro para acompanhar nosso progresso, então, depois de uma breve troca de olhares com Monty, passa a caminhar atrás de nós conforme meu irmão nos leva para baixo do convés.

Monty me oferece a mão nas escadas, tão íngremes que são praticamente uma escada móvel, e eu aceito, com o cuidado de não prender o dedão na saia e desfazer todo nosso árduo trabalho em minha anágua. Quando ele estende a mesma mão para Johanna, não apenas ela não aceita, mas salta, sem ajuda, pelo restante do caminho para baixo até o convés inferior, então dá um chute forte entre as pernas de Monty. Ele se curva como uma dobradiça.

— Você deveria se envergonhar! — grita Johanna, acertando-o na nuca com o regalo. — Você é um homem terrível por aceitar dinheiro para entregar carga humana que está sendo obviamente levada contra a vontade. Não é melhor do que um mercador de escravizados ou um pirata!

— Johanna... — Estendo a mão para ela, mas ela me afasta com o regalo.

— Não me importa o que ele faça comigo! Não me importa o que qualquer um desses cafajestes faça! Não resta nada para ser tirado de mim, e só quero bater em alguma coisa! — Ela agita o regalo contra Monty de novo, quase acertando Ebrahim também, que para bem a tempo na escada.

— Johanna, pare! — Eu a pego pelo braço e o prendo ao lado do corpo dela. — Pare, ele não vai machucar você.

Ela se encolhe, tentando se desvencilhar de mim.

— Bem, eu quero machucar ele!

— Pare, Johanna. Ele não é um marinheiro. Esse é meu irmão.

— O quê? — Ela me encara, então se vira abruptamente para Monty, que ainda está curvado. — Henry Montague?

Monty geme em afirmação, esticando-se lentamente como se estivesse descongelando. Ele coloca as mãos cuidadosamente em suas áreas mais vulneráveis, então diz:

— Senhorita Hoffman. — A voz dele está quase tão aguda quanto a dela. — Meus elogios a seu sapateiro. Do que são feitos esses sapatos e de onde exatamente o material foi minerado?

— Você é... você não era... — Johanna olha sem parar de Monty para mim, como se estivesse estudando nossas feições em busca de semelhança. Então dispara: — Eu me lembrava dele mais alto.

— Você e ele também — respondo.

— Ah. Ora, então. — Johanna alisa o vestido e estende a mão para Monty. — Desculpe por não ter reconhecido você.

— Não pede desculpas pelo chute? — pergunta Monty.

— Não exatamente — responde ela.

Ouvimos um passo pesado vindo do castelo de proa atrás de nós e, antes que eu consiga me virar, sou quase derrubada quando Percy envolve seus longos braços totalmente ao meu redor.

— Por Deus, Felicity Montague — diz ele, e de alguma forma me aperta ainda mais forte. — Estava morto de preocupação com você.

Não digo nada, apenas pressiono o rosto contra o peito dele e me permito, enfim, ser abraçada. Atrás de mim, sinto os braços de Monty se fecharem em torno de nós dois, a ameaça feita há muito tempo de um sanduíche Monty-Percy concretizada, e não me importo. Parece seguro, e é bom que alguém tenha sentido minha falta depois de tanto tempo pensando que não tinha ninguém a quem retornar.

Mas todo aquele sentimento pode ser aproveitado com igual facilidade sem meu rosto ser esmagado dentro do casaco áspero de Percy e sem que Monty respire em meu pescoço — literalmente.

— Tudo bem, chega, eu acho. — Eu me livro dos dois da melhor forma que consigo, sentindo-me um pouco como se estivesse me sacudindo para fora de um canhão estreito.

Monty deixa seus braços se abaixarem, mas Percy continua com os dele nos meus ombros e olha muito seriamente para meu rosto.

— Você está bem?

— Sim.

— Não tiraram vantagem de você de forma alguma?

— Não.

— E sabe que nos deixou absolutamente loucos desde que partiu. Juro por Deus, Felicity, jamais deixarei que saia de minha vista de novo.

— A isso eu tenho algumas objeções — diz Monty, atrás de mim.

— Vocês vieram me procurar. — Eu olho de um para o outro.

— Sim, nós muito literalmente a seguimos até o fim do mundo — responde Monty. — E só houve uma leve reclamação.

— Uso incorreto de literalmente — digo a ele, então lembro que Johanna está logo atrás de nós, observando essa demonstração sentimental com uma tímida curvatura dos ombros. — Ah, esta é Johanna Hoffman. — Eu a levo até Percy para uma apresentação. — Não sei se vocês dois chegaram a se conhecer.

Percy pega a mão dela e Johanna parece subitamente menos deslocada e mais tímida e feminina. As bochechas dela adquirem um tom de rosa agradável.

— Sr. Newton.

— Nós nos encontramos algumas vezes — diz Percy, apertando as mãos de Johanna entre as dele. — Estamos igualmente felizes por estar a salvo.

— Gostaria de um abraço também? — pergunta Monty, então rapidamente recua, protegendo-se com as mãos de novo. — Embora talvez não de mim.

— Como nos encontrou? — pergunto, olhando dele para Percy.

— Quando ficou óbvio que você tinha sumido com um membro da tripulação de Scipio, eu o consultei por informações sobre sua parceira no crime — explica Monty. — Ele me informou que a mulher em quem você tinha decido depositar suas esperanças é um membro da frota da Coroa e Cutelo e que qualquer negócio que você pudesse ter com ela provavelmente seria criminoso, na melhor das hipóteses.

— Por que ele levou Sinn se sabia que ela era perigosa? — pergunto.

— Fui criado sob a Coroa e Cutelo — conta Ebrahim, das escadas, e eu me sobressalto. Tinha me esquecido da presença dele. — Eu me responsabilizei por ela.

— O que, é claro, levou-o a se sentir responsável — continua Monty —, e Scipio a se sentir responsável, e Percy e eu também nos sentimos responsáveis, e ficamos todos determinados a tirar vocês de qualquer que fosse o problema em que tivessem se metido. Não pareça surpresa. Teríamos movido o céu e a terra por você. A não ser, é claro, que haja algum levantamento de peso de fato envolvido, nesse caso, eu me abstenho, mas não acredite que isso altere o sentimento de alguma forma.

— Vocês velejaram até a guarnição da Coroa e Cutelo? — pergunta Johanna. As bochechas dela ainda estão bastante rosadas.

— Velejamos, sim — responde Monty. — Ebrahim ainda tem a tatuagem dele, o que, no fim das contas, literalmente abre portas.

— De novo, uso incorreto de literalmente — murmuro.

Ele gesticula para ignorar isso.

— Pare. Estou contando a história de nosso resgate heroico. Então pretendíamos pedir uma audiência com o próprio lorde pirata e implorar por sua liberdade, mas seu amorzinho feminino chegou primeiro.

— Meu... quem?

— Sua amante pirata — explica ele. — Aquela com quem fez o acordo. Ela apareceu com um grupo de cavalheiros bastante musculosos, que não tinham problema algum com deixar as mangas das camisas desabotoadas...

— Cuidado — alerta Percy, mas Monty bate com a testa no ombro dele.

— Ah, pare. Você também estava olhando.

— Não estava.

— Como poderia não estar? Era como se algum deus bastante lascivo os tivesse esculpido com a mão bastante generosa...

— Monty, foco — disparo.

— Ah, certo, sim, sua menina pirata. No fim das contas, ela é a filha mais velha do comodoro e nos informou que um mapa muito valioso tinha caído nas mãos de um cafajeste inglês chamado Platt que usaria tanto o mapa quanto vocês duas de má-fé.

— Ela está aqui? — pergunto.

— Está sim — responde Monty — e está desesperada para ver você.

Ebrahim volta ao leme para vigiar enquanto Monty lidera o caminho até o segundo convés, onde a carga é guardada, com Percy ao encalço. Antes de seguir, pego Johanna pelo braço. Ela ainda está muito corada.

— Você está bem? — pergunto. — Não precisa se preocupar por ter chutado meu irmão. Sei que ele é dramático, mas está bem.

— Não, é que... — Ela tapa as bochechas com as mãos. — Eu jamais lhe contei isso porque foi bem quando estávamos sendo terríveis uma com a outra, mas eu costumava ser muito, muito apaixonada por Percy Newton. E aparentemente ainda sou. Como é que acabamos de ser sequestradas, extorquidas e praticamente vendidas e eu ainda não consiga encará-lo porque era tão encantada por ele quando tinha 13 anos?

Quero rir. Mais do que isso, quero abraçá-la, um impulso que tão raramente me atinge que chega a me espantar. Mas há algo a respeito daquele único momento, como mel em uma colher de vinagre, que enche meu coração. Essas pequenas e preciosas coisas que não deixam de existir à sombra de algo grande e agourento, e ouvi-la dizer isso me faz sentir humana de novo, uma pessoa além dessas últimas semanas de minha vida.

— Johanna Hoffman — digo, e é um grande esforço manter o rosto sério. — Você é uma mulher casada.

No convés inferior, uma área de estar improvisada foi montada com caixas e barris puxados em uma formação de cadeiras em volta de uma mesa. É como a tentativa de uma criança de construir um forte com os lençóis e os encostos de cadeiras.

Scipio, Sinn e um homem que não reconheço estão sentados em volta da mesa, com muito mais corsários de pé atrás do estranho. Sinn voltou a usar as calças de estilo largo nas pernas que usava quando nos conhecemos, e os pés descalços estão cruzados embaixo ela. Scipio e o segundo homem se levantam quando chegamos. Scipio me dá um beijo leve no dorso da mão — tenho a sensação de que ele gostaria de me dar um sermão sobre minha irresponsabilidade recente, mas morde a língua — e dá a mão a Johanna também, antes de se virar para Sinn e o homem ao lado dela. A pele dele é alguns tons mais escura do que a dela, e ele tem o símbolo da Coroa e Cutelo tatuado do lado do pescoço, espesso, decorado e mais evidente do que o de Sinn. Os homens atrás dele também têm — um no pulso e o outro despontando para fora do colarinho da blusa.

— Este é Murad Aldajah, o comodoro da frota da Coroa e Cutelo de Argel — apresenta Scipio. — E vocês conhecem a filha dele, Sinna.

Não tenho certeza se deveria apertar a mão de Aldajah ou me curvar ou sequer olhá-lo nos olhos. O olhar do homem é do tipo severo que julga os outros e não se deixa levar por nada. Ele é careca, com uma barba espessa e argolas douradas em cada orelha.

Johanna, aparentemente tão confusa quanto eu nesse assunto, faz uma reverência breve e diz:

— Vossa Alteza — como se ele fosse o rei da Inglaterra.

O homem não ri, mas suas narinas se dilatam.

— Sentem-se — diz, indicando os arredores.

Johanna e eu compartilhamos um assento na caixa diante de Sinn e juntas explicamos à nossa tripulação o que aconteceu desde que nos despedimos dela.

— Então o mapa de Sybille Glass da ilha onde estão os ninhos está nas mãos dos europeus — diz Aldajah quando termino, cofiando a barba.

Olho para Sinn, os ombros dela estão apoiados no assento. Ela parece diferente à sombra do pai, de alguma forma mais como um soldado e uma criança ao mesmo tempo. Ela se senta reta como um apoio de livros, seu olhar afiado e a boca contraída, como se não soubesse para que lado um pensamento independente, se proferido, inclinaria a balança. Como se em alguns dias ele fosse seu pai, em outros fosse seu rei.

— Platt tem o mapa, sim — confirmo. — Mas também temos uma cópia.

— Havia uma duplicata? — pergunta Aldajah.

— Agora há — respondo. — Fizemos uma. E Platt e Stafford não sabem que existe. Platt e os homens dele partirão em breve para encontrar a ilha e levar espécimes para a Inglaterra para garantir custeio total para a viagem deles.

— Então nos dê o seu mapa — diz Aldajah. — E nós nos certificaremos de que sejam impedidos. Temos outro navio a nossa espera na costa.

— É o mapa de minha mãe — interrompe Johanna. — É o trabalho dela.

— É nossa terra — replica ele. — Nosso lar.

— Bem, não contaremos onde está. — Johanna cruza os braços sobre o peito.

Aldajah cruza os braços também, espelhando o gesto dela.

— Isso não é uma negociação, moças.

— Está certo, porque o senhor não tem nada com que negociar — digo.

— Estão a bordo de meu navio.

— *Meu* navio — interrompe Scipio. — Estão sob minha proteção.

— E você navegou sem bandeira para dentro de nossas águas — argumenta Aldajah. — Seu navio e seus homens foram capturados.

— Não somos sua propriedade — diz Scipio. — Estamos a seu serviço.

Aldajah abre as mãos.

— Mais homens neste navio são leais a mim do que a você.

— Parem — disparo. — Se estão tão determinados a tornar isto um concurso de quem mija mais longe, Platt voltará para a Inglaterra com o barco cheio de ovos antes que ancoremos. A questão não são vocês ou seus navios ou seu orgulho masculino. Agora, calem-se e ouçam o que Johanna tem a dizer. — Minha ferocidade silencia tanto Scipio quanto Aldajah. Às costas deles, Monty me dá uma silenciosa salva de palmas, e Percy agarra suas mãos para pará-lo.

— Há algum termo sob o qual concordaria em entregar sua duplicata? — pergunta Aldajah a Johanna.

Ela pigarreia.

— Sim. Primeiro, deverá levar Felicity e eu para a ilha também, para impedir o Dr. Platt e a tripulação dele. Depois que ele for frustrado, o mapa original de minha mãe será entregue a mim, mas vocês podem ficar com a duplicata. Terão direito à tripulação deles, qualquer homem disposto a se juntar a vocês será seu, e pode ficar com o navio deles também.

— E é bastante luxuoso — acrescento.

— Mas ficaremos com uma cópia do mapa — continua Johanna. — Você com a outra. Então permitirá que voltemos à Inglaterra em segurança, com o *Eleftheria* e a tripulação dele.

— Então trocamos um tipo de invasor europeu por outro — afirma Aldajah. — Você não é diferente de sua mãe.

— Talvez não — diz Johanna —, mas esses são nossos termos. Pode aceitá-los, ou nos despedimos aqui.

Aldajah passa a mão pela barba, enroscando a ponta no dedo. Ao lado dele, Sinn parece querer muito dizer algo, mas trinca os dentes em vez disso.

— Seu navio inglês não vai desistir sem luta — diz ele, por fim.

— E daí? — Johanna cruza os braços. — Vocês são piratas, não são? Sabem brigar.

— Piratas evitam uma briga — responde Aldajah. — Não queremos desperdiçar homens ou danificar nossa carga. Mas essa expedição não será tão facilmente intimidada por um disparo contra a proa, acho.

— Esse navio — acrescenta Scipio, abrindo a mão para indicar a totalidade do *Eleftheria* — e *Makasib* não são feitos para a batalha. Aquele navio inglês vai nos dilacerar.

— Mas há dois de nós e um deles — responde Johanna. — Certamente isso conta como algo, estrategicamente.

— E é provável que a tripulação deles esteja tendendo a um motim — acrescento. — Talvez já terá feito um quando chegarem à ilha. Platt está perdendo todos os investidores, então não podem estar pagando bem os homens. São mais provavelmente mercenários do que marinheiros. Podem estar mais bem equipados do que nós, mas a tripulação provavelmente será mais inexperiente e estará mais doente.

— E Platt e Stafford já estão no pescoço um do outro — complementa Johanna.

Assinto.

— Platt está perturbado, e Stafford parece bastante cansado de bancar a babá dele.

— Pai? — chama Sinn, com a voz mais suave do que estou acostumada. Uma pergunta, mais do que uma resposta. O pai dela volta o olhar para Sinn, mas não se vira. — Pode estar na hora de uma mudança.

— E que mudança seria essa, Sinna? — Talvez ele sinta que há uma entrelinha nas palavras dela, uma mudança de liderança, uma mudança na frota, uma mudança que começa com sua filha herdando o mundo dele em vez dos filhos.

Mas, se Sinn gostaria de dizer alguma dessas coisas, ela não se trai. Mantém o olhar baixo e diz:

— Mantivemos essas criaturas em segredo por tanto tempo, mas também escondemos os recursos que poderiam fornecer.

— Fornecer a um custo — emenda Aldajah, mas Sinn insiste.

— Mas podemos controlar o custo se aceitarmos que a mudança está vindo. Não podemos lutar contra a virada do mundo, mas podemos nos preparar para isso. E podemos preparar nosso mundo para ela.

O maxilar de Aldajah fica tenso — o mesmo tique nervoso que vi em Sim, embora ele não trinque os molares como ela. A mesma veia na têmpora faz pressão contra a pele. Os olhos dele se semicerram da mesma forma quando ele olha para mim, então para Johanna.

— Tudo bem — aceita Aldajah, então olha para Johanna: — Aceito seus termos. Agora nos mostre seu mapa.

Johanna olha para mim e assente. Um pequeno sorriso repuxa os cantos da boca dela, vitorioso e conspiratório. Abaixo a mão e começo a puxar a bainha da saia, e todos os homens na sala protestam ao mesmo tempo — Monty faz um gesto exasperadamente dramático, erguendo as mãos sobre os olhos e exclamando:

— Por Deus, Felicity Montague, mantenha suas roupas!

— Como se jamais tivesse visto a silhueta da forma feminina antes. — Puxo a saia para os joelhos, com o cuidado de me manter tão coberta quanto possível, para evitar que um desses homens musculosos precise de um sofá no qual desmaiar, e consigo desamarrar a anágua da cintura.

— Como tirar suas roupas de baixo ajuda? — pergunta Monty, observando entre os dedos conforme a anágua cai em meus tornozelos e eu saio de dentro dela. Viro-a do avesso, deixando-a desabrochar e flutuar antes de abri-la na mesa para que todos possam ver a cópia do mapa que Johanna e eu costuramos ali.

Não há, como eu esperava, um arquejo chocado e impressionado. Nenhum dos homens parece entender o que é. A maioria deles está ocupada demais evitando olhar para minha roupa de baixo para fazer alguma dedução. Apenas Sinn, abrindo um sorriso lento e malicioso no rosto, diz para mim e Johanna:

— Vocês são muito espertinhas.

— Obrigada — respondo. — Tivemos algum tempo nas mãos.

— Não está tão completo quanto esperávamos — diz Johanna. — O mapa que Platt tem é muito mais detalhado e legível. Mas conseguem usá-lo para se direcionar?

— Acho que sim. — Scipio parece querer pegar a anágua, mas então para, sem saber qual é a resposta mais cavalheiresca a ter recebido a roupa de baixo de uma dama para propósitos de navegação.

— O *Eleftheria* vai ficar com o mapa — digo a Aldajah. — E Johanna e eu ficaremos a bordo daqui. Podem nos seguir em seu segundo navio.

— Então Sinna também fica aqui — afirma Aldajah. — Para garantir sua honestidade.

Não é uma pergunta, mas Sinn ainda assim assente. Johanna assente também.

— Aceitável.

Quero saltar de pé e esticar os braços para cima em vitória. Estamos de volta. Estamos atrás do leme de novo. Minha vida como aventureira, pesquisadora, mulher independente com um mundo para descobrir abriu as velas mais uma vez depois de quase uma derrota com a captura. Johanna dispara um olhar de esguelha para mim, como se sentisse quanto quero executar algum tipo de dança ridícula em comemoração, e pressiona o ombro no meu.

— Senhorita Hoffman — diz Scipio, por fim —, gostaria de se juntar a mim no leme e me ajudar a decifrar esse... guia nada ortodoxo?

Johanna pega a anágua, deixando que oscile atrás dela como uma bandeira conforme segue Scipio pelas escadas estreitas acima. Um aceno de Percy com a mão para o alto a deixa envergonhada mais do que ajuda.

Aldajah e os homens dele os seguem, e eu começo a acompanhá-los também, mas Sinn se coloca na minha frente, bloqueando meu caminho. Ela não diz nada por um momento, apenas encara meu ombro e passa a ponta dos pés no piso. Espero.

— Fico feliz por você estar bem — diz ela, por fim, as palavras se atropelando na pressa.

— Fico feliz que você não tenha nos abandonado — respondo.

— Achou que eu tinha?

Dou de ombros, hesitante.

— Você precisa admitir que pareceu bastante incriminador.

— Um ataque com as armas em punho colina abaixo não teria ajudado vocês.

— Teria me dado muito mais confiança em suas intenções nobres. Embora eu suponha que você não nos abandonaria, contanto que tivéssemos o mapa.

— Há outros motivos pelos quais eu não abandonaria você — afirma ela, e seus olhos desaparecem por trás da espessa ponta dos cílios quando ela olha para baixo de novo.

— Não me disse que seu nome era Sinna — comento.

O nariz dela se franze.

— Eu o odeio. Meu pai escolheu enquanto velejava quando era jovem e jurou chamar sua primeira filha de Sinna.

— Por que odeia?

— Porque significa coragem. — A boca dela se contorce. — Acho que a intenção dele era que fosse irônico.

— Mas você é corajosa.

— Não sou corajosa o bastante para liderar esta frota. Não acho que ele jamais teve a intenção de que a filha tivesse uma oportunidade de ser corajosa.

Franzo os lábios.

— Deveria chamar você de Sinna agora, ou preferiria capitã? Este navio está sob seu comando.

Ela solta uma gargalhada.

— Já viu um posto de comando ser entregue com tanta relutância?

— Mas pelo menos foi entregue. — Ela encara o chão. Empurro meu dedo contra o dela. — Sinto muito por seu pai não conseguir ver.

— Ver o quê? — Ela ergue os olhos para mim, e trocamos um olhar que parece um desafio.

— O quão incrivelmente genial você é — digo.

— Eu sou? — Ela puxa o lenço de cabeça, alisando um vinco atrás da orelha. — Você deve estar me contaminando.

Então ela avança escada acima e desaparece no convés superior.

Monty se manifesta subitamente em meu ombro como um fantasma irritante, sorrindo para mim de uma forma que me faz perceber o quão perto de minha orelha Sinn estava falando.

— Acho que ela gosta de você — diz ele.

Reviro os olhos.

— Só porque você e Percy vivem em um matrimônio profano não significa que toda dupla de mesmo gênero também queira isso. E nós só nos beijamos uma vez, e foi mais um experimento, para ver se o beijo poderia ser uma experiência agradável para mim. E a resposta é não, embora eu diria que ela foi a melhor que já beijei. Mas a questão é irrelevante, pois não acho que algum dia será realmente bom, porque eu simplesmente não pareço desejar esse tipo de relacionamento com alguém da forma como todo mundo deseja. Mas só porque ela me beijou não quer dizer que goste de mim. Uma vez vi você se agarrando com uma sebe.

Monty pisca.

— Eu quis dizer *gosta* no sentido de respeita com relutância, mas, minha nossa, há quanto tempo você estava guardando isso, querida?

— Por Deus, você realmente é o pior. — Eu passo por ele seguindo na direção do convés superior, tentando ao máximo ignorar o sorriso torto de meu irmão. — É tarde demais para ser desresgatada?

20

Mesmo que não tivéssemos copiado o mapa em um bordado, a jornada até a ilha não teria sido breve. Primeiro, precisamos nos reunir com o navio de Aldajah, o *Makasib*, longe da costa. A embarcação é um esqueleto magricela, menor ainda do que o *Eleftheria*, mas corta a água como uma faca quente corta manteiga. Se não estivéssemos de posse do mapa, e, portanto, liderando, estaríamos mancando atrás dele, a bandeira da Coroa e Cutelo batendo no mastro gritando para que acompanhássemos.

Estamos no mar há duas semanas. Duas semanas tensas e monótonas seguindo um mapa bordado e perdendo a direção onde meus pontos deram nó e esbarrando com alguns ventos que não tive tempo de bordar tão completamente como queria.

A distância é grande, e nada é tão difícil de encontrar quanto algo que ninguém ainda achou. Ainda parece haver chance de navegarmos direto pelo ponto que Sybille Glass marcou e descobrirmos que não é nada além de mais uma extensão de mar vazio, ou descobrirmos o real motivo pelo qual mapas não são feitos de linha e tecido, que é o fato de serem impossíveis de acompanhar. Poderíamos estar desperdiçando semanas perseguindo a própria popa enquanto Platt alegremente coleta ovos de monstros marinhos sem obstáculos.

Quanto mais o *Eleftheria* avança no Atlântico, mais começa a parecer inverno de novo. O mar aberto torna o tempo tão úmido e frio que logo tenho certeza de que meu cabelo jamais ficará reto de novo, assim como a sensação total jamais será restaurada a meus dedos. O ar está sufocante, uma combinação do jato do mar e de nuvens baixas, escuras como café, que cospem chuva intermitentemente. É preciso apenas um dia para que eu abandone os óculos — ficam embaçados demais para se enxergar com eles assim que são colocados em meu nariz. Monty pega algum tipo de resfriado da cabeça depois de três dias de viagem e mergulha em um drama que Percy apenas encoraja com sua preocupação. Desde que parou de tomar bebidas destiladas, Monty se inclinou com mais afinco sobre o vício em atenção. O ouvido bom dele está bloqueado pelo frio, deixando-o quase completamente surdo, embora eu ache que não tão surdo quanto ele finge estar quando menciono um remédio que li em *Um método simples e natural de curar a maioria das doenças*, no qual um resfriado de cabeça pode ser controlado ao se enrolar uma casca de laranja e enfiá-la nas duas narinas. Quando ele se recusa a ouvir e continua gemendo, há outro lugar em que considero enfiar.

Conforme o dia segue, todos ficamos mais inquietos e, embora ninguém diga em voz alta, tenho certeza de que não sou a única afundando no medo de que Platt e os homens dele não apenas cheguem antes de nós, mas que partam antes também. Já pode ser tarde demais.

Então é um grande choque quando o primeiro aviso que vem de Rei George na gávea não é de ter avistado outro navio, mas terra firme.

Sinn e eu, jogando cartas sob a marquise do convés superior, nos levantamos com um salto e corremos até o parapeito. A névoa espessa que sobe do oceano é quase opaca. Não sei como ele viu alguma coisa através dela. Sinn grita para que uma bandeira seja hasteada, sinalizando para o *Makasib* atrás de nós que pare o progresso também, e o navio desliza até nosso estibordo, ambas embarcações oscilando às ondas fortes. Do convés oposto, consigo ver Aldajah atravessando o gurupés, uma luneta se abrindo em suas mãos.

Semicerro os olhos para a frente, na névoa, meu cabelo grudado no rosto pelos borrifos do mar. Se eu me esforçar, consigo distinguir uma forma escura em meio à névoa, um borrão de tinta ilegível pairando acima do oceano. Então o limite pálido de um penhasco irregular perfura as nuvens e subitamente está em silhueta diante de nós, um pequeno e acidentado punho de terra erguido das ondas. O tipo de lugar em que marujos amotinados largariam seus capitães. Um lugar onde se deixa um homem para morrer.

Scipio se aproxima atrás de mim, a própria luneta pressionada contra o olho antes de ele a entregar a Sinn. Estendo a mão esperando minha vez, mas obviamente não estou no comando o suficiente, pois, depois de uma observação do horizonte, ela a devolve a Scipio.

— Acha que é o lugar?

— Deve ser.

— Então onde estão eles?

— Quem? — pergunto.

— Os ingleses — responde Sinn. — Não consigo ver outro navio.

— Talvez estejam do outro lado da ilha — sugiro.

— Duvido — retruca Scipio. A luneta está pressionada contra o olho dele de novo. — Teriam se aproximado da mesma direção que nós. Não teriam motivo para dar a volta, há uma chance muito grande de se encalhar quando está tão perto assim de terra em águas desconhecidas. Seria mais fácil seguir a pé pela terra se necessário.

— Talvez os ovos estejam do outro lado da ilha — digo. — Isso seria motivo o suficiente para arriscar. Ou talvez eles tenham se perdido e precisaram refazer seus passos.

— Talvez tenham vindo e ido embora já — diz Scipio.

— Ou talvez ainda não tenham chegado — acrescenta Sinn.

Scipio abaixa a luneta, fechando-a e abrindo-a, nervoso e pensativo. Semicerro os olhos para a frente de novo contra a névoa, tentando entender qualquer detalhe da ilha além de uma massa de sombra. Consigo ver o contorno de árvores enchendo a encosta, os troncos expostos e as copas cheias. Os próprios penhascos descem direto para o oceano, as laterais polidas das constantes ondas que batem e se quebram brancas e espumosas contra eles antes de se acalmarem e retornarem com um verde que damas da corte teriam cortado os polegares para que tingisse seus vestidos. A paisagem toda parece acidentada e inóspita, não um lugar feito para a vida humana. Não é à toa que não tenha sido encontrado — mesmo que se esbarrasse nela, navio algum pararia por um deserto desses.

A parte rasa em volta da ilha parece brilhar quando as ondas recuam, um rubor opalescente como se o leito do mar fosse feito de pérolas.

— Deixe-me dar uma olhada — peço, e Scipio me passa a luneta. Na lente de aumento, parece que enormes bolhas se acumulam sob as ondas, visíveis apenas quando a água se acalma entre o quebrar delas.

Então percebo. São ovos.

Há dúzias deles, protegidos ao longo do raso com uma rede reluzente e translúcida conectando-os uns aos outros e prendendo--os ao leito do mar. O interior brilha verde, a fonte da cor da água, e a casca externa é tão translúcida e macia que pulsa quando a água a atinge.

— Os ovos estão na água! — Fico tão animada que esqueço que estou com a luneta e quase acerto a cara de Sinn quando me viro para olhar para ela. — No raso, dá para vê-los unidos por uma rede. Eles amarram os ovos à ilha, mas os mantêm na água. Olhe!

— O que está acontecendo? — Ouço Johanna perguntar atrás de nós, e um momento depois ela está ao meu lado no parapeito, se inclinando tanto sobre ele que quase agarro as costas de seu vestido para que não caia no mar.

— Nós encontramos. E há ovos, veja! Dá para vê-los na água.

— É isso? — pergunta Johanna.

— Só pode ser — responde Sinn. — Mas os ingleses não estão aqui.

— Então quem é aquele? — pergunta Johanna, apontando.

Sinn abaixa a luneta e ela, Scipio e eu semicerramos os olhos para a frente, acompanhando o dedo de Johanna, mas sem ver nada.

— Há fumaça — explica ela. — Alguém fez uma fogueira na praia.

Sinn xinga baixinho, afastando-se do meu lado no momento em que também vejo. Um pequeno e fino dedo em meio à névoa, preto e subindo em uma coluna desde a praia.

— Estão aqui! — Sinn está com as mãos em concha em volta da boca e grita para o outro lado da água. Não sei se o pai consegue ouvi-la, mas ele se vira, uma das mãos estendida para proteger o rosto da névoa. — Os ingleses já estão aqui!

Olho para Scipio.

— O que isso quer dizer?

— Estão à nossa espera — diz ele. — Isso é uma emboscada.

Meu estômago pesa. Quando olho para a água de novo, o *Kattenkwaad* se afastou da névoa e estão deslizando na nossa direção, um predador silencioso com armas dentadas já expostas nos conveses inferiores.

— Como sabiam que estávamos vindo? — pergunto. Mal consigo tomar fôlego.

— Devem ter nos visto ao encalço, ou tinham homens nos vigiando em Gibraltar. — Scipio já está tateando o cinto, pegando uma lata de pólvora e um punhado de metralha. — Desça para o c... — começa ele, mas é interrompido pelo primeiro disparo do *Kattenkwaad*, um tiro de aviso que dispara sobre nossa proa. Vários longos e silenciosos segundos se passam conforme nos dão a chance de hastear uma bandeira de rendição. Então a arma de frente deles arrota um conjunto de balas de canhão gêmeas conectadas por uma corrente que disparam pelo ar e se enroscam na verga da proa do *Makasib* com velocidade o suficiente para derrubá-la no convés com um ruído que dispersa os homens.

— Todas as mãos! — grita Sinn. — Todas as mãos nas estações! Carreguem as armas e não mostrem piedade!

— Tragam-na para estibordo — berra Scipio. Consigo ouvir gritos semelhantes do *Makasib* e percebo que não apenas o *Kattenkwaad* é muito maior e mais bem armado do que nós, mas estão em movimento, disparando na nossa direção com armas giratórias e canhões já carregados, e que irão se virar com tanta facilidade que estaremos de cara para um casco inteiro de artilharia antes que sequer consigamos fazer o mesmo.

— Felicity! Johanna! — chama Sinn. — Desçam para o convés de armas! Fora do espaço aberto! — Pego Johanna pela mão e corremos juntas pelas escadas, tropeçando uma na outra e na inclinação íngreme conforme caímos no convés de armas.

Quase me choco com Percy, de pé, descalço, na base das escadas e freneticamente tentando colocar o cabelo para trás em um coque.

— O que está acontecendo?

— Os ingleses — arquejo. — Eles nos pegaram de surpresa.

O convés está abarrotado de homens, todos tropeçando para suas posições em volta dos canhões e tentando apressadamente carregar a arma menos rápida da história humana.

— O que fazemos? — pergunto para Ebrahim, que está limpando resquícios do cano da maior arma com um cilindro espiral.

— Levem as armas giratórias para o convés — grita ele para Percy. — Lembra-se de como carregá-las? — Quando Percy assente, ele diz: — Leve Monty e armem-se. — Percy sai correndo para o arsenal e Ebrahim grita: — Johanna, abra as portinholas das armas. Felicity, comigo!

Johanna e eu cambaleamos quando outro disparo estremece o navio. Uma rede voa dos pontos de suspensão e passa como a cauda de uma serpente no ar, quase me atingindo no rosto. Nós treinamos para isso e conhecemos nossos postos, mas parece irreal quando Ebrahim atira para mim um conjunto de luvas de couro pesadas, o interior delas com uma crosta de suor.

— Cubra a ventilação — grita ele, e pressiono o polegar sob o pequeno buraco na base do canhão enquanto ele empurra a primeira carga.

— Preparem para atirar! — grita Sinn escada abaixo. — Estamos dando a volta!

Nossa volta é dolorosamente lenta. As três pequenas armas giratórias em nosso convés são tudo o que temos para revidar enquanto o *Eleftheria* se vira para que o casco esteja paralelo com o do *Kattenkwaad*. Ebrahim e eu esperamos, minha mão tapando a ventilação e nós dois olhando para o pequeno quadrado pelo qual a ponta do cano do canhão se projeta. É uma janela estreita que nos dá uma visão de nada além do mar cinza e do céu acima ainda mais cinza. Estou tremendo com a espera, a sensação de estar indefesa, a quietude, meu polegar pressionado com tanta força contra a ventilação que fica dormente. Ao meu lado, Ebrahim tem o lança-fogo preso entre os joelhos, raspando uma pederneira e com um bastão na mão, pronto para o comando. Mais um disparo soa do *Kattenkwaad*, acompanhado por um estalo.

Ebrahim trinca os dentes.

— Estão derrubando nossas vergas.

Mal consigo respirar com o ritmo de meu coração. Ele se enterra em meus pulmões e na garganta, me fazendo sentir controlada pelo medo. *Você é Felicity Montague,* digo a mim mesma. *É um cacto genial e uma flor selvagem rara que sobreviveu à captura e ao aprisionamento e à extorsão, e sobreviverá a isto.*

Então, a voz de Sinn soa escada abaixo.

— Abrir fogo!

— Fogo no cano! — grita Ebrahim, e tiro o dedo da ventilação e tapo as orelhas, meu corpo curvado para longe do canhão.

Jamais chegamos a disparar durante as simulações, e a explosão sacode meus dentes. O canhão recua, errando por pouco meus dedos dos pés. Não olho onde o disparo atinge, mas o céu cinza além da portinhola foi substituído por um quadrado do casco do *Kattenkwaad*. É de alguma forma menos assustador do que o céu vazio e do que esperar, mas também é mais, pois estamos na batalha. Em meio à névoa, posso ver os rostos dos marinheiros deles nas próprias portinholas, carregando armas maiores do que as nossas. Ao longo do casco do navio, sob as ondas, redes são atiradas, presas como cracas à lateral e arrastando-se na água. Não consigo entender o que são até que vejo o mesmo brilho perolado que vi pela luneta. Já coletaram os ovos, e os arrastam com o navio em redes de cordas.

Um homem se atira para fora da abertura de arma diante da nossa para limpar o cano antes que o parceiro dele tenha a chance de puxar a arma de volta para o convés. Ebrahim tira uma pistola do cinto e dá um tiro pela portinhola, direto contra o limpador. Ele cai para a frente em um redemoinho trôpego na direção do oceano. Meu estômago se revira, e viro o rosto. Sangue jamais me incomodou. Nem doença ou ferimentos ou morte, mas a batalha é completamente diferente. Ebrahim, com quem joguei xadrez, que ensinou Percy a mergulhar e amarrou o cabelo de George em tranças justas ao longo da cabeça, acaba de matar um homem. Mas talvez aquele homem tivesse atirado em nós primeiro. Talvez possa ser considerado autodefesa. Por antecipação.

Não posso pensar nisso agora.

Pego uma corda do canhão, e, juntos, Ebrahim e eu arrastamos a arma para trás de novo. Há outra saraivada de fogo, dessa vez estalos menores de rifles do *Kattenkwaad*, seguidos por um grito de nosso convés superior.

Meus ombros e mãos estão doendo depois de apenas alguns disparos. Mais adiante, no convés onde estou, Johanna passa balas de canhão para um dos homens de Aldajah, o rosto dela preto com fuligem e uma das mãos ensanguentadas de um disparo de bala bifurcada que estourou nosso casco. Ebrahim queima a mão em brasas, soltas ao limpar o cano — elas escorregam pela manga dele e ele precisa bater para abafá-las contra a pele antes de incendiarem sua blusa. Perco a conta de quantas vezes disparamos, não por causa do grande número, mas mais por causa de como o tempo parece seguir regras diferentes durante uma batalha. O tempo entre disparos se passa como horas. Os momentos que são necessários para que uma bala de canhão viaje pela extensão do cano, para que o lança-fogo incendeie, é metade de uma vida. Mas os disparos do *Kattenkwaad* chegam pesados e impiedosos, um ritmo impossível que não podemos igualar. A única coisa a ser feita é continuar puxando a arma de volta para o lugar, continuar cobrindo a ventilação, continuar tapando as orelhas com as mãos e deixando que o coice sacuda meus ossos.

Sou apenas tirada da luta pelo som de meu nome atrás de mim.

— Felicity!

Eu me viro. Sinn está pendurada nas escadas que dão para o convés superior. O lenço de cabeça dela está sujo de sangue, embora não haja indicativo de que seja dela. Ela agita a mão frenética para mim, e, com um aceno de Ebrahim, saio aos tropeços pelo convés na direção dela.

— Você é necessária... — Não consigo ouvir por cima do som de mais um de nossos canhões disparados. O navio todo se inclina, e ela me segura pelo cotovelo, me puxando para cima e pressionando a boca contra minha orelha — ... atingido — é tudo o que ouço antes que ela me arraste e eu esteja subindo aos tropeços a escada íngreme de quatro.

O convés está um caos. Vergas caíram e estão emaranhadas no cordame, penduradas como galhos de árvores em um dossel de selva e desequilibrando os mastros de forma que oscilam perigosamente, a base deles rachando. Os gurupés e acrostólios foram explodidos. Uma das velas está em chamas, dois homens estão agachados no mastro tentando arrancá-lo às pancadas. Fumaça sufoca o ar.

A perna de Scipio está cortada e pinga uma poça de sangue onde ele está agachado, no convés, com um rifle preso no ombro. Sinn me empurra para baixo, para manter minha cabeça sob o parapeito, pois eu tinha avançado para ajudá-lo sem pensar no tiroteio — mas ela sacode a cabeça e me redireciona, me empurrando para a proa. Já está colocando pólvora preta no cano da arma de novo, e quero perguntar onde quer que eu vá e o que eu deveria fazer, mas assim que olho na direção para onde ela me empurrou, eu sei.

Monty está agachado abaixo do parapeito, uma das mãos segurando a arma giratória com a qual ele foi responsabilizado e a outra pressionando Percy, que está caído no convés, imóvel. Eu tropeço para a frente sobre mãos e joelhos, e a palma de minha mão escorrega em uma poça de sangue. Retalhos em chamas da vela ondulam acima.

Um disparo de arma se enterra no convés, logo à minha frente, e eu me jogo no chão. Monty trinca os dentes, então se levanta para trás da arma. Percy não se move. Não consigo nem dizer se ele está respirando. Monty está pálido como leite, sangue cobrindo completamente as mangas da blusa e as mãos trêmulas conforme ele tira a tampa de um cartucho de pólvora com os dentes. Uma das palmas estampa uma queimadura vermelha forte, mas ele não se encolhe.

Eu disparo até Percy e tiro o casaco e a blusa dele, em busca da fonte do sangue. Não é difícil encontrar. Ele levou um tiro no centro do torso, baixo demais para atingir o coração e alto demais para o estômago. É uma bala pequena, embora seja pouco conforto.

— Percy — chamo, dando uma leve sacudida no ombro dele. Percy não responde, mas os lábios dele se entreabrem. A respiração vem em arquejos longos e difíceis que chacoalham no final. Cada um parece dar trabalho demais, sem fazer efeito. — Percy, está me ouvindo? Consegue falar?

Monty se abaixa ao meu lado, arrastando o dorso da mão sobre o rosto e manchando-o com sangue.

— Eles tinham um atirador de precisão na gávea — explica ele, com a voz séria. — Sinn o acertou, mas não o tínhamos visto até...

Percy toma mais um fôlego que faz seu corpo todo tremer, sibilando como um fole furado. As palavras de Monty escorrem até virarem um choro, como se a dor fosse compartilhada. Percy está travando uma batalha corajosa para manter os olhos abertos, mas está perdendo. As pálpebras dele estremecem.

— Por que ele está respirando assim? — pergunta Monty, limpando o próprio rosto de novo. — Estava acordado e falando logo depois que aconteceu, e não estava respirando assim.

E talvez seja o medo na voz dele. Talvez seja a percepção de que Monty tentou parar o sangramento pressionando aquele chapéu ridículo que Percy tricotou para ele contra o buraco da bala, mas o chapéu escorregou e se aninhou ao lado dele. Talvez seja que Percy não é apenas precioso para mim, mas é metade do coração de meu irmão. Jamais vi Monty sentir medo assim. Jamais vi qualquer outro ser humano sentir medo assim, enquanto Monty toca o rosto de Percy, leva a testa à dele e implora para que Percy abra os olhos, que respire, que sobreviva.

Estou lutando para manter a concentração. Lutando para pensar. Minha mente caiu nas trincheiras do hábito e correu direto para os *Tratados* de Alexander Platt, cada trabalho dele que li sobre a cavidade peitoral, os pulmões, o coração, a circulação, a caixa torácica. E não há nada. Sequer uma anotação, sequer uma mancha, nem um único comentário sobre um tiro limpo abrindo um peito. Platt jamais escreveu uma palavra sobre o que fazer quando cada fôlego parece lentamente matar um homem.

Então não penso em Platt. Não me importo com o que Platt ou Cheselden ou Hipócrates ou Galen ou qualquer desses homens possa ter escrito sobre o assunto ou como eles teriam direcionado minha mão. Posso fazer mais do que memorizar mapas de veias, artérias e ossos; consigo resolver o quebra-cabeça do que fazer quando essas peças se afastam. Posso escrever meus próprios tratados. Sou uma moça feita de mãos firmes, coração forte e de cada livro que já li.

Você é Felicity Montague. É uma médica.

Percy toma mais um fôlego doentio, e é como se um diagrama se abrisse sobre ele, me mostrando onde a bala teria se alojado, o que atingiu e como está deslocando todo o restante. Um ferimento de peito aberto como esse, com apenas um chapéu tricotado e uma mão pressionados intermitentemente contra ele, é um canal aberto em duas direções. Sangue está escapando, mas ar está entrando, preenchendo todo lugar que não deveria, levando o pulmão ao colapso e separando a cavidade peitoral da árvore traqueobrônquica. É como um mapa em minha mente, uma memória muscular, um poema que posso recitar de coração. Sei o que fazer.

— Preciso de algo afiado — digo.

Monty tateia atrás dele no convés e retorna com o limpador do canhão, passando-o para mim pela ponta em forma de saca-rolhas, que entra no cano do canhão antes de cada disparo para limpar resquícios. O cabo está escorregadio quando ele o pressiona contra minha palma.

Com um ferimento peitoral levando os pulmões ao colapso, sucção deveria ser aplicada por meio de um tubo flexível de ponta cega, e fluidos anticoagulantes injetados imediatamente. Sem ter qualquer das opções, improviso com o que tenho e começo uma contraincisão entre as duas costelas verdadeiras mais inferiores, a quatro dedos da vértebra e do ângulo escapular inferior.

Pressiono os dedos na base do peito de Percy, contando as costelas dele, então seguro a ponta do limpador do canhão no mesmo local. Não duvido de mim por um segundo.

Prendo a ponta do saca-rolhas com a base da mão até que rompa a pele e sinto que testa os ossos dele. O corpo de Percy estremece e, quando tiro o saca-rolhas, ele toma um fôlego arquejante, como se emergisse da água. Também arquejo. O limpador do canhão cai de minha mão e desliza pelo convés.

— Mantenha pressão aí! — grito para Monty. Os tiros estão fazendo minhas orelhas estalarem, mal consigo ouvir minhas próprias palavras por cima deles. Eu me viro no convés, pronta para voltar para os canhões ou para qualquer um que precise de mim, mas Sinn me empurra de volta, sacudindo a cabeça até que eu pare.

— Seque! — Eu finalmente a ouço gritar, então percebo de repente o quanto nosso convés de armas ficou silencioso; estamos quase sem fogo. O que nos resta serão bolas de canhão únicas ou bolas de mosquetes que nos expõem ao inimigo. Do outro lado da água, o gurupés do *Makasib* está em chamas, o fogo subindo pelos mastros e lambendo as velas, mas ainda estão travando uma batalha corajosa. Um dos canhões deles urra e o *Kattenkwaad* responde com um disparo contra nosso parapeito. Farpas explodem e se espalham pelo convés, e eu lanço os braços sobre o rosto. Poeira enche meus pulmões; poeira, fumaça e o cheiro metálico espesso de sangue.

Em meio à névoa, ainda consigo ver a ilha a nossa espera e só consigo pensar que *Não pode ser assim que acaba*.

Não era o que eu esperava pensar ao encarar a morte nos olhos famintos dela. Não é falta de esperança, é apenas pura teimosia. Não tanto uma vontade de viver, mas uma recusa em morrer. Ainda não, agora não, não quando nos resta tanto a fazer. Não há uma maldita chance de eu morrer neste navio.

Um grito corta o ar subitamente, tão severo e sobrenatural e em um tom tão impossível que é mais uma vibração do que um som. Tapo as orelhas, curvada com a dor daquele som subindo do oceano e pulsando dentro de mim. Consigo sentir nos pés, nos pulmões, na forma como meus dentes batem. Por todo o convés, pistolas caem e canos de rifles abaixam. Homens agarram as orelhas, gritando junto, e a humanidade desse som é quase reconfortante. A luta para dos dois lados, apenas por um momento, quando todos ficam zonzos.

Ao meu lado, Monty sacode a cabeça, como se estivesse tentando afastar o apito.

— O que foi isso?

O navio estremece. Não com um golpe de canhão, mas como se algo tivesse passado sob nós. Uma onda bate no convés, encharcando meus joelhos.

— Encalhamos em terra! — grita Sinn, mas ainda estamos tão longe do litoral, e o navio se acomoda de novo quase imediatamente. Não estamos presos em nada, nem prendemos a quilha em um recife ou estreito.

Mas algo passou sob nós.

Eu saio correndo, jogando água conforme sigo até o parapeito, no momento em que Johanna sobe do convés inferior. Os cabelos dela estão uma pilha desgrenhada em volta dos ombros, o rosto manchado com queimaduras de pólvora, mas ela pega minha mão para se equilibrar, inabalada pelo sangue. Nós duas olhamos por cima do parapeito, até onde ousamos olhar sem nos expor a armas britânicas.

— Felicity! — Ouço Sinn gritar. — Johanna! Abaixem-se!

Nenhuma de nós se move. Nós duas reconhecemos o som, da versão em miniatura que ouvimos na baía em Argel. Sob a proa de nosso navio, a água reluz como safira, algo iridescente e brilhoso passa sob as ondas.

Johanna segura meu braço.

— É um dragão. Está sob nós.

Como se em resposta, o navio avança de novo como se tivéssemos subido em uma onda.

— Não é um recife! — grito para Sinn, que está agachada ao lado do leme. — É uma das bestas! Ela está sob nós.

Ouvimos aquele grito profano de novo. Uma ondulação passa pela água, achatando as ondas. O navio sobe.

— Precisamos parar de disparar! — grita Johanna. — Ela não quer lutar; ela quer os ovos!

— Ela? — grita Sinn em resposta.

— O dragão! — Johanna faz uma pantomima dramática ao apontar para baixo, então faz mímica de um movimento serpentino com a mão. — O navio de guerra está com os ovos dela! Há um monstro marinho sob nosso barco, mas, se ficarmos parados e não a perturbarmos, ela nos deixará em paz. É por isso que deixam os navios de seu pai em paz! Vocês não lutam com eles! Precisamos parar de atirar. Nenhum canhão, nenhuma arma, nada. Não podemos nos mover.

— Está maluca? — retruca Sinn.

— Sinalize para seu pai. Eles precisam parar!

Scipio está encarando Sinn, buscando uma ordem, embora, pelo rosto dele, esteja aparente que ordem ele quer que seja. A perna ensanguentada está tremendo sob o corpo dele. O maxilar de Sinn se contrai, a posição severa da boca a traindo. Ela não quer se render. É uma menina criada para enfrentar uma briga com as unhas, para jamais desistir. Sempre ser mais rápida, mais esperta, ser a última a pedir para parar. Não mostrar fraqueza. Não mostrar piedade. Mergulhar antes de se render.

Mas, do outro lado do convés, ela olha para Johanna, então para mim. Quando nossos olhos se encontram, vejo o peito dela se erguer com um único e profundo fôlego.

— Cessar fogo! — grita ela. — Não façam movimento.

— Ignorem isso! — apela Scipio, pegando o braço dela. — Seremos naufragados.

Sinn se desvencilha da mão dele.

— Nada de armas, nada de canhões. Erga bandeiras para meu pai.

— Não sobreviveremos! — exclama Scipio, mas Sinn já está se apressando pelo convés e se jogando escada abaixo. Scipio murmura algo baixinho, então grita para seus homens no convés superior: — Cessar fogo e abriguem-se!

— Ainda não estamos secos! — grita um deles, mas Scipio responde com um afiado:

— Faça o que estou mandando!

Leva um momento para a mensagem percorrer o navio, mas, quando o faz, uma quietude esquisita recai sobre nós. O som da batalha é substituído pelos jatos de água respirando contra a lateral de nosso barco, o ranger do navio se curvando sob os danos.

Sinn cambaleia do convés, de volta para onde Johanna e eu estamos agachadas no parapeito. Observamos o sinal viajar em bandeiras entre nosso navio e do pai dela, pois não há um sinal para *não perturbe os dragões*, é apenas um chamado para rendição.

— Por favor — Sinn sussurra ao meu lado, os olhos dela no navio do pai. — Por favor, confie em mim.

Ela estende a mão e pega a minha, a palma suada e trêmula. Eu pego a de Johanna com minha outra mão. Ela está tão concentrada no mar, observando aquele lampejo de esmeralda, que não acho que repara, até que esprema meus dedos em resposta. Um lembrete de que está aqui. De que está me segurando. Estamos nos segurando.

A próxima saraivada de artilharia ondula contra o navio, uma barreira de disparos de armas e canhões. O topo de um de nossos mastros é explodido, enchendo o convés de pedaços de madeira. Nós três caímos umas sobre as outras. A mão de Sinn está pressionada contra minha nuca, e ela protege meu rosto com o próprio.

Então ouvimos aquele grito de novo, tão agudo que não há som, apenas uma vibração que me faz sentir como se cada vaso sanguíneo em meu corpo estivesse se forçando para estourar. Juro que meus dentes se soltam. E então há um som diferente, um estalo, um desmoronamento, como se algo tivesse sido esmagado contra um punho gigante. Levanto a cabeça no momento em que uma gigantesca espiral de escamas azuis e barbatana nas costas sai da água, pairando alto acima dos mastros ingleses e açoitando no ar como uma cobra golpeando. Outra onda de maré atinge nosso barco, essa descendo das costas do dragão, e nós nos viramos precariamente. Agarro um dos parapeitos, os dois braços envoltos nele, lutando para manter a cabeça erguida contra o jato de água. Sinn tenta se agarrar, erra e acaba me segurando pela cintura, agarrando-se a mim. O dragão se debate, o meio do corpo dela desabando sobre o navio inglês, que se parte ao meio com um estalo, como uma árvore caindo. Os mastros caem. Velas se rasgam contra as costas dela. Ela enrosca a cauda mais uma vez em torno do casco, a longa barbatana na ponta curvando-se no ar como um ponto de interrogação antes de ela mergulhar, puxando o navio inglês para baixo consigo e desaparecendo completamente — mesmo as cores são engolidas pela água. Os ovos flutuam para a superfície, ainda presos pela rede e brilhando.

Um momento depois, a água ondula de novo e as narinas do dragão irrompem pela superfície, logo ao lado de nosso barco. Prendo a respiração.

O dragão solta um grande jato de ar nebuloso, então prende o nariz na rede de ovos, sacode a cabeça, rasgando as cordas de navegação com os afiados ganchos acima das narinas dela. Os ovos oscilam para a superfície, ainda unidos pelas finas membranas que os amarravam às águas rasas em volta da ilha. As antenas nas sobrancelhas dela se prendem em volta deles, puxando os ovos para as costas dela, onde se aninham como cracas agarradas às escamas.

O dragão ergue os olhos. Vê nosso navio. Solta mais um jato de ar úmido que é levado pela brisa e sopra quente e salgado em nossos rostos.

Então ela respira fundo — arquejante e infinita, como se formasse o ar — e mergulha, a barbatana da cauda oscilando entre as ondas antes de ela desaparecer na água escura.

E, por fim, o mar está calmo.

21

Realmente teria sido uma visão e tanto se Johanna e eu saíssemos do barco e marchássemos até o acampamento de Platt na ilha, sozinhas e poderosas, duas moças com sabres e sem medo.

Mas isso simplesmente não é prático, então, em vez disso, somos duas moças sem sabres, ainda trêmulas da batalha, mergulhadas em sangue e acompanhadas por um bando de piratas — esses com as cicatrizes mais feias e a estatura mais ameaçadora. Levou várias horas até que a água se acalmasse para que nós de fato fizéssemos a expedição até a ilha. Às nossas costas, o *Makasib* apagou seu incêndio, mas a metade da frente da embarcação está uma casca carbonizada e fumegante. O *Eleftheria* tenta salvar as vergas caídas e reparar os mastros quebrados. Não é uma tarefa fácil. Meus dedos estão duros de consertar ossos e do trabalho delicado de extrair balas de marinheiros feridos. Não perdemos muitos homens, mas quase ninguém escapou sem uma marca. Johanna me seguiu pelo convés, me ajudando como podia, mantendo pele e ossos no lugar, inabalada pela visão de músculos e órgão expostos.

Quando partimos, deixamos Scipio com a perna costurada, limpa e atada, e Monty aninhado a Percy no chão da cabine do capitão, nenhum dos descansando tranquilamente, mas ambos descansando. Tenho certeza de que ainda estarão lá quando voltarmos, Monty provavelmente acariciando os cabelos de Percy conforme ele dorme, a respiração tranquila e o peito atado. Sobrevivência não é uma garantia — infecção, gangrena e todos esses outros filhos da puta sorrateiros ainda têm tempo de se estabelecer —, mas é um prospecto provável. Li relatos de duelistas atingidos no peito que, quando tratados por meio de intubação, foram vistos de pé no dia seguinte. O perigo agora é o tipo que vem com qualquer ferimento. Quando ele recobrar os sentidos, a dor será brutal, e gostaria ferozmente de poder dar a ele algo para aliviá-la ou agilizar a cura. Alguma versão de ópio ou das escamas de dragão que não agarre sua garganta antes de fazer algum bem. Deve haver um jeito.

Remamos para a praia quando a maré recua e arrastamos o barco para a única praia que não é um penhasco íngreme. A areia escura faz um ruído aquoso sob nossos pés conforme caminhamos, então se transforma em lascas porosas, escorregadias com algas. Faixas leitosas das cascas de ovos do monstro marinho pontuam a praia, embora seja difícil dizer se foram quebrados por lâminas inglesas ou se racharam há muito tempo e foram trazidos pela maré. A névoa está baixa, o oceano, tão quieto que é quase água parada. Ela se acumula nas reentrâncias das rochas, formando lagos onde estrelas do mar e esponjas com tentáculos acenam para nós em uma aquarela de cores. Parecem alegres demais para a natureza, essas pequenas janelas rosas sob o mar.

Encontramos primeiro o acampamento de marinheiros que Platt trouxe com ele para a ilha para coletar seus espécimes, todos fracos e mais do que dispostos a se render antes que nossos piratas sequer tenham a chance de ameaçá-los direito.

— Onde está o Dr. Platt? — pergunto a um deles, e o homem indica com a cabeça o alto da colina, onde fumaça ainda sobe para o céu.

Johanna e eu caminhamos pela lateral, seguidas por alguns dos homens. Precisamos subir de quatro em lugares onde a rocha se inclina. As árvores estão despidas até o alto do tronco, e os dosséis verdes e arbustivos estão dentro da névoa, chatos e simétricos. Alguns trechos de flores amarelas pontuam a encosta, inabalados pelos ventos e pelas ondas que fustigam a ilha. Raras, selvagens e impossíveis de esquecer.

Platt está sentado sozinho na colina, uma casca de homem exausta. Ele deve ter visto a luta, visto o monstro afundar seu navio. A pele dele parece fina como fumaça e tão pálida que eu conto as veias azuis no pescoço. As mãos estão em carne viva e cheias de bolhas conforme ele joga as anotações de Sybille Glass uma a uma no fogo, mas ou está inebriado ou está tão resignado que nem mesmo sente a queimadura. A chama sobe cada vez que uma nova página cai.

Ele ergue a cabeça quando nos aproximamos. Seus olhos estão vermelhos, as bochechas, fundas e macilenta de modo que ele pareça um esqueleto estampado em papel de parede mais do que um homem de verdade. Ele não salta ou corre ou avança de ódio quando nos vê chegar, nem quando paramos do outro lado da fogueira dele. Em vez disso, levanta-se calmamente, embora suas pernas tremam sob o corpo, e pega o mapa da ilha, de Sybille Glass, de onde estava ao seu lado. Ele o estende para nós, e penso por um momento que está nos entregando, toda a resistência empoçada em suas botas, mas ele para quando o mapa está acima do fogo. A fumaça mancha a parte posterior.

Johanna congela, suas botas escorregam na rocha. Acho que pode ser uma parada súbita de pânico, mas, em vez disso, ela está calma como um céu de verão. Cruza os braços. Observa Platt. Não dá poder a ele.

— Pode queimar — diz ela. — Se é o que quer.

A mão dele está trêmula. O papel estremece. Se tinha esperado histeria, a calma dela deve ser perturbadora.

— Era seu trabalho também — prossegue Johanna. — O que quer que tenha acontecido entre vocês dois, minha mãe tinha sua parcela de culpa. E, se quiser destruí-lo, tudo bem.

— Isso não a teria impedido — diz ele.

— Não vai nos impedir também — responde Johanna.

Platt solta o mapa, mas, em vez de cair no fogo, ele flutua sobre a fumaça, desafiando todas as leis conhecidas da gravidade por um momento ao pairar sobre uma lufada de ar quente. Então Johanna o pega da trincheira de fumaça, suas mãos voltando cheias de fuligem e deixando um rastro de pontas de dedos pretas nas bordas do mapa da mãe dela.

Platt deixa que os piratas o levem. Ele não luta contra eles ou resiste de qualquer forma, e me pergunto como é ser arrasado até não se conseguir mais lutar. Espero que jamais descubra.

Johanna e eu encontramos Sinn na praia de areia preta. Ela chega em um barco longo do *Makasib*, os dois homens com ela preenchendo o espaço de Sinn no barco com Platt e levando-o de volta ao navio.

— Onde está seu pai? — pergunto conforme ela caminha até nós.

— Com Scipio no *Eleftheria*, fazendo um plano para os consertos deles. — O vento acelera subitamente, e ela pressiona a mão na cabeça, segurando o lenço no lugar. — Platt deu o mapa a vocês?

Johanna o estende para que ela veja, com um sorriso.

— Deveríamos tirar no palitinho para ver qual de nós fica com que mapa? Não precisamos fingir que a anágua é a versão mais desejada. Ou deveríamos cada uma ficar com metade de cada e então uni-las? Apenas para sermos justas. Ou talvez...

Johanna prossegue, mas Sinn não está olhando para nós. Está encarando o chão ao revirar a areia com a ponta do pé. Depois, olha pelo ombro para o longo barco que rema de volta para o navio do pai dela.

— Sinn — chamo, e, quando ela volta a olhar para nós, Johanna se cala.

— Não pode ficar com o mapa — diz Sinn.

Johanna recua, pressionando contra o peito o portfólio de couro dos desenhos da mãe, que havíamos resgatado de Platt.

— Tínhamos um acordo.

— Eu sei. Mas meu pai... — Sinn olha para baixo de novo, seus olhos brilhando. — Eu queria que pudesse ser diferente.

— Pode ser — eu digo. — Podemos falar com ele. Fazer um acordo.

Mas Sinn está sacudindo a cabeça.

— Ele não vai mudar de ideia. Não quer que esse segredo volte para Londres. Tem homens nos dois navios, mais do que Scipio. Vai reuni-los se você resistir.

Johanna a encara, bochechas sugadas para dentro por um momento tão longo que começo a me preocupar com a respiração dela. Então ela solta todo o ar com um bufo agudo e diz:

— Bem, então não vou embora!

— Johanna... — diz Sinn, mas Johanna não a deixa falar.

— Não vou. Vou me ancorar nesta ilha e tornar aquele acampamento inglês meu lar e aprender a comer aquele musgo laranja nas árvores e beber água do mar e encontrarei alguém que me traga Max e então vou tornar esta ilha meu continente e minha sala de aula e aprenderei tudo que seu pai é covarde demais para aprender, e o mapa não importará. — Ela cruza os braços, as pernas abertas, uma general rebelde. — Não pode me impedir. Se não me deixar levar o mapa de volta para a Inglaterra, então vou ficar aqui.

— Eu também — afirmo.

Johanna salta, como se uma mosca tivesse subitamente pousado nela, e se vira para mim.

— Você vai?

Eu me perdi na vontade de fazer tudo certo, de obter o certificado, a associação, a licença e o diploma. Achei que precisava que tudo fosse o mesmo que os homens recebem, ou não contaria. Venho tropeçando para seguir o mesmo caminho que Platt e Glass, importando-me menos com o trabalho e mais com o fato de que eu queria ser notada por esse trabalho, fazendo isso de forma que os conselhos na Inglaterra o reconhecessem como legítimo.

Tinha perdido de vista o fato de que quero trabalhar com algo que faça diferença. Quero entender o mundo e como ele se move, como os intricados barbantes da existência se tecem em uma tapeçaria, e quero entremear essas tapeçarias com minhas próprias mãos. Eu me encho de repente com essa vontade, de saber as coisas, de entender o mundo, de me sentir nele. Ela me inunda com uma força feroz. Este mundo é meu. Este trabalho é meu. Se é egoísta querer, então o egoísmo será minha arma. Lutarei por tudo que não pode lutar por si mesmo. Bloquearei o vento e manterei longe os lobos e colocarei a janta na mesa. Sou subitamente tomada por mais do que o desejo de ser reconhecida — quero conhecer.

Os dragões não são nossos para serem expostos. A Coroa e Cutelo não são nossos para abrirmos seus portões. Mas este mundo é nosso. Merecemos nosso espaço dentro dele. Esse espaço me garantindo um lugar nas paredes do hall dos cirurgiões em Londres ou não.

Sinn olha de uma para a outra e, embora deva saber que nenhuma de nós seria do tipo que aceita tranquilamente, ela deve estar desejando ter escolhido companheiras menos determinadas.

— Por favor — pede ela, por fim, e estende a mão fraca. — Não tornem isto mais difícil.

— Não estamos — responde Johanna. — Seu pai é que está, por voltar atrás com a palavra dele. Se quer que alguém lhe dê tapinhas na cabeça e lhe diga que você é bonitinha e está absolvida, volte correndo para ele, pois não vai encontrar isso aqui.

Johanna começa a ir embora, então parece perceber no meio da praia que não tem para onde ir, pois esta ilha é deserta e inóspita. Mas, depois de apenas um passo curto e hesitante, continua a prosseguir montanha acima, como se para provar o quanto ela está pronta para domar essa natureza. Mesmo quando essa natureza agarra sua saia e ela precisa rasgá-la para soltar, deixando para trás uma pequena bandeira de seda rosa ondulando em uma árvore de dedos finos.

Sinn parece querer fugir também, embora não de raiva. Ela parece vazia e dividida, duas alianças batalhando, mas aquela que foi costurada em seu sangue desde o nascimento está vencendo, não importa o quanto ela possa estar em dúvida. Parte de mim quer dizer a ela que entendo, que está tudo bem, que não a culpo. A outra parte quer dizer que ela é uma traidora e covarde e deveria criar coragem e enfrentar o pai. Mas isso é algo muito simples para eu dizer.

— O que vai acontecer com Platt? — pergunto, por fim.

Sinn passa a mão pelos olhos.

— Meu pai e eu o levaremos para nossa guarnição. Veremos se resta algo nele e nos certificaremos de que não volte para Londres. — Um bando de pássaros pretos aninhados no penhasco atrás de nós levanta voo. Ela me olha com uma estranha expectativa e, quando ergo as sobrancelhas, ela diz: — Você não me perguntou se iríamos matá-lo.

— Ah. Presumi que não iriam, porque isso é o que eu gostaria muito de fazer, e você é muito mais decente do que eu.

Os lábios dela se entreabrem, o fantasma de um sorriso.

— Quando nos conhecemos, você presumiu o pior de mim.

— Eu presumi e aquilo foi terrivelmente injusto — respondo. — Embora, em minha defesa, uma de nossas primeiras interações envolveu você apontando uma faca para um homem inocente.

— Porque você precisava que ele socasse seu irmão no rosto.

— Não que o socasse! Decidimos que não haveria soco. — Ela ri, e encosto meu ombro no dela. Sinn deixa meu peso a jogar de lado como grama de dunas à brisa. — Há quanto tempo sabe que seu pai não nos daria o mapa?

— Ele jamais me disse diretamente.

— Mas você sabia.

Ela dá de ombros.

— Piratas.

— Ele deveria ter sido homem e nos dito pessoalmente em vez de mandar você.

— Ele prefere seguir a grande tradição de mulheres limparem as bagunças feitas por homens.

— Ah, a história do mundo. — Tiro alguns fios de cabelo do rosto. Ficou oleoso como bacon ao longo das últimas semanas, e quase limpo a mão na saia assim que o toco. — Suponho que ele não acreditaria em você se dissesse que estava perdido e nos deixaria ficar com a anágua.

— Não.

— E suponho que você concorde com ele, que dragões deveriam ficar em paz e não ser perturbados.

— Se não os perturbamos, eles também permanecessem desconhecidos — diz ela, e parece tanto com algo que Johanna diria que me espanta. Sinn inclina a cabeça para o lado, um dos dedos acompanhando a forma do lábio inferior dela. — Pode ser escolha dele, e ele pode ser o comodoro, mas não acho que seja a certa.

— É muito corajoso de sua parte dizer isso.

— Seria mais corajoso se eu estivesse dizendo a ele. Pensei por tanto tempo que a única forma possível de ele me considerar uma candidata seria se eu me tornasse a melhor versão dele em miniatura que conseguisse, para que ele soubesse que seu legado não seria perturbado se ele desse suas terras para mim. Mas não quero ser meu pai. Não quero que as coisas permaneçam iguais. E se isso me custar meu direito de nascença... — Ela hesita, a resolução enfraquecendo quando proferida em voz alta.

— O que isso vai significar para os dragões? — pergunto.

— Não sei — responde ela. — Mas há sempre consequências. Mesmo ao se ficar imóvel. E estou cansada de imobilidade.

Ficamos lado a lado, encarando o oceano, observando as ondas se abrirem na praia, deixando constelações de cascas brancas para trás. Um refúgio de estrelas na praia, aos nossos pés.

— Já desejou que o tempo pudesse ser vivido ao contrário? — pergunto. — Para que pudesse saber se as decisões que estava tomando eram as certas?

Sinn ri com escárnio.

— Existem decisões certas?

— Mais certas, então. Aquelas que não acabam como um desperdício de vida e que não levam você a lugar algum, fazendo-a perseguir algo que pode jamais passar de um mito.

— Mitos são tudo besteira mesmo — diz ela. — As histórias nunca são sobre pessoas como nós. Eu preferiria escrever minhas próprias lendas. Ou ser a história que irá inspirar outra pessoa um dia. Construir uma base sólida para aqueles que vierem depois de nós.

Franzo o nariz.

— Isso não é muito glamoroso. Fundações estão enterradas na terra, sabe.

— Desde quando você se importa com glamour?

— Não me importo. É com você que estou preocupada. — Puxo o tecido solto em volta da coxa dela. — Não iria querer que nada acontecesse com essas calças da moda.

Ela inclina a cabeça para mim, seus olhos se semicerrando.

— Está debochando de mim.

— Estou — respondo, o mais seriamente que consigo.

Aquele sorriso malicioso se abre em seus lábios, e quero levar uma vela até ele e vê-la se incendiar, essa mulher perigosa, linda como fogo selvagem.

— Só porque você nunca me viu arrumada não quer dizer que eu não possa me agarrar profundamente à parte princesa de minha pirataria.

— Ah, você pode?

— Felicity Montague, se me visse vestida para o Eid em meu *kaftan* azul e dourado, desmaiaria na hora. Iria me pedir em casamento ali mesmo. E talvez meus beijos não sejam mágicos para você, mas é claro que eu diria sim e trataria você bem e seríamos muito felizes juntas. Você poderia ter sua casa, seus livros e seu velho cachorro, e eu teria um navio e velejaria durante anos a cada vez, e só pararia para ver você ocasionalmente, para que jamais se cansasse de mim.

— E nós seríamos felizes? — pergunto.

— Extáticas — responde ela.

A língua de Sinn percorre os dentes e os olhos dela se voltam para minha boca. Penso por um instante que ela pode me beijar de novo. Qualquer ficção romântica diria que esse é o momento para um abraço de curvar as costas e enfraquecer os joelhos, lábios sobre lábios em chamas, embora eu não consiga imaginar que exista algum livro no qual duas pessoas como nós se beijam. Se não somos tema de mitos, certamente não somos o casal de amantes de qualquer ficção moderna também.

— Cansaríamos uma da outra em algum momento — digo. — Somos jovens cactos. Nós nos espetamos com um olhar.

— Eu retiro minha comparação com cacto — argumenta ela. — Ou, se você é um cacto, é um dos peludos. Aqueles que parece que tem espinhos, mas, se tiver coragem de tocá-lo com a mão, percebe que é macio.

Reviro os olhos.

— Isso soa falso.

— Então você será a primeira de seu tipo. Selvagem, rara e impossível de esquecer. — Ela abre e fecha os punhos, flexionando as cicatrizes listradas ao longo do braço rasgado pelo vidro quebrado. Um lembrete das coisas estranhas que o oceano cultiva. Todos os mistérios do mundo que ainda não conhecemos. Perguntas que nem mesmo pensamos em fazer.

— Não posso lhe dar o mapa — diz ela. — Mas se me permitir... e se Johanna me permitir... pode haver outro jeito.

Encontramos Johanna nos restos esqueléticos do acampamento inglês, liberando a raiva dela ao destruir metodicamente qualquer coisa que os homens de Platt tenham deixado para trás que não se prove necessário para sua sobrevivência caso precise cumprir a promessa de se instalar como rainha da ilha. Ela para quando nos vê chegando, uma panela na mão já amassada das várias vezes que atingiu o tronco de uma árvore.

— O quê? — grita ela, inexpressivamente, quando Sinn e eu subimos a encosta.

Sinn para no limite do acampamento, toma um momento para recuperar o fôlego, então diz:

— Você ouviria uma proposta?

— Eu ouviria — diz Johanna —, mas posso não concordar.

— E se — começa Sinn — você voltar para Londres...

— Com o mapa?

Sinn hesita.

— Não.

— Então a resposta é não. — Johanna joga a frigideira nos arbustos, assustando um par de pássaros que levanta voo. Ela grita, parecendo prestes a pedir desculpas aos pássaros, então percebe que isso minaria a fúria que está tentando tão corajosamente estampar. — Eu disse a você, não vou sair sem ele.

— Bem, segure essas convicções por um momento e deixe-a terminar — peço.

Sinn toma mais um fôlego profundo e parece que gostaria de tirar o restante dos utensílios de cozinha do alcance de Johanna, apenas por precaução, mas então diz:

— Volte para Londres. Sem mapa. Certifique-se de que todos saibam que o navio de Platt afundou e que a expedição dele fracassou e que tudo que estava estudando era loucura. Que ele era um viciado insano. Estava louco.

— Até agora nada disso é digno de uma proposta — diz Johanna.

— Então, como esposa, assuma as finanças restantes dele.

— Ele não terá muito — argumenta ela. — Ópio é caro, e ele está sem trabalho há muito tempo.

— Mas você tem um dote — digo —, que deve ter chegado às contas bancárias dele a esta altura.

Ela para. Considera isso. Então faz outra careta.

— Tudo bem, então eu terei um pouco de dinheiro. O que propõe que eu faça com ele?

— Compre qualquer que seja o equipamento de que precise para fazer isso dar certo — responde Sinn. — Coloque sua casa em ordem, pegue seu cão gigante, pague esses corsários para consertar o navio deles e trazer você até a guarnição da Coroa e Cutelo quando chegar o momento. E então vou trazer você de volta para cá, e faremos esse trabalho juntas.

Johanna estava tão pronta para imediatamente recusar qualquer oferta de Sinn que ela parece chocada com o quanto essa solução é razoável.

— E depois? — indaga ela. — O que acontece quando descobrirmos um modo de acabar de vez com a morte ao usar escamas de dragão?

— Não sei — diz Sinn. — Precisaremos pensar nisso quando chegar a hora.

— Embora, se tivermos acabado com a morte, teremos um booom tempo para chegar a uma solução — acrescento.

— E quanto a você? — pergunta Johanna a mim.

Olho para Sinn.

— Você poderia ir com Johanna — diz ela. — Ou, se quiser... voltar para Argel comigo. Nossas instituições médicas são diferentes das suas, mas temos cirurgiões e médicos em nosso forte. Poderia aprender de nós. Conosco. E se certificar de que eu cumpra com minha parte desse acordo.

— Sim, eu me sentiria muito mais confortável com isso — afirma Johanna. — Felicity vai garantir a honestidade de vocês, piratas.

— Sei que não é o que você queria — comenta Sinn, e consigo sentir os olhos dela em mim.

Não é. Está longe do que eu imaginei anos antes, lendo livros médicos em segredo, desbravando a propriedade com Johanna e abrigando uma visão ilícita de um futuro longe da propriedade de meu pai. Não era o que eu queria. Mas não me importo. Não é um fracasso reajustar minhas velas para se adequarem às águas em que me encontro. É um novo destino. Um recomeço.

— Não podemos desaparecer de Londres para sempre — diz Johanna. — Precisaríamos manter algum tipo de contato em casa se quisermos voltar. Se Platt tiver contas, ou uma casa, ou quaisquer bens, alguém precisará gerenciar isso para que eu possa manter a reivindicação e para que tenhamos algo para que voltar quando chegar a hora.

— Meus irmãos — eu respondo, e as palavras parecem acolhedoras e completas em minha língua. — Monty é uma negação com números, e a caligrafia dele é um desastre, mas ele e Percy poderiam cuidar disso. Monty consegue encantar investidores e Percy pode se certificar de que todas as quantias estejam certas. E eles podem viver na casa enquanto você estiver fora. Tenho certeza de que Monty ficaria animadíssimo em se passar por seu marido se fosse preciso. Ele ficou muito entusiasmado com atuação.

— Nós três poderíamos nos reunir na guarnição de meu pai em um ano e voltar para cá juntas — complementa Sinn. — Eu sei que não é o que prometemos, mas é um começo. É o melhor que posso fazer.

— Você está certa — diz Johanna. — Não é o que vocês prometeram. — A voz dela está tão aguda que meu coração afunda, mas então ela continua: — Mas é o começo de algo. E aceito um começo. — Ela estende a mão para Sinn, como se quisesse colocar um selo formal nesse acordo. Quando Sinn não aceita, Johanna pergunta: — Vocês corsários selam seus acordos de uma maneira diferente?

— Podemos apertar as mãos se quiser. — Sinn encara a palma da mão aberta dela, então acrescenta: — Mas tenho uma ideia melhor.

— Vou pegar alguma doença horrível do sangue por causa disso? — pergunta Johanna para mim enquanto observa Sinn misturar pigmento carbono e azul com o branco de um ovo. A mistura se transforma de leitosa para o tom obsidiana azulado do interior de uma asa de corvo. Sinn cospe dentro da tigela, então testa com o polegar.

— Com quase toda certeza — respondo.

Nós três estamos sentadas no convés do *Eleftheria*, nossas saias abertas como poças acumuladas de uma tempestade conforme, ao nosso redor, os homens se preparam para zarpar. Eles fizeram consertos o suficiente para voltar para o continente aos trancos, com Johanna a bordo, enquanto Sinn e eu iremos com os homens do pai dela, de volta para Argel. Scipio, que apenas deixa de se apoiar na perna ruim quando eu estou olhando, grita ordens de um banco perto do leme. Percy e Monty estão perto também, Percy esticado de costas com a cabeça no colo de Monty. Os dois estão tomando sol, o qual apareceu pela primeira vez desde a batalha. Percy não fica corado sob o sol como

Monty, mas faz com que ele fique com uma aparência brilhante, saudável e, graças a Deus, *viva*. Monty diz algo que não consigo ouvir, e Percy ri, então coloca a mão no peito, encolhendo o corpo. Monty se transforma imediatamente, de provocador a dedicado, pressionando a mão sobre a de Percy conforme ele sussurra advertências que não consigo ouvir, mas que são quase certamente algo como *calma*. Ou talvez sejam descrições muito mais explícitas do que ele planeja fazer com Percy depois que ele estiver curado. Quando se trata de meu irmão, ambas as opções são igualmente prováveis.

— E sabe desenhar, não sabe? — pergunta Johanna a Sinn, raspando as unhas na palma da mão enquanto quica para cima e para baixo como uma chaleira tentando deixar sair o vapor. — Não vou acabar com uma mancha permanente na pele que parece um pênis com um chapéu de festa em cima, vou?

— Não, essa é uma frota pirata completamente diferente — respondo, sarcasticamente.

Sinn olha para mim com um sorriso de lado, então se vira de novo para Johanna.

— Vou desenhar com carvão para sua aprovação antes de fazer a tatuagem. — Johanna solta uma risada selvagem. — Por que está rindo?

— Porque vai doer! E é assim que eu lido! — Ela abraça meu pescoço, quase me puxando para o colo. — Console-me, Felicity. Não tenho Max para segurar, então você vai ter que servir. Isso vai doer terrivelmente, não vai?

— Sim, vai — confirma Sinn, mas balanço a cabeça quando ela se vira. Johanna olha de mim para ela, sem saber nas credenciais de quem ela deve acreditar.

— Onde quer a marca? — pergunta Sinn a nós. — Antes de responderem, considerem que, para que seja mais eficiente num momento de necessidade, precisam mostrá-la.

— Considere também — acrescento para Johanna, quando me recosto no abraço dela — sua afeição por vestidos de festa de corte baixo.

— Ah! Não sei! — Johanna abana as mãos. — É pressão demais para escolher!

— Quer que eu vá primeiro? — pergunto. — Assim, se eu não sobreviver, você pode mudar de ideia.

— Sim, por favor.

Johanna me solta do abraço sufocante, e eu me viro para Sinn.

— Onde vou marcar você, senhorita Montague? — pergunta ela.

— No antebraço, abaixo da dobra do cotovelo, eu acho — digo, brincando com o botão da manga.

— Igual a minha? — pergunta ela, então eu hesito.

— Sim. Isso é esquisito?

— Não — responde Sinn. — É simétrico.

Como prometido, ela desenha o rascunho em minha pele com carvão primeiro — nada de falos festivos, apenas o leve contorno da Coroa e Cutelo em meu antebraço —, então pega o instrumento. Ela uniu agulhas do kit cirúrgico do navio com barbante para criar uma ponta minúscula de vários dentes. Certamente não é a ferramenta mais suspeita a ser usada para colocar uma marca permanente na pele de uma pessoa, mas ainda está longe de ser o tipo de instrumento que teria sido aprovado para uso pelos diretores do Saint Bart.

Mas já parei de me perguntar o que aqueles homens pensariam.

Sinn mergulha a agulha na tinta preta, então segura meu antebraço. Um bando de andorinhas se lança do mar para o voo, um rompante selvagem para o céu que projeta sombras em nossos rostos.

— Estou tremendo? — pergunto.

— Nem um pouco.

— Não quero olhar! — grita Johanna, embora não faça menção de cobrir os olhos ou sequer de fechá-los. O polegar de Sinn paira sobre a pele macia de meu antebraço, puxando-a bem, então ela se curva e dá um beijo rápido no local.

— Para dar sorte — diz ela.

Quando Sinn levanta a agulha, olho dela para Johanna. Na companhia de mulheres como essas — afiadas como diamantes, mas com mãos e corações suaves; não fortes por acaso, mas poderosas por causa de tudo — sinto-me invencível. Cada rachadura, vala e vento fustigante nos tornou mais fortes e corajosas e impossíveis de derrubar. Somos montanhas — ou talvez templos, com fundações que poderiam durar mais do que o próprio tempo.

Quando a agulha rompe minha pele, a dor é tão fria e intensa quanto o horizonte de um céu de inverno sem nuvens. Neste momento, neste lugar, neste refúgio na beira do mundo, parece que a vista se estende infinitamente.

Querido Callum,
Estou encarando esta página há uma hora, no mínimo, e isso foi tudo o que escrevi. Querido Callum.

Querido Callum,
Não tenho certeza de como tenho tanto a dizer e não encontro palavras. E também, perdoe-me pelo sangue — é só uma pequena gota, e é meu, e apenas porque tive um símbolo pirata entalhado no braço.
Droga. Toda aquela contemplação para um começo tão ruim.
Eu deveria ter começado pedindo desculpas, pois pretendo que esta seja uma carta de desculpas para nós dois. Primeiro a você, por eu ter tirado vantagem de sua bondade e de sua afeição. Espero que não se ressinta por aquela bondade e espero que não hesite da próxima vez que sentir vontade de dar um profiterole a alguém necessitado simplesmente porque eu o feri.
Segundo, um pedido de desculpas a mim, por tentar forçar meu coração em um lugar em que não pertencia e por me achar estranha porque eu não me encaixava ali. E de novo a você por eu também ter pensado que eu era estranha como uma flor selvagem, brilhante e rara e melhor por causa dessa raridade, e que você era uma flor comum demais para meu jardim. Desculpe por ter menosprezado sua vida.
Sinto muito por você ter achado que precisava me salvar de mim mesma. E sinto mais ainda por vivermos em um mundo que criou você para pensar assim. Eu costumava desejar terrivelmente querer uma padaria, um padeiro e um filho. Eu costumava desejar que isso fosse tudo de que eu precisasse para me sentir completa. Como a

vida seria mais simples. Mas nada é simples, não uma vida em uma padaria na Escócia, nem uma explorando as trincheiras intocadas do mundo. E graças a Deus, porque eu não quero simplicidade. Não quero facilidade ou algo pequeno ou descomplicado. Quero que minha vida seja confusa e feia e travessa e selvagem e quero sentir tudo isso. Todas essas coisas que as mulheres são levadas a crer que são estranhas por abrigarem em seus corações. Quero me cercar com essas mesmas estranhas e travessas mulheres que se atiram a todas as coisas maravilhosas que este mundo tem a oferecer. Talvez eu esteja espiralando em prosa sentimental, mas, neste momento, sinto que poderia engolir o mundo inteiro.

Espero que você viva uma vida de que se orgulhe. Espero mesmo. Espero que um dia possamos nos sentar de novo tomando cidra e comendo doces de confeitaria e que você possa me contar sua história e eu possa contar a minha e nós dois estejamos inchados como frutas maduras demais de orgulho de nós mesmos e um do outro. Eu não suportaria ser a esposa de um padeiro, mas alguém será, e você será bom para ela, e serão felizes juntos, e tanto quanto essa nova vida é minha, aquela será dela. Estou aprendendo que não há um jeito de a vida ser vivida, não há um jeito de ser forte ou corajoso ou bondoso ou bom. Na verdade, há muitas pessoas fazendo o melhor que podem com o coração que receberam e a mão que lhes foi entregue. Nosso melhor é tudo o que podemos fazer, e tudo a que podemos nos segurar é um ao outro. E, nossa, isso é mais do que o bastante.

Sua,
Felicity Montague

Nota da autora

Mulheres em ficção histórica costumam ser criticadas por serem meninas de hoje jogadas em criações de fundo histórico, sem serem precisamente representadas por seu tempo por causa das ideias feministas e das naturezas independentes. É uma crítica que sempre me frustrou, pois propõe a ideia de que mulheres ao longo do tempo não veriam, falariam ou agiriam contra a desigualdade e as injustiças que enfrentavam apenas porque jamais tinham conhecido outra coisa. Igualdade de gênero e o tratamento das mulheres não é uma progressão linear; variou ao longo do tempo e depende de uma variedade de fatores, como classe, raça, sexualidade, localidade, religião etc., etc., etc. Tendemos a pensar na história como menos individual do que pensamos em nossas experiências modernas, mas afirmações mais gerais sobre *todas as mulheres* em qualquer contexto histórico podem ser contestadas. Com exceções, não regras, é claro. Mas ainda assim contestadas. Assim como não há uma história única das mulheres de hoje, não há uma para as mulheres históricas também.

Aqui vou me referir às três mulheres no romance e às respectivas aspirações delas, assim como à pesquisa e às mulheres reais da história que inspiraram cada uma delas.

Medicina

É incontestável que a medicina na Inglaterra do século XVIII era dominada por homens. Não eram todos educados — cuidado médico variava desde barbeiros que raspavam seu rosto, arrancavam seus dentes e faziam cirurgia com as mesmas ferramentas até cirurgiões profissionais e educados, cujos serviços costumavam só estar disponíveis para os ricos (e cuja hierarquia era geralmente já determinada por aqueles nascidos em riqueza). Na época, havia poucas universidades oferecendo diplomas médicos, então uma educação cirúrgica costumava ser obtida por meio de aulas, cursos e dissecações patrocinadas por hospitais ou médicos particulares. Um futuro médico precisaria fazer um teste antes de receber a licença, embora muitos médicos não licenciados ainda operassem pelo país.

As mulheres costumavam ser restritas a certos cantos do campo médico, como remédios de ervas e o trabalho de parteira, embora a tendência crescente de parteiros masculinos, assim como o desenvolvimento e o subsequente monopólio do fórceps pelos cirurgiões masculinos, estivessem expulsando as mulheres desse campo. No entanto, a ideia de que mulheres fossem excluídas de toda a medicina — ou, na verdade, de todo o "trabalho de homem" — é falsa. Em muitas profissões que hoje pensamos como tradicionalmente masculinas, inclusive a medicina, esposas costumavam trabalhar ao lado dos maridos e, se o marido morresse ou fosse incapacitado de trabalhar, elas serviam como "maridos substitutos", significando que ocupavam a profissão do marido. Médicas mulheres eram mais aceitas quanto mais longe se ia das cidades grandes e dos grandes hospitais e os conselhos reguladores deles.

Felicity, uma mulher que quer ser educada e levada a sério na ciência, não estaria, de modo algum, à frente do tempo dela. Na mesma época em que o romance se passa, Laura Bassi recebeu um diploma de doutorado em física da Universidade de Bolonha, depois de defender a tese aos 20 anos, e se tornou professora — a primeira mulher a conquistar uma cátedra universitária em um campo científico. Na Alemanha, Dorothea Erxleben, inspirada por Bassi, foi a primeira mulher a receber um Ph.D. em medicina e, em 1742, publicou um tratado argumentando que as mulheres deveriam ser permitidas em universidades.

As coisas se moveram mais lentamente no Reino Unido — levaria cem anos após Felicity até que as escolas de medicina recebessem mulheres no corpo discente. (E receber é uma palavra bastante generosa.) A barreira de gênero foi finalmente quebrada em 1869, graças aos consistentes esforços de inúmeras mulheres que lutaram sem jamais ver o produto de sua luta, mas que abriram caminho para as Sete de Edimburgo, o primeiro grupo de alunas do sexo feminino matriculadas no bacharelado em uma universidade britânica: Sophia Jex-Blake, Isabel Thorne, Edith Pechey, Matilda Chaplin, Helen Evans, Mary Anderson e Emily Bovell.

Mas, mesmo depois de receberem admissão, foram educadas separadamente de suas contrapartidas masculinas. A mensalidade delas era mais alta. Os estudantes homens as assediavam física e verbalmente. Quando as Sete chegaram para prestar um exame de anatomia, foram recebidas por uma multidão que atirou lama e pedras nelas. E mesmo depois de terem completado o curso e os exames, a universidade se recusou a lhes entregar diplomas.

Mas conforme mais mulheres se juntaram a elas, conseguiram formar o Comitê Geral para Garantir Educação Médica Completa para Mulheres, o que ajudou a passar o Medical Act de 1876, que permitiu que licenças fossem entregues tanto a homens quanto a mulheres. Jex-Blake, a líder das Sete, ajudou a estabelecer a London School of Medicine for Women e, por fim, retornou a Edimburgo como a primeira médica mulher da cidade. A epígrafe deste livro é uma citação da biografia dela. Vá em frente e folheie novamente até ela. Eu espero.

Os textos médicos, os praticantes e os tratamentos que Felicity menciona ao longo deste livro são reais e todos produtos do século XVIII, mas tomei liberdade com a linha do tempo deles. Algumas das escrituras que ela menciona não teriam sido publicadas no mesmo momento em que o livro se passa, e vários médicos mencionados teriam tecnicamente vindo depois dela, mas escolhi incluí-los para criar uma imagem mais concisa da estranheza que era a medicina nos anos 1700.

Naturalismo

O século XVIII foi a era do Iluminismo. A maioria das maiores massas continentais do mundo foram descobertas, mas graças a avanços tecnológicos muitas localidades estavam sendo mapeadas pela primeira vez. Missões científicas, comissionadas e custeadas por reis, governos e colecionadores particulares, se concentravam em criar esses mapas, assim como levar flora e fauna novas para a Europa. Campos como história natural, botânica, zoologia, geografia e oceanografia se expandiram. Essas viagens de descoberta quase sempre incluíam artistas, que estavam acostumados a registrar a paisagem e as maravilhas naturais. Antes da fotografia, artistas eram cruciais para capturar detalhes precisos da natureza de forma que pudessem ser comparados e analisados.

Johanna Hoffman e Sybille Glass foram inspiradas em Maria Sibylla Merian, uma naturalista e ilustradora científica alemã, cujo trabalho se estendeu do fim do século XVII até o início do XVIII. Como Sybille Glass, Maria Merian se separou do marido e foi contratada como artista em uma expedição científica até o Suriname. Ela passou dois anos na América do Sul, acompanhada da filha, Dorothea. Mais tarde, as duas mulheres tiveram juntas um negócio vendendo as impressões das ilustrações científicas de Maria. Hoje, o trabalho de Maria é considerado entre as contribuições mais importantes para a entomologia moderna.

Naturalismo e medicina eram campos próximos para os acadêmicos do século XVIII. Médicos se juntavam a expedições, não apenas para fornecer primeiros socorros para a tripulação conforme fosse necessário, mas também para conduzir a própria pesquisa e coletar amostras de remédios naturais para mais estudos. Experimentos, procedimentos e dissecações costumavam ser realizados em animais (tanto mortos quanto vivos, porque a história é a pior). Muitos médicos acreditavam que fatos aprendidos com esses experimentos animais também poderiam ser aplicados à compreensão do corpo humano — falso, mas boa tentativa, século XVIII.

Pirataria

Os piratas do Mediterrâneo do século XVIII não eram os espadachins brancos e desonestos que povoam grande parte de nossas narrativas bucaneiras modernas mais conhecidas. Eram em sua maioria homens e mulheres africanos da Berbéria que trabalharam para expandir e proteger os próprios territórios e suas frotas. Eles se defendiam e lutavam tanto contra outros piratas quanto contra europeus. O comércio escravizador estava vivo e próspero nos anos 1700 — europeus escravizavam africanos e africanos escravizavam outros africanos. No entanto, de todas as liberdades tomadas com o propósito de uma trama de romance aventureiro, preciso admitir uma em particular: piratas não eram grandes fãs de tatuagens, pois era um modo óbvio e permanente demais de declarar suas alianças.

Em cada frota pirata, costumava haver uma organização interna complexa que incluía eleger oficiais e líderes, dividir o butim e manter a ordem social. Muito dessa ordem era mantido em equilíbrio por piratas se casando uns com os outros. Nem todos os casamentos tinham componentes românticos — alguns serviam apenas para determinar quem herdaria o que caso alguém morresse em batalha —, mas muitos contratos de casamento que sobreviveram incluem cláusulas sobre intimidade. Marinheiros têm há muito tempo praticado "homossexualidade situacional" como resultado de longos meses no mar sem alívio sexual, mas para piratas esses relacionamentos podiam ser abertos e legítimos. O termo para esses relacionamentos era *matelotage*, que, com o tempo, foi reduzido para *mate* e então se tornou *matey*. Sinn, como uma jovem muçulmana, provavelmente não teria beijado ninguém, mas visões de homossexualidade, principalmente relacionamentos entre mulheres, eram tão complexas e variadas quanto são hoje.

Sinn foi inicialmente inspirada em Sayyida al-Hurra, a mulher muçulmana do século XVI que usou sua posição como governadora de Tétouan para comandar uma frota de piratas que conduzia saques a navios espanhóis como vingança pelo genocídio e exílio de muçulmanos, embora o personagem e a história dela tenham evoluído consideravelmente ao curso da escrita deste romance. E, embora as mulheres no mar estivessem em menor número em relação aos homens da Berbéria, Sinn é parte de um longo e rico legado de mulheres que encabeçaram frotas piratas, incluindo Ching Shih, Jeanne de Clisson, Grace O'Malley, Jacquotte Delahaye, Anne Dieu-le-Veut, Charlotte de Berry — elas poderiam preencher um livro inteiro (e preencheram! Já leu *Pirate Women: The Princesses, Prostitutes, and Privateers Who Ruled the Seven Seas,* de Laura Sook Duncombe? É irado).

Há muitas coisas que tornam este livro uma ficção, mas os papéis que as mulheres desempenham nele não são uma delas. As mulheres do século XVIII encontraram oposição. Precisaram lutar incessantemente. Seu trabalho era silenciado, suas contribuições, ignoradas, e muitas de suas histórias estão esquecidas hoje.

Ainda assim, elas persistiram.